I0582508

DAS LETZTE WIEGENLIED

WEITERE TITEL VON CAROL WYER

Somebody's Daughter

Detective-Robyn-Carter-Serie

Little Girl Lost

Secrets of the Dead

The Missing Girls

The Silent Children

The Chosen Ones

Andere Titel

Life Swap

Take a Chance on Me

CAROL WYER

DAS LETZTE WIEGENLIED

Übersetzt von Dorothea Stiller

bookouture

Die Originalausgabe erschien 2018 unter dem Titel
„Last Lullaby"
bei Storyfire Ltd. trading as Bookouture.

Deutsche Erstausgabe herausgegeben von Bookouture, 2023
1. Auflage März 2023

Ein Imprint von Storyfire Ltd.
Carmelite House
50 Victoria Embankment
London EC4Y 0DZ

www.bookouture.com

Copyright © Carol Wyer, 2018
Copyright der deutschsprachigen Ausgabe © Dorothea Stiller, 2023

Carol Wyer hat ihr Recht geltend gemacht,
als Autorin dieses Buches genannt zu werden.

Alle Rechte vorbehalten.
Diese Veröffentlichung darf ohne vorherige schriftliche
Genehmigung der Herausgeber weder ganz noch auszugsweise in irgendeiner
Form oder mit irgendwelchen Mitteln (elektronisch, mechanisch, durch
Fotokopie oder Aufzeichnung oder auf andere Weise) reproduziert, in einem
Datenabrufsystem gespeichert oder weitergegeben werden.

ISBN: 978-1-80314-950-9
eBook ISBN: 978-1-80314-949-3

Dieses Buch ist ein belletristisches Werk. Namen, Charaktere, Unternehmen,
Organisationen, Orte und Ereignisse, die nicht eindeutig zum Gemeingut
gehören, sind entweder frei von der Autorin erfunden oder werden fiktiv
verwendet. Jede Ähnlichkeit mit tatsächlichen lebenden oder toten Personen
oder mit tatsächlichen Ereignissen oder Orten ist völlig zufällig.

EINS

FREITAG, 2. MÄRZ – SPÄTER ABEND

Adam Brannon sah aus, als würde er jeden Moment in die Luft gehen. Er schlug mit der flachen Hand auf das Lenkrad, nahm den Blick von der Straße und sah stattdessen seine Frau an, die mit grimmig vor der Brust verschränkten Armen auf dem Beifahrersitz saß. »Herrgott noch mal! Nun gib aber Ruhe, Charlotte!«

Charlotte hatte die Unterlippe vorgeschoben, leuchtend rot von dem Chanel-Lippenstift, den sie auf der Toilette im Restaurant aufgelegt hatte. »Ausgerechnet du willst mir den Mund verbieten? Ich war nicht diejenige, die sich heute Abend wie ein totales Arschloch benommen hat.«

Adam blähte die Nasenflügel. »Wenn ich du wäre, würde ich die Klappe halten, bevor du noch mehr sagst, was du bereuen könntest. Du hättest die Finger von dem verfluchten Rotwein lassen sollen. Der steigt dir zu Kopf, und dann kommst du mit allem möglichen Scheiß um die Ecke.«

Charlotte drehte den Oberkörper in seine Richtung. Der Sicherheitsgurt spannte sich eng um ihre üppige Oberweite und entblößte die schneeweißen Brüste, die aus dem tiefen

Ausschnitt ihres Kaschmirpullovers herausquollen. »Fahr ran, du Arsch! Ich gehe zu Fuß nach Hause.«

»Tust du nicht. Du bleibst da sitzen und hältst deine blöde Klappe.« Ein Auto mit Fernlicht fuhr dicht auf den Bentley Bentayga auf, und die Scheinwerfer blendeten ihn so, dass er blinzeln musste. »Idiot!«, murmelte er und blendete den Spiegel ab.

»Wen nennst du hier Idiot?« Nun flippte sie schon wieder aus. Das war das Problem bei Charlotte. Was Alkohol anging, war sie ein Fliegengewicht, und ihre Eltern, die man mit etwas Wohlwollen als gesellig bezeichnen konnte, vertrugen so einiges. Sie hatten die vergangenen drei Stunden gemeinsam in einem übertrieben schicken Restaurant verbracht, das sein Schwiegervater, Kevin Hill, ausgesucht hatte. Angeblich hatten sie den dreißigsten Hochzeitstag der Schwiegereltern gefeiert. Sie hatten den Abend mit Champagner begonnen und waren dann schnell zu einem vollmundigen Shiraz gewechselt. Kevin bevorzugte Rotwein, besonders zu dem Wildgericht, das er und seine Frau als Hauptgang gewählt hatten. Weil er an diesem Abend der Fahrer war, hatte Adam sich an Wasser und Cola gehalten.

»Ich spreche nicht mit dir, sondern mit dem Penner, der so dicht auffährt und mich mit seinen Scheinwerfern blendet.«

Eine Stille entstand, und Adam blickte immer wieder finster in den Rückspiegel. Der blöde Wagen fuhr noch immer zu dicht auf. Wäre er allein gewesen, hätte er eine Vollbremsung hingelegt, den anderen zum Anhalten gezwungen und sich den Fahrer vorgeknöpft. Wahrscheinlich mit dem schweren Schraubenschlüssel, den er für solche Fälle in der Seitentasche der Tür hatte. Charlotte fixierte ihn mit verengten Augen. Mit ihr und dem Blödmann hinter ihnen konnte er sich kaum aufs Fahren konzentrieren.

»Hör zu, heute Abend ist nicht besonders gut gelaufen ...«, begann er.

Sie schnaubte und verschränkte wieder die Arme vor der Brust.

»Du hattest von Anfang an miese Laune. Immerhin war es ihr *Hochzeitstag*!«

»Das weiß ich doch.«

»Dann hättest du dir wenigstens Mühe geben können!«

»Himmelherrgott noch mal, ich habe mir doch Mühe gegeben. Deine Mutter hat mich ständig übergangen. Du weißt, dass sie mich nicht leiden kann.«

Sie warf den Kopf in den Nacken, reckte das Kinn und stieß einen theatralischen Seufzer aus. »Sie kann dich wohl leiden. Du machst es ihr bloß so schwer. Jedes Mal, wenn sie dich etwas fragt, benimmst du dich wie ein trotziger Schuljunge, der die Antwort auf die Frage nicht weiß.«

»Das ist lächerlich, und das weißt du auch. Du solltest mir vielleicht ab und zu einmal den Rücken stärken. Du bist in einem vollkommen anderen Universum aufgewachsen als ich, und ich habe eben überhaupt keine Ahnung von Pferderennen und Golf und aus welchem Glas man Port trinkt. Du weißt das, und deine Eltern wissen es auch. Sie geben mir absichtlich das Gefühl, nicht dazuzugehören. Und dann heute Abend die ganze Zeit: ›Wie *war* noch gleich der Name dieses entzückenden jungen Mannes, den wir im Casino in Monte Carlo kennengelernt haben, Charlotte? Der uns zum Cocktailtrinken auf seine Jacht eingeladen hat‹ und ›Die Aktien von Tarquin Dunn-Hamiltons Firma sind an der Börse letzte Woche durch die Decke gegangen, Liebes.‹« Er kopierte exakt den affektierten Ton seiner Schwiegermutter Sheila, um seinem Argument Nachdruck zu verleihen.

Charlotte starrte geradeaus in die Dunkelheit.

»Als ob mich irgendwelche beschissenen Leute interessieren, von denen ich noch nie gehört habe. Deine Alten waren völlig daneben. Sie haben mich absichtlich ausgeschlossen, und du hast sie noch ermutigt. Du hast nicht einmal versucht, das

Thema zu wechseln und mich am Gespräch zu beteiligen. Weißt du, wie ich mir dabei vorkomme?«

»Du führst dich lächerlich auf.«

»Ach ja? Ich habe den Streit doch nicht angefangen, sondern du! Sieh dich doch an, wie du schon dasitzt, mit den verschränkten Armen und diesem verächtlichen Ausdruck. Feindselig. Früher hättest du mich unterstützt und nicht tatenlos zugesehen, wie sie mich schikanieren.«

Sie lachte freudlos auf. »Ja, klar, weil einen Kerl wie dich ja so viele schikanieren, was?«

Das Auto hinter ihnen fuhr nun noch dichter auf. Adam drehte den kräftigen Hals zu beiden Seiten, dass es hörbar knackte.

»Muss das sein?«

»Der Penner hinter mir geht mir auf die Nerven.«

»Dann fahr ran und lass ihn überholen.«

»Niemals! Er ist doch derjenige, der sich nicht an die Regeln hält. Er sollte Abstand halten.«

»Adam, fahr ran!« Sie funkelte ihn an.

»Meinetwegen«, murmelte er, ging vom Gas und fuhr dichter an den Fahrbahnrand, um den Wagen hinter ihnen überholen zu lassen. Der zog auf die andere Spur und beschleunigte mit knatterndem Auspuff. Als sie auf gleicher Höhe waren, reckte Adam den Mittelfinger, achtete aber weder auf den Fahrer noch das Fahrzeug. Seine Aufmerksamkeit galt Charlotte, die ihn noch immer finster ansah.

»Und? Fühlst du dich jetzt besser? Manchmal bist du einfach erbärmlich«, sagte sie.

Adam verfiel in Schweigen, und Charlotte stellte die Rückenlehne nach hinten. Der Alkohol setzte ihr zu. Ihr Vater hatte ihr ständig nachschenken lassen, und dank Adam hatte sie das Glas heute Abend immer wieder geleert.

Sie wusste nur, dass sie wirklich, wirklich sauer auf Adam war. Er war so unhöflich zu ihren Eltern gewesen, und das an ihrem Hochzeitstag. Es war immer anstrengend, wenn sie alle zusammen waren, aber heute Abend war es schlimmer als all die Male zuvor, denn zur Abwechslung hatte Charlotte sich nicht hinter ihren Mann gestellt. Sie hatte ihn vor die Wand fahren lassen. Das hatte er verdient. Sie hatte seine arrogante Macho-Nummer so satt. Sie war seine ewige Gereiztheit leid und den täglichen Streit. Es war ihr egal, dass er kein Vermögen verdiente. Geld war ihr nie wichtig gewesen. Sie hatte genug Geld in ihrem Treuhandfonds. Adam war ein Heuchler. Er beklagte sich, dass ihre Eltern wohlhabend waren und ihm das Gefühl gaben, minderwertig zu sein, aber er lebte in einem Haus, das ihre Eltern finanziert hatten, und fuhr auch durchaus gern *ihren* Bentley, den ebenfalls *ihr* Vater gekauft hatte. Was also war sein Problem? Er war einfach neidisch auf die finanzielle Unabhängigkeit seiner Frau und auf die Unterstützung, die sie von ihrer Familie erfuhr.

Sie erreichten die Einfahrt zu ihrem Haus. Es war im Stil einer modernen Blockhütte gebaut, allerdings mit zwei riesigen Panoramafenstern von der Größe einer Doppelgarage im Erdgeschoss. Adam schaute sie mit hochgezogenen Augenbrauen an. In seinen von einem langen Wimpernkranz umrahmten dunklen Augen lag ein reuiger Ausdruck, und er seufzte. »Tut mir leid, Babe«, sagte er.

»Ach, leck mich doch!«, fuhr sie ihn an. »Ich gehe schlafen. Und du fährst Inge nach Hause. Ich schicke sie raus.«

Sie nestelte an ihrem Gurt herum, konnte ihn aber nicht lösen. Er beugte sich herüber und öffnete ihn für sie. Ohne ein Wort des Dankes stieß Charlotte die Tür auf und stieg aus, wobei ihre halsbrecherischen Absätze über die Einstiegsleiste schabten. Sie ging zum Haus. Adam blieb im Auto sitzen.

»Inge!«, rief Charlotte, streifte im Eingang die Schuhe ab und torkelte zum Wohnzimmer. Dort lief leise der Fernseher. Auf dem Bildschirm waren einige vermummte Gestalten in Mänteln und Hüten zu sehen, die zusammen an einem Seeufer standen. Den Untertiteln am Bildrand nach handelte es sich um irgendein ausländisches TV-Drama. Der Flachbildschirm war einer der größten, die man kriegen konnte, und sie hatten ihn gekauft, damit Adam in hoher Auflösung und in Breitbildqualität seinen Sport gucken konnte. Charlotte machte sich im Allgemeinen nichts aus Fernsehen, es sei denn, es handelte sich um Reality-Shows. Sie zog Social Media und ihr Blog vor.

Inge, die Jeans und einen übergroßen Pullover trug, sah auf und lächelte. Das Mädchen war recht unscheinbar, hatte aber ein hübsches, breites Lächeln. »Hatten Sie einen schönen Abend?«, fragte sie, nahm die Fernbedienung und schaltete den Apparat aus.

»Er war okay, danke. Hat Alfie sich benommen?«

»Gar kein Problem. Er hat die ganze Zeit geschlafen, während Sie fort waren. Zwischendurch dachte ich, er würde jeden Moment aufwachen. Er hat ein bisschen gebrabbelt, und ich habe nach ihm gesehen, aber er lag auf dem Rücken und schlief tief und fest. Ich habe Ewan, das Schlafschaf, angelassen.«

Das Schaf war neuerdings das liebste Spielzeug des sechs Monate alten Alfie. Ohne es schlief er nicht ein, und von allen Geräuschen, die man einstellen konnte, war der Herzschlag sein Favorit. Charlotte hatte ein paarmal versucht, Alfie ohne das Schaf hinzulegen, aber dann wollte er sich einfach nicht beruhigen. Schließlich hatte sie nachgegeben. Eines Tages würde er aus dieser Phase heraus sein. Das Babyfon knisterte etwas. Das Geräusch eines regelmäßig schlagenden Herzens war zu hören, mit dem Ewan Alfie das Gefühl vermittelte, geborgen in Charlottes Bauch zu liegen.

Inge nahm das Heft und das Biologiebuch, die beide aufgeschlagen auf dem breiten, kaffeefarbenen Ledersofa lagen.

»Hast du viel lernen können?« Charlotte gab sich Mühe, normal zu wirken, obwohl der Raum ein wenig schwankte.

Als Antwort erhielt sie ein Nicken. Inge war sehr fleißig:

Sie wollte Hebamme werden oder vielleicht Ärztin wie ihre Mutter Sabine, mit der Charlotte befreundet war. Sie war zwar erst siebzehn, doch sie benahm sich weit reifer als viele andere Jugendliche in ihrem Alter, und Charlotte war froh, dass sie ab und zu auf Alfie aufpasste, wenn Adam und sie ausgingen. Inge wohnte nur wenige Kilometer entfernt in dem kleinen Ort Brompton, und da sie ein solcher Bücherwurm war, hatte sie auch kurzfristig fast immer Zeit.

»Adam ist draußen. Er fährt dich wie immer nach Hause. Danke noch mal«, lallte Charlotte und stützte sich am Türrahmen ab. Sie musste dringend ins Bett.

Inge schlüpfte mit ihren Büchern aus der Tür und verschwand.

Charlotte steuerte zielstrebig die Küche des in offener Bauweise angelegten Wohnbereichs an. Sie war schlicht und modern in Weiß gehalten mit einem ungewöhnlichen geschwungenen Küchentresen, an dem weiße Barhocker einer bekannten Designfirma aus London standen. Die silberne Backofen-Herd-Kombination war ihre Idee gewesen, aber da sie keine besonders gute Köchin war, diente sie mehr als Statussymbol als ihrem eigentlichen Zweck. Sie öffnete die stahlgraue Tür des riesigen amerikanischen Einbaukühlschranks und holte eine Wasserfilterkanne heraus. Dann taumelte sie zu den gegenüberliegenden Schränken, um sich ein Glas zu holen. Sie stürzte das kalte Wasser hinunter, sodass es ihre Kehle kaum berührte, und goss sich ein weiteres Glas ein, um es nach oben mitzunehmen. So vermied man am besten einen Kater: vor dem Schlafen so viel Wasser trinken wie möglich.

Sie nahm das Babyfon und das Glas und schaffte es gegen die Wände taumelnd irgendwie die hölzerne Treppe hinauf ins Schlafzimmer. Dort angekommen stellte sie Babyfon und Glas ans Bett und schlich in das angrenzende Zimmer.

Bu-bumm, bu-bumm, bu-bumm. Das Geräusch war beruhigend, und der violette Schimmer, den das Schaf verbreitete, entspannte sie so umgehend wie das gedimmte Licht und die Geräusche in einem Wellness-Tempel. Sie fragte sich, ob ihr eigenes Herz so schnell geschlagen hatte und ob Alfie wirklich glaubte, noch im Mutterleib zu sein. Sie beugte sich über das Bettchen und betrachtete die kleine Gestalt, die mit weit geöffneten Armen flach auf dem Rücken lag.

Sein Gesicht war der Inbegriff von Perfektion mit seinen Pausbäckchen, der kleinen Stupsnase und dem abstehenden flaumigen Haar. Die Händchen hatte er zu Fäusten geballt. Charlotte hätte sie am liebsten geöffnet und festgehalten, aber sie wusste, dass sie dafür zu betrunken war. Langsam setzte die Vernunft ein.

»Gute Nacht, mein kleiner Prinz!«, flüsterte sie und schlich aus dem Kinderzimmer, das sie so liebevoll für die Ankunft ihres Babys vorbereitet hatte. Die Plüschtiere standen alle aufgereiht am Kopfende des Bettchens, und in der Ecke gab es eine große weiße Spielzeugkiste mit Alfies Namen darauf in großen Lettern. Noch immer schlug das Herz kräftig und beruhigend, eine behütende Kraft wie die Liebe einer Mutter.

Als sie den Treppenabsatz erreichte, rebellierte ihr Magen. Sauer stieg der Wein in ihrem Hals hoch, und sie lief ins Badezimmer. Sie hatte zu viel getrunken. *Du weißt schon, warum.* Sie hatte nicht den Hochzeitstag ihrer Eltern gefeiert. Sie hatte sich Mut angetrunken. *Zu viel Wein.* Sie stellte die Dusche an, und während sie auf warmes Wasser wartete, schälte sie sich aus ihrer Kleidung und ließ sie in einem unordentlichen Haufen auf dem Wäschekorb liegen. Für einen Augenblick lehnte sie die Stirn gegen die kühlen Fliesen, dann betrat sie die geräumige Duschkabine und ließ sich den heißen Sprühregen über Kopf und Rücken laufen. Sie schäumte sich die Hände mit einem Weihnachtsgeschenk ihrer Mutter ein, ein reichhaltiges Duschöl, das glatt über ihren flachen Bauch und ihre Schenkel lief, während sie versuchte, sich nüchtern zu rubbeln. Sorgfältig verteilte sie das Öl über Schultern, Arme und Brust. Das Wasser rann über ihren Körper und reinigte sie.

Sie drehte die Armatur aus blank poliertem Chrom und stellte das Wasser ab. Dicke Tropfen perlten von ihrem Körper in die Duschwanne, und sie stützte die Handflächen gegen die Scheibe. Sie starrte hinaus auf die beiden muschelförmigen Waschbecken mit den Wasserfallhähnen: auf dem Regal über ihrer Seite ordentlich aufgereihte Parfumflaschen, Aftershave über Adams. *Das perfekte Paar.* Angesichts der Ironie verzog sie das Gesicht. Sie trat auf die Badematte, um sich abzutrocknen, dann ging sie nackt ins Schlafzimmer, wo sie die schwere Bettdecke zurückschlug und darunter schlüpfte. Schließlich sank sie in das weiche weiße Kissen und driftete mühelos fort von der Realität, weit fort von Adam.

Charlotte wusste nicht, was sie geweckt hatte. Hatte Adam sich im Bett bewegt, oder war Alfie wach geworden? Sie wusste nur, dass ihre Zunge am Gaumen klebte und sie fürchterliche Kopfschmerzen hatte. Mit der linken Hand tastete sie neben sich, aber das Laken war kühl. Adam war noch nicht ins Bett gekommen. Sie öffnete ein Auge, die Lider schwer vom Schlaf, und drehte sich auf die Seite. Das Display ihres Digitalweckers zeigte 23:03 Uhr. Sie blinzelte mehrfach.

Ein Knacken des Babyfons riss sie wieder ins Bewusstsein. Alfie war wach. Das war es vermutlich, was sie aufgeschreckt hatte. Wenn ihr Baby schrie, war sie sofort hellwach, egal wie fest sie geschlafen hatte. Sie lauschte angestrengt, hörte aber nichts. Alfie war ruhig und weinte nicht. *Wo ist Adam?* Sie erinnerte sich an den Streit, den sie auf der Rückfahrt gehabt hatten. Doch der war nicht schlimm genug gewesen, dass er gleich eine Nacht auswärts verbrachte. Das war nicht seine Art. Er war stur und streitlustig. Er würde sich nicht zurückziehen oder den Schwanz einziehen, weil Charlotte ihn verbal angegriffen hatte. *Aber wo steckt er? Vielleicht in Alfies Zimmer?*

Wieder knackte das Babyfon und ließ sie zusammenfahren. Sie lauschte konzentriert und hielt den Atem an. Dann ging es ihr auf: Der regelmäßige Herzschlag des Spielzeugschafs war verstummt.

Sie stemmte sich auf die Ellbogen hoch und presste das Ohr an den Lautsprecher, um festzustellen, ob sie Adam hören konnte. Alfie rumorte und gluckste. Sofort fühlte sie sich wohler. Ihr Baby lächelte oft und viel. Er wachte selten mit schlechter Laune auf.

Ein Husten. Und es klang nicht wie Adam.

Die Haare auf ihren Unterarmen standen zu Berge. Da war jemand bei ihrem Baby im Zimmer, und es war nicht Adam.

Der Impuls zu schreien war mächtig, aber sie kämpfte dagegen an. Ihre Gedanken sprangen wild durcheinander, kollidierten und wurden in alle Richtungen geschleudert wie Perlen einer gerissenen Halskette auf einem gefliesten Boden.

Sie brauchte Hilfe. Sie musste ihr Baby retten. Mit der Handfläche tastete sie vergeblich auf dem Nachttisch nach ihrem Handy, bevor ihr mit Schrecken einfiel, dass es noch unten in ihrer Handtasche lag.

Ein leises Wimmern war aus dem Babyfon zu hören: ein hilfloser Schrei, der ihr Blut in den Adern gefrieren ließ und sie vor Angst lähmte. In ihrem Kopf schwirrte es. Jemand war im Haus, und ihr Baby war in Gefahr.

Plötzlich hatte sie eine Idee, was zu tun war. Adam hatte für solche Fälle unter dem Bett einen Baseballschläger. Den würde sie sich schnappen, Alfie retten, dann wie der Wind nach draußen rennen und schreien, bis alle Nachbarn wach wären.

Furcht ließ jede Zelle ihres Körpers vibrieren, doch sie stellte die bloßen Füße auf den Teppich und ließ sich im Dunkeln aus dem Bett gleiten, angespornt von dem Wissen, dass jemand ihrem Kind etwas antun wollte. Ein Schritt. *Ich komme, Alfie.* Zwei Schritte. *Mummy kommt, mein Schatz.* Drei Schritte. Sie ließ sich auf alle viere sinken. Ihre Knie rutschten über den Teppich, während sie mit ausgestreckten Fingern nach dem Schläger tastete. Doch da war nichts. Er war nicht da. Sie klopfte die ganze Seite ab. Er musste dort irgendwo sein. Adam war paranoid und glaubte ständig, dass jemand einbrechen und eines der Autos aus der Einfahrt stehlen könnte. Er nannte den Schläger seine Versicherung. Ganz bestimmt hätte er ihn nicht weggeräumt. Endlich ertasteten ihre Finger den Gegenstand, und als sie ihn hervorzog, ließ ein Geräusch sie innehalten: ein Klicken. Sie hob den Kopf. Zentimeter um Zentimeter wurde die Schlafzimmertür geöffnet. Ihr Schrei blieb in der Kehle stecken. Sie verharrte wie angewurzelt und sah mit vor Schreck geweiteten Augen, wie die Tür aufflog und eine Gestalt ins Zimmer stürzte.

ZWEI

SAMSTAG, 3. MÄRZ – FRÜHER MORGEN

Natalie Ward drehte sich auf die Seite, tippte das Handy an und stöhnte leise. Es war erst kurz nach eins. Ihr entfuhr ein tiefer Seufzer, was ihren Mann David allerdings nicht zu stören schien, denn er lag auf dem Rücken, schlief tief und fest und schnarchte laut. Sie stieß ihn nun schon zum dritten Mal an und war erleichtert, als er sich endlich auf die Seite drehte und der Krach aufhörte.

Der Alkohol war schuld. Immer wenn er zu viel trank, spielten sie dieses Spielchen. Da er nun still war, entspannten sich ihre Schultern, und sie dachte über den Abend nach. Es war besser gelaufen, als sie erwartet hatte. Sie war nicht unbedingt die ideale Gastgeberin für ein Dinner, und mit ihren kulinarischen Fähigkeiten hätte sie auch keinen Blumentopf gewinnen können. Allerdings hatte sie ein passables Abendessen zustande gebracht, und Davids Vater Eric und seine neue Freundin Pam waren angenehme Gäste gewesen. Sogar die Kinder hatten sich benommen. Der sechzehnjährige Josh hatte es geschafft, bei Erics fürchterlichen Witzen höflich zu lächeln, und die vierzehnjährige Leigh hatte nicht einmal an den etwas verkochten Makkaroni mit Käse herumgemeckert, die sie ihr als Alternative zum Lammbraten mit Salsa Verde angeboten hatte.

Sie starrte an die Decke und versuchte, ihre Gedanken zur Ruhe zu bringen. Sie stiegen auf, kribbelten in ihrem Kopf herum und zerplatzten wie Bläschen in einem Champagnerglas. Sie war nicht wie David, der für gewöhnlich sofort einschlief, sobald sein Kopf auch nur das Kissen berührte. Sie hatte lange an Schlaflosigkeit gelitten und gelernt, dass sie ihren Gedanken ihren Lauf lassen musste, wenn ihr Verstand sie nicht schlafen ließ. Sie konnte es noch nicht einmal auf den Alkohol schieben. Sie hatte am Abend nur alkoholfreie Getränke zu sich genommen. Nicht weil sie nicht mit den anderen trinken und fröhlich sein wollte, ganz im Gegenteil. Aber sie hatte das Essen nicht ruinieren wollen. Es war das erste Mal, dass sie Pam zu sich nach Hause eingeladen hatten, und Natalie hatte sich Eric zuliebe Mühe gegeben, damit der Abend ein Erfolg würde. Er war nervös gewesen, seine neue Freundin der Familie vorzustellen, insbesondere David. Der hatte zwar gelächelt, doch es war ihm schwergefallen, seinen Vater mit einer Frau zu sehen, die nicht seine Mutter war.

Eric war nun schon seit zehn Jahren Witwer. Lang genug, fand Natalie. Sie hatte sich für ihn gefreut, dass er jemanden gefunden hatte, mit dem er sein Leben teilen konnte. Es war zu schade, dass David es nicht auch so sehen konnte …

»Du verstehst es einfach nicht, oder?« David zupft seine rechte Socke zurecht. »Er ist nicht dein Vater.«

Natalie beißt sich auf die Zunge, auch wenn sie David gern sagen würde, er solle aufhören, sich wie ein trotziges Kind aufzuführen. Seine Mutter ist seit zehn Jahren tot. Wäre von ihren Eltern einer der Partner allein geblieben, hätte sie sich für ihn gewünscht, dass er noch einmal ein neues Glück findet. David scheint vergessen zu haben, dass sie Mutter und Vater verloren hat, und redet weiter auf sie ein.

»Sie ist viel zu jung für ihn. Sie ist erst sechsundfünfzig. Er ist fast siebzig. Hat er es nötig, sich irgendetwas zu beweisen?«

»Vielleicht, dass er noch lebt«, schlägt sie vorsichtig vor. »Er ist ein sehr vitaler Siebzigjähriger. Er möchte das Leben genießen, solange er es noch kann.«

David macht ein albernes Geräusch, um zu zeigen, was er davon hält, verfolgt das Gespräch jedoch nicht weiter. Er zupft an der anderen Socke und wirft sie auf den Boden neben dem Bett auf seine anderen Sachen. »Ich habe zu viel getrunken«, verkündet er, schlägt die Decke zurück und legt sich ins Bett.

»Ich weiß. Schlaf ein bisschen.«

»Es tut mir leid.«

»Ist schon okay.«

Sie hebt seine Sachen auf und wirft sie auf den Stuhl in der Ecke des Zimmers, damit er nicht darüber fällt, wenn er nachts noch einmal aufsteht. Dann macht sie sich selbst bettfertig. Als sie die Zähne geputzt hat, schläft David bereits.

Natalie hatte Verständnis für seine Bedenken. Sein Vater war ein Fixpunkt in ihrem Leben. Eric war derjenige, den sie anriefen, wenn irgendetwas im Haus repariert werden musste. Er war ein fabelhafter Heimwerker und kam oft vorbei, um im Garten auszuhelfen, manchmal auch nur auf eine Kanne Tee und ein Schwätzchen. Außerdem war er jahrelang ihr bevorzugter Babysitter gewesen, bevor die Kinder alt genug waren, um sie allein zu lassen. David hatte Angst, er könnte aus ihrem Leben verschwinden. Natalie sah das anders. Eric musste seinen Lebensabend so gestalten, wie er es wollte, und nicht ständig auf Abruf bereitstehen. Außerdem entwickelten sich Leute eben oft auseinander. Das passierte dauernd. Man musste sich nur sie und Frances ansehen. Seit Jahren hatte sie keinen Kontakt mehr zu ihrer Schwester, und sie vermisste sie nicht. *Wirklich? Nicht mal ein bisschen?* Sie ignorierte die leise Stimme in ihrem Kopf. Anstatt müde zu werden, regte sie sich noch mehr auf, wie so oft, wenn sie an Frances dachte.

Sie hatten die Idee gehabt, die Kinder heute auf eine Shoppingtour nach Manchester mitzunehmen. Wenn sie nicht bald einschlief, wäre ihr eine eineinhalbstündige Fahrt mit anschließendem Bummel durch die Geschäfte zu anstrengend. Sie versuchte es mit den Entspannungstechniken, die ihr eine Psychiaterin gezeigt hatte. Sie krampfte die Zehen zusammen und lockerte sie wieder, dann wanderte sie zu den Wadenmuskeln, die sie ebenfalls anspannte und wieder lockerte. Stück für Stück spannte und lockerte sie die Muskeln in den Oberschenkeln, die Bauchmuskeln, das Zwerchfell, die Brust, Schultern, Arme, Hände und Finger, bis schließlich alle Spannung von ihr abfiel. Ihr Atem wurde langsamer, und sie strudelte abwärts in einen langen, dunklen Tunnel des Vergessens.

Doch Schlaf fand sie nicht. Das leise Brummen ihres Handys holte sie zurück ins Hier und Jetzt, zog sie Stück für Stück aus der warmen Grube, in der sie endlich Ruhe und Frieden vor der Realität gefunden hatte. Es war die Arbeit. Sie nahm das Telefon ans Ohr. Superintendent Aileen Melody klang wach und aufgekratzt.

»Natalie, es hat einen Mord gegeben.«

Natalie war schlagartig wach, schlug die Decke zurück, schwang die Beine aus dem Bett und setzte sich auf. »Wo?«

»Eastborough. Ich texte Ihnen die Adresse. Es ist eine junge Frau namens Charlotte Brannon. Ihr Mann hat sie tot in ihrem Schlafzimmer gefunden. Ich weiß, Sie haben frei, aber ich möchte, dass Sie die Ermittlungen leiten. Ist das in Ordnung?«

Natalie stand auf. »Ich bin schon unterwegs.«

Eine kurze Pause entstand. »Danke. Ach, und Natalie, ich sollte Sie warnen ... Da gibt es auch ein Baby.«

Natalie blieb abrupt stehen. »Ein Baby?«

»Ihr Sohn. Ihm ist nichts geschehen, aber er war während des Angriffs auf seine Mutter im Haus. Ich habe Mike hingeschickt.«

Mike Sullivan war der leitende Forensiker und darüber hinaus Davids bester Freund. »Okay, in spätestens einer Viertelstunde bin ich dort.«

David bewegte sich. Seine Stimme klang schläfrig. »Alles gut?«

»Ja. Schlaf weiter.«

»Was ist los?«

»Arbeit.«

Er murmelte irgendetwas und zog die Decke bis zum Hals hoch. Als sie sich fertig angezogen hatte, schlief er bereits wieder. Er kannte den Ablauf. Sie schlüpfte aus dem Schlafzimmer und hinunter in die Küche, in der noch immer das warme Aroma von Gewürzen, Wein und einem Hauch von Geselligkeit in der Luft lag. Sie fischte in der Schüssel neben dem Wasserkocher nach ihrem Schlüssel und griff sich die Jacke vom Haken an der Hintertür. Dann trat sie hinaus in die kühle Morgenluft.

Maddison Court in Eastborough, einem kleinen Vorort von Samford, war eine prestigeträchtige Wohnsiedlung mit dreißig von Architekten geplanten Häusern. Jedes der Grundstücke verfügte über eine ausladende Zufahrt und eine Gartenfläche von über zweitausend Quadratmetern und lag im Wert bei einer dreiviertel Million Pfund und aufwärts.

Die Blaulichter der bereits eingetroffenen Einsatzfahrzeuge – ein Kranken- und drei Streifenwagen – blitzten unter dem dunklen Himmel auf. Während Natalie den Schutzoverall anzog, den sie im Auto aufbewahrte, sah sie sich um und entdeckte eine mollige Frau mit leuchtend rotem Haar, die neben der geöffneten Beifahrertür eines Einsatzfahrzeugs hockte, den Kopf in die Hände gestützt, und mit jemandem im Wagen sprach. Es handelte sich um die Opferbetreuerin Tanya Granger, die sich um die Opfer und Angehörigen kümmerte. Natalie nahm sich einen Augenblick Zeit, um sich in der Straße umzusehen. Die Lichter in den Nachbarhäusern brannten, und die meisten Bewohner schauten entweder aus dem Fenster oder standen in der geöffneten Haustür und beobachteten mit ungläubiger Miene, wie sie in den Schutzanzug schlüpfte. Es war Leben im Wohngebiet, obwohl es erst zwei Uhr morgens war. Mit energischen Schritten ging sie vorbei an dem neuen Bentley mit Allradantrieb und einem schwarzen BMW-Coupé die ansteigende Einfahrt hinauf und war sich dabei bewusst, dass die Nachbarn sich mit gezückten Handys zu Grüppchen zusammenfanden, um das Treiben vor dem Haus der Brannons in Foto oder Film festzuhalten. Zweifellos würden sie diese dann mit schockierten Kommentaren und Spekulationen über das Geschehen auf den sozialen Netzwerken hochladen.

An der Haustür angekommen zeigte sie dem Polizisten an ihren Ausweis, und er fügte ihren Namen dem Einsatzprotokoll hinzu. Dann entdeckte sie Murray Anderson, einen ihrer Sergeants, und PC Ian Jarvis, die hinter ihrem Auto hielten. Sie machte ihnen ein Zeichen, zu ihr zu kommen.

»Sehen Sie sich in der Umgebung um, ja? Und sorgen Sie dafür, dass alle wieder reingehen. Es ist nicht besonders hilfreich, wenn alle mitfilmen. Bitten Sie sie einfach höflich, aufzuhören, und fragen Sie bei der Gelegenheit, ob jemand irgendetwas Verdächtiges gesehen habt.«

Abzuwarten, um sicherzustellen, dass ihre Befehle auch befolgt wurden, war nicht nötig. Sie konnte sich darauf verlassen und wusste, dass die Gaffer verschwunden sein würden, wenn sie aus dem Haus käme. Zaghaft betrat sie die große Eingangshalle mit grauen Schieferfliesen und warf einen

Blick in die Garderobe und die Gästetoilette mit dem muschelförmigen Waschbecken.

Sie ging durch eine Tür zu ihrer Linken und betrachtete den riesigen Raum mit den deckenhohen Fenstern auf der einen Seite. Hauchdünne Vorhänge waren kunstvoll zu beiden Seiten der Fenster drapiert, jedoch nicht zugezogen.

Natalie fand, dass es dem Raum an Charme fehlte. Er wirkte wie eine schicke Möbelausstellung oder als wäre er speziell für eine Fotostrecke in einem schicken Einrichtungsmagazin ausstaffiert worden. Es gab nichts Anheimelndes: Hohe weiße Lampen mit plissierten weißen Schirmen standen neben einer grauen Sitzgruppe, auf der sieben Personen Platz fänden. Skulpturen von cartoonartigen Vögeln zierten ein graues Regal über dem künstlichen Kamin und andere, engelhafte Figuren waren überall im Raum auf modernen grauen Tischchen verteilt. Schwarz-weiße Gemälde, alle vom selben Künstler, hingen gruppiert an den weißen Wänden: Eines zeigte Menschen mit Regenschirmen, die sich gegen den Wind stemmten, ein weiteres einen Mann und einen Jungen mit Angeln auf einem Ast sitzend, ein drittes ein Kind auf einem Fahrrad mit einem Anhänger voller roter Herzen.

Es war stylisch, doch es verriet Natalie nicht viel über das Paar, das hier wohnte. Die typischen Spuren eines Familienlebens fehlten, wenn man einmal von dem übergroßen Flachbildfernseher an der Wand absah. Ein Treppenaufgang teilte den offenen Wohnbereich in zwei Teile, von denen der hintere sich zur Küche hin öffnete, die ebenso modern und aufgeräumt wirkte und der das typische Chaos fehlte, das Natalie mit Familienalltag verband. Es gab keinen Hinweis auf ein Baby im Haus: keinen Hochstuhl, kein Spielzeug oder andere Babyartikel, nicht einmal Fotos. *Wer zeigt denn nicht stolz seine Kinderfotos?*, fragte sie sich in Gedanken. Ihr eigenes Zuhause war voller Erinnerungen an ihre Kinder: Gerahmte Fotos von Josh und Leigh als Babys und Kleinkinder, aber auch aktuellere, die sie als Teenager zeigten, hingen an den meisten Wänden im Erdgeschoss und sogar am Kühlschrank.

Der Raum war wie ein Palast. Obwohl sich mehrere Mitglieder des Ermittlerteams dort aufhielten, hätten noch weit mehr hineingepasst. *Ein Haus wie gemacht für Partys.* Für gewöhnlich waren Tatorte beengt und wuselig, wenn Spurensicherung und Ermittlungsteam vor Ort waren, doch nicht in diesem Haus. Um Mike zu finden, musste sich Natalie an niemandem vorbeidrücken. Er stand in nachdenklicher Pose mit gesenktem Kopf vor einer stahlgrauen amerikanischen Kühlgefrierkombination, die so groß war wie ihre gesamte Küchenanrichte aus Kiefer. Sie durchquerte den Raum, vorbei an dem ausladenden Treppenaufgang, und ging zu ihm.

»Hey.«

»Hi«, grüßte er. »Ich wollte immer so einen großen Kühlschrank haben. Da passt jede Menge Bier rein. Guck mal: Man kann damit auch Eiswürfel machen.« Er deutete auf den Spender. Sein Lächeln erreichte nicht die geröteten Augen.

Natalie wusste, dass er versuchte, eine schwierige Situation einfacher zu machen. Sie hatte mit ihm schon ähnliche Situationen erlebt und wusste, wie er arbeitete. Seinem aschfahlen Teint nach zu urteilen, war er bereits oben gewesen und hatte das Opfer gesehen. Seine Worte bestätigten es. »Das ist das Schlimmste, was ich je gesehen habe. Ich brauchte einen Augenblick.«

Sie lächelte ihm kurz zu. »Ich gehe jetzt hoch.«

»Soll ich mitkommen? Es ist wirklich übel.«

»Ich komme schon klar. Bleib ruhig noch eine Weile.«

Er sah sich im Raum um, wo sein Team mit gesenkten Köpfen konzentriert bei der Arbeit war, und nickte. »Adam Brannon, der Ehemann, ist mit Tanya draußen. Die Sanitäter haben das Baby untersucht, ihm ist offenbar nichts passiert. Ein Sozialarbeiter kümmert sich gerade um ihn. Soweit wir das bisher beurteilen können, gibt es keine offensichtlichen

Einbruchsspuren. Jemand könnte das Schloss geknackt haben, doch dafür würde man entsprechende Fertigkeiten und die passende Ausrüstung benötigen. Überwachungskameras gibt es weder im Haus noch draußen, also nichts, was uns helfen könnte. Es *gibt* zwar eine hoch entwickelte Alarmanlage, doch die war offenbar nicht scharfgeschaltet.«

Natalie dachte über seine Worte nach. »Das heißt, Charlotte könnte den Angreifer selbst hereingelassen haben?«

»Oder die Person hatte einen Schlüssel.« Weitere Schlussfolgerungen überließ er ihr. Kurz musste sie an den Mann draußen im Einsatzwagen denken.

»Wohin kommt man da entlang?« Sie deutete auf die Tür am hinteren Ende des Raumes.

»Spielzimmer. Da gibt es einen richtigen Billardtisch und einen Schreibtisch. Ansonsten nichts Ungewöhnliches, aber wir nehmen den Raum noch unter die Lupe.« Er machte eine Pause, ließ kaum merklich die Schultern sinken, dann fuhr er fort. »Pinkney ist unterwegs.«

»Gut.« Natalie mochte den Rechtsmediziner, denn sie schätzte seine sachliche Herangehensweise. Er beherrschte perfekt die Gratwanderung zwischen Empathie und nüchterner Sachlichkeit. Er stand ihnen stets bereitwillig mit Fakten und Informationen zur Seite, was ihr helfen würde, sich gedanklich von den schrecklichen Ereignissen zu distanzieren. Manchmal war es einfach das Beste, sich in reinen Fakten vergraben zu können.

Sie konnte es nicht länger aufschieben. Sie kehrte zur Treppe zurück und ging hinauf. Die Stufen beschrieben einen leichten Bogen nach rechts bis zu einem Treppenabsatz mit cremefarbenem Teppichboden, auf dem Natalie kurz stehenblieb. Der Geruch nach Tod war hier am deutlichsten. Ekelerregend süßlich legte er sich auf ihre Schleimhäute und drang in Rachen und Nase. Einige im Team verwendeten Mentholcreme, die sie unter die Nase rieben, oder kauten Kaugummi, doch ihrer Erfahrung nach spielte es keine Rolle, was man tat, um ihn zu übertünchen, der Geruch drang dennoch durch die Haut und in die Atemwege. Die beste Strategie war ›Augen zu und durch‹.

Vom Treppenabsatz gelangte man zu mehreren Räumen, deren Türen alle offen standen. Leise Stimmen verrieten, dass auch dort Polizeikräfte am Werk waren. Sie dachte darüber nach, wie eigenartig es doch war, dass sich alle in solchen Situationen bemühten, leise zu sprechen oder zu flüstern, als ob die Toten hören konnten, wie ihre persönlichen Dinge durchsucht und kommentiert wurden. Sie holte tief Luft und beruhigte ihren Atem, so gut es ging. *Einatmen. Ausatmen. Einatmen.* Ein Rascheln hinter ihr veranlasste sie, den Kopf zu drehen, und sie lächelte kurz, als sie Detective Sergeant Lucy Carmichael erblickte.

»Das ist alles ziemlich krank«, sagte Lucy. »Haben Sie sie schon gesehen?« Als sie den Kopf neigte, reflektierte ihr dichter blauschwarzer Pony das Deckenlicht und glänzte wie Rabengefieder.

»Ich wollte gerade rein.« Mehr musste Natalie nicht sagen. Ein kurzer Blick auf einen weißen Schutzanzug und das Aufflackern eines Blitzlichts zeigten an, wohin sie gehen mussten. Die offizielle Tatortfotografin war gerade im ersten Zimmer beschäftigt.

»DI Ward und DS Carmichael«, verkündete Natalie, als sie nähertraten. »Wir kommen jetzt rein.«

Die Fotografin ging zur Seite. Natalie trat ein und sah sich um: eine mit silbernen Fäden durchwirkte graue Tapete, ein weiß angestrichenes Doppelbett im Regency-Stil mit frischem weißen Bettzeug und einer Tagesdecke mit gelbem Muster, die teilweise auf den Boden gerutscht war, vier dottergelbe und vier taubengraue Kissen, in eine Ecke des Zimmers geworfen, weiße Nachttische und eine geöffnete Tür, die in ein Ankleidezimmer führte, farblich passende gelbe Zeichnungen von Hirschköpfen über dem Bett neben gelben Regalbrettern, die gerade groß genug waren, dass je eine weiße Stumpenkerze darauf Platz hatte. Zwischen den Bildern an der Wand stand ein einziges Wort: »*warum?*«

Natalie betrachtete es eine Weile. Die Buchstaben waren etwa zwanzig Zentimeter hoch, alles Kleinbuchstaben und leicht zur Seite geneigt.

»Ist es das, was ich denke?«, fragte sie.

Die Fotografin antwortete leise: »Ja. Es wurde mit Blut geschrieben.«

Sie riss den Blick von der Wand los und ließ ihn über das Bett gleiten. Ein Paar silberne, bestickte Pantoffeln stand auf der einen Seite, und auf der anderen lag nackt in einer Blutlache der übel zugerichtete Leichnam von Charlotte Brannon.

Natalie schluckte und behielt einen kühlen Kopf. Es war wichtig, nicht nur die Leiche genau zu betrachten, sondern alles drumherum, um ein Gefühl für den Tathergang zu entwickeln. Ihr Blick fiel auf einen ovalen Digitalwecker, der nun 2:15 Uhr morgens anzeigte, sowie ein leeres Glas, das in einem ungewöhnlichen Winkel auf einem Babyfon lag, als ob jemand es aus Versehen umgestoßen hätte.

Sie näherte sich dem Babyfon. Das blinkende Licht zeigte, dass es funktionierte. Als sie das Ohr näher daranhielt, konnte sie gedämpft die Befehle des Spurensicherungsteams im Kinderzimmer hören. Ein eingedrücktes Kissen hing halb über die Bettkante. Charlotte musste es mitgezogen haben, als sie versucht hatte, auf die Uhr zu sehen oder das Babyfon zu erreichen. Die silbernen Pantoffeln waren zur Seite getreten worden und lagen verkehrt herum. Charlotte hatte sie nicht angezogen. Sie war zur anderen Bettseite gegangen, der Seite, auf der sie nicht schlief. Das Kissen dort war unberührt. Es lag aufgeschüttelt bereit. Außer etwas Kleingeld befand sich nichts auf dem anderen Nachttisch.

Natalie zwang sich, Charlottes blassen Leichnam anzusehen. Sie lag auf dem Rücken, ihr kastanienbraunes Haar blutverkrustet, die Nase zerschmettert und eingedrückt, Kinn und Wangen eine undefinierbare rote Masse. Eines der braunen Augen starrte an die Decke, das andere war zugeschwollen und mit Blut verklebt. Einen Arm hatte sie über den Kopf ausgestreckt, die schmale Hand der einzige unversehrte Körperteil. Der andere Arm war am Ellbogen in einem unnatürlichen Winkel nach hinten abgeknickt. Ihre Knie waren geschlossen und ihre untere Körperhälfte nach rechts gedreht. Natalies Blick fiel auf die drei tätowierten Schmetterlinge auf Charlottes linker Schulter, dann betrachtete sie den gesamten zerschlagenen Körper bis hinab zu den sorgfältig lackierten Zehennägeln, die so rot waren wie die Blutlache, in der sie lag. Charlotte wirkte wie eine kaputte Puppe.

»Machen Sie auf jeden Fall auch Fotos davon«, sagte sie und deutete auf den Nachttisch mit dem Babyfon. Die Fotografin hob die Kamera und knipste noch einmal.

»Ich glaube, wir haben die Waffe gefunden«, sagte Mike hinter ihr und ließ sie zusammenfahren. Sie fasste sich schnell wieder, folgte mit dem Blick seinem ausgestreckten Arm und entdeckte den Griff eines hölzernen Baseballschlägers, der in einem großen Beweismittelbeutel aus Plastik steckte. Sie trat näher heran und erkannte rötlich braune Flecken, bei denen es sich nur um Blut handeln konnte. »Er war in der Tonne draußen unter dem Müll versteckt. Es handelt sich um einen robusten Vierunddreißig-Zoll-Baseballschläger aus Holz.«

»Die Mülltonne ist nicht gerade das originellste Versteck«, bemerkte Natalie. »Entweder hatte es der Mörder eilig und hat ihn weggeworfen, ohne großartig darüber nachzudenken, oder es war ihm egal, ob er gefunden wird.«

»Vielleicht ist er auch einfach nicht der Hellste«, meinte Mike.

Lucy war an ihre Seite getreten, und als sie nun sprach,

wirkten ihre Augen noch größer als sonst. »Mit dem Ding hat der Scheißkerl sie totgeprügelt?«

»Sieht so aus. Um die Leiche herum hat sich ziemlich viel Blut gesammelt, und die Bettwäsche auf der Seite des Bettes weist Schlagspritz- und Schleuderspuren auf. Ob es weitere Blutspuren oder winzige Spritzer gibt, werden wir bei der Luminoluntersuchung feststellen. Ich gehe allerdings von einem plötzlichen, heftigen Angriff nur in diesem Bereich des Schlafzimmers aus.«

Natalie versuchte, sich die Szene vorzustellen: ein wütender Angreifer mit einem Baseballschläger und eine wehrlose Frau. Hatte Charlotte versucht, dem Eindringling zu entkommen, indem sie sich unter dem Bett versteckte? War dies ein versuchter Einbruch mit tragischem Ausgang oder womöglich ein Fall von aus dem Ruder gelaufener häuslicher Gewalt? Charlotte trug ihren Verlobungs- und ihren Ehering. Natalie ging zur Frisierkommode und suchte nach Wertgegenständen. In der obersten Schublade fand sie eine Schminktasche von Ted Baker und Säckchen mit bunten Perlenketten und Schmuck, jedoch nichts davon sah besonders wertvoll aus. In den anderen Schubladen befand sich Unterwäsche aus Seide und Spitze von Marken wie Agent Provocateur, La Perla und Eres. Alles war ordentlich gefaltet und wirkte unberührt. Mit geschultem Blick erkannte Natalie, dass offenbar nichts fehlte.

»Wir sollten herausfinden, ob sie wertvollen Schmuck besaß, und wenn ja, ob er – oder sonst irgendetwas – gestohlen wurde. Vielleicht gibt es einen Safe. Der Ehemann ist draußen. Er wird es uns sagen können.«

Lucy meldete sich zu Wort. »Ja, er hat schon eine Aussage gemacht. Möchten Sie mit ihm sprechen?«

»Gleich. Ich will zuerst das Kinderzimmer sehen.« Natalie ging hinaus auf den Treppenabsatz und bereitete sich geistig darauf vor, bevor sie das andere Zimmer betrat. Der Anblick verschlug ihr den Atem. Es mochte unten keinerlei

Hinweis auf die Existenz eines Kindes gegeben haben, doch in diesem Raum waren die Spuren überdeutlich, und er steckte voller Liebe. Auch hier war alles in Weiß und Grau gehalten, doch dieses Zimmer hatte Charme und Wärme: eine hellgraue Tapete mit weißen Wölkchen, ein weiß gerahmtes Bild von ein paar niedlichen blauen Häschen, ein großer weißer Sessel mit einem sternförmigen weißen Kissen, an dem ein grau-blaues Spielzeughäschen lehnte, ein blauer Sitzsack aus weichem Leder auf einem flauschigen weißen Teppich, auf dem Boden eine blaue Holzeisenbahn und daneben zwei weitere Spielzeughäschen, die größer waren als Alfie selbst, weitere Spielzeuge und Kinderbücher auf den Regalen neben Fotos von Mutter und Kind, in einer Ecke eine weiße Spielzeugkiste mit dem Namen Alfie in blauen Lettern und in der anderen das hübscheste weiße Kinderbettchen, das Natalie je gesehen hatte. Nie wieder würde Charlotte in diesem wunderschönen Kinderzimmer ihren kleinen Sohn in den Armen halten und ihm Geborgenheit und Liebe schenken. Es war, als hätte sich ein Schraubstock um ihre Brust gelegt, der ihr das Atmen erschwerte. Sie bemerkte, dass Lucy an ihrer Seite offensichtlich ähnliche Gefühle durchmachte.

»Immerhin lebt er«, sagte sie nur, blinzelte mehrmals und verließ das Zimmer. Natalie folgte ihr und war erleichtert festzustellen, dass Pinkney Watson, der Rechtsmediziner, eingetroffen war. Er und Lucy kamen glänzend miteinander aus und lieferten sich für gewöhnlich gern ausgedehnte Verbalgefechte, aber nicht heute. Heute legte ihr lediglich eine Hand auf den Arm, als er sie auf der Treppe aufhielt.

»Bist du okay?«, fragte er.

Sie schniefte und schüttelte den Kopf.

»Geh ein bisschen Luft schnappen«, schlug er in aufmunterndem Ton vor.

Sie nickte kurz und hastete hinunter.

Als er Natalies Blick bemerkte, fügte er hinzu: »Ich schätze, es ist nicht leicht für sie. Jetzt, wo Bethany schwanger ist.«

Bethany Green war Lucys Partnerin, eine Buchhalterin mit ernster Miene und elf Jahre älter als Lucy. Sie hatten all ihre Ersparnisse in die Fruchtbarkeitsbehandlung investiert, und Bethany war dank einer Samenspende direkt schwanger geworden. Das Paar hatte zwar kein Geheimnis daraus gemacht, dass sie sich eine biologische Verbindung zu ihrem Kind wünschten, aber dass Lucys bester Freund, Sergeant Murray Anderson, der Spender war, war nicht allgemein bekannt.

»Sie wird schon wieder«, fuhr Pinkney fort. »Sie ist zäh.«

Ein warmes Lächeln ließ seine tiefblauen Augen aufleuchten und verstärkte die Fältchen darum. Pinkney war kein besonders schöner Mann. Seine Nase war etwas zu lang für sein Gesicht und seine Augen lagen etwas zu weit auseinander, doch er besaß trotz seiner fünfundfünfzig Jahre den Enthusiasmus und die Energie eines Kleinkinds, und Natalie hielt ihn für einen der besten Rechtsmediziner überhaupt. Seine Hingabe für den Beruf war vermutlich einer der Gründe, warum er noch Junggeselle war und sein dreistöckiges viktorianisches Stadthaus in Samford mit zwei alternden Katzen teilte. Sein Name ließ Exzentrik vermuten, doch außer seinem leuchtend grünen VW-Bus aus den Sechzigerjahren namens Mabel, mit dem er bei jeder Gelegenheit kreuz und quer durch Großbritannien reiste, hatte er keine nennenswerten Schrullen. Da er so viel Zeit damit verbrachte, dem Tod ins Gesicht zu sehen, war es Natalies Empfinden nach vermutlich genau richtig, dass er zum Wandern in die entlegensten Winkel von Schottland oder Cornwall fuhr, um sich ›der Wunder der Natur‹ wieder bewusst zu werden.

»Ich bin draußen, wenn Sie mich brauchen«, sagte Natalie. »Ich möchte mit Mr Brannon sprechen.«

»Klar. Ich glaube, ich schaffe das hier drin allein. Wenn Sie draußen bleiben möchten, komme ich zu Ihnen und berichte, sobald ich einen Blick auf das Opfer geworfen habe.«

»Danke, Pinkney.«

Sie ging die Treppe hinunter und dachte darüber nach, was Charlotte widerfahren sein konnte. Am Fuß der Treppe stieß sie auf Mike. »Dreckskerl!« Sein Ton war wütend. »Wie konnte ihr jemand so etwas antun?«

Darauf hatte Natalie auch keine Antwort. Zum gegenwärtigen Zeitpunkt wusste sie nicht viel mehr, als dass eine geistesgestörte Person eine junge Frau ermordet und ein Kind seine Mutter verloren hatte.

»Wenn du irgendetwas brauchst, musst du es nur sagen, Natalie.« Eine tiefe Furche hatte sich zwischen seinen zusammengezogenen Brauen gebildet. »Egal was.«

Sie nahm seine Worte mit einem Nicken zur Kenntnis und ging zur Tür. Es gab keine Einbruchsspuren. Der Mörder war entweder durch eine unverschlossene Tür eingedrungen, war hineingelassen worden oder besaß einen Schlüssel. Eine Person, auf die Letzteres zutraf, wartete draußen darauf, von ihr vernommen zu werden. Es war Zeit, sich mit Adam Brannon zu unterhalten. In der Nähe des Hauses traf sie auf Tanya Granger und sprach mit ihr.

»Wie geht es ihm?«

»Ich habe lange mit ihm geredet, bevor Sie gekommen sind. Für einen Mann, der gerade das Ergebnis eines brutalen Angriffs auf seine Frau gesehen hat, wirkt er erstaunlich gefasst. Ich nehme an, er steht unter Schock. Seine Reaktion, als wir über das Baby gesprochen haben, fand ich eigenartig. Er wiederholte ständig, dass es besser wäre, wenn sich zunächst Charlottes Eltern um Alfie kümmern.«

Natalie nickte. »Glauben Sie, er könnte plötzlich durchdrehen und zu Selbstjustiz greifen?«

»Nein, den Eindruck hatte ich nicht. Wenn überhaupt, scheint er sich zurückziehen zu wollen. Er fragte dauernd, ob er sich vom Haus entfernen dürfe. Anscheinend fällt es ihm schwer, hier zu sein.«

Natalie nickte abermals. »Können wir uns noch einmal kurz unterhalten, wenn ich mit ihm gesprochen habe?«

»Klar. Ich bin hier.«

Natalie näherte sich dem Polizeiwagen und der Person in seinem Innern. War Schock die Ursache seiner Nervosität, oder waren es Schuldgefühle?

DREI

SAMSTAG, 3. MÄRZ – FRÜHER MORGEN

Adam stieg aus dem Polizeifahrzeug. Seine hochgewachsene Gestalt von über ein Meter achtzig ragte neben dem Jaguar F-Pace auf. Er legte beide Hände auf das Autodach und betrachtete seine gespreizten Finger, wobei sein Blick auf dem Ehering an seiner Linken ruhte. In seinen dunklen Augen lag eine Traurigkeit, die Natalie schon oft in ihrer Laufbahn gesehen hatte. Sie sprach ihm ihr Beileid aus und wartete, bis der Mann bereit war, ihr zu erzählen, was geschehen war. Ihr Angebot, das Gespräch in ihrem Wagen oder auf dem Revier zu führen, lehnte er ab.

»Haben Sie jemanden, bei dem Sie heute Nacht bleiben können? Freunde oder Verwandte?«

»Nein. Ich schlafe in meinem Boxclub. Da gibt es ein Schlafsofa im Büro und Umkleiden mit Duschen und Toiletten. Ich kann vorerst dortbleiben. Ich kann nicht ... Ich kann da jetzt nicht rein. Ich weiß nicht, ob ich es je wieder kann«, sagte er. »Wo ist Alfie?«

»Der Sozialdienst kümmert sich erst einmal um ihn.«

Er nickte. »Das ist wahrscheinlich besser so. Ich kann mit all dem gerade nicht umgehen. Ich könnte mich nicht um ihn kümmern, ich kann ja nicht einmal klar denken. Vielleicht könnte er ein oder zwei Tage bei Charlottes Eltern bleiben, bis ich im Kopf wieder klarkomme.«

Seine Reaktion verwunderte sie. Warum wollte er nicht bei seinem Sohn sein? Er hatte sich nicht einmal aufgeregt, als man ihm Alfie abgenommen hatte. Das war schon ziemlich merkwürdig.

»Darum müssen sich die Sozialarbeiter kümmern. Meine Aufgabe ist es herauszufinden, wer Ihrer Frau das angetan hat. Bitte erzählen Sie mir, was heute Abend vorgefallen ist.«

Er drehte sich leicht, um sie anzusehen, sodass sie zu ihm aufblicken musste, und ihr fiel plötzlich auf, welche Kraft er ausstrahlte. Es überraschte sie nicht zu erfahren, dass er semi-professioneller Boxer war. Von seinen Augen abgesehen, verriet seine Miene wenig über seine Gefühlsregungen: Seine Brauen waren ordentlich gezupft, und die Stirn war makellos. Dunkle Stoppeln bedeckten das kräftige Kinn und die markanten Wangenknochen. Seine Stimme war tief, und er sprach leise.

»Wir waren aus und sind so gegen zehn zurückgekehrt. Charlotte ist sofort hineingegangen, weil sie ins Bett wollte. Sie war müde, hat sie gesagt. Ich habe noch die Babysitterin Inge nach Hause gefahren und bin dann auf einen Drink ins White Horse nach Samford gefahren. Dort habe ich mich mit einem alten Kumpel getroffen, Lee Webster. Wir haben etwas getrunken und sind dann noch auf ein paar Gläser mehr zu ihm gefahren. Falls Sie sich wundern, ich habe mich nur an Orangensaft gehalten. So gegen Mitternacht war ich zu Hause. Erst bin ich nicht hochgegangen, sondern habe auf Netflix *GLOW* geguckt. Irgendwann hat Alfie angefangen zu weinen. Ich dachte, sie würde sich darum kümmern. Ihm das Fläschchen geben, die Windeln wechseln oder so, wie sie es sonst auch macht, aber das hat sie nicht. Normalerweise geht sie sofort zu ihm, wenn er aufwacht. Ich bin zunächst unten geblieben, aber er hat immer lauter geschrien. Ich weiß nicht mehr, was ich dachte: Vielleicht hatte sie im Restaurant zu viel getrunken und war so fest eingeschlafen, dass sie ihn nicht gehört hat, oder sie fand, dass ich an der Reihe wäre. Ich kann es wirklich nicht mehr genau sagen. Jedenfalls bin ich direkt ins Kinderzimmer gegangen, wo er sich die Augen ausgeheult hat. Sein Gesicht war ganz rot, und er hat darauf gewartet, dass seine Mum kommt. Ich habe ihn hochgehoben und versucht, ihn zu beruhigen. Bin rumgelaufen und habe die entsprechenden Geräusche gemacht, aber er ließ sich einfach nicht beruhigen, also habe ich ihn ins Schlafzimmer getragen, um sie zu bitten, es zu versuchen, während ich ihm sein Fläschchen hole ... und da lag sie auf dem Boden. Ich brauchte nicht nachzusehen. Sie war eindeutig tot. Ich habe Alfie zurück ins Kinderzimmer gebracht, ihn wieder in sein Bettchen gelegt und sofort die Polizei angerufen. Er hat geweint und darauf gewartet, dass seine Mum kommt und ihn hochnimmt ...« Er schluckte schwer und konnte nicht weitersprechen.

»Schon okay. Er ist in Sicherheit.«

Er beruhigte sich wieder und nickte.

»War die Schlafzimmertür geschlossen?«

»Ja.«

»Und Sie haben nichts Ungewöhnliches bemerkt, bevor sie hinaufgegangen sind? Nichts was irgendwie fehl am Platz gewesen wäre? War zum Beispiel die Eingangstür unverschlossen?«

»Nein, nichts. Glauben Sie, ich hätte sonst in aller Seelenruhe unten gesessen und ferngesehen, wenn ich geahnt hätte, dass einem von den beiden etwas zugestoßen ist?«

»Das wollte ich damit nicht andeuten, Sir. Es ist nur wichtig, dass ich die Fakten klar herausarbeite, bevor ich mit der Ermittlung beginne. Gut möglich, dass Ihnen etwas einfällt, was Sie zu dem Zeitpunkt für unwichtig gehalten haben, das im Nachhinein aber bedeutend ist.«

Er blähte kurz die Nasenflügel. »Vermutlich haben Sie recht.«

»Die Alarmanlage war nicht scharfgeschaltet.«

»Nein. Sie wollte damit wohl warten, bis ich zurück bin. Wir schalten sie normalerweise ein, wenn wir ins Bett gehen.«

»Haben Sie Wertgegenstände im Haus, vielleicht in einem Safe?«

Er schnaubte verächtlich. »Nur, weil wir in einem großen Haus wohnen, heißt das nicht, dass wir reich sind. Die Autos sind das Wertvollste, was wir besitzen. Es gibt ein paar Gemälde und Skulpturen, die etwas teurer waren, aber vermutlich weniger wert sind, als wir bezahlt haben, und dann ist da Charlottes Schmuck – vor allem der Verlobungs- und der Ehering. Die hat sie allerdings noch getragen, als ich ... Ich habe Sammlerstücke vom Boxen: Handschuhe von Kämpfen, Plakate, so etwas eben. Und noch ein paar Uhren. Eine davon ist ein paar Tausend Schleifen wert.«

»Wo bewahren Sie die auf?«

»In meinem Hobbyraum. Das Zimmer hinter der Küche. Sie befinden sich in der unteren Schublade meines Schreibtischs. Darin sind auch ein paar Ketten von Charlotte und ein Diamantring. Sie hat nicht gern teuren Schmuck getragen. Sie hatte immer Angst, ihn zu verlieren, und trug lieber billiges Zeug – Modeschmuck. Die Schublade ist abgeschlossen. Der Schlüssel klebt unter der obersten Schublade.«

Natalie erinnerte sich, dass Mike das Spielzimmer erwähnt hatte. Das musste er gemeint haben.

»Sie meinen das Zimmer mit dem Billardtisch?«

»Genau.«

Sie nahm sich vor, Mike davon zu berichten und die Schublade zu überprüfen. »Hat außer Ihnen und Charlotte noch jemand einen Schlüssel zum Haus?«

»Nur Charlottes Eltern.«

»Sie sind sicher, dass die Tür abgeschlossen war, als Sie heimkamen?«

»Ja. Sie schließt automatisch, wenn man sie zuzieht. Ich musste sie mit dem Schlüssel öffnen.«

»Könnte Ihre Frau sie offen gelassen haben, als sie hineinging?«

»Vielleicht, aber Inge ist kurz danach aus dem Haus gekommen, und ich bin ziemlich sicher, dass sie die Tür hinter sich zugezogen hat.«

Also blieben noch drei mögliche Szenarien: Der Mörder konnte Schlösser knacken, er besaß einen Schlüssel oder Charlotte hatte ihn hineingelassen. Natalie fuhr mit der Befragung fort.

»Sie haben Inge nach Hause gebracht und sind dann ins White Horse gefahren, um sich dort mit Lee zu treffen?«

»Das ist richtig.«

»Gab es einen speziellen Grund, warum Sie gleich nachdem Sie mit Ihrer Frau aus waren noch in die Kneipe gefahren sind?«

»Ich war nicht ›mit meiner Frau aus‹, wie Sie es ausdrücken. Ich war mit meinen Schwiegereltern essen und brauchte danach dringend was zu trinken. Ich habe Charlotte gesagt, dass ich danach noch weggehe. Sie hatte kein Problem damit. Sie wusste, dass ich nicht besonders gerne Zeit mit ihren Eltern verbringe.«

»Sie verstehen sich nicht besonders gut mit ihnen?«

»Es ist nicht so leicht, mit ihnen auszukommen. Ich fühle mich ihnen gegenüber richtig mies und habe überhaupt keine Ahnung, worüber ich mit ihnen sprechen oder wie ich mich verhalten soll.«

»Sie haben bereits mit PC Granger gesprochen. Sie wird Ihnen bei all dem hier helfen, doch Sie könnten auch Hilfe von Familienmitgliedern gebrauchen.«

»Es gab nur Charlotte. Und Alfie. Sonst niemanden. Ihre

Eltern sind nicht unbedingt meine größten Fans. Sie werden mir die Schuld an allem geben. Ich weiß es einfach.«

Seine Augen trübten sich wieder, als der Schmerz ihn abermals übermannte. Natalie wusste nicht, wie sie ihn trösten sollte.

»Gibt es vielleicht doch jemanden, bei dem Sie bleiben könnten? Freunde vielleicht? Sie sollten jetzt nicht allein sein.«

Seine Worte klangen ernüchtert. »Ja, stimmt. In meinem Beruf macht man sich nicht viele Freunde. Eher das Gegenteil. Im Boxring hat man keine Freunde, und auch nicht, wenn man einen Boxclub für Jugendliche aus Brennpunktsiedlungen betreibt.«

»Was ist mit Mr Webster, mit dem Sie sich im Pub getroffen haben?«

Er schüttelte den Kopf.

»Sie sagen, Sie hätten keine Freunde und, in Ihren Worten, ›eher das Gegenteil‹. Kennen Sie jemanden, der fähig wäre, Ihrer Frau etwas anzutun?«

»Die Jungs, die ich kenne, würden mich gern ausknocken und im Ring gegen mich antreten, aber nicht meiner Familie wehtun. Ich kann mir niemanden vorstellen, der Charlotte etwas tun wollte. Das ergibt doch alles keinen Sinn.«

»Ich brauche die Namen dieser Männer.« Sie notierte sich alle, auch die Namen derer, zu denen er angeblich seit Jahren keinen Kontakt gehabt hatte.

Er strich sich mit der Handfläche über den glatt rasierten Kopf. »Einer von den Vögeln im weißen Anzug hat mein Handy mitgenommen. Krieg ich das bald zurück?«

»Sie bekommen es wieder, wenn wir damit fertig sind. Das ist Routine.«

»Sie haben auch Charlottes Handy mitgenommen und den Computer.« Er blickte zurück zum Haus und neigte den Hals zuerst nach links, dann nach rechts, bis er knackte. Er verzog das Gesicht, als hätte er Schmerzen. »Verdammt. Ich kann hier nicht bleiben. Ich brauche eine Auszeit. Allein. Ich kann hier nicht denken. Ich würde jetzt gern in den Club fahren, wenn ich darf. Wenn ich hier hocke und sehe, wie die Polizei rein- und rausläuft, und meine geliebte Charlotte da oben liegt, werde ich wahnsinnig.« Er hielt abermals inne und rang um Fassung. »Ich brauche für die nächsten Tage ein paar Anziehsachen und Rasierzeug. Und Alfie braucht sein Zeug. Kann jemand das für mich holen?«

»Ich fürchte, die Spurensicherung möchte zunächst alles vor Ort belassen.«

»Auch mein Auto?«

»Ja. Wir müssen alles untersuchen.«

Adam strich sich wieder über den Kopf. »Klar, natürlich. Scheiße. Ich komme auch so klar. Wenn mich jemand zum Boxclub fährt, verkrümele ich mich. Jetzt muss ich erst einmal verarbeiten, was ich da drin gesehen habe. Das war wie in so einem Horrorfilm.«

»Natürlich müssen Sie das. Möchten Sie, dass unsere Opferbetreuerin Sie begleitet und bei Ihnen bleibt?«

»Nein, ich will meine Ruhe haben. Ich pack den ganzen Scheiß nicht. Ich brauche Abstand. Sie haben doch gesehen, was der Dreckskerl mit meiner Frau gemacht hat.«

Er ballte die Fäuste.

»Ich spreche mit den Kollegen und sorge dafür, dass Sie gehen können. Vorher hätte ich aber noch eine letzte Frage: Haben Sie einen Baseballschläger?«

»Nein, habe ich nicht. Ich möchte jetzt gehen. Ich muss jetzt gehen. Ich kann hier mit Charlotte nicht bleiben ...« Er atmete hörbar aus. »Ich kann einfach nicht, okay?«

»Das verstehe ich. Ich sorge dafür, dass Sie gehen können. Ihr Verlust tut mir wirklich aufrichtig leid.«

Natalie ließ ihn beim Auto zurück und ging wieder zu Tanya Granger.

»Irgendetwas Neues?«, fragte diese.

»Nein. Er hat allerdings auch mir gegenüber ziemlich deutlich den Wunsch geäußert, gehen zu können. Er kann es kaum abwarten und erscheint mir nicht sonderlich besorgt wegen Alfie. Ich stelle jemanden ab, der ein Auge auf ihn haben soll.«

»Die Eltern wurden informiert, und wir haben versucht, die Schwester Phoebe zu erreichen, aber ihr Handy ist ausgeschaltet. Laut unseren Informationen befindet sie sich auf einem Langstreckenflug zurück nach Großbritannien. Sie ist Flugbegleiterin. Ich möchte so schnell wie möglich zu den Hills. Adam möchte, dass Alfie bei ihnen bleibt.«

»Das hat er mir auch gesagt. Er meinte, er könne sich jetzt nicht um ihn kümmern. Ich hätte erwartet, dass er nach einem solch traumatischen Erlebnis das Baby bei sich haben möchte«, sagte Natalie.

»Ein Schock äußert sich auf vielfältige Weise. Ich informiere den Sozialdienst, dann können sie entscheiden, ob Alfie vorerst zu seinen Großeltern soll.«

»Ich würde auch gern mit Charlottes Eltern sprechen.«

»Wenn Sie möchten, können wir uns dort treffen.«

»Ja, das wäre wohl das Beste. Ich muss hier noch ein paar Sachen mit meinem Team klären. Wir sehen uns dann dort.«

Natalies Team stand vor dem Haus der Brannons zusammen.

Lucy hatte sich wieder gefangen und sprach leise mit Ian. Die Nachbarn waren in ihre Häuser zurückgekehrt und hatten die Straße der Polizei überlassen. Ein langes schwarz-gelbes Flatterband war vor der Einfahrt gespannt worden, und Licht fiel durch die Haustür auf den Asphalt.

»Adam möchte die Nacht in seinem Boxclub verbringen. Kann einer von Ihnen ihn hinfahren und ein Auge auf ihn haben, bis ich eine Ablösung organisieren kann? Nur für den Fall, dass er plant, plötzlich stiften zu gehen. Er ist aufgebracht, aber er hält seine Wut zurück. Wenn er eine Ahnung hat, wer hinter der Tat steckt, könnte er versucht sein, sich selbst darum zu kümmern. Er hat zugegeben, dass er einige Leute kennt, die sich mit ihm anlegen würden. Hier ist eine Liste mit Namen, die wir überprüfen sollten. Er hat sie nicht direkt als Feinde bezeichnet, aber das war mein Eindruck.«

»Ich übernehme das«, meldete sich Murray.

Ian klopfte mit dem Stift auf seinem Notizbuch herum. »Eine der Nachbarinnen, Mrs Margaret Callaghan, glaubt, gegen Viertel nach elf zwei Gestalten die Straße hinunterlaufen gesehen zu haben. Sie ist eine ältere Dame, etwa Ende siebzig. Sie meinte, die beiden waren so um die zwanzig bis dreißig und trugen dunkle Kleidung. Sie sagte, sie würde noch etwas aufbleiben, falls Sie mit ihr sprechen möchten.«

Natalie sah auf die Uhr. Es war fast drei. »Ich gehe gleich zu ihr. Wir müssen Adam überprüfen. Er ist mit seiner Frau ausgegangen, hat sie nach Hause gebracht, die Babysitterin nach Hause gefahren und sich dann angeblich im Pub mit seinem Freund Lee Webster getroffen. Ich möchte alles, was Sie über die beiden herausfinden können, Ian. Sprechen Sie auch mit Lee.«

»Klar. Ich kümmere mich sofort darum. Wir sind hier erst einmal fertig.«

»Ich geh wohl besser mit«, sagte Lucy. »Vier Augen und so.«

Natalie bedankte sich, und sie einigten sich, sich später noch einmal kurzzuschließen.

Mit ihrer bläulich gefärbten Dauerwelle sah Margaret Callaghan aus, als hätte sie Zuckerwatte auf dem Kopf. Für eine Frau über siebzig wirkte sie lebhaft, und ihre Knopfaugen waren außergewöhnlich klar. Während sie mit Natalie sprach, hielt sie einen kleinen weißen Shih Tzu auf dem Arm, und mit ihrer präzisen Ausdrucksweise im reinsten Standardenglisch klang sie wie eine BBC-Ansagerin aus den Fünfzigerjahren.

»Ich schlafe heutzutage nicht so gut, also bin ich nachts oft auf. Ich ging früh zu Bett, so gegen neun Uhr, und muss eingedöst sein. Um Viertel nach elf wachte ich auf und ging hinunter, um mir eine warme Milch zu machen. Casper«, sagte sie und hob den Hund ein wenig hoch, um anzudeuten, von wem sie sprach, »saß neben der Haustür, also öffnete ich sie, um ihn hinauszulassen. Dabei sah ich kurz zwei Personen, die aus Richtung der Einfahrt zum Haus der Brannons gekommen zu sein schienen. Sie liefen zur Hauptstraße. Zuerst dachte ich, es wären Freunde der Brannons, und da ich keine Alarmanlage hörte, schöpfte ich auch zunächst keinen Verdacht. Ich hatte die Milch auf dem Herd stehen und wollte nicht, dass sie überkocht. Ehrlich gesagt, habe ich mir weiter keine Gedanken gemacht. Ich bin für gewöhnlich nicht neugierig, was meine Nachbarn so treiben. Wir leben hier alle recht zurückgezogen. Ich kenne zwar einige Leute hier, aber meistens halte ich mich für mich. Niemand mag aufdringliche Leute, nicht wahr? Schon gar keine neugierige alte Dame. Wie dem auch sei, ich saß noch eine Weile unten und trank meine Milch. Vielleicht zwanzig Minuten oder so. Ich las in einer Zeitschrift und wartete, bis Casper sein Geschäft gemacht hatte. Als ich ihn wieder hereinließ, sah ich das Auto der Brannons in die Einfahrt einbiegen. Ich ging wieder zu Bett, aber ich war noch nicht müde, also las ich im Bett noch etwas, und als die Polizeifahrzeuge eintrafen, wurde mir klar, dass ich möglicherweise schrecklich nachlässig gewesen bin und die beiden Personen, die ich gesehen habe, vielleicht ein Verbrechen begangen haben.«

»Sie haben sie also aus Richtung der Brannons kommen sehen. Und das war um Viertel nach elf oder etwas später?«

»Es muss ungefähr um diese Zeit gewesen sein. Natürlich bin ich mir nicht vollkommen sicher.«

»Können Sie die beiden beschreiben?«

»Oje, wenn Sie so fragen ... Sie waren ziemlich weit weg, und die Straße ist nicht besonders gut beleuchtet. Von der Art, wie sie sich bewegten, würde ich sagen, sie waren jung - vielleicht so zwanzig bis dreißig -, und sie trugen dunkle Kleidung.«

»Dick, dünn, groß, männlich, weiblich?«

»Männlich, glaube ich. Sie waren beide eher schlank, aber wie groß ...?« Sie hob entschuldigend die Schultern.

»Wie gut kennen Sie die Brannons?«

»Ich habe hin und wieder ein paar Worte mit Mrs Brannon gewechselt, wenn ich ihr beim Gassigehen begegnete oder gerade im Vorgarten zu tun hatte. Sie kam manchmal mit dem Kinderwagen vorbei. Mr Brannon habe ich nur gelegentlich zugewinkt. Ich fürchte, ich weiß so gut wie gar nichts über die beiden. Man denkt ja nicht, dass in einer so guten Gegend wie dieser so etwas passieren kann. Ich war hier immer zufrieden und habe mich sicher gefühlt. Ich hätte Sie ausgelacht, wenn Sie mir gesagt hätten, dass in dieser Wohngegend ein so schreckliches Verbrechen geschehen würde.« Traurig schüttelte sie den Kopf. »Das ist ein echter Schock.«

»Leben Sie allein, Mrs Callaghan?«

»Nein, Liebes. Ich lebe hier mit meinem Mann Peter, aber er ist dieses Wochenende bei seinem Bruder in Edinburgh. Ich bin froh, wenn er zurückkommt. Sobald Sie fort sind, lege ich die Kette vor und behalte Casper in meiner Nähe.«

»Ich bin sicher, dass Sie nichts zu befürchten haben, doch es ist immer eine gute Idee, Sicherheitsvorkehrungen zu treffen.«

Natalie bedankte sich dafür, dass die Dame sich die Zeit genommen hatte, und ging wieder hinaus. Die Straße war nun etwas leerer, weil einige Fahrzeuge bereits fort waren. Zwei Leute vom Sanitätsdienst schoben eine Trage, auf der sich in einem Leichensack der Leichnam von Charlotte Brannon befand, in den Rettungswagen. Mike und Pinkney kamen zusammen aus dem Haus, und sie ging auf die beiden zu.

»Adam behauptet, keinen Baseballschläger zu besitzen.«

»Wir untersuchen ihn auf Fingerabdrücke und so weiter. Bei der Schrift an der Wand handelt es sich um Charlottes Blut. Ich kann allerdings keinen Gegenstand finden, mit dem der Mörder es geschrieben hat«, sagte Mike.

»Adam sagte auch, dass unter der obersten Schreibtischschublade in seinem Spielzimmer ein Schlüssel klebt. Er passt auf die unterste Schublade, in der er seine Wertgegenstände aufbewahrt. Vielleicht solltest du dort einmal nachsehen, ob etwas fehlt.«

»Es gibt keine Anzeichen für einen Raub. Ich glaube, wer auch immer ins Haus eingedrungen ist, hatte ein klares Ziel vor Augen: Charlotte zu ermorden.«

Pinkney nickte. »Da stimme ich Mike zu. Der Angriff war bösartig und beabsichtigt. Sie wurde totgeschlagen. Der Mörder hat mit ihrem Blut eine Botschaft an die Wand geschrieben.«

Pinkney legte kurz seine warme Hand auf ihre Schulter.

»Ich fahre jetzt zu ihren Eltern. Wir sprechen uns dann später.« Natalie hatte plötzlich das Gefühl, ihre Schultern wären zu schwer für sie, als ob ein Gewicht darauf lastete.

Mike folgte ihrem Blick. »Die arme Frau. Und all das, während das Baby im Nebenzimmer war.«

»Tu mir den Gefallen und finde irgendetwas, Mike«, bat ihn Natalie, nickte kurz zum Abschied und ging zurück zum Auto.

VIER

SAMSTAG, 3. MÄRZ – FRÜHER MORGEN

Tanya Granger empfing Natalie an der Tür der Hills. Sie sah blass aus. »Mrs Hill war in solch schlechter Verfassung, dass der Arzt ihr ein Beruhigungsmittel spritzen musste. Sie werden nicht mit ihr sprechen können, bis die Wirkung nachlässt.«

»Dann möchte ich gerne kurz mit Mr Hill reden.«

Ein Schatten fiel über den Hauseingang. Das matte Gesicht von Kevin Hill tauchte hinter der Schulter der Opferbetreuerin auf.

»Mein herzliches Beileid, Mr Hill.«

Er schüttelte den Kopf, als wäre er zu schwer. »Gibt es irgendetwas Neues?«

»Noch nicht, Sir. Wir tun, was wir können.«

»Wir haben gehört, dass sich die Sozialarbeiter um Alfie kümmern. Er wird doch wohl nicht in eine Pflegefamilie gegeben, oder? Wir möchten das nicht.«

»Ich bin sicher, der Sozialdienst wird sich morgen mit Ihnen in Verbindung setzen, um mögliche Lösungen zu besprechen.«

Er nickte schwach. »Wer tut denn so etwas Schreckliches? Wer tötet sie und ...? Ich begreife es nicht. Nein. Es tut mir leid.

Ich kann das nicht.« Tränen füllten seine Augen, und er taumelte auf die Tür zu.

»Er ist zusammengebrochen, kurz nachdem ich ankam. Es ist alles zu viel für ihn. Ich glaube nicht, dass er Ihnen im Augenblick eine große Hilfe sein kann«, sagte Tanya.

»Dann komme ich in ein paar Stunden wieder. Gibt es Neuigkeiten von der anderen Tochter, Phoebe?«

»Ihr Handy ist noch immer ausgeschaltet. Sie ist auf dem Flug aus Doha, aber der landet erst um sechs.«

»Okay. Wir sehen uns später. Bleiben Sie hier?«

»Ja, zumindest vorerst.«

Natalie stapfte zurück zu ihrem Wagen. Die Zeit lief. Sie zitterte, nicht wegen der kalten Morgenluft, die ihr Gesicht streifte, sondern wegen des Gedankens an Alfie, der bald aufwachen und seine Mutter brauchen würde.

Das hochmoderne Polizeirevier in Samford war hell beleuchtet, als wäre es sieben Uhr morgens und nicht erst vier. Die Eingangstüren öffneten sich mit einem Zischen und gaben den Weg in den geräumigen Empfangsbereich frei. Die Polizistin im Nachtdienst blickte auf, als Natalie eintrat. Sie sah sich zu beiden Seiten um. Einige der Vernehmungsräume schienen besetzt zu sein.

»Was ist los?«, fragte Natalie.

»Eine Nachtübung«, erklärte die Polizistin hinter dem Tresen.

Die Polizeizentrale in Samford beherbergte die örtlichen Polizeikräfte, die Kriminalpolizei, das Dezernat für den Schutz der Öffentlichkeit und eine rechtsmedizinische Abteilung. Auf ihrem Weg ins Büro im ersten Stock passierte Natalie die Glasfront eines der Besprechungsräume. Darin saßen Mitarbeiter in Zivil ins Gespräch vertieft um einen großen ovalen Tisch.

Oben hatten sich Ian und Lucy bereits in die größeren

Computer an den Schreibtischen am hinteren Ende des Raumes eingeloggt. Neben ihnen standen leere Plastikbecher. Als Natalie eintrat, sah Lucy zu ihr herüber.

»Möchten Sie Kaffee? Ich wollte uns beiden gerade einen holen.«

»Danke, ich bleibe bei Wasser. Haben Sie etwas gefunden?«

»Lee Webster hat nicht aufgemacht, und sein Handy war ausgeschaltet, also konnten wir noch nicht mit ihm sprechen. Allerdings haben wir ein paar Informationen gesammelt.« Lucy nahm ihre Notizen zur Hand. »Adam Brannon wurde 1986 geboren und war in seiner Jugend als Mitglied der Samford North Gang polizeibekannt, die zwischen 1999 und 2002 in dieser Gegend von Samford berühmt-berüchtigt war. Zusammen mit anderen Mitgliedern der Gang wurde er verschiedener Vergehen in diesem Zusammenhang beschuldigt, darunter Ladendiebstahl, Sachbeschädigung durch Graffiti, Vandalismus, Schwarzfahren und Körperverletzung. Allerdings konnte man ihm nichts Konkretes nachweisen, auch wenn einige seiner Gang-Kumpane für diese Vergehen und den Besitz von Stichwaffen verurteilt wurden. 2003 begann er mit dem Training als Boxer in einem damals kostenfreien Sportstudio in einem Außenbezirk von Samford nicht weit von seinem damaligen Wohnort. Das Studio existiert nicht mehr. Es wurde 2007 geschlossen und Teil eines Wohnungsbauprojekts.

Adam hat die Kurve gekriegt, seine Freunde aus der Gang fallenlassen und wurde von einem Manager namens Bobby Manchego unter die Fittiche genommen. 2005 hat er sich um eine Boxlizenz beworben und Mitgliedschaft in der semiprofessionellen Boxvereinigung beantragt. Er hat mehrere Kämpfe gewonnen und hatte sich gerade im Ring einen Namen gemacht, als er ins Gefängnis kam. Er wurde im Januar 2014 wegen schwerer Körperverletzung verurteilt. Das Opfer war südostasiatischer Abstammung, Sandeep Khan. Brannon sagte aus, Sandeep und seine Freunde hätten ihn bedroht und gesagt, sie würden ihn häuten. Als Sandeep ihm dann in den Hinterhof eines Spirituosengeschäfts folgte, rechnete er mit einem Angriff und handelte entsprechend. Adam saß 2014 neun Monate ab und hatte neun Monate auf Bewährung, aber das alles war, bevor er Charlotte kennenlernte.«

Natalie setzte sich auf die Kante des nächsten Tisches und verschränkte die Arme vor der Brust.

»Wie hat er Sandeep Khan angegriffen? Hat er eine Waffe benutzt?« Natalie dachte kurz an den Baseballschläger, der in der Mülltonne gefunden worden war.

»Er hat ihm mit der Faust ins Gesicht geschlagen und ihm den Kiefer gebrochen. Es wurde als vorsätzlicher Angriff gewertet, da Adam Boxer war, entsprechend fiel das Urteil aus. Er hat seine Zeit in Sudford abgesessen. Als er entlassen wurde, hat er mit den Preisgeldern aus seinen vorangegangenen Kämpfen einen eigenen kostenfreien Boxclub mit Sportstudio in der Nähe der Ashmore-Siedlung gegründet.«

Die Ashmore-Siedlung war eine der schäbigeren Wohngegenden am Rande von Samford und bestand aus zwanzig Mietskasernen, die eigentlich schon lange abgerissen gehört hätten. Das Viertel war berüchtigt für Bandenkriminalität.

Lucy fuhr fort: »Charlotte und Adam kannten sich noch nicht lang, als sie im August 2016 heirateten. Interessanterweise läuft das Haus nur auf ihren Namen, nicht auf beide. Auf der Website von Zoopla steht, es sei im Januar 2017 für siebenhundertfünfundvierzig Pfund verkauft worden. Ich habe beim Grundbuchamt und beim Notar nachgeforscht, und es sieht so aus, als hätten Mr und Mrs Kevin Hill den Kauf getätigt, Charlottes Eltern.«

»Wirklich? Und wie finanziert Adam den Betrieb seines kostenfreien Boxclubs? Organisiert er Kämpfe oder hat er Sponsoren?«

»Er boxt noch, aber er hat keinen Manager mehr. Bobby

Manchego ist an einem Herzinfarkt gestorben, während Adam im Gefängnis war. Ich nehme an, er investiert die Gewinne in seinen Club«, meinte Ian. »Sponsoren habe ich noch keine gefunden.«

»Hatte Charlotte einen Job?«, fragte Natalie an Lucy gerichtet.

Die schüttelte den Kopf. »Sieht nicht so aus, als hätte sie jemals in Vollzeit gearbeitet. Sie hatte ein Blog über preiswerte Mode und war sehr aktiv auf Instagram. Dort hat sie neunzigtausend Follower und regelmäßig gepostet.« Sie öffnete die Bilder von Charlotte in einem transparenten Oberteil aus Spitze mit gigantischen Trompetenärmeln über einem goldenen Bustier und einer tiefsitzenden Skinny Jeans, die ihren gebräunten, flachen Bauch zeigte. Ein Fedora aus weichem schwarzen Filz saß in keckem Winkel auf ihrem Kopf. Natalie scrollte sich durch weitere Outfits und Posen. Obwohl Charlotte kein Supermodel war, hatte sie Stil und sah auf allen Fotos gut aus. Sie hatte ein wie Natalie fand freundliches Gesicht mit großen braunen Augen und vollen Lippen, die unter professionellem Einsatz von Lipgloss noch voller wirkten.

Lucy fuhr mit ihrer Zusammenfassung fort: »Sie wurde 1995 in Samford geboren und war somit neun Jahre jünger als Adam. Ihr Vater ist Kevin Hill von Hill's Farm Feeds, einem Handel für Tierfutter, der 2012 an eine Firma in Übersee verkauft wurde. Gegründet wurde das Unternehmen von Kevins Vater, der 2014, zwei Jahre nach dem Verkauf, starb. Sie haben eine weitere Tochter namens Phoebe, die zwei Jahre älter ist als Charlotte und zum leitenden Bordpersonal bei Emirates gehört. Sie ist unverheiratet, hat keine Kinder und besitzt eine Wohnung in London, die ebenfalls Mr und Mrs Hill gekauft haben.«

Natalie legte den Kopf schief. »Noch einmal kurz zurück ... Charlottes Vater hat das Haus gekauft?«

»Und eines der Autos. Kevin Hill hat den Bentley Bentayga

bezahlt, in bar, ohne Finanzierung, und hat Charlotte als Eigentümerin eintragen lassen. Ich habe auch etwas über ihre Finanzen herausfinden können. Sie besitzt darüber hinaus einen Treuhandfonds, der ihr jährlich fünfundfünfzigtausend Pfund einbringt.«

»Lassen Sie mich raten. Ihre Eltern haben ihn eingerichtet.«

»Sie haben es erfasst. Der Fonds wurde im Mai 2014 nach dem Tod des Großvaters von den Eltern eingerichtet. Phoebe hat auch einen.«

Ian seufzte tief. »Ich wünschte, meine Eltern könnten es sich leisten, mich dafür zu bezahlen, dass ich zu Hause bleibe.«

Natalie schaltete sich ein. »Versuchen Sie herauszufinden, ob Charlotte eine Lebensversicherung abgeschlossen hat oder ob eine auf sie abgeschlossen wurde.«

»Sie glauben, Adam könnte sie des Geldes wegen getötet haben?«, fragte Ian.

»Er wäre schließlich nicht der Erste, der des Geldes wegen tötet«, meinte Lucy.

Natalie dachte über die Möglichkeit nach, dass Adam hinter dem Mord steckte. Sie musste es in Betracht ziehen, auch wenn es sich für sie nicht richtig anfühlte. Sie konnte sich vorstellen, dass sie um Geld gestritten hatten, doch Charlotte deswegen zu töten? Sie schob den Gedanken zunächst beiseite. Gut, es sind schon seltsamere Dinge passiert, und sie durfte keine Möglichkeit ausschließen.

Der Sprechfunke knisterte. Murray meldete sich.

»Adam hat sich wohl hingelegt. Ich bin um das Gebäude herumgegangen, und der einzige Ausgang führt seitlich in eine Nebenstraße. Ich habe ihn also im Blick, falls er herauskommt.«

»Danke. Ich schicke jemanden zur Ablösung, so schnell ich kann.«

»Roger.«

Die Sprechanlage verstummte wieder.

Ian schien dringend weitermachen zu wollen. Er las aus seinen Notizen. »Sie haben nach dem Typ gefragt, mit dem Adam sich im Pub getroffen hat. Lee Webster, vierzig Jahre alt, derzeit angestellt bei der Stadt Samford als Fachkraft für Abfallwirtschaft beim Recyclinghof. Wohnt zur Miete in der Lower St Johns Street, ebenfalls in Samford. Er wurde 2011 wegen Raubes und einfacher Körperverletzung verurteilt. Die Strafe hat er, genau wie Adam, in Sudford abgesessen. Er wurde im März 2015 entlassen, fünf Monate nach Adam.«

»Vielleicht haben sie sich im Knast kennengelernt. Wir sollten später mit beiden sprechen«, meinte Natalie und warf einen Blick auf ihre Armbanduhr. »Wir haben genug Informationen, um mit den Ermittlungen zu beginnen. Es ist fast halb fünf. Lassen Sie uns hier erst einmal Schluss machen, uns einen Kaffee und etwas zum Frühstücken besorgen, noch eine Mütze Schlaf holen und so weiter. Wir treffen uns um Punkt acht Uhr wieder. Ich versuche noch jemanden zu finden, der für Murray übernehmen kann.«

Nachdem sie eine Ablösung für Murray organisiert hatte, konnte Natalie eine Weile nach ihren Kollegen endlich auch das Revier verlassen. Der Himmel war dunkel, doch bereits von ersten Streifen in Zartrosa und Orange durchzogen. Dieser Anblick hätte sie normalerweise mit Ehrfurcht vor den Wundern und dem Zauber des Universums erfüllt. Heute Morgen allerdings konnte ihr die Natur keinen Seelentrost bieten. Nicht einmal der frühmorgendliche Gesang einer Amsel in ihrem Vorgarten konnte ihre Stimmung heben. Eine junge Frau war in ihrem eigenen Haus auf barbarische Weise ermordet worden.

Das Haus war still, aber freundlich, und über allem lag noch der zarte Duft des gestrigen Abendessens. Es war einladend, und sie fühlte sich sicher. Sie fragte sich, ob sich Charlotte in ihrem Zuhause auch so gefühlt hatte. Leise tapste sie die Treppe hinauf ins Badezimmer, das sie mit ihren Kindern teilte, legte eine schnelle Katzenwäsche ein, zog sich aus und trug ihre Sachen anschließend ins Schlafzimmer. David schlief noch fest. Wie eine riesige Raupe hatte er sich in die Bettdecke gewickelt wie in einen Kokon, aus dem nur oben seine Haare herauslugten. Natalie schlüpfte neben ihn, schmiegte sich trostsuchend an ihn und legte einen Arm um seine Taille. Er grunzte zufrieden und schlief weiter. Sie klammerte sich an ihn, genoss die Wärme, die er abstrahlte, und war froh, dass er da war. Ihre Gedanken kehrten zum kleinen Alfie zurück, der in seinem Bettchen gelegen hatte, als seine Mutter getötet worden war.

Sie musste etwas schlafen, auch wenn es nur eine Stunde war. Ausgeruht funktionierte der Verstand besser. Sie lauschte Davids regelmäßigen Atemzügen und versuchte, ihren eigenen Atem anzupassen, bis sie im selben Rhythmus ein- und ausatmeten. Draußen dämmerte ein neuer Tag. Während sie immer wieder wegdöste, galten ihre letzten Gedanken dem dunkeläugigen Adam mit den verschlossenen Gesichtszügen, seiner Gefasstheit und der Tatsache, dass er sich nicht um seinen Sohn kümmern wollte. Konnte er seine eigene Frau ermordet haben?

FÜNF

SAMSTAG, 3. MÄRZ – MORGEN

»Tut mir leid wegen gestern Abend. Ich glaube, ich habe eine Menge Unsinn geredet wegen Dad und Pam.« David trank ein Glas kaltes Wasser und zuckte zusammen.

»Kopfschmerzen?«

»Nein. Ich habe eine empfindliche Stelle am Zahn. Wenn ich irgendetwas Heißes oder Kaltes esse oder trinke, macht er Ärger. Ich fürchte, der Zahnschmelz ist zurückgegangen.« Er rieb sich über den Kiefer.

»Wirst wohl alt«, flachste sie.

»Gefühlt bin ich gerade jedenfalls uralt.« Er öffnete die Spülmaschine und besah sich missmutig deren Inhalt. »Ich dachte, ich hätte sie gestern Abend noch laufen lassen. Siehst du? Vergesslich werde ich auch schon.«

»Du hast dir mit deinem Dad ja auch fast eine ganze Flasche Single Malt reingekippt. Ich glaube, du warst nicht in der Lage, dir überhaupt irgendetwas zu merken. Es ist ein Wunder, dass du ins Bett gefunden hast.«

Er grinste, und für einen Augenblick erinnerte sie sich, warum sie sich in ihn verliebt hatte. Er hatte sich einen großen

Teil des jungenhaften Charmes von damals bewahrt, obwohl er nun auf die Fünfzig zuging.

»Dad hat den Abend aber genossen, oder?«

»Ja. Ich glaube, er war erleichtert, dass Pam sich so gut eingefügt hat.«

David nickte zustimmend und machte sich daran, eine Schüssel zu spülen. Er kratzte mit dem Daumennagel an den eingetrockneten Speiseresten. »Wann bist du nach Hause gekommen? Ich habe kaum mitbekommen, dass du gegangen bist.«

»Vor ungefähr zwei Stunden. Ich muss aber gleich zurück in die Dienststelle. Mordermittlung.« Sie stürzte ihren schwarzen Kaffee hinunter.

»So viel zum Thema ein paar Tage Urlaub.«

Sie zuckte mit den Schultern. »Du weißt doch, wie das ist.«

»Und so viel zum Thema Einkaufstour in Manchester.« Es quietschte, als er mit dem Finger an der Schüssel herumrubbelte, um die letzten Schmutzreste zu entfernen.

Sie zog eine Grimasse. »Es tut mir leid. Möchtest du trotzdem mit den Kindern hinfahren?«

»Nicht unbedingt. Leigh braucht ewig, bis sie was gefunden hat. Ganz egal, ob es um einen Stift oder eine Jeans geht. Ich würde noch den Rest meiner Haare einbüßen. Es wäre besser, wenn du dabei wärst. Ich biete ihnen an, sie in Castergate abzusetzen, dann können sie sich dort mit ihren Freunden treffen. Das machen sie ohnehin lieber, als mit mir herumzuhängen.«

»Du bist der Beste«, sagte sie und drückte ihm einen Kuss auf die Wange.

»Wofür war der denn?«

»Mir war danach. Gewöhn dich bloß nicht zu sehr daran. Wir stellen umgehend wieder auf Normalbetrieb um.«

Er reckte das Kinn vor, lachte leise und verzog das Gesicht.

»Kopfschmerzen?«, fragte sie noch einmal.

»Okay. Ja, du hast recht. Ich glaube, ich habe doch einen leichten Kater.«

»Trink viel Wasser und geh laufen. Dann schwitzt du die Giftstoffe aus.«

»Jawoll, Frau Doktor. Sonst noch gute Ratschläge?« Sein Lächeln erreichte seine Augen nicht wirklich, und ein warnender Unterton schwang in seiner Stimme mit.

Natalie erkannte das subtile Zeichen und wusste, dass sie irgendeine Grenze überschritten hatte. David konnte blitzartig von guter Stimmung zu schlechter Laune wechseln und war enorm sensibel geworden, seitdem er seinen Vollzeitjob in einer Anwaltskanzlei verloren und begonnen hatte, als freiberuflicher Übersetzer zu arbeiten. Er mochte es nicht, herumkommandiert zu werden, und Natalie hatte einen wunden Punkt getroffen. Sie schüttelte den Kopf und schenkte ihm ein Lächeln, um den Konflikt abzuwenden, der sich zusammenbraute. Er wandte seine Aufmerksamkeit wieder dem Geschirrspüler zu.

»Wir sehen uns dann halt irgendwann«, sagte er und verbarg den Kopf im Schrank, wo er vorgab, nach Geschirr- spültabs zu suchen.

Sie schlüpfte in ihre Stiefeletten, zog eilig die Reißver- schlüsse hoch und überließ ihn sich selbst. Einen Augenblick blieb sie im Flur stehen, in dem achtlos abgestreifte Turnschuhe herumlagen und die Jacken recht nachlässig aufgehängt worden waren, und einen Moment war sie dankbar für ihr unordentli- ches Zuhause und das Chaos in ihrem Leben. Vom sterilen Haus der Brannons war es meilenweit entfernt.

»Warte nicht auf mich. Es könnte spät werden«, rief sie, bevor sie in die Kühle des Morgens trat.

Ian starrte durch die Scheibe des Büros zu der bunten Ledersitzgruppe auf dem Treppenabsatz. Als Natalie sprach, wandte er sich um.

»Sie wirken nachdenklich, Ian.«

»Ich denke an gestern Abend und Scarlett ...« Er beendete den Satz nicht.

Natalie wusste, was er sagen wollte. Seine Ex-Freundin Scarlett hatte im vergangenen Oktober ein kleines Mädchen namens Ruby bekommen, die etwa im selben Alter wie Alfie Brannon sein musste. Man konnte nicht verhindern, Parallelen zu ziehen. Ian sprach nicht viel über sein Privatleben, Natalie kannte also nur wenige Eckdaten: zum Beispiel, dass die zwanzigjährige Scarlett die gemeinsame Wohnung verlassen hatte und wieder bei ihren Eltern eingezogen war und Ian kaum in die Erziehung seiner Tochter eingebunden war.

»Das ist doch ganz normal«, sagte sie. »Natürlich geht Ihnen das nahe. Sie sind auch nur ein Mensch.«

Er kniff kurz die Augen zusammen, dann entdeckte er Murray, der aufs Büro zuhielt, und lockerte die Schultern, als ob er sich für einen Kampf bereitmachte. Ian und Murray harmonierten nicht immer. Das lag daran, dass sie Fans rivalisierender Fußballvereine waren, aber da war noch etwas anderes, das Natalie nicht genau benennen konnte. Bisweilen schienen sie einander regelrecht zu belauern wie Konkurrenten in einem Rudel wilder Tiere.

Murray stieß die Tür auf und kam hereingestapft. »Zu Hause ist die Scheiß-Dusche kaputt. Ich brauche einen Klempner.«

»Warum hast du nicht hier geduscht?«, fragte Ian.

»Tja, warum ist mir das bloß nicht eingefallen?« Er warf Ian einen finsteren Blick zu und seufzte theatralisch. »Ich bin ja nicht bescheuert. Natürlich habe ich unten geduscht. Sieht man doch. Meine Haare sind noch nass.«

Seine Grummelei wurde von Lucy unterbrochen, die in einer engen schwarzen Hose und einer weißen Bluse ins Büro gesprintet kam. Selbst in ihrer schlichten Arbeitskleidung hatte Lucy eine enorme Ausstrahlung. »Entschuldigung, ich stand im

Stau«, sagte sie, ließ sich auf den Stuhl fallen, der am weitesten von der Tür entfernt war, und wartete darauf, dass Natalie mit der Einsatzbesprechung begann.

Natalie ergriff das Wort. »Am Tatort hat es keine neuen Entwicklungen gegeben, und ich habe noch keine Neuigkeiten von Pinkney oder vom Forensik-Team, ich rechne aber jeden Augenblick damit. Wir haben gestern Nacht noch eine Menge Informationen zusammengetragen, und es gibt noch einige Leute, die wir möglichst bald befragen sollten. Ich möchte zunächst mit Kevin und Sheila Hill sprechen, Charlottes Eltern. Die verantwortliche Opferbetreuerin bei diesem Einsatz ist Tanya Granger, und sie hält sich derzeit im Haus des Paares etwas außerhalb von Samford auf. Keiner von beiden war heute Morgen in der Verfassung, mit mir zu sprechen, und die andere Tochter, Phoebe, war auf dem Rückflug nach London. Zwischenzeitlich hat Tanya mir getextet, dass sie die Tochter erreicht haben und dass sie auf dem Weg zu ihren Eltern ist. Nach diesem Meeting bin ich mit Tanya und den Eltern dort verabredet. Murray, ich hätte gerne, dass Sie mich begleiten.«

Murray nickte zustimmend.

»Was uns zu Adam bringt. Der Wachposten, den wir vor dem Boxclub postiert haben, wurde instruiert, uns Bescheid zu geben, sobald Adam das Gelände verlässt. Adam war gestern Nacht extrem gefasst, und auch wenn er vollkommen unschuldig sein kann, würde ich ihn gerne im Auge behalten. Wie Sie wissen, ist es in solchen Fällen sehr wahrscheinlich, dass der Ehepartner oder eine andere nahestehende Person die Tat begangen hat. Konnten Sie herausfinden, ob Charlotte eine Lebensversicherung hatte?«

»Keine auf ihren Namen«, sagte Ian.

»Also können wir ausschließen, dass sie deswegen getötet wurde. Was ist mit einem Ehevertrag? Wenn sie so wohlhabend war und ihre Eltern Adam gegenüber kritisch eingestellt, könnten sie darauf bestanden haben.«

»Sieht nicht danach aus. Es ist nichts aktenkundig.«

Sie ging zum anderen Ende des Raumes und blickte aus den jalousienlosen Fenstern auf die Straße hinunter. Der Verkehr wurde dichter, weil die Leute sich für den Tag auf den Weg in die Stadt machten. Sie blinzelte und schob die Gedanken an ihre eigenen Kinder und den eigentlich geplanten Einkaufstrip beiseite.

»Wir sollten natürlich herausfinden, wer eventuell ein Problem mit Charlotte gehabt haben könnte. Angesichts ihres beachtlichen sozialen Netzwerks wird das vermutlich keine leichte Aufgabe, dennoch müssen wir alle überprüfen, die eine offene Rechnung mit ihr beziehungsweise ein Motiv haben könnten.

Adam hat angegeben, mit Lee Webster zusammen gewesen zu sein, einem Freund, der etwa zeitgleich mit ihm wegen Körperverletzung in Sudford eingesessen hat. Lee hat bisher weder aufgemacht noch konnten wir ihn telefonisch erreichen, und es ist wichtig, dass wir seine Version der Abläufe gestern Abend hören und eine mögliche Verwicklung in Charlottes Tod ausschließen können.«

Nun meldete sich Lucy zu Wort. »Ich habe kurz vor dem Meeting noch einmal bei ihm angerufen, aber er hat das Telefon noch immer ausgeschaltet.«

»Versuchen Sie es auf der Arbeit. Spüren Sie ihn auf. Wir müssen Adams Alibi verifizieren. Die Nächste auf der Liste ist Inge Redfern, die siebzehnjährige Babysitterin, die Adam nach Hause gefahren hat. Sie könnte die Letzte gewesen sein, mit der Charlotte gesprochen hat. Sie kannte die Familie. Hatte sie möglicherweise etwas gegen Charlotte? Auch das können wir gegenwärtig nicht ausschließen. Selbst wenn sie nichts damit zu tun hat, müssen wir herausfinden, ob sie die Tür hinter sich geschlossen hat, als sie das Haus verließ. Soweit wir wissen, gibt es keine Einbruchsspuren, und die Alarmanlage war nicht scharfgeschaltet. Der Täter hatte also entweder Zugang zu einem Schlüssel oder fand das Haus unverschlossen vor. Es besteht allerdings auch die Möglichkeit, dass Charlotte den Angreifer selbst reingelassen hat. Charlottes Eltern sind die Einzigen, die einen weiteren Satz Schlüssel besitzen.«

Sie blickte in die Gesichter vor ihr. »Was andere mögliche Verdächtige angeht, wurden zwei unbekannte Personen gesehen, die zwischen dreiundzwanzig Uhr fünfzehn und dreiundzwanzig Uhr fünfunddreißig über die Straße flüchteten. Die Zeugin Margaret Callaghan wohnt neben den Brannons und ist sich nicht ganz sicher, ob sie tatsächlich bei den Brannons waren, doch da wir abgesehen von Adam bisher keine weiteren mutmaßlichen Verdächtigen haben, müssen wir herausfinden, wer die beiden waren. Schon alleine, weil sie etwas beobachtet haben könnten. Sie sollten auch das Material möglicher Überwachungskameras in der Gegend auswerten, falls die beiden Personen wieder auftauchen.

Zu guter Letzt haben wir das Wort ›warum?‹ in etwa zwanzig Zentimeter hohen Buchstaben, das mit Charlottes Blut an die Wand über ihrem Bett geschrieben wurde. Der Mörder hat eine Botschaft hinterlassen. Ob sich diese Botschaft an uns als Ermittler richtet, ist zum gegenwärtigen Zeitpunkt noch nicht klar.«

»Mit der Botschaft könnte der Mörder uns verspotten wollen«, meldete sich Lucy. »Möglicherweise hat er deshalb auch die Tatwaffe an einem Ort versteckt, an dem wir sie kaum übersehen konnten.«

Natalie nickte. »Das könnte er beabsichtigt haben. Die Botschaft könnte aber auch an Adam oder Charlottes Eltern gerichtet sein.«

»Oder an Charlotte«, wandte Ian ein. »Vielleicht hat sie etwas getan, was jemanden gegen sie aufgebracht hat.«

Natalie fuhr fort: »Wir müssen alle Möglichkeiten in

Betracht ziehen. Das wäre es erst einmal. Möchte noch jemand etwas hinzufügen?«

»Ich habe nichts Neues«, sagte Murray.

Die anderen schüttelten die Köpfe.

»Also gut. Lucy, Sie und Ian nehmen sich am besten zuerst Lee Webster vor.«

Als Cottage konnte man Walnut Cottage eigentlich beim besten Willen nicht bezeichnen. Es war am Hang eines Hügels etwa zehn Kilometer von Samford entfernt gelegen. Einst mochte es ein bescheidenes Häuschen gewesen sein, seitdem allerdings modernisiert und erweitert worden, um das Beste aus dem phänomenalen Ausblick über die weite Landschaft zu machen. Das Wohnzimmer im hinteren Teil des Anwesens glich mit seiner deckenhohen Glasfront mehr einem enormen Wintergarten als einem Ort zum Entspannen und Fernsehen, und als Natalie auf einem voluminösen runden Sessel inmitten des weitläufigen Raumes saß und durch die Glasdecke den Himmel über ihr betrachtete, wurde ihr bewusst, warum Charlottes Haus so steril und minimalistisch eingerichtet war. Ihren Geschmack, was Innenraumgestaltung betraf, hatte sie von ihren Eltern übernommen.

Murray hatte bereits eine Bemerkung gemacht, als sie die Einfahrt hinaufgefahren waren. Bei ihrer Ankunft hatte er gemeint, dass eine texanische Ranch im Vergleich mit diesem Haus beinahe winzig wirken müsste.

Tanya Granger wartete neben der in verschiedenen Violett-, Blau- und Pinktönen gestrichenen lebensgroßen Skulptur eines Pferdes. Natalie und Murray waren bereits an einer weiteren solchen Skulptur vorbeigekommen, die mit Blüten in leuchtendem Gelb und Orange bemalt war, die aus den Fesseln über die Flanken des Tieres zu sprießen schienen. Diese hier wirkte zunächst, als wäre die Farbgebung unordentlich und zufällig, doch wenn man näher kam, erkannte man winzige gemalte Puzzleteile, die den gesamten Pferdeleib bedeckten. Tanja war sichtlich erschöpft und trat von einem Fuß auf den anderen, straffte dann das Rückgrat und richtete sich zu ihrer vollen Größe von etwas über ein Meter sechzig auf, bevor sie das Wort ergriff.

»Kann ich etwas für Sie tun, Kevin? Möchten Sie vielleicht eine Tasse Tee?«

»Nein, danke. Trotzdem vielen Dank.« Seine Stimme war ruhig. Kevin Hill war noch immer in Bademantel, Pyjama und ledernen Hausschuhen und starrte nun seine Handflächen an. Er war Anfang sechzig, hatte aber noch immer volles, inzwischen silbergraues Haar und attraktive Züge, die nun deutlich von der Trauer gezeichnet waren. Eine einzelne Träne lief über seine Wange und verlor sich in den ergrauenden Bartstoppeln, die sein Kinn bedeckten. Noch immer betrachtete er seine Hände, als ob er das Schicksal ändern könnte, das in ihren Linien festgeschrieben stand.

Natalie wollte noch etwas Tröstliches sagen, doch es gab nichts, was ihn hätte aufmuntern können.

Seine Frau Sheila war zwar aufgestanden, doch noch immer etwas benommen von den Beruhigungsmitteln. Sie saß neben ihm, ihre üppige Gestalt in einen Morgenmantel gehüllt, das Gesicht schlaff und der Blick verschleiert. Tanya sah zu Natalie herüber, die sich nun räusperte.

»Gestern Abend haben Sie sich mit Adam und Charlotte bei Valentino's in der Nähe von Derby getroffen. Welchen Eindruck hat Charlotte da gemacht?«

Kevin sah Natalie mit rotgeränderten Augen an. »Wir haben noch immer nichts vom Sozialdienst gehört. Wir möchten wissen, wie es Alfie geht. Ist er bei seinem Vater?«

»Sie werden sicher bald etwas hören, das verspreche ich«, erwiderte Natalie.

»Alfie braucht seine Familie«, sagte Kevin.

Natalie nickte. »Es wird sich gewiss bald jemand bei Ihnen melden. Zunächst aber muss ich Ihnen dringend einige Fragen stellen, die mir bei der Ermittlung helfen. Wie wirkte Charlotte gestern auf Sie?«

»Munter. Aufgeweckt. Wunderschön. Was soll ich darauf sagen?«

»Es geht mir darum, wie sie sich beim Essen verhalten hat.«

»So wie immer. Wir haben geplaudert, etwas getrunken, uns amüsiert.« Seine Stimme wurde leiser.

»Nein, Kevin. Sie war nicht munter«, widersprach Sheila langsam. Sie schüttelte den Kopf und zupfte am Ärmel ihres Morgenrocks. »Sie wollte so wirken. Du hast Scherze gemacht, und sie hat darüber gelacht, aber sie war nicht wie sonst. Das ist mir aufgefallen. Sie hat zum Beispiel auch mehr getrunken als sonst und sie hat Adam die meiste Zeit über ignoriert.«

»Sie hat ihn ignoriert? Inwiefern?«

Sheila zog die Knie unter den Morgenmantel und blinzelte ins Leere. »Adam ist nicht der unkomplizierteste Schwiegersohn. Er hat im Leben nicht dieselben Voraussetzungen gehabt wie Charlotte und kann manchmal etwas empfindlich sein. Wir sind schon einige Male mit ihm aneinandergeraten. Nichts Schlimmes, aber normalerweise schlägt sich Charlotte in diesen Situationen auf seine Seite. Gestern hat sie das nicht getan. Sie war mehr wie unsere alte Charlotte: weniger unterwürfig, weniger anhänglich.«

»Sie meinen, Ihre Persönlichkeit hat sich verändert, seit sie mit Adam verheiratet war?«, fragte Natalie.

»Aber natürlich. Sehen Sie, Adam mag uns nicht besonders, und er versteht uns nicht. Er ist uns gegenüber misstrauisch. Er hatte selbst keine Unterstützung von seinen Eltern, und ihm gefiel es nicht, dass wir Charlotte emotional und finanziell unter die Arme gegriffen haben.

Sein Vater hat die Mutter sitzenlassen, als er noch ein Kleinkind war. Soweit ich weiß, war sie heroinabhängig. Wir kennen nicht die ganze Geschichte, aber er kam als Jugendlicher in eine Pflegefamilie, und kurz darauf ist die Mutter gestorben. Es gefiel ihm nicht, dass Charlotte so viel hatte und er so wenig. Er wollte die einzige wichtige Person in Charlottes Leben sein. Er hat sie eingeengt, sie verändert und verhindert, dass sie sie selbst bleibt.«

»Du deutest viel zu viel in all das hinein, Sheila.« Kevin schüttelte den Kopf. »Jetzt ist nicht die richtige Zeit dafür.«

»Nein, ich deute überhaupt nichts in irgendetwas hinein«, erwiderte sie in traurigem Ton. »Du hast einfach nicht gesehen, was ich gesehen habe. Du hast die Blicke nie bemerkt, die sie getauscht haben, oder wie Charlotte sich verändert und uns weggestoßen hat. Du hast nur gesehen, was du sehen wolltest.«

Kevin schüttelte den Kopf. Tränen fielen auf seinen Schoß.

Sheila fuhr mit monotoner Stimme fort. »Charlotte sagte oft, dass Adam versuchte, seiner Vergangenheit zu entkommen, sie hinter sich zu lassen und ganz neu anzufangen, aber ich habe ihr nicht geglaubt. Auch wenn ich mit ihrer Wahl nicht einverstanden war, habe ich mich bemüht, ihn zu akzeptieren und dafür zu sorgen, dass er sich willkommen fühlt; allerdings hat er unmissverständlich klargestellt, dass er kein Teil dieser Familie sein wollte. Es war so gut wie unmöglich, mit ihm auszukommen. Er war launisch, grüblerisch und ungesellig, und er hatte etwas Düsteres an sich. Er ist das genaue Gegenteil von Charlotte, und ich kann mir beim besten Willen nicht erklären, warum sie ihn geheiratet hat.« Sie veränderte ihre Sitzposition und starrte ins Leere, dann sprach sie weiter. »Charlotte hat gestern für ihn überkompensiert. Sie wollte, dass wir einen schönen Abend haben, aber da war noch irgendetwas. Etwas, das sie nicht gesagt hat, das konnte ich spüren. Nennen Sie es mütterlichen Instinkt oder so, aber ich bin überzeugt, dass irgendetwas zwischen den beiden vorging. Er hat den halben Abend auf seinem Handy herumgetippt, anstatt sich an der Unterhaltung zu beteiligen, und als Charlotte deswegen mit ihm geschimpft hat, hat er sie so angesehen.« Bei der Erinnerung überlief sie offenbar ein Schauer.

»Hat er Charlotte je gedroht?« Natalie richtete den Blick direkt auf Sheila, die sie ebenfalls ansah und nickte. »Charlotte hat erwähnt, dass er ihr gegenüber aggressiver auftrat. Er ist nicht körperlich übergriffig geworden, doch sie haben heftig gestritten, und sie befürchtete, er könnte es eines Tages werden. Gestern Abend auf der Damentoilette hat sie versucht, mir irgendetwas zu sagen, aber mittendrin brach sie ab und war dann wieder verschlossen.«

»Was hat sie denn gesagt?«

»Zunächst hat sie mich gefragt, ob ich finde, dass es ein Fehler war, Adam zu heiraten. Ich sagte ihr, dass sie eine erwachsene Frau sei und ich hinter ihren Entscheidungen stünde. Dann hat sie weggesehen und auf der Lippe herumgekaut. Das kenne ich. Das hat sie immer getan, wenn sie Kummer hatte. Sie sagte, sie mache sich Sorgen. Es gebe etwas, das sie Adam sagen müsse, und sie wisse nicht, wie er reagieren würde. Ich habe nachgefragt, wie sie das meinte, aber sie schüttelte nur den Kopf und lachte. Sie sagte, sie hätte zu viel getrunken und übertrieben, weil sie und Adam einen Streit gehabt hätten. Sie meinte, ich solle es einfach vergessen und die Sache auf sich beruhen lassen.«

»Haben Sie das Thema weiterverfolgt?«

»Wir sind zum Tisch zurückgekehrt und haben über etwas anderes gesprochen. Der Abend ist so schnell vergangen, und dann verkündete Adam auch schon, es sei Zeit zu gehen. Es war fast zehn, und sie hatten der Babysitterin versprochen, nicht allzu spät zu Hause zu sein. Ich habe sie zum Abschied umarmt und ihr zugeflüstert, dass sie jederzeit mit mir sprechen könne, wenn sie möchte. Sie hat nicht reagiert. Ich konnte sehen, dass sie die Sache noch immer belastete, was auch immer es war. Ich habe es in ihrem Blick gesehen.«

»Darüber hast du mir gestern Abend aber nichts gesagt«, sagte Kevin und schaute seine Frau an.

»Ich wollte zuerst herausfinden, was los war. Ich wollte sie heute anrufen und fragen, ob sie Alfie vorbeibringen möchte. Bei der Gelegenheit wollte ich das Gespräch dann wieder darauf bringen.« Sie richtete die Worte direkt an Natalie. »Wir machen uns schreckliche Sorgen um Alfie. Er sollte bei uns bleiben, bis Adam sich um ihn kümmern kann. Das wäre viel besser, als wenn Fremde für ihn sorgen. Wir möchten ihn gern bei uns haben. Wir *wollen* ihn haben. Er ist unser Enkel.«

Natalie nickte. Tanya würde das mit den Sozialarbeitern klären. Sie wollte das Thema wieder auf den gestrigen Abend lenken. Kevin war offenbar noch immer mit den Gedanken bei den Ereignissen.

»Mir ist nicht aufgefallen, dass da irgendetwas zwischen den beiden vorging.« Es klang mehr wie ein Selbstvorwurf.

Sheila reagierte nicht.

»Adam hat sich an der Feier gestern Abend nicht beteiligt?«, fragte Natalie.

»Nein. Es war ein Fehler, ihn einzuladen. Ich dachte, es würde helfen, uns einander anzunähern. Wir haben die beiden so selten gesehen. In der letzten Zeit sind wir viel gereist, und sie hatten viel mit dem Baby zu tun.« Sheila hielt plötzlich inne, und Tränen traten ihr in die Augen. Die letzten Worte stieß sie als Schluchzer hervor. »Ich dachte, ich würde sie noch oft genug sehen.«

»Ich verstehe, dass das für Sie beide sehr belastend ist, aber ich hätte wirklich gern Ihre Hilfe bei ein paar anderen Fragen. Charlotte hatte einen Treuhandfonds, stimmt das?«, fragte Natalie.

Sheila schnäuzte sich in ein Taschentuch und stützte die Stirn auf die Fingerknöchel. Natalie sah zu Murray hinüber, der sich vorgebeugt hatte und mit Kevin sprach.

»Können Sie uns etwas über den Treuhandfonds sagen?«

Bei diesen Worten schien Kevin aus seinen Gedanken aufzutauchen. »Mein Vater hat den Tierfutterhandel 2012 verkauft. Als er zwei Jahre später starb, haben wir entschieden, unseren Töchtern etwas Geld zu geben, um ihnen unter die Arme zu greifen. Wir haben Fonds für sie beide eingerichtet.«

»Und das Haus? Wenn ich es richtig verstehe, haben Sie es im Januar 2017 gekauft?«, fragte Murray.

Sheila sah kurz zu Kevin, der schluckte und dann weitersprach. »Phoebe, unsere andere Tochter, ist bei Emirates zum leitenden Crewmitglied befördert worden und flog oft von London aus. Also dachten Sheila und ich, dass es für sie doch viel praktischer wäre, wenn wir ihr eine Wohnung in London kaufen, damit sie nicht weiterhin ständig von ihrer damaligen Bude aus pendeln muss. Charlotte wohnte zu der Zeit schon mit Adam zusammen. Sie hatten ein Haus in einem ... Wie soll ich es ausdrücken? In einem weniger angemessenen Teil von Samford gekauft. Sie wollte gern umziehen, konnten sich in ihrer bevorzugten Wohngegend aber kein Eigentum leisten. Und dann hatte sie ein Haus in Eastborough in einer Wohngegend mit gutem Ruf gesehen und hätte es gern gekauft. Da wir gerade eine Wohnung für Phoebe erworben hatten, konnten wir ihre Bitte natürlich nicht ablehnen. Das Geld hatten wir schließlich. Es wäre unsinnig gewesen, darauf zu warten, dass sie es nach unserem Tod erben, dachten wir.« Er wandte sich für einen Moment ab, um die Fassung wieder zu erlangen, und schüttelte dabei kurz den Kopf.

Natalie ergriff das Wort. »Haben Sie mit Adam über den Hauskauf gesprochen?«

»Nein. Ich wollte einfach für meine Töchter sorgen und habe das Eigentum auch nur auf ihre Namen eintragen lassen. Phoebe war zu der Zeit noch Single, aber ich wusste, sie würde eines Tages wieder in einer festen Beziehung sein, und Charlotte war mit Adam verheiratet. Ich wollte nicht, dass sie in eine Situation geraten, in der sie um ihr Eigentum kämpfen müssen, falls sie sich trennen. Das Haus gehörte Charlotte. Wenn sie und Adam sich getrennt hätten, hätte sie noch immer ein Dach über dem Kopf gehabt und genug Geld zum Leben. Nicht alle Ehen halten heutzutage. Ich wollte sie beschützen.«

In diesem Moment wirkte Kevin, als hätte er gern all seinen Wohlstand aufgegeben, um seine Tochter zurückzubekommen.

Natalie würde später auch Adam zu dieser Angelegenheit befragen müssen. Momentan ging es ihr mehr um mögliche Verdächtige. Sie setzte die Befragung fort.

»Von der Sache auf der Toilette im Restaurant abgesehen, als sie kurz über Adam gesprochen hat, hat Charlotte erwähnt, dass sie sich wegen irgendeiner anderen Person Sorgen machte?«

Kevin sah zu seiner Frau hinüber, doch die schüttelte den Kopf.

»Es gab keine Auseinandersetzungen?«

»Nein.«

»Und sie hatte auch keine Affäre?«

Sheila atmete scharf ein und stieß verärgert die Luft aus.

»Gewiss nicht. Alfie war ihr Ein und Alles, und sie liebte Adam trotz seiner Fehler. Niemals hätte sie eine Affäre begonnen. Da bin ich mir ganz sicher.«

»Standen sich Phoebe und Charlotte nahe?«

»Als sie jünger waren schon, aber in letzter Zeit nicht mehr. Ihr Werdegang war sehr unterschiedlich. Charlotte hat sich immer für Mode und Design interessiert und ein Modeblog geführt. Phoebe reiste gern. Sie haben eine Weile zusammen in London gewohnt, als Charlotte dort studierte. Seit sie Adam geheiratet hat, haben sie sich nicht mehr oft gesehen, und dann hat Phoebe sich verlobt und reist nun immer in der Weltgeschichte herum.«

»Ich würde gern mit ihr sprechen, wenn sie ankommt. Wäre das in Ordnung?«

»Natürlich. Ihr Verlobter Jed wird bei ihr sein. Wir werden

sie bitten, auf der Wache vorbeizuschauen, es sei denn, sie möchten hier mit ihr sprechen.«

»Wenn sie ins Revier kommen könnte, wäre das praktischer. Wenn ich es richtig verstehe, haben Sie einen Schlüssel zu Charlottes und Adams Haus?«

»Wir haben einen für Notfälle oder falls wir mal einen Handwerker hineinlassen müssen, so etwas eben. Wir haben ihn nie gebraucht. Er hängt an einem Haken in unserem Schlüsselschränkchen«, erklärte Kevin.

»Hat außer Ihnen noch jemand Zugang zu diesem Schränkchen?«, fragte Murray.

»Nein. Nur wir.« Er ging hinaus und kam kurz darauf mit dem Schlüssel zurück, den er Murray überreichte. »Ich hätte ihn gern möglichst bald zurück.«

»Steht Adam unter Verdacht?« Sheila klang zögerlich.

»Wir sprechen mit allen, die Charlotte kannte«, erklärte Natalie ausweichend.

Es gab nicht viel mehr, wobei ihnen die armen Eltern hätten helfen können, also bedankten sich Natalie und Murray und verabschiedeten sich. Im Auto angekommen, legte Murray den Gang ein und zögerte einen Augenblick mit dem Fuß auf der Bremse. Dann fuhr er los.

Er sah sie an. »Ist das zu fassen? Kaufen jeder ihrer Töchter Wohneigentum, ohne den jeweiligen Partner einzubeziehen. Und was hat sich Charlotte dabei gedacht? Wenn Yolande und ihre Eltern so etwas bei mir abziehen würden, wäre ich fuchsteufelswild. Ich würde Yolande wahrscheinlich sagen, sie kann sich das schicke Haus und den Treuhandfonds sonst wohin stecken, auch wenn ich total verrückt nach ihr bin. Das kann Adam doch nicht gefallen haben. Würden Sie Ihrer Tochter hinter dem Rücken Ihres Schwiegersohns Geld und ein Haus anbieten, wenn Sie es sich leisten könnten?«

»Das ist jetzt eine sehr theoretische Frage, weil ich kaum die Hypothek auf unserem eigenen Haus bezahlen kann, geschweige denn meinen Kindern großzügige Geldgeschenke machen.«

»Sie würden das auch nicht tun, oder?«

Natalie dachte darüber nach. Es stimmte. Die Hills hatten eine Grenze überschritten. Sie hatten es sicherlich gut gemeint, aber sie hatten Adams Gefühle nicht berücksichtigt. Und Charlotte ebenso wenig. Hatte das einen Keil zwischen sie getrieben? Vielleicht war ihre Ehe nicht so glücklich gewesen, wie es den Anschein hatte.

»Das ist wirklich ein bisschen seltsam, da muss ich Ihnen recht geben.«

Murray bog aus der Einfahrt. »Ich schätze, da war eine Menge dicke Luft. Adam und Charlotte, Adam und seine Schwiegereltern, und es würde mich nicht wundern, wenn er gestern Abend ausgeflippt ist.«

»Es ist aber ein Unterschied, ob man ausflippt oder eine geliebte Person totschlägt und mit ihrem Blut die Wand bekritzelt«, wandte Natalie ein. Sie warf einen Blick auf das Display ihres Handys. Darauf befand sich eine Nachricht von Leigh, ihrer Tochter.

Murray reagierte auf ihren Tonfall, konzentrierte sich auf den Verkehr und ließ Natalie in Ruhe über das nachdenken, was sie erfahren hatten. Sie öffnete die Nachricht.

Dad sagt, wir können heute nicht nach Manchester. Ich wollte echt dringend neue Stiefel. Wann können wir fahren?

Natalie hasste es, ihre Kinder zu enttäuschen, und Leigh hatte sich besonders darauf gefreut, in die Großstadt zu fahren, weil es da mehr Auswahl gab als an ihrem Wohnort. Sie tippte eine Antwort ein und wusste, dass es nicht das war, was ihre Tochter gern gehört hätte.

Ich musste arbeiten. Mieses Timing, ich weiß. Wir fahren definitiv, sobald ich einen Tag freinehmen kann. Hab dich lieb. X

Sie seufzte. Es war immer schwer, wenn sie die vernachlässigen musste, die sie am meisten liebte. Damit war sie nicht allein. Die Arbeit hatte die Ehe ihres Kollegen Mike Sullivan ruiniert, der außerdem ein guter Freund ihres Mannes war. Es war ein ewiger Balanceakt zwischen Familie und Arbeit, der allen Beteiligten viel Verständnis und Geduld abverlangte. Leigh würde es verstehen, dachte Natalie. Im Moment war sie zwar enttäuscht, würde aber schnell darüber hinwegkommen.

Sie wandte ihre Aufmerksamkeit wieder den Ermittlungen zu. Adam kam nicht gut mit Kevin und Sheila aus, und Charlotte hatte ihrer Mutter erzählt, sie müsse mit Adam über irgendetwas Wichtiges sprechen, das ihn wütend machen würde. Wenn Sheila Hill die Wahrheit gesagt hatte, war die Ehe nicht so harmonisch gewesen, wie es den Anschein hatte. Zum gegenwärtigen Zeitpunkt konnte sich Natalie allerdings auf keinen ihrer Zeugen verlassen. Menschen konnten lügen, und sie durfte niemandem trauen. Sie brauchte solide Beweise.

SECHS

SAMSTAG, 3. MÄRZ – MORGEN

Lucy und Ian trafen Lee Webster beim Recyclinghof am Rande von Samford an. In einer orangefarbenen Warnweste dirigierte er ihr Fahrzeug den Weg entlang zu einer Parkbucht vor ein paar Restmüll-Containern.

Mit nicht ganz einem Meter siebzig reichte er Lucy gerade bis zum Kinn, doch was ihm an Körpergröße fehlte, machte er in der Breite wieder wett. Lees Stiernacken war über und über tätowiert. Hinter den Ohren waren Drachenköpfe mit offenen Mäulern zu sehen, die Flammen über seine Schläfen und den Schädel spien.

»Ach du Scheiße. Die Ärmste. Charlotte wurde ermordet?«

»Ich fürchte ja. Waren Sie ein Freund der Familie?«

Er lachte bellend auf. »Nee, bei dem zu Hause wär ich nicht willkommen gewesen, und in der piekfeinen Gegend schon mal gar nicht. Charlotte war nicht scharf drauf, dass Leute aus seiner Vergangenheit bei ihm auftauchen, Schätzchen.«

Lucy versuchte, sich von dem Kommentar nicht provozieren zu lassen.

»Wir waren heute Morgen gegen drei Uhr bei Ihnen und

haben versucht, Sie zu wecken, aber Sie haben nicht aufgemacht.«

»Hab ich nicht gehört. Sorry. Ich schlaf wie 'n Stein. Tu ich immer. Tja, so isses halt, wenn man ein reines Gewissen hat.«

»Ihr Handy war ebenfalls ausgeschaltet.«

»Das mach ich nachts immer aus.«

»Benutzen Sie es nicht als Wecker?«

»Ich hab noch 'n richtigen Wecker, ganz oldschool, da steh ich drauf.« Er grinste.

»Auf unsere Nachricht, dass Sie sich mit uns in Verbindung setzen sollen, haben Sie nicht reagiert.«

»Sorry. Hab sie nicht abgerufen. Hatte es eilig, zur Arbeit zu kommen. Ich war spät dran. Hätte ich sie abgehört, hätt ich mich sofort gemeldet.«

Lucy konnte derzeit nichts Gegenteiliges beweisen, also entschied sie, ihn weiter zu befragen. Es war wichtig, Adams Alibi zu überprüfen. »Sie kannten Charlotte?«

»Nicht wirklich. Ich hab sie ab und zu draußen rumlaufen sehen, als sie noch im alten Haus gewohnt haben. Das war näher an Adams Boxclub, aber seit dem Umzug hab ich sie nicht mehr so oft gesehen, vielleicht hin und wieder in der Stadt. Ich hab sie schon mal im Auto gesehen.«

»Wie würden Sie Ihre Beziehung zu Adam beschreiben?«

»Wir haben eine gemeinsame Vergangenheit. Wir haben sozusagen eine Weile zusammengewohnt.«

»Sie meinen, Sie waren zur selben Zeit im selben Gefängnis?«

»Nein. Ich meine, wir haben im selben Gefängnis eine Zelle geteilt.« Er bewegte den Kiefer, als ob er einen Kaugummi kaute. Dabei ließ er Lucys Gesicht nicht aus dem Blick. »Er war mein Zellengenosse. Wir sind in Verbindung geblieben. Als ich rausgekommen bin, haben wir uns wieder getroffen.«

»Wir versuchen nachzuvollziehen, was Adam gestern Abend getan hat.«

»*Dabei* kann ich Ihnen tatsächlich helfen. Er war bei mir. Wir waren beide im White Horse. Als er ankam, wurde gerade die letzte Runde ausgerufen, darum sind wir anschließend zu mir nach Samford gefahren. Da haben wir ein paar Dosen getrunken, und kurz vor Mitternacht ist er weg.«

»Ist er zu Fuß zu Ihnen gegangen?«

»Nein. Er ist gefahren. Wir sind beide gefahren. Ich mit meinem Auto, er mit seinem.«

»Welches Auto ist er gefahren?«

»Den Bentley.«

»Wissen Sie noch, wann genau er aufgebrochen ist?«

»Um zwanzig vor zwölf.«

»Sie sind sich anscheinend sehr sicher.«

»Ich habe auf die Uhr geguckt, als er weg war. Immerhin musste ich mir den Wecker für die Arbeit stellen.« Er verzog die Mundwinkel zu einem angedeuteten Lächeln. »Deshalb weiß ich das.«

»Und er war die ganze Zeit bei Ihnen?«

»Klaro.«

»Hat Sie noch jemand zusammen gesehen?«

»Der Barkeeper im White Horse. Vitor heißt er. Kommt aus Portugal. Der erinnert sich bestimmt an Adam. Wir sind oft da. Außer uns war zu der Zeit keiner da.«

»Aus dem, was Sie zuvor sagten, schließe ich, dass Sie noch nie bei Adam zu Hause waren?«

»Ich war noch nicht mal in ihrem alten Haus. Wir waren Kumpel, aber ich war da nicht willkommen. Charlotte hätte es nicht gern gesehen.«

»Und das wissen Sie genau? Hat Adam Ihnen gesagt, dass Charlotte Sie nicht im Haus haben wollte?«

Er verengte die Augen, und ein gewitztes Lächeln huschte über sein Gesicht.

»Wollen Sie damit sagen, ich hätte ein Problem mit Charlotte gehabt? Ich weiß, wie ihr tickt. Nun, Schätzchen, zufälligerweise hatte ich keine gesteigerte Lust auf nette Plauderstündchen mit Adam und seiner besseren Hälfte. Ich bin Einzelgänger. Ich will nicht, dass andere von meiner Vergangenheit erfahren. Adam weiß mehr über mich als sonst irgendwer, und dabei soll es auch bleiben. Wir haben uns sowieso lieber in seinem Studio oder im Pub getroffen. Wie auch immer, nach dem bisschen, was ich über seine Frau weiß, würde ich sagen, die Alte war vollkommen durchgeknallt.«

»Inwiefern?«

Er stieß verärgert die Luft aus. »So wie viele Frauen. Launisch, zickig, ist ausgeflippt, wenn es nicht nach ihrer Nase ging. Er hat kaum was von der Beziehung erzählt, nur wenn er die Schnauze voll hatte und Dampf ablassen musste, weil sie Ärger gemacht hat oder ihre Eltern.«

»Wann haben Sie die Verabredung für gestern Abend getroffen?«

»Gestern Nachmittag.«

»Hat er Ihnen erzählt, dass er vorher eine Verabredung zum Essen hatte?«

»Er hat so was erwähnt. Sagte, er wäre noch vor der letzten Runde im Pub.« Er funkelte sie an. »Hören Sie zu, Herzchen, das funktioniert so nicht. Sie wollen, dass ich über Adam rede, und versuchen, sein Alibi zu durchlöchern. Geben Sie's lieber gleich auf. Das arme Schwein hat seine Frau verloren. Adam und ich treffen uns ein paarmal im Monat, meistens wenn er Feierabend hat. Ich mag den Kerl. Wir haben eine gemeinsame Geschichte. An einem Ort wie Sudford weiß man schnell, wem man trauen kann und wen man besser meidet. Sehen Sie mich an. Ich seh aus wie so 'n richtiger Dreckskerl, oder? So hab ich nicht immer ausgesehen. Als ich das erste Mal eingefahren bin, hab ich noch vollkommen normal ausgesehen und hatte es verdammt schwer, wenn Sie wissen, was ich meine. Hab mir schnell Feinde gemacht. Als sie Adam verknackt haben, kam er in meine Zelle und hat auf mich aufgepasst. Keiner hat sich mit ihm angelegt, also haben sie mich auch in Ruhe gelassen. Er hat mir geholfen, in Form zu kommen. Hat mit mir in der Zelle trainiert. Mich durch ein tägliches Trainingsprogramm geschickt. Hat mir alles Mögliche beigebracht, sodass ich nach meiner Entlassung allein klarkommen konnte. Daraus ist 'ne richtige Freundschaft geworden, so eine die ewig hält. Draußen will doch keiner was mit 'nem Ex-Knacki zu tun haben. Adam schon. Er hat mich in seinem Büro im Boxclub pennen lassen, bis ich einen Job gefunden habe. Hat mir geholfen, wieder auf die Beine zu kommen. Hat mir sogar Geld geliehen. Heute trainier ich in seinem Club und helf ihm mit den Jugendlichen, wenn ich kann, und hin und wieder gehen wir was trinken.«

»Haben Sie mit ihm je über seinen Sohn gesprochen?«

»Ich bin ein unverheirateter Ex-Knacki, der in einem verschissenen Recyclinghof arbeitet. Ich habe eine abgewrackte Mietwohnung und verbringe meine Freizeit damit, zu wichsen und Pornos zu gucken oder eine zu finden, die ich flachlegen kann. Warum sollte ich mir anhören, wie irgendein Typ mir wegen seiner Frau und seinem Gör die Ohren vollquatscht? So ein Scheiß interessiert mich nicht.«

Lucy ließ sich von seiner aggressiven Art nicht ablenken. »Hat er gestern irgendetwas über seine Schwiegereltern gesagt?«

»Nur, dass sie totale Penner sind, wie immer.«

»Er mag sie nicht?«

»Adam ist wie ich. Er mag ne Menge Leute nicht. Kann man uns nicht übel nehmen, oder? Wir müssen extra vorsichtig sein. Beim ersten Ärger haben wir doch sofort die Polizei an der Backe. Adam is 'n anständiger Kerl. Er tut 'ne Menge für die Gesellschaft. Er betreibt einen kostenlosen Boxclub für junge Leute, die nicht die besten Voraussetzungen haben so wie er damals, und er lässt Typen wie mich, die sich anderswo die Mitgliedsbeiträge nicht leisten können, auch dort trainieren. Ich wette, dass es wegen ihm weniger Kriminalität hier gibt, weil er den Kids einen Ort bietet, wo sie abends hingehen können. Sie sollten ihm dankbar sein, dass er Ihnen das Leben erleichtert. Er war gestern bei mir. Das kann ich Ihnen versichern. Lassen Sie ihn in Ruhe, Herzchen, und versuchen Sie nicht, ihm auf die Pelle zu rücken.«

»Wir rücken ihm gewiss nicht auf die Pelle, wie Sie es ausdrücken. Wir müssen feststellen, wo sich die Personen, die das Opfer kannten, aufgehalten haben.«

»Ja, klar. Natürlich müssen Sie das.« Er kaute wieder und spuckte auf den Boden. »Sind wir hier fertig?«

»Was haben Sie gemacht, nachdem Adam gestern gegangen war?«

»Bin ins Bett.«

»Sie sind nicht mehr rausgegangen?«

»Warum sollte ich das tun, *Officer*?« Das letzte Wort presste er zischend hervor und lächelte dann. »Wenn Sie denken, ich war's, müssen Sie das beweisen. Ich war bis acht Uhr heute Morgen bei mir zu Hause und bin dann zur Arbeit gefahren. Sie können ja mein Handy orten oder was auch immer Sie so treiben, um meinen Aufenthaltsort festzustellen. Dieses Land ist inzwischen ein verdammter Überwachungsstaat. Alle werden die ganze Zeit beobachtet. Ich bin sicher, Sie können rausfinden, wo ich war und ob ich die Wahrheit sage.«

»Hat Adam Sie in der Nacht kontaktiert? Hat er Sie angerufen, um Ihnen zu erzählen, dass seine Frau ermordet wurde?«

»Wie das? Mein Handy war aus. Ich wusste nichts darüber, bis Sie es mir erzählt haben. Warum stellen Sie all diese bescheuerten Fragen?«

»Nur zur Überprüfung.«

»Bitte, Sie haben mich überprüft, und jetzt muss ich wieder arbeiten«, sagte er, sah auf und entdeckte einen roten Volvo Kombi, der hinter Lucy und Ians Wagen einparkte. »Ich muss den Leuten helfen, ihren Krempel in die richtigen Container zu werfen.«

Leise pfeifend schlenderte er davon und ließ Lucy frustriert zurück. Sie würde noch kurz mit Vitor sprechen müssen, dem Barkeeper im White Horse, und dann musste sie die Sache auf sich beruhen lassen. Wenn er die Wahrheit gesagt hatte, konnte Adam nicht der Mörder seiner Frau sein. Das stellte sie vor das Problem, den wahren Täter finden zu müssen.

»Eine harte Nuss«, bemerkte Ian.

»Eine ziemlich große Klappe, aber solange wir keine Lücke in seinem Alibi finden, können wir nichts machen. Wir fahren jetzt zu Inge, und danach lasse ich Sie bei der Dienststelle raus, damit Sie an der Einsatzbesprechung teilnehmen können, während ich noch mit Vitor rede.«

»Einverstanden.«

Eine halbe Stunde rasanter Fahrt später fanden sich Lucy und Ian in der Küche des Hauses Nr. 29 in der Pebble Avenue in Brompton wieder. Zwei Kätzchen tollten im Raum umher und purzelten durcheinander, liefen um Stuhlbeine und sprangen auf Regale und dann zurück auf den Boden.

Inge Redfern schnäuzte sich lautstark in ein Taschentuch. Ihre Mutter Sabine, eine Frau mit hellgrauen Augen und einem freundlichen Gesicht, strich der Jugendlichen über das Haar und sah die Ermittler verwirrt an.

»Ich begreife das nicht«, sagte Sabine. »Ich habe Charlotte erst gestern Morgen gesehen. Wir haben zusammen Kaffee getrunken.«

Inge schluchzte erneut auf, und ihre Mutter beruhigte sie. »Sch, Liebes«, murmelte sie.

»Ich weiß, das ist ein furchtbarer Schock für Sie beide«, sagte Lucy. »Wir möchten Ihnen unser aufrichtiges Beileid ausdrücken. Standen Sie Charlotte sehr nahe?«

Die Kätzchen stießen eine Vase um, die scheppernd zu Boden fiel. Sabine sprang hinzu, schnappte die Tierchen und beförderte sie durch die Hintertür nach draußen. »Tut mir leid, ich kann mich jetzt nicht um sie kümmern.« Sie seufzte schwer. »Ich kannte Charlotte erst seit einem Jahr, aber wir standen einander recht nahe. Wir haben uns kennengelernt, als sie zur Untersuchung in die Klinik kam, in der ich arbeite. Ich bin in der Geburtshilfe tätig und habe geholfen, Alfie auf die Welt zu bringen.« Sie machte eine Pause, um eine Träne abzuwischen, die von der Spitze ihrer Wimpern getropft war. Draußen sprang eines der Kätzchen auf die Fensterbank und miaute anklagend. Lucy musste eine Weile warten, bis Sabine weitersprechen konnte. Sie ging zu ihrer Tochter und stellte sich neben sie.

»Wir haben uns auf Anhieb verstanden, und ich mochte sie sehr. Sie war so lebhaft und lebenslustig. Sie und ich sind oft zusammen einen Kaffee oder was anderes trinken gegangen, wenn ich keinen Dienst hatte. Ich war es, die Inge als Babysitterin vorgeschlagen hat. Sie brauchte jemand Verlässliches, und ich habe natürlich sofort an meine Tochter gedacht.«

Lucy lächelte der sichtlich betroffenen Teenagerin zu, die sich nun an die Hände ihrer Mutter klammerte. Sie versuchte, unbeschwert zu klingen. »Haben Sie oft auf Alfie aufgepasst?«

»Ein- oder zweimal in der Woche. Ich habe gerade erst vor ein paar Wochen angefangen, für sie zu arbeiten. Wenn ich nicht im College war, habe ich auf Alfie aufgepasst, sodass Charlotte zur Kosmetikerin gehen konnte, und hin und wieder sind Adam und sie abends ausgegangen.« Sie schniefte und unterdrückte ein Schluchzen. Ihre Mutter glättete eine zerzauste Haarsträhne.

Inge ergriff wieder das Wort. »Alfie schläft meistens. Er schläft so viel. Hin und wieder wacht er auf, dann ich lege ihn auf seine Krabbeldecke und spiele oder kuschele mit ihm. Er hat gerade angefangen zu lächeln. Er erkennt mein Gesicht und lächelt, wenn ich ihn hochnehme. Dann strampelt er, als ob er sich freut, mich zu sehen.« Ihre Augen füllten sich mit Tränen.

Ihre Mutter nahm sie fest in den Arm. »Alles gut, Inge. Es ist alles gut«, flüsterte sie.

»Was ist mit Charlotte passiert?«, fragte Sabine an Lucy gerichtet.

Lucy war auf die Frage vorbereitet. »Wir versuchen, die Ereignisse des gestrigen Abends zu rekonstruieren, um das herauszufinden, Mrs Redfern. Ich weiß, dass es Sie und Ihre Tochter sehr belasten muss, aber wir müssen erfahren, was passiert ist, nachdem Charlotte und Adam nach Hause kamen. Können Sie uns etwas darüber erzählen, Inge?«

Inge schniefte noch ein paarmal, bevor sie weitersprechen konnte. »Charlotte ist allein ins Haus gekommen. Ich habe ferngesehen. Die Sendung hatte gerade erst angefangen, es muss also kurz nach zehn gewesen sein. Sie wirkte ziemlich betrunken, um ehrlich zu sein. Sie lallte und schwankte. Einmal musste sie sich am Türrahmen festhalten. So habe ich sie noch nie gesehen. Sie hat wohl geglaubt, dass ich das nicht bemerkt hätte, und versucht, es zu überspielen. Sie hat gesagt, dass Adam draußen wartet, um mich nach Hause zu fahren. Ich habe also meine Bücher eingesammelt, gute Nacht gesagt und bin direkt raus zum Auto gegangen. Adam hat gerade auf seinem iPhone nach Musik gesucht. Er hat Rita Ora angemacht – die hören wir beide gern –, und mich dann direkt nach Hause gefahren.«

»Hat er Ihnen gegenüber erwähnt, dass er irgendwelche Pläne hatte, nachdem er Sie abgesetzt hat?«

»Nein.«

»Haben Sie gesehen, dass er gewendet hat und zurück nach Eastborough gefahren ist?«

»Nein. Ich habe ihn nicht wegfahren sehen. Ich bin direkt ins Haus gegangen.«

»Waren Sie zu Hause, als Inge heimkam, Mrs Redfern?«

»Nein. Ich hatte Dienst in der Klinik.«

»Und Ihr Mann?«

»Der ist dieses Wochenende dienstlich in Bratislava. Er kommt am Sonntagabend zurück.«

»Können Sie sich erinnern, ob Sie die Tür hinter sich geschlossen haben, als Sie das Haus der Brannons verlassen haben, Inge?«

Die junge Frau sah ihre Mutter an und wirkte für einen Augenblick verwundert. »Ich glaube schon.«

»Charlotte hat sie also nicht hinter Ihnen zugemacht?«

Sie zog die Brauen zusammen. »Nein. Sie ist, glaube ich, in die Küche gegangen. Sie hat mich definitiv nicht zur Tür gebracht, und ich bin sicher, dass ich sie hinter mir geschlossen habe. Ich habe am Türknauf gerüttelt, um sicherzugehen, dass sie zu war. Das tue ich immer. Ich mache das auch bei unserer Tür mit der Klinke.«

Lucy lächelte wieder. Ian hatte den Kopf über seinen Notizblock gesenkt und schrieb.

»Wie wirkte Adam?«

»Wie meinen Sie das?«

»Hatte er gute Laune?«

Inge zuckte mit den Schultern. »Keine Ahnung. Er war eben Adam.«

»Und was bedeutet das?«

»Er hat mich heimgefahren und mich bezahlt.«

»Und er hat mit Ihnen nicht über den Abend oder über Charlotte gesprochen oder Sie nach Ihrem Studium gefragt?«

»Er hat gefragt, wie ich mit dem Lernen vorankomme. Er weiß, dass ich bald Prüfungen habe.«

»Wirkte er auf Sie nervös oder wütend?«

Inge schüttelte den Kopf und zog die Augenbrauen noch weiter zusammen. »Zumindest habe ich nichts bemerkt.«

»Haben Sie Adam und Charlotte je streiten hören?«

»Mu-um, ich möchte nicht mehr mit ihnen sprechen.« Mit Tränen in den Augen und verzerrtem Gesicht schaute Inge ihre Mutter flehentlich an.

»Du musst aber, Liebes. Erzähl ihnen alles.«

Inge schniefte erneut, bevor sie fortfuhr. Bei jedem Wort verzog sie das Gesicht, als ob es ihr Schmerzen bereitete. »Ein- oder zweimal habe ich sie streiten hören. Adam war gestern wütend auf sie, als ich kam, weil sie so lang gebraucht hat, um sich fertigzumachen. Nichts Ernstes. Charlotte mag Mode und Make-up. Sie sieht gern gut aus. Gestern sah sie sehr schön aus.«

»Und Sie haben nie gehört, dass Adam sie bedroht hätte?«

»Nein. Niemals. Er hat Charlotte nie wehgetan. Das weiß ich. Er würde so etwas nie tun.« Sie war vollkommen aufgelöst.

»Wir werden Sie nicht weiter belästigen, Inge. Wenn Sie sich etwas besser fühlen, würden wir Ihnen gern noch ein paar Fragen stellen.« Lucy stand auf, und Inge legte ihrer Mutter den Kopf in den Schoß.

»Es tut mir wirklich leid, dass wir so schlimme Neuigkeiten überbracht haben.«

Sabine nickte kurz. »Da wäre noch etwas. Vielleicht hat es nichts zu bedeuten ...«, setzte sie an, schien es sich dann jedoch anders zu überlegen.

»Sagen Sie es ruhig. Es könnte hilfreich sein«, ermutigte sie Lucy.

»Nein, es ist nichts. Charlotte hat mal erwähnt – das war so vor einem Monat –, dass Adam nichts mit dem Kind zu tun haben wollte: Er hat nie die Windeln gewechselt oder ihn im Kinderwagen herumgefahren oder so. Manche Väter brauchen eine Weile, sich an den neuen Zustand zu gewöhnen. Sie sind eifersüchtig, weil das Neugeborene die Zeit und Zuneigung der Mutter für sich beansprucht. Sie fühlen sich ausgeschlossen. Ich habe ihr geraten, ihn zu ermuntern, mehr Zeit allein mit Alfie zu verbringen und ihn mehr in seine tägliche Routine einzubinden. Ich glaube, es war zum Teil ihre Schuld. Sie war extrem fürsorglich, was Alfie anging.«

»Das stimmt nicht«, widersprach Inge energisch. »Adam hat Alfie geliebt. Das hat er mir gesagt.«

Sabine ignorierte den erneuten Gefühlsausbruch. »Charlotte hat mir erzählt, er hätte alles ihr überlassen. Er hätte gesagt, es wäre nicht seine Aufgabe, sich um das Baby zu kümmern. Ich sage nicht, dass er Alfie nicht geliebt hat, aber er hat sich distanziert. Ich glaube, das hat zu Problemen zwischen den beiden geführt. Charlotte hat gesagt, sie hätten oft deswegen gestritten. Sie war kurz davor, die Geduld mit ihm zu verlieren. Sie haben Inge gefragt, ob Adam und Charlotte gestritten haben, und laut Charlotte haben sie das, vor allem wegen Alfie.«

»Jetzt lässt du Adam wie ein Monster wirken. Ich habe gesehen, wie er Alfie angesehen hat. Er ist ins Kinderzimmer gegangen und hat einfach nur dagestanden und hat ihn angesehen. Alfie war ihm wichtig, Mum. Er hat ihn geliebt.« Inges Gesicht war rot und verquollen, und sie war lauter geworden. Schon wieder war sie kurz davor, die Fassung zu verlieren.

Lucy fand, dass es an der Zeit war zu gehen. Sie hatten einiges an Informationen erhalten. Wie hilfreich diese sein würden, konnte Lucy nicht wissen, aber zumindest war es ein Anfang.

Als sie zum Auto gingen, seufzte Ian. Lucy ahnte, was ihn bedrückte. Er musste an Ruby denken, seine kleine Tochter. Er hatte sie im Büro ein paarmal erwähnt, wenn Natalie und Murray nicht da gewesen waren. »Möchtest du darüber sprechen?«, fragte sie.

»Hältst du das für möglich?«

»Was?«

»Dass ein Mann ein Kind zeugen kann und dann nichts mit ihm oder seinem Leben zu tun haben möchte?«

»Die menschliche Natur stellt mich immer wieder vor Rätsel«, erwiderte sie, schloss das Auto auf und blieb neben der Fahrertür stehen. »Der Mensch ist ziemlich kompliziert, und unsere Gefühle führen oft dazu, dass wir Dinge tun, die andere merkwürdig finden. Du sprichst hier mit einer Frau, deren Mutter sie weggegeben hat, als sie ein Baby war. Die Antwort lautet Ja. Ich halte das für möglich.«

Ian stieg auf der Beifahrerseite ein. »Ich kann es mir nicht vorstellen. Mir fällt es schwer, meine Tochter nicht täglich sehen zu können. Ich möchte Teil ihres Lebens sein, auch wenn ihre Mutter das nicht möchte.«

Lucy drehte den Schlüssel im Zündschloss und legte den Gang ein. Sie warf ihm ein mitfühlendes Lächeln zu, das ihre Ausstrahlung vollständig veränderte.

»Dann hat deine Tochter großes Glück«, sagte sie.

SIEBEN

SAMSTAG, 3. MÄRZ – MORGEN

Zurück in der Polizeizentrale von Samford erwarteten Natalie weitere Neuigkeiten in Gestalt von Mike. Natalie betrachtete seine breiten Schultern, seinen strahlenden, intensiven Blick und sein unrasiertes Gesicht, das sein gutes Aussehen noch unterstrich, und musste sogleich an ihren gemeinsamen Ausrutscher denken. Er lag schon über ein Jahr zurück, doch manchmal fiel es ihr schwer, ihn anzusehen, ohne an jene Nacht zu denken.

Heute Morgen war Mike allerdings vollkommen auf seine Präsentation konzentriert. Sorgfältig legte er die Folien zurecht und brannte darauf, sein Wissen zu teilen.

Natalie begrüßte ihn und ließ sich auf den nächsten Stuhl fallen. Murray lehnte sich gegen die Wand.

»Seid ihr weitergekommen?«, fragte Mike.

»Ich habe gerade mit Charlottes Eltern gesprochen. Sie sind nicht besonders gut mit Adam ausgekommen. Die Mutter glaubt, dass irgendetwas Seltsames zwischen ihm und Charlotte vorging.«

»Dann wird es dich interessieren, was wir herausgefunden

haben«, begann Mike. Er wartete kurz ab, als Ian hereinkam. »Gerade rechtzeitig.«

»Lucy spricht noch mit dem Barkeeper, um Adams Alibi zu bestätigen. Sie kommt nach. Außerdem haben wir uns mit Lee und Inge unterhalten.«

»Okay. Setzen Sie sich, Ian. Mike war gerade dabei, uns auf den neuesten Stand zu bringen. Mike?«, sagte Natalie.

»Wir haben den Schlüssel für die Schublade mit den Wertgegenständen gefunden. Er war da, wo du gesagt hast: an der Unterseite der oberen Schublade festgeklebt. In der verschlossenen Schublade befanden sich Uhren und Schmuck. Soweit wir wissen, wurde im Haus nichts gestohlen.« Mike schaltete den Tageslichtprojektor ein. Ein Foto von der Schrift an der Wand über Charlottes Bett, die das Wort »*warum?*« darstellte, flackerte auf. Mike räusperte sich.

»Wir haben das Blut als Charlottes identifiziert. Außerdem haben wir die Größe der einzelnen Buchstaben vermessen und uns die Tiefe der Wischspuren angesehen. Daraus konnten wir schließen, dass die Buchstaben mit einem Zeigefinger geschrieben wurden. Allerdings gehen wir davon aus, dass der Täter Handschuhe trug, denn es gibt keine Fingerabdrücke.«

Mike griff erneut nach einer Folie, nahm die erste herunter und legte die neue auf. »Wir glauben, der Mörder hat das Blut neben ihrem Leichnam benutzt. In diesem Bereich gibt es eine Reihe Tupfer.« Charlottes Kopf war zu sehen und über dem Scheitel eine Blutlache. Mike deutete auf den Bereich, über den er gesprochen hatte.

»Konnten Sie irgendwelche Abdrücke nehmen, Mike?«, fragte Murray.

Mike schüttelte den Kopf. »Wenn der Täter tatsächlich den Finger benutzt hat, um das Wort zu schreiben, hat er sichergestellt, dass er bedeckt war. Wo wir allerdings von Abdrücken sprechen, habe ich ein bedeutendes Detail für Sie.«

Ein drittes Bild ersetzte das von Charlotte. Es zeigte den Baseballschläger.

»Das Blut auf diesem Schläger konnten wir ebenfalls Charlotte zuordnen. Außerdem haben wir Abdrücke vom Griff nehmen können, und einige davon gehörten Charlotte.«

»Sie hat den Schläger benutzt, um sich zu verteidigen.« Ian zog die Brauen zusammen.

»Das mag sein«, sagte Mike und zeigte auf die Spitze des Griffs. »Die Abdrücke deuten darauf hin, dass sie ihn hier festgehalten hat. Es gibt einen Daumenabdruck von ihr oben am Griff. Er ist verkehrt herum, wenn man davon ausgeht, dass man den Schläger normal hochhebt, und es gibt hier, hier und hier noch einige unvollständige Abdrücke von ihr.«

»Die sind weiter unten am Griff«, sagte Murray.

»Haargenau. Dieses Muster könnte bedeuten, dass sie versucht hat, den Schläger zu erreichen. Hier sind zwei Abdrücke: Zeigefinger und Mittelfinger. Und hier drei Abdrücke nebeneinander, so als ob jemand nach dem Schläger getastet und ihn zu sich herangezogen hätte.«

»Sie hat versucht, ihn dem Angreifer zu entreißen«, stellte Natalie fest

»Möglich. Wir haben auch einen weiteren unvollständigen Abdruck auf dem Griff gefunden. Der gehörte allerdings nicht Charlotte, sondern ihrem Mann, Adam.«

Natalie riss die Augen auf. »Der verfluchte Lügner. Er hat den Schläger angefasst. Mir hat er gesagt, er hätte keinen Baseballschläger.«

»Es ist eindeutig sein Fingerabdruck. Der Schläger selbst ist solide und aus lackiertem Holz. Das Logo auf dem Barrel stammt vom Hersteller, Wollowo. Die bekommt man problemlos überall im Laden und online.«

»Wenn sie ihn gekauft hat, dann aus dem Grund wie viele andere: um sich zu schützen«, stellte Murray fest.

Mike kramte abermals in seiner Tasche nach weiteren

Notizen und fuhr dann fort. »Die Blutspritzer deuten darauf hin, dass sie mit Wucht neben dem Bett getroffen wurde. Es gibt Spritzer in einem aufsteigenden Muster am Nachttisch und winzige Spritzer darüber, die für diese Theorie sprechen.« Er legte ein Foto des Tatorts auf und lockerte die Schultern.

»Wir nehmen an, dass Charlotte hier angegriffen wurde.« Er deutete auf das andere Ende des Bettes. »Wir haben mikroskopische Teppichfasern in ihren Kniekehlen und an ihrem rechten Ellbogen gefunden. Daraus schließen wir, dass sie auf allen vieren kniete. Es gab auch Fasern unter den Nägeln ihrer rechten Hand.«

»Teppichfasern?«, fragte Murray.

»Möglich. Wir müssen sie noch identifizieren. Wenn es welche sind, könnte das bedeuten, dass sie versucht hat, sich unter dem Bett zu verstecken. Wir glauben, dass der Angreifer sie dort überraschte, sie seitlich am Kopf traf und zur Seite schleuderte, wo er mehrfach mit dem Schläger auf sie einschlug. Wir gehen im Augenblick davon aus, dass sie nach dem ersten Schlag das Bewusstsein verlor, und Pinkneys Bericht wird das vermutlich bestätigen.« Er atmete tief durch und schaltete den Projektor ab. »Das war es vorerst.«

Natalie legte den Kopf schief. »Wenn Charlotte wirklich versucht hat, sich unter dem Bett zu verstecken, warum ist sie nicht gleich auf ihrer Bettseite darunter gekrochen? Stattdessen ist sie an ihrer Seite aus dem Bett aufgestanden, auf die andere Seite gelaufen oder gekrabbelt und hat sich dort versteckt. Das ist doch unlogisch.«

»Vielleicht war sie auf allen vieren und hat nach dem Schläger gesucht, der dort versteckt war«, schlug Murray vor.

»Wenn er ihr gehörte, hätte sie ihn dann nicht unter ihrer Seite des Bettes aufbewahrt? So hätte sie ihn viel einfacher erreichen können«, wandte Ian ein.

Natalie ergänzte ihre eigenen Gedanken: »Nach dem, was Mike uns gerade erzählt hat, wäre es logisch anzunehmen, dass der Schläger Adam Brannon gehörte und dass er – oder jemand anderes – Charlotte damit ermordet hat. Wir bringen ihn zur Befragung aufs Revier.«

»Ich bin oben, wenn du mich brauchst. Wir untersuchen die Fasern, die wir gefunden haben, um sicherzugehen, dass sie alle übereinstimmen.« Mike packte die Folien ein, hob zum Abschied die Hand und verließ das Büro.

Natalie nahm seinen Platz vorne im Raum ein und übernahm das Wort. »Noch ein schnelles Update zu Alfie Brannon. Er ist noch immer beim Sozialdienst, es ist aber gut möglich, dass er bald zu seinen Großeltern kann. Wo er hinkommt oder was letztlich mit ihm geschieht, hängt natürlich davon ab, wohin uns die Ermittlungen führen. Wobei man mir zu verstehen gegeben hat, dass Charlottes Eltern gern das Sorgerecht übernehmen würden, falls Adam es aus irgendeinem Grund nicht möchte oder für den Fall, dass er tatsächlich wegen Mordes angeklagt wird. Okay, und jetzt zu Ihnen.«

Ian meldete sich als Erster zu Wort. »Inge, die Babysitterin, hat bestätigt, dass Adam sie gegen zehn nach Hause gefahren hat, aber sie weiß nicht, wo er danach hinging. Das hat er nicht gesagt. Ihre Mutter Sabine sagte uns, Adam hätte wenig mit seinem Sohn zu tun gehabt, und das hätte zu Spannungen und Auseinandersetzungen in der Beziehung geführt.«

Murray kratzte sich im Nacken. »Sheila, Charlottes Mutter, glaubt, dass Adam und Charlotte sich gestritten haben. Charlotte wollte mit ihr darüber sprechen, hat es sich dann aber im letzten Augenblick noch anders überlegt. Sie hat ihrer Mutter erzählt, es gebe etwas, das sie Adam erzählen müsse, und dass es ihm nicht gefallen würde.«

»Spannungen, Auseinandersetzungen, ein Geheimnis und ein Baseballschläger. Alles deutet in eine Richtung. Wir müssen mit Adam sprechen. Bringen Sie ihn aufs Revier«, sagte Natalie.

. . .

Während sie darauf wartete, dass Adam zur Dienststelle gebracht wurde, betrachtete sie erneut die Fotos vom Tatort. Wenn Mike richtiglag und die Person den Zeigefinger benutzt hatte, um das Wort über dem Bett zu schreiben, waren die Buchstaben zu schmal für Adam. Er hatte große Hände und dicke Finger. Sie rief oben an und bat Mike, ihr die exakten Abmessungen der Buchstaben zu schicken.

»Der Täter muss nicht den ganzen Finger benutzt haben, Natalie«, wandte er ein. »Nur die Fingerspitze. Die Spuren entsprechen nicht der exakten Größe seines Fingers.«

»Kannst du aus der Schrift schließen, wie groß seine Finger sind?«

»Nicht genau genug«, erwiderte er.

»Okay, danke. War nur so eine Idee.«

Sie legte wieder auf und blätterte durch die Aussage, die Margaret Callaghan, die Nachbarin der Brannons, ihr gegenüber gemacht hatte. Auch wenn sie Adam vernahmen, würde es noch andere Pfade geben, die sie einschlagen sollten. Das Display ihres Smartphones leuchtete auf. Es war Leigh.

Kann ich online nach Stiefeln gucken?

Sie unterdrückte einen Seufzer. Sie hatte Wichtigeres zu tun, als sich um den Wunsch ihrer Tochter zu kümmern, neue Stiefel zu kaufen, aber sie konnte ihre Nachricht auch nicht ignorieren.

Gucken ja, kaufen nein. Lieber im Laden anprobieren, damit sie passen und bequem sind. Hab dich lieb. X

Sie hoffte, das würde ihre Tochter zufriedenstellen, und nahm ihre kurzen Notizen über die beiden Personen zur Hand, die Margaret gesehen hatte. »Ian, gehen Sie bitte die Überwachungskameras in der Umgebung durch. Sehen Sie nach, ob irgendwo eine Person zu sehen ist, auf die diese Beschreibung passt.«

»In der Nähe vom Maddison Court gibt es keine Kameras, aber ich versuche es in den umliegenden Straßen. In Eastborough gibt es nur wenige Kameras.«

»Man möchte meinen, in einer solchen Wohngegend müsste es Dutzende geben«, sagte Natalie. »Da gibt es einige sehr teure Häuser. Bestimmt haben die Häuser Überwachungstechnologie zum Schutz gegen Einbrecher.«

»Ich frage in der Nachbarschaft herum. Mal sehen, ob irgendjemand auf seinem Grundstück Kameras hat. Wir wissen, dass Adam keine hatte. Er hatte nur eine Alarmanlage.«

Natalie zog noch einmal das Foto von Alfies Kinderzimmer hervor. Sie betrachtete das märchenhafte Bettchen mit dem Betthimmel mit Schleifchen und den Stofftieren, die für ihn bereitlagen, wenn er wach wurde. Sein Leben hatte sich nun vermutlich für immer verändert. Er würde vielleicht sogar bei seinen Großeltern leben und nie wieder in sein Kinderzimmer zurückkehren, das mit so viel Liebe gestaltet worden war. Sie betrachtete die gerahmten Fotos auf den Regalen und bemerkte, dass es kein gemeinsames von Adam mit Alfie gab. Warum waren da nur Bilder von Charlotte und ihrem Baby? Adam war nicht so versessen darauf gewesen, sich um seinen Sohn zu kümmern, als Charlotte noch lebte, und nach ihrem Tod noch immer unwillig. Da stimmte doch etwas nicht. Abwesend kaute sie an einem Niednagel. Adam mochte ein semiprofessioneller Boxer gewesen sein, war ihr aber nicht gewachsen. Sie würde ihn nicht in Ruhe lassen, bis sie überzeugt war, dass er mit Charlottes Tod nichts zu tun hatte.

ACHT

SAMSTAG, 3. MÄRZ – VORMITTAG

Adam Brannon füllte den Stuhl im Vernehmungsraum vollständig aus. Seine langen Beine passten kaum unter den Tisch. Murray reichte ihm die Tasse Kaffee, um die er gebeten hatte und die er mit halb geschlossenen Augen entgegennahm. Sein gesamtes Verhalten wirkte träge und kalkuliert, doch Natalie erinnerte sich daran, wie abrupt er ihr das Gesicht zugewandt hatte, als er neben dem Einsatzwagen gestanden hatte. Der Schein konnte trügen. Adam hatte gute Reflexe und eine kurze Reaktionszeit.

Er nippte an seinem Kaffee. »Haben Sie schon Verdächtige?«

Natalie übernahm es zu antworten. »Wir ermitteln in verschiedene Richtungen.«

»Sie sehen besser zu, dass Sie den Dreckskerl schnappen, bevor ich ihn in die Finger kriege«, sagte er.

»Denken Sie nicht einmal daran, nach dem Täter zu suchen. Das ist unsere Aufgabe.«

»Sie scheinen aber keine Ahnung zu haben, wer hinter dem Mord steckt. Was soll ich Ihrer Meinung nach tun? Ruhig dasitzen und Däumchen drehen? Meine Frau wurde ermordet.

Ich habe Charlotte gesehen. Sie sah furchtbar aus. Irgendein Stück Scheiße hat sie zu Brei geschlagen, und Sie wollen mir erzählen, ich soll mich heraushalten? Ich kenne ein paar Leute, die mir helfen könnten, diesen Wichser aufzuspüren.« Er sprach nun immer schneller. Das war nicht die Reaktion, die Natalie noch wenige Stunden zuvor von ihm gesehen hatte. Adam war nun weit emotionaler. Er hielt den Kaffeebecher so fest umklammert, dass Natalie befürchtete, er könnte in seinem Griff zersplittern.

»Mr Brannon, gestern Nacht habe ich Sie nach einem Baseballschläger gefragt, und Sie gaben an, keinen zu besitzen. Ich frage Sie also noch einmal, und möchte dieses Mal die Wahrheit hören.«

Er legte die Unterarme auf den Tisch und starrte sie an. Dann wandte er abrupt den Blick ab und sank nach vorn, als ob er seinen Gefühlsausbruch vergessen hätte. »Okay. Okay.«

»Besitzen Sie einen Baseballschläger?«

»Ja, ich habe einen.«

»Warum haben Sie das gestern Nacht abgestritten?«

»Ich weiß es nicht. Es war dumm von mir.«

»Sie müssen doch gewusst haben, dass Ihre Antwort relevant für meine Ermittlungen ist.«

»Ich habe überhaupt nicht nachgedacht. Alfie war weggebracht worden. Ich war total durcheinander. Sie haben alle möglichen Fragen gestellt, und ich konnte nicht klar denken. Ich habe versucht, das alles zu begreifen: wie ich sie tot aufgefunden habe, die Schrift an der Wand, Alfie, der dabei war, als es passiert ist, und die Vorstellung, was gewesen wäre, wenn der Dreckskerl ihn auch umgebracht hätte. Das war alles zu viel auf einmal, und es hat sich alles so irreal angefühlt. Während ich mit Ihnen gesprochen habe, habe ich die ganze Zeit Charlotte vor mir gesehen, wie sie im Schlafzimmer auf dem Boden lag. Es war die Hölle. Außerdem bin ich früher schon mal von der Polizei verhört worden, und ich habe nicht die besten Erfahrungen gemacht, wenn Sie verstehen, was ich meine. Einer wie ich gewöhnt sich mit der Zeit daran, niemandem irgendetwas zu sagen. Nach meiner Zeit im Gefängnis habe ich gelernt zu schweigen, wenn man mich befragt, bis ich weiß, was die Polizei von mir will. Ich werde oft von Ihren Kollegen belästigt. Was nicht überraschend ist, weil ich eine Einrichtung in einem Brennpunkt leite, in der eine Menge Rabauken und Ganoven rumhängen. Wenn im Viertel etwas abgeht, kommt die Polizei direkt in meinen Club und verhört mich. Gestern Nacht konnte ich einfach nicht schnell genug nachdenken. Sie haben mir eine Reihe Fragen gestellt, und ich konnte sie nicht beantworten, weil ich mir so schnell nicht überlegen konnte, was ich sagen soll, falls es irgendetwas Belastendes gegen mich gibt. Ich hatte schon ausgesagt, dass ich Charlotte erst gefunden habe, nachdem Alfie angefangen hatte zu weinen. Das muss ziemlich übel aussehen. Ich konnte noch nicht mehr sagen, weil ich mir erst überlegen wollte, wie ich damit umgehen soll. Und dabei habe ich entschieden, dass ich nur eines tun kann, und das ist direkt und ehrlich zu sein. Ich habe Charlotte nicht umgebracht. Das schwöre ich. Ich habe die ganze Nacht darüber nachgedacht, und ich weiß, wie es für Sie ausgesehen haben muss.«

»Und das wäre?«

»Na, ein Ehemann wie ein Kleiderschrank, der schon mal im Knast war und mit seinen Fäusten umgehen kann, macht seine Frau alle, weil er seine Aggressionen nicht im Griff hat. So sieht es doch aus. Aber so war es nicht. Ich habe Charlotte nicht ermordet.« Er ließ sein Genick knacken, schob trotzig die Unterlippe vor und schien Tränen zurückzuhalten.

»Wofür haben Sie dann den Baseballschläger?«

Er sah sie durchdringend an und schnaubte verächtlich. »Was denken Sie denn? Versicherungspolice. Wenn irgendein Penner meint, bei uns einbrechen zu wollen, wäre ich vorbereitet. Und da bin ich nicht der Einzige. Lesen Sie mal die Bewertungen für Baseballschläger auf Amazon. Die meisten dürften von Leuten sein, die sie zum Schutz gekauft haben.«

»Sie geben also zu, dass Sie den Schläger zu Ihrem Schutz gekauft haben?«

»Ja, genau das habe ich doch gesagt.«

»Warum haben Sie dann weder Überwachungskameras noch Alarmtechnik? Die sind weit weniger gefährlich.«

»Wir haben eine Alarmanlage, aber wenn jemand einbricht, hätte ich die Lage gern unter Kontrolle. Alarmanlagen und Kameras schützen Sie nicht, wenn irgendein Arschloch einbricht und Sie angreift. Die ist bloß Abschreckung. Ich habe gesessen. Ich habe mit Leuten rumgehangen, die Einbrüche begangen haben, um geklautes Zeug zu verkaufen, um sich ihre Drogen leisten zu können. Die sind verzweifelt. Denen sind Kameras und Alarmanlagen egal, und wenn ihnen jemand in die Quere kommt, denken die nicht lange nach, ob sie ein Messer oder eine Knarre oder sonst irgendeine Waffe benutzen sollen, die sie bei sich haben. Die bedrohen Leute. Den Schläger hatte ich nur für den Fall, dass ich ihn brauche.«

»Wir haben Ihre Fingerabdrücke darauf gefunden«, sagte Natalie und versuchte, ruhig zu klingen.

»Na und? Natürlich waren sie drauf, ist doch klar.«

»Wir haben auch Charlottes Abdrücke darauf gefunden.«

»Vielleicht hat sie ihn beim Putzen angefasst.«

»Wo haben Sie den Schläger aufbewahrt?«

»Unter dem Bett. Ach, du Scheiße! Jetzt kapier ich! Sie wurde mit dem verdammten Schläger totgeschlagen, stimmt's?« Er ließ die Handfläche mit einer so unglaublichen Wucht auf die Tischplatte hinabsausen, dass der Tisch wackelte. Dann stemmte er sich auf die Füße, trat einen Schritt zurück und wedelte mit dem Zeigefinger. »Nein, vergessen Sie's. Das werden Sie mir nicht anhängen. Ich habe meine Frau nicht getötet. Untersuchen Sie den Schläger noch mal, da sind bestimmt noch weitere Abdrücke drauf. Und dann finden Sie raus, wem sie gehören, denn ich habe sie damit nicht geschlagen!«

»Mr Brannon, bitte setzen Sie sich wieder. Wir müssen Ihnen diese Fragen stellen. Wir glauben, dass Ihr Schläger als Tatwaffe benutzt wurde, und es ist wichtig, dass wir herausfinden, was genau geschehen ist. Könnte irgendjemand außer Ihnen und Charlotte gewusst haben, dass er dort lag?«

Er machte ein Geräusch, das klang wie das Schnauben eines Pferds, und ließ sich wieder auf den Stuhl fallen. »Ich glaube nicht. Hören Sie, ich bin ehrlich zu Ihnen. Ich weiß, dass es verdächtig aussieht, aber ich habe ziemlich kaputte Typen kennengelernt, denen einer abgeht, wenn sie nicht nur Ihr Zeug klauen, sondern dafür auch noch Sie oder jemanden aus Ihrer Familie abmessern können. Ich vertraue weder Alarmanlagen noch Überwachungssystemen. Da draußen laufen eine Menge Bekloppte herum, die den ganzen Scheiß austricksen können, und ich wollte meine Frau und meinen Sohn beschützen. Mehr wollte ich nicht. Verrückt, was? Ich kaufe etwas, um meine Familie zu verteidigen, und irgendjemand nimmt es, um Charlotte damit zu töten. Das ist doch total krank.« Wieder stand er auf und wandte Natalie und Murray den Rücken zu. Sie brauchten eine ganze Weile, um ihn dazu zu bringen, sich wieder zu setzen.

»Darf ich Sie nach den Finanzen in Ihrem Haushalt fragen? Soweit wir es verstanden haben, lief das Haus auf Charlottes Namen, und sie hatte ein beachtliches Einkommen aus einem Treuhandfonds.«

»Das stimmt. Ihre Eltern haben das Haus gekauft und ihr überschrieben.«

»Wie ging es Ihnen damit?«

»Das ist doch Blödsinn. Warum fragen Sie mich das? Das mit dem Haus spielt doch keine Rolle und auch nicht, wie viel Geld Charlotte hatte. Das war ihres. Ihre Eltern waren reich.

Wenn Sie denken, ich habe sie umgebracht, weil ihr das Haus gehörte, sind Sie vollkommen gestört.«

»Beruhigen Sie sich bitte, Mr Brannon. Wir versuchen, Charlotte zu verstehen und herauszufinden, warum sie getötet wurde. Sie war offensichtlich wohlhabend.«

»Na und? Ich interessiere mich einen Dreck für Geld. Als ich jung war, hatte ich nie welches. Außerdem verdiene ich genug mit dem Boxen. Ich hätte auch ohne Kevins und Sheilas Hilfe für Charlotte und Alfie sorgen können. Wir waren auf ihre Wohltätigkeit nicht angewiesen, aber Charlotte war ein besseres Leben gewöhnt. Was sollte ich schon dagegen sagen?«

»Aber glücklich waren Sie nicht darüber?«

»Glücklich? Um ehrlich zu sein, war es mir ziemlich egal. Ich fand es okay. Es war nicht wichtig, wer im Grundbuch steht. Wir haben zusammen im Haus gewohnt. Ich sage Ihnen, worüber ich nicht glücklich war. Ich war nicht glücklich darüber, dass sich ihre Eltern ständig in unsere Beziehung einmischen mussten. Sie haben sie behandelt, als wäre sie noch immer ein behüteter Teenager, der nie das Nest verlassen hat, haben ihr teure Geschenke gekauft und einen Innenarchitekten engagiert, der unser Haus umgestalten und es in eine Art Palast verwandeln sollte. Und die ganze Zeit haben sie mir das Gefühl gegeben, ich wäre nicht gut genug für sie. Eingebildete Säcke. Die hatten keine Ahnung. Bei manchen Turnieren kann ich eine Menge Geld machen. Charlotte wusste, wie das läuft. Manchmal bringe ich Kohle nach Hause und manchmal nicht. Sie hatte nichts dagegen. Wenn ich viel Geld hatte, habe ich ihr was gegeben, damit sie sich was gönnen konnte. Ich habe alles Mögliche bezahlt, auch laufende Kosten. Und ich habe ihr Sachen gekauft. Sie hat das Geld ihrer Eltern angenommen, aber nicht, um mir ein schlechtes Gefühl zu geben. Sie hat es genommen, weil sie gern Geld hatte. Sie hat gerne Geld ausgegeben. Wir haben nie wegen Geld gestritten. Sie hat mich sogar ermuntert, den Löwenanteil meiner Preisgelder zu behalten, um sie wieder in den Club zu stecken, ihn noch größer und besser zu machen und weiter etwas Gutes für die Gesellschaft zu tun. Sie hat nicht groß überlegt, wofür sie Geld ausgibt. Klamotten waren ihr Ding. Sie war versessen auf Mode, und sie sah in den Sachen immer gut aus, also war es mir egal. Wir waren eigentlich ein ziemlich gutes Team. Ich habe sie nicht umgebracht. Ich hätte ihr nie wehtun können«, sagte er, und seine Stimme war nun kaum mehr als ein Flüstern.

»Wie haben Sie sich gefühlt, als sie erfuhren, dass Sie Vater werden?«

»Was ist das denn für eine Frage?«

»Können Sie sie beantworten?«

»Ich war überglücklich. Alfie ist mein Ein und Alles. Er ist das knuffigste kleine Kerlchen der Welt.«

»Sie haben ihn aber nie gewickelt, mit ihm gespielt, sind mit ihm spazieren gegangen oder haben sich sonst irgendwie mit ihm beschäftigt.« Natalie sah, wie er die Augenbrauen zusammenzog.

»Wer hat Ihnen diesen Mist erzählt? Ich leiste meinen Beitrag.«

»Ich habe etwas anderes gehört.«

»Dann haben Sie etwas Falsches gehört. Ich habe versucht zu helfen. Immer wieder habe ich meine Hilfe angeboten, aber sie hat es abgelehnt. Charlotte war manchmal überfürsorglich und hat mich nicht mithelfen lassen.«

»Und doch hat sie der siebzehnjährigen Tochter einer Freundin erlaubt, auf ihn aufzupassen, wenn sie zur Kosmetikerin oder mit Freunden ausging. Das klingt mir nicht nach einer Helikoptermutter.« Natalie bemühte sich um einen sachlichen Ton.

Adam verengte die Augen noch etwas mehr. »Was wollen Sie damit sagen?«

»Ich versuche nachzuvollziehen, wie Ihr Verhältnis zu Ihrem Sohn aussieht, und herauszufinden, warum Ihre Frau nicht wollte, dass Sie sich um ihn kümmern. Sie haben nicht einmal gefragt, wie es ihm geht. Sie haben nicht danach verlangt, ihn zu sehen. Er ist Ihr Sohn, aber Sie scheinen froh zu sein, dass er aus dem Weg ist.«

»Das ist doch Unfug. Alfie ist sechs Monate alt. Er wartet nicht gerade darauf, dass ich mit ihm Fußball spiele oder irgendetwas auf der Xbox zocke, wenn ich von der Arbeit komme. Er schläft die meiste Zeit. Was soll man großartig mit einem schlafenden Baby anfangen? Ich habe nicht gefragt, ob es ihm gut geht, weil ich weiß, dass dem so ist. Er ist schließlich in guten Händen. Er braucht mich gerade nicht. Er braucht jemanden, der ihn füttert und ihm die Windeln wechselt.«

»Er ist Ihr Sohn. Er hat seine Mutter verloren. Sie sind jetzt alles, was er noch hat.«

Adam schüttelte den Kopf. »Ich bin noch nicht so weit. Ich brauche mehr Zeit. Er sieht aus wie Charlotte. Jedes Mal, wenn ich ihn ansehe, sehe ich sie auf dem Boden liegen ...«

Natalie bemerkte seine gerunzelte Stirn und die geballten Fäuste. Aus welchem Grund auch immer, Adam scheute davor zurück, sich mit seinem Sohn auseinanderzusetzen. Seine Reaktion war eigenartig. Natalie hätte angenommen, er würde sich gern an seine geliebte Frau erinnern und nicht sein eigenes Fleisch und Blut wegstoßen.

»Würden Sie Ihre Beziehung mit Charlotte als glücklich bezeichnen?«

»Jetzt sind wir schon wieder bei ›glücklich‹. Wie definieren Sie das? Ist überhaupt jemand je ›glücklich‹, Detective?«

Natalie ignorierte die Fragen. »Wie würden Sie Ihre Beziehung beschreiben? Kamen Sie gut miteinander aus?«

»Ich habe Charlotte geliebt. Ich liebe Alfie. Was soll ich Ihnen sonst noch sagen?«

»Sie haben sich nie gestritten, und Sie haben sie nie geschlagen?«

Er schwieg eine Weile und reckte das Kinn vor. »Ich habe keinem von beiden je auch nur ein Haar gekrümmt.«

»Aber gestritten haben Sie?«

»Jedes Paar streitet oder hat Auseinandersetzungen. Das gehört einfach dazu. Hinterher haben wir uns immer versöhnt.«

»Worüber haben Sie sich gestritten?«

Er seufzte schwer. »Hören Sie, Detective, ich kenne Ihre Spielchen. Ich habe meine Frau nie geschlagen. Wir hatten hin und wieder eine Meinungsverschiedenheit. Sie war ziemlich stur. Wir hatten unterschiedliche Ansichten über eine Reihe von Themen: das Übliche, worüber sich Paare eben so streiten. Mit unserer Beziehung war alles in Ordnung.«

»Wie gefiel Ihnen ihre Internetpräsenz, ihr Blog?«

»Das hat ihr Spaß gemacht. Sie hätte ohne Instagram und ihren Blogger-Kram nicht leben können. Ich habe auch Accounts in den sozialen Medien. Das ist doch normal, dass man sein Unternehmen auch online bewirbt. Sie steckte da allerdings viel tiefer drin als ich.«

»Haben Sie je ihre Social-Media-Auftritte überwacht, um zu sehen, wer sie kontaktiert hat oder wer ihr gefolgt ist?«

Er zog die Mundwinkel herunter. »Nein. Warum sollte ich das tun?«

»Um Sie im Blick zu behalten und sicherzustellen, dass sie nicht mit irgendjemandem flirtet oder sich auf Online-Abenteuer mit anderen Männern einlässt.«

Er lachte laut auf. »So was würde sie nicht tun. Ich habe Ihnen doch gesagt, dass bei uns alles in Ordnung war.«

»Und Sie waren nicht eifersüchtig, dass sie sich auch in recht offenherzigen Outfits im Internet zeigte?«

»Glauben Sie, Kanye West macht sich einen Kopf darum, dass Kim Kardashian sich online zeigt? Sie sah in ihren Outfits großartig aus. Sie hatte die Figur dafür. Es war genau ihr Ding. Sie wusste, wie sie ihr Publikum bedienen muss, um sich als Bloggerin einen Namen zu machen und Geld damit zu verdienen. Sie hat die Bilder nicht hochgeladen, um anzugeben oder Bestätigung von Männern zu bekommen. Da haben Sie den falschen Eindruck von Charlotte. Und von mir. Von mir haben Sie auch ein vollkommen falsches Bild.«

»Dann klären Sie mich auf.«

»Sie und ich waren vollkommen gegensätzlich. Wir haben uns ab und zu gezankt, aber wir haben uns auch geliebt. Sie wollte, dass ich meinen Traum verwirkliche, und ich wollte, dass sie ihren wahr macht. Wir beide haben Alfie geliebt. Er war nicht geplant, wir haben damit nicht gerechnet, aber mit ihm waren wir komplett. Sie war ganz verrückt nach ihm. Hat ihn jeden Abend in den Schlaf gesungen. Sie hatte eine tolle Stimme. Ich habe es auch mal versucht, aber er hat nur geweint. Ich kann überhaupt nicht singen. Sie hat ihn auch in den Schlaf gesungen, bevor wir ausgegangen sind. Irgendein Wiegenlied, das sie aus ihrer Kindheit kannte. Ich konnte es hören, als ich mich umgezogen habe. Das letzte Wiegenlied, was?« Er zuckte mit den Schultern und schluckte geräuschvoll. »Ja, es fiel ihr schwer, mich mit einzubeziehen. Sie wollte nicht, dass ich mich zwischen sie dränge, eine zu große Rolle im Leben des kleinen Mannes spiele, aber sie hat mich nicht ausgeschlossen. Sie war übervorsichtig, mehr nicht. Sie hatte Angst, dass ich ihn fallenlasse oder ihm die Windel verkehrt herum anziehe. Ich bin der Vater dieses Jungen und ich liebe ihn. Und damit basta.«

»Hat sie je mit Ihnen darüber gesprochen, ob sie jemand online gestalkt oder belästigt hat?«

»Nein. Wenn ja, hätte sie es mir auch nicht erzählt. Sie wusste, ich hätte jedem, der sie belästigt, die Hölle heißgemacht. Sie hätte es mir allerdings erzählt, wenn sie sich wegen irgendeinem Freak ernsthafte Sorgen gemacht oder Angst gehabt hätte. Glauben Sie, das steckt dahinter? Ein Stalker, der herausgefunden hat, wo sie wohnt?«

»Im Augenblick habe ich noch keine Antworten für Sie,

aber seien Sie versichert, dass wir alles daransetzen werden, den Täter zur Rechenschaft zu ziehen.«

Er deutete mit dem Finger auf sie. »Das sollten Sie auch, denn wer auch immer ihr das angetan hat: Ich werde nicht zulassen, dass er ungestraft davonkommt.«

NEUN

SAMSTAG, 3. MÄRZ – NACHMITTAG

Vitor Lopes, der Barkeeper im White Horse, stellte klirrend den Kasten mit Getränkeflaschen auf die Bar, wischte sich die Hände an der Jeans ab und lächelte Lucy an.

»Kann ich Ihnen helfen?« Wenn er einen portugiesischen Akzent gehabt hatte, dann war er fast vollständig von einem starken Birminghamer Einschlag verdrängt worden.

»Ich ermittele in einem Mordfall und könnte dabei Ihre Hilfe gebrauchen.« Lucy zeigte ihm ihren Ausweis.

Vitor entblößte blendend weiße Zähne, die im Kontrast zu seinem südländischen Teint noch mehr leuchteten. »Und wie kann ich Ihnen helfen?« Er lächelte noch immer wie die Grinsekatze aus Alice im Wunderland. Nur seine eisblauen Augen verrieten seine ehrliche Reaktion auf ihren Besuch.

»Kennen Sie Lee Webster?«

Die Antwort kam wie aus der Pistole geschossen. »Ja.«

»War er gestern Abend hier?«

»Ja.«

»War jemand bei ihm?«

»Zunächst war er allein. Um Viertel nach zehn kam Adam Brannon und hat sich auf einen Drink zu ihm gesetzt.«

Wieder antwortete er schnell. Zu schnell. »Wie können Sie sich da so sicher sein, was die Zeit angeht?«

»Nach halb zehn war hier gestern sehr wenig Betrieb, und das war für einen Freitagabend ungewöhnlich. Lee kam, als eine größere Gruppe Leute gerade dabei war zu gehen. Wir haben uns eine Weile unterhalten, weil sonst kein Gast da war. Adam kam etwas später, hat ein Pint Bier bestellt, und die beiden haben sich da rüber gesetzt.« Mit dem Kinn deutete er auf einen Tisch in der Ecke.

»Und Sie sind sicher, dass Adam um Viertel nach zehn kam?«

Vitor lächelte noch breiter als zuvor und deutete mit dem Finger nach links. Sie wandte ihren Blick dorthin. An der Wand hing eine Uhr, die sogar die korrekte Zeit anzeigte, und ein Spender mit Erdnusstütchen.

»Sind Sie mit Adam befreundet?«

Er schüttelte den Kopf. »Ich verbringe nur Zeit mit ihm, wenn er mit Lee herkommt. Ich habe ihn allerdings schon boxen gesehen. Er ist schnell auf den Beinen und hat einen beachtlichen linken Haken. Er betreibt den Boxclub in der Nähe der Ashmore-Wohnblocks, aber das wissen Sie sicher schon, Officer. Ich habe viel Gutes über ihn gehört. Die Leute sind dankbar, dass er den Jugendlichen da einen Ort bietet, wo sie sich treffen und ihren Frust ablassen können. Er kommt hier ungefähr alle zwei Wochen oder so vorbei. Er redet nicht viel. Er und Lee sind Kumpel. Lee kenne ich besser.«

»Wie wirkte Adam gestern Abend auf Sie?«

»Normal.«

»Hat er irgendetwas gesagt?«

»Er hat nur gemeint, dass hier tote Hose wäre, und gefragt, was ich getan hätte, um die ganzen Leute zu vergraulen. Ist ein witziger Typ.« Das Lächeln hielt.

»Und sonst hat er nichts gesagt?«

»Nein, jedenfalls nicht mir gegenüber. Er hat Lee mit dem

Ellbogen angestoßen und vorgeschlagen, dass sie sich setzen. Ich habe weiter Gläser eingesammelt und aufgeräumt. Sie haben sich unterhalten.«

»Es tut mir leid, Ihnen mitzuteilen, dass Mr Brannons Frau gestern Nacht ermordet wurde.«

Das Lächeln erstarrte.

»Es ist also wichtig, dass Sie korrekte Angaben machen, was Mr Brannon angeht. Haben Sie das verstanden?«

»Wollen Sie mir unterstellen, dass ich lüge?«

»Nein, das möchte ich damit nicht andeuten. Ich bitte Sie nur, sorgfältig nachzudenken und zu bestätigen, dass Ihre Angaben korrekt sind.«

Er nickte. »Ja, das sind sie.«

»Vielen Dank.«

»Ich kannte seine Frau nicht.« Die Worte schienen deplatziert. Vitors Bizeps spannte sich an, als er erneut die Getränkekiste packte und von der Bar herunterhob. »Sie glauben, er hat sie umgebracht?«

»Derzeit versuchen wir, Verdächtige auszuschließen.«

Vitor nickte nachdenklich.

»Wenn Ihnen irgendetwas einfällt, das uns helfen könnte, hier ist meine Nummer.« Lucy schob eine Visitenkarte über die Theke, was Vitor mit einem kurzen Nicken quittierte. Er entfernte sich, wobei die Flaschen in der Kiste jedes Mal klirrten, wenn sie gegen seine schmale Hüfte stieß. Lucy sah ihm nach, wie er im Hinterzimmer verschwand, und ging dann.

Draußen vor der schäbigen Eingangstür hielt sie sich das Handy ans Ohr.

»Natalie, mir wurde bestätigt, dass er sich hier aufgehalten hat. Er hat sich um Viertel nach zehn mit Lee Webster getroffen und ist dann etwa um Mitternacht nach Hause gefahren, nachdem er bei Lee aufgebrochen ist. Der Barkeeper erinnert sich, dass sie beide zuvor hier im White Horse waren.«

»Mist. Dann lassen wir Adam vorerst gehen, aber ich bitte

Ian, Überwachungskameras und automatische Nummernschilderkennung in der Gegend auszuwerten, um nachzuvollziehen, wo sich Adams Auto zu welchem Zeitpunkt genau befunden hat. Wir brauchen konkrete Beweise, dass die Angaben zu seinem Aufenthaltsort stimmen.«

Lucy legte auf. Sie war froh, dass Natalie die Angaben der zwei Zeugen nicht fraglos hinnahm. Das war eine der Eigenschaften, die sie an ihrer Vorgesetzten bewunderte. Sie ging allen Hinweisen gründlich nach und verließ sich nicht allein auf das, was die Leute sagten. Lucy ging zum Auto und fuhr los.

Vom Fenster eines Lagerraums im oberen Stockwerk beobachtete Vitor sie. Er sah zu, wie der Wagen sich entfernte, dann wählte er eine Nummer und sprach ins Telefon. »Die Polizei war hier. Ja, das habe ich ihnen erzählt. Du solltest lieber dein Versprechen halten und mir später das Geld vorbeibringen, sonst ändere ich meine Aussage vielleicht. Du Arschkrampe hast nicht erwähnt, dass es um einen Mord geht.«

Wieder einmal ging Natalie im Büro auf und ab. Da es keinen Grund gab, Adam weiter festzuhalten, war er zu seinem Boxclub zurückgekehrt. Ian und Murray suchten nach Hinweisen auf die beiden Flüchtenden, die um Viertel nach elf in der Nähe des Tatorts beobachtet worden waren, sowie nach Hinweisen auf den Bentley Bentayga, die Adams Alibi bestätigen würden. Sie schaute auf die Uhr. Phoebe, Charlottes Schwester, musste inzwischen bei den Eltern eingetroffen sein. Sie überlegte, ob sie hinfahren und mit der Frau sprechen sollte, um danach die Aussagen von weiteren ihrer Kontakte einzuholen. »Ian, haben wir eine Liste mit Namen aus Charlottes Freundeskreis?«

»Ich druck Ihnen eine aus. Bisher habe ich keinen Hinweis

auf die beiden Gestalten, die vom Grundstück geflüchtet sind. Auf dem Videomaterial ist nichts zu sehen.«

»Suchen Sie weiter. Wir müssen den Täter finden, und zwar bald.«

Ihr Handy vibrierte und riss sie aus den Gedanken. Es war Pinkney, der Rechtsmediziner.

»Kleine Wasserstandsmeldung. Ich bin fast fertig mit Charlotte. Der Tod trat ungefähr zwischen elf und zwölf Uhr gestern Nacht ein. Die Todesursache sind stumpfe Gewalteinwirkung auf die Schläfe sowie Schädelfrakturen, die zu Einblutungen im Gehirn führten. Ich maile Ihnen in Kürze meinen vollständigen Bericht.«

»Wurde sie sexuell missbraucht?«

»Darauf gibt es keine Hinweise.«

Sie bedankte sich und beendete das Gespräch. Dann dachte sie daran, wie Charlotte ihr Baby in den Schlaf gesungen hatte. Natalie selbst war nie musikalisch gewesen, aber sie hatte ihren beiden Kindern auch Wiegenlieder gesungen, als sie Babys waren. Heute war es ihnen nur peinlich, wenn sie im Radio mitsang. Der Drucker sprang an und spuckte ein DIN-A4-Papier aus, das Natalie an sich nahm. Sie überflog die Namen und kringelte die ersten paar ein, als Lucy hereingestampft kam.

»Dieser Lee Webster ist ein totales Arschloch«, schimpfe sie mit böse funkelnden Augen. »Nennt mich dauernd ›Schätzchen‹. Ich weiß nicht, ob ich seinen Angaben traue. Er könnte seinen Kumpel Adam decken wollen. Was gibt's?« Letzteres war an Ian gerichtet.

»Ich versuche noch immer, mehr über die beiden Flüchtenden herauszufinden, die zum Tatzeitpunkt in der Nähe des Hauses gesehen wurden. Die Techniker untersuchen Charlottes Handy und ihren Computer, um zu sehen, ob sie sich mit irgendjemandem von einer Dating-Plattform oder aus den sozialen Medien getroffen hat, und wir wollen die Aussagen ihres Freundeskreises einholen. Vielleicht wissen die etwas oder können Licht ins Dunkel bringen«, berichtete er.

Natalie sah von der Liste auf. »Wir haben eine Liste mit Charlottes Kontakten. Ich habe mir ein paar Namen angestrichen, die ich kontaktieren werde, möchte mich aber vorher auch mit Charlottes Schwester Phoebe unterhalten. Fangen Sie doch schon mal mit den anderen an.«

Sie rief auf der Festnetznummer der Hills an, um mit Phoebe zu sprechen, und erreichte Kevin Hill.

»Phoebe und Jed standen im Stau. Sie sind gerade eben erst bei uns angekommen. Ich sage ihr, dass sie nach dem Tee beim Revier vorbeischauen soll. Sheila braucht jetzt ein bisschen Zeit mit ihr.«

»Das verstehe ich, aber ich muss auch mit ihr sprechen. Wäre es Ihnen lieber, wenn ich vorbeikomme?«

»Nein. Wir haben schon jemandem vom Sozialdienst hier. Wir wollen, dass Alfie zu uns kommt und, nun ja, es ist alles ein bisschen viel. Ich kümmere mich darum, dass Phoebe bald zu Ihnen kommt.«

»Tun Sie das, bitte. Es ist dringend.«

»Ja«, sagte er schwach. »Das verstehe ich. Ich muss jetzt auflegen.«

Natalie starrte das schwarze Display an. Er hatte aufgelegt. Es ärgerte sie zwar, aber sie würde ihnen eine Stunde geben. Wenn Phoebe bis dahin nicht aufgetaucht wäre, müsste sie Walnut Cottage einen Besuch abstatten und verlangen, die junge Frau zu sprechen, ganz gleich, was bei ihnen zu Hause los war. Die Zeit bis dahin würde sie nutzen, um sich durch die Freundesliste zu arbeiten. Der erste Name auf der Liste war Candice Westfield, die Inhaberin des Kosmetikstudios.

»Ich kann mir denken, warum Sie anrufen«, sagte die, als sie hörte, wer am Telefon war. »Eine meiner Kundinnen hat mir erzählt, dass die Polizei noch immer vor ihrem Haus ist. Das ist alles so schrecklich. Keiner von uns kann es fassen.«

»Es tut mir sehr leid wegen Charlotte. Soweit ich weiß, waren Sie befreundet.«

»Als ich mein Kosmetikstudio in Eastborough eröffnet habe, war sie eine meiner ersten Kundinnen. Sie kam einmal die Woche für eine Massage, eine Kosmetikbehandlung und eine Maniküre, pünktlich wie die Maurer.«

»Candice, ich brauche Ihre Mithilfe bei ein paar Fragen und bitte Sie, so umfassend zu antworten wie möglich. Hat sich Charlotte Ihnen je anvertraut?«

»Wir haben viel gequatscht. Das ist normal, wenn man mit Kundinnen arbeitet. Man redet über alles Mögliche: Reisen, Fernsehen, Freunde, so gut wie alles. Sie war nicht meine beste Freundin oder so, aber ich mochte sie sehr. Sie war immer so elegant. Ich folge ihr auf Instagram und lese ihr Blog. Da hat sie mein Studio da mal erwähnt. Sie hat mir bestimmt nicht all ihre Geheimnisse anvertraut, wenn Sie darauf hinauswollen. Wir haben über ... Mädelsthemen geredet.«

»Kennen Sie Adam, ihren Mann?«

»Nein, nicht wirklich. Ich habe ein paarmal mit ihm gesprochen, wenn er hier war. Zuerst ist er nicht reingekommen. Er hat draußen gewartet wie so ein Bodyguard und vor dem Schaufenster herumgelungert, bis sie fertig war. Das hat oft ewig gedauert. Er wirkt ziemlich furchterregend, aber eigentlich ist er ganz nett, zurückhaltend, ruhig und romantisch. Er hat immer den Arm um sie gelegt und sie geküsst.«

»Hat sie viel über ihn gesprochen?«

»Am Anfang, ja. Sie hat immer von ihm geredet, von seinen Kämpfen, seinem Club. Sie war total verliebt.«

»Sie sagen ›am Anfang‹. Hat sie irgendwann nicht mehr über ihn geredet?«

»Das war, als sie sich gerade kennengelernt hatten und sich verlobt haben. Nachdem sie geheiratet hatten und aus der alten Bleibe in Samford in die schicke neue Bude in Eastborough gezogen sind, hat sie fast nur noch über das Haus gesprochen.

Es gab so viel zu tun: Ihre Eltern hatten einen professionellen Innenarchitekten beauftragt, es für sie einzurichten, also haben wir darüber gesprochen, was sie für ihr Zuhause auswählen sollte. Und natürlich über Mode. Letztes Jahr im Februar hat sie erfahren, dass sie schwanger war. Sie hatte ein so aufregendes Leben. Sie hatte einfach alles.« Gegen Ende wurde sie immer leiser. »Arme Charlotte.«

»Candice, hat sie je einen anderen Mann erwähnt oder angedeutet, dass sie sich mit jemandem außer Adam traf?«

»Nein, nicht mir gegenüber. Ich kann es mir auch nicht vorstellen. Sie war verrückt nach Adam, und er war fast immer an ihrer Seite. Ich glaube, sie hat sich sogar etwas eingeengt gefühlt. Einmal wollte sie das Studio verlassen, nachdem ich ihr die Nägel gemacht hatte, und er hat am Empfang auf sie gewartet. Ich habe gehört, wie sie gesagt hat, dass er ihr mehr Freiraum lassen soll.«

»Schien sie Ihnen verändert, als Alfie auf der Welt war?«

»Schwer zu sagen, denn nach der Geburt des Kleinen ist sie nicht mehr so regelmäßig hergekommen. Außer am Donnerstag, da habe ich ihr die Nägel gemacht.«

Am anderen Ende der Leitung hob Natalie die Augenbrauen. Das deckte nicht mit dem, was sie bereits wussten. Inge hatte Lucy und Ian gegenüber ausgesagt, dass Charlotte sie oft babysitten ließ, sodass sie zum Kosmetikstudio gehen konnte. Sie nahm sich vor, der Sache auf den Grund zu gehen. Hatte Charlotte Ausreden erfunden, um sich mit jemand anderem zu treffen?

»Wann war das?«

»Sie hatte einen Termin vormittags um zehn.«

»Wie wirkte sie an dem Tag auf Sie?«

»Sehr still. Gar nicht wie sonst, wenn wir herumgewitzelt haben. Sie hat Alfie mitgebracht. Er hat keinen Mucks von sich gegeben. So ein niedliches Kerlchen. Er hat mich so süß angelächelt. Sie hat erzählt, dass sie seit seiner Geburt nicht viel Zeit für sich hatte. Ich fand, sie war wie viele Mütter. Sie wissen schon, erschöpft.«

»Hat sie Adam erwähnt?«

»Nein, aber ich glaube, er hat sie angerufen, während sie hier war. Ihr Handy hat geklingelt, und sie hat so mit der Zunge geschnalzt, bevor sie dranging. Ich habe natürlich nicht gelauscht, aber sie klang nicht gerade glücklich. Sie war ziemlich kurz angebunden. So abgehackt, verstehen Sie? Als ob sie wütend auf jemanden war. So ungefähr: ›Nein ... Werde ich. Morgen.‹ Ich habe natürlich nicht nachgefragt. Hinterher hat sie die Augen verdreht und meinte: ›Männer!‹. Darüber haben wir beide gelacht, und danach habe ich ihr von meinem Urlaub auf Bali erzählt.«

Das Gespräch mit Candice war sehr aufschlussreich gewesen. Charlotte hatte wohl mit jemandem telefoniert, als sie am Donnerstagmorgen im Kosmetikstudio gewesen ist. Sie würden überprüfen, ob es sich um Adam gehandelt hatte. Natalie schloss sich Lucy an, und mithilfe von Charlottes Telefonanbieter gelang es den beiden, den Anruf zu identifizieren, der am Donnerstag zwischen zehn und elf am Vormittag auf ihrem Handy eingegangen war. In dem Zeitraum gab es nur einen, und der war von einer hiesigen Festnetznummer getätigt worden. Natalie rief auf der Nummer zurück und erreichte eine Immobilienmaklerin namens Suzie Connolly. Sie stellte sich vor und fragte nach Charlotte. Man konnte gedämpftes Flüstern hören, als Suzie mit einer weiteren Person im Büro sprach. Als sie wieder an den Hörer kam, klang sie äußerst professionell und antwortete sachlich.

»Es tut mir leid, aber eine Charlotte Brannon ist uns nicht bekannt. Vielleicht wenden Sie sich an unseren Kollegen, Rob Cooke. Er arbeitet auch hier, ist dieses Wochenende aber nicht im Haus. Er ist bei einer Tagung.«

»Haben Sie eine Mobilfunknummer, unter der wir ihn erreichen könnten?«

»Ich bin leider nicht befugt, persönliche Daten herauszugeben.«

Natalies Antwort war deutlich. »Ich leite eine Mordermittlung, und ich würde es sehr schätzen, wenn Sie kooperieren. Ich muss Mr Cooke sprechen und herausfinden, ob er Charlotte Brannon kennt. Würden Sie mir also bitte eine Nummer geben, unter der ich ihn erreichen kann, oder muss ich wertvolle Zeit verschwenden und Sie in Ihrem Büro aufsuchen?«

Die Frau wurde nervös. »Einen Augenblick. Ich muss sie suchen. Ich setze Sie kurz in die Warteschleife, wenn Sie nichts dagegen haben.«

Natalie blieb nichts anderes übrig, als sich nervige peruanische Panflötenmusik anzuhören. Nach zwei Strophen eines Musikstücks, das Natalie nicht kannte, kehrte die Dame zurück. Natalie notierte die Kontaktdaten und legte auf.

Rob Cooke ging nicht ans Telefon, also hinterließ sie ihm eine Nachricht und suchte in der zentralen Datenbank nach seinem Namen. Sie wurde nicht fündig. Ihr Magen grummelte und erinnerte sie daran, dass sie das Mittagessen ausgelassen hatte. In ihrer Handtasche fand sie einen der Schokoriegel, die sie für solche Gelegenheiten immer bei sich trug, und wickelte ihn beinahe fremdgesteuert aus. Sie aß, während sie versuchte, die bisher bekannten Fakten übereinander zu bringen. In ihrem Posteingang ploppte eine E-Mail auf. Es handelte sich um den Bericht von den Technikern. Sie hatten keine Dating-Apps oder Besuche entsprechender Websites auf Charlottes Handy oder Laptop gefunden. Nun waren sie dabei, ihre Social-Media-Konten nach möglichen Liebhabern oder weiteren hilfreichen Informationen zu durchforsten.

Lucy telefonierte gerade mit einer weiteren Person von der Freundesliste. Sie bedeckte das Mikrofon mit der Hand und formte stumm die Worte »Noch nichts«.

Natalie schluckte den letzten Bissen Schokolade hinunter und fegte gedankenverloren die Krümel von ihrem Schoß. Sie probierte es unter dem zweiten Namen, den sie angestrichen hatte. Madeleine Downey war mit Charlotte und ihrer Schwester Phoebe zur Schule gegangen. Von Charlottes Tod hatte sie ebenfalls online von Freunden erfahren.

»Es steht überall auf Facebook«, sagte Madeleine. »Jemand aus unserer alten Schulklasse hat etwas darüber gepostet. Er sagte, die Polizei war gestern vor ihrem Haus, und man hat am frühen Morgen ihre Leiche rausgebracht. War es ein Unfall oder wurde sie umgebracht?«

»Ich kann noch keine Details öffentlich machen, aber die Todesumstände sind verdächtig.«

Sie hörte, wie ihre Gesprächspartnerin scharf einatmete. »Ach, du liebe Güte! Das ist so furchtbar.«

»Wir versuchen, uns ein Bild von Charlotte zu machen. Was können Sie mir über sie erzählen?«

»Ich habe sie nicht mehr gesehen, seit sie Adam geheiratet hat. Ich war zur Hochzeit eingeladen, zu der Zeit aber im Urlaub, also konnte ich nicht dort sein. Das war aber nicht weiter tragisch. Wir hatten uns auseinandergelebt. Nach der Schule bin ich in Leeds aufs College gegangen, und sie ging nach London. Wir haben uns während der Ferien ein paarmal getroffen und auch nach unserem Abschluss, aber es war nicht mehr so wie damals.«

»Wie war sie denn so?«

»In der Schule war sie eine richtige kleine Rebellin. Alle Lehrer dachten, sie wäre total brav, und sie ahnten nicht, dass Charlotte mit uns hinter dem Fahrradständer rumhing und rauchte und jedem, der sie sehen wollte, ihre Titten zeigte. Auch nach der Schule hatten wir jede Menge Spaß. Charlotte war immer dafür zu haben, auf die Piste zu gehen oder zu einer Party. Sie stand total auf Bad Boys. Ich glaube, so ist sie an Adam geraten. Es hat sie fasziniert, als sie herausfand, dass er im Gefängnis gewesen war. Sie hat ihn im Boxclub besucht und bei seinen Kämpfen zugesehen. Manchmal hat sie mich mitgeschleppt. Danach war sie ganz versessen auf ihn und hat ihm ständig schöne Augen gemacht. Ungefähr zu der Zeit habe ich dann aufgehört, mit ihr rumzuhängen. Sie wollte immer nur dahin, wo sie glaubte, Adam zu treffen, aber mir gefiel das nicht. Wir haben uns deswegen überworfen. Sie wollte, dass ich sie auf ein Doppeldate mit einem seiner gruseligen Freunde begleite, und das wollte ich nicht.«

»Sie hat Adam nachgestellt?«

»Ja, das war typisch Charlotte. Sie wollte immer das, was nicht gut für sie war. Sie war halt verwöhnt. Ihre Eltern haben ihr und ihrer Schwester jeden Wunsch erfüllt. Sie musste nur ihren Dad fragen und hat es bekommen. Manchmal hat sie Witze darüber gemacht. Manchmal bat sie um Sachen, die sie gar nicht wirklich wollte, als eine Art Mutprobe. Wir sagten: ›Frag nach einem Handy‹, und am nächsten Tag kam sie dann mit einem neuen Handy an. Sie hat auch versucht, ihre Eltern zu provozieren. Einmal hat ihre Mutter ihr verboten, sich tätowieren zu lassen, aber Charlotte hat sich trotzdem ein Tattoo stechen lassen, und ein Bauchnabelpiercing noch dazu. Sie war extrem selbstbewusst. Eine von diesen Frauen, die nicht aussehen wie ein Model, aber die es draufhaben, schräge Outfits zusammenzustellen, und man denkt: wow! Das war typisch Charlotte. Bei ihren Outfits musste einfach jeder hingucken. Haben Sie ihre Fotos online gesehen?«

Natalie bejahte die Frage.

»Dann wissen Sie ja, was ich meine. Sie hatte eine starke Ausstrahlung. Eine besondere Anziehungskraft, das trifft es vielleicht besser. Sie hat Leute angezogen wie ein Magnet.«

»Kannten Sie auch ihre Schwester Phoebe?« Natalie hatte langsam genug von Madeleines Eigenart, an jedem Satzende die Stimme zu heben, als handelte es sich um eine Frage.

»Phoebe war zu alt und zu versnobt, um mit uns herumzuhängen. Sie ist ganz anders als Charlotte.«

»Und Sie haben seit über einem Jahr nicht mit Charlotte gesprochen?«

»Nein. Ich habe versucht, den Kontakt wieder aufleben zu lassen, der alten Zeiten wegen. Ich habe sie auf Snapchat kontaktiert, und sie hat mir ein Foto ihres Babys geschickt.«

»Sie hatten also in den vergangenen sechs Monaten Kontakt?«

»Nur das eine Mal. Sie hat das Gespräch nicht in Gang gehalten. Halb so wild. Wir haben alle andere Freunde und ein eigenes Leben.«

Natalie klopfte mit dem Stift auf dem Notizblock auf dem Schreibtisch herum. Charlotte schien nicht dem Bild zu entsprechen, das die Leute von ihr hatten. Auf die einen wirkte sie übertrieben selbstbewusst und zufrieden, für andere war sie in einer lieblosen Ehe gefangen und fühlte sich eingeengt. Sowohl Inges Mutter Sabine Redfern als auch Charlottes eigene Mutter Sheila glaubten, dass Charlotte Eheprobleme hatte. Sie hatte Sheila erzählt, ihr Mann würde zunehmend aggressiv, und Sabine, dass es Adam schwerfiel, einen Zugang zu seinem Sohn zu finden. Candice wiederum dachte, dass sie sich eingeengt gefühlt hatte. Adam hatte all diese Anschuldigungen vehement abgestritten. Seiner Meinung nach hatten er und Charlotte eine gesunde Beziehung geführt. Bluffte er? Hatte Charlotte diesen Leuten die Wahrheit gesagt?

Ihre Eltern hielten sie für eine loyale Tochter, die ihre Hilfe benötigte, und doch hatten Adam und Madeleine bestätigt, dass Charlotte sie finanziell ausnutzte. War Charlotte manipulativ und egoistisch und hätte alles gesagt, um ihren Willen zu bekommen? Irgendjemand log hier auf jeden Fall. Vielleicht konnte Phoebe ihr helfen, das alles besser zu verstehen. Der

Raum stank nach Schweiß und Cheese-and-Onion-Chips. Natalie beschloss, etwas Luft schnappen zu gehen. Als sie aufstand, klingelte ihr Handy. Die Stimme am anderen Ende klang besorgt und außer Atem.

»Ich bin Rob Cooke vom Maklerbüro Cartwright and Butler. Jemand hat mir eine Nachricht hinterlassen, ich solle unter dieser Nummer zurückrufen und mich an DI Ward wenden. Was ist passiert? Ist etwas mit Charlotte? Hat er ihr was getan?«

ZEHN

SAMSTAG, 3. MÄRZ – SPÄTER NACHMITTAG

»Rob Cooke, Charlottes heimlicher Geliebter, ist auf dem Weg zu uns in die Dienststelle«, erklärte Natalie. »Sagen Sie mir Bescheid, wenn er eintrifft.«

»Da will noch jemand zu Ihnen«, sagte Murray. »Phoebe Hill, Charlottes Schwester, und ihr Verlobter Jed sind da. Er ist zum Getränkeautomaten gegangen und sagte, er wartet draußen im Flur auf sie. Sie ist im Vernehmungsraum C.«

»Danke, Murray. Ich rede mit ihr.«

Phoebe war makellos, angefangen bei ihren dunklen, gepflegten Brauen über den perfekt geflochtenen französischen Zopf zu den lackierten Nägeln. Ebenso schlank wie Charlotte, allerdings mit rostbraunem Haar, etwas helleren braunen Augen und schärfer geschnittenen Zügen, war sie immer noch unverkennbar Charlottes Schwester. Beide hätten in jedem erdenklichen Outfit gut ausgesehen, doch während Charlotte einen ausgefallenen, extravaganten Kleidungsstil gepflegt hatte, war Phoebe konservativer gekleidet. Sie schlug einen Knöchel sorgsam über den anderen und saß mit im Schoß gefalteten Händen da.

»Mein aufrichtiges Beileid wegen ihrer Schwester«, sagte Natalie.

Phoebe nahm es mit gesenktem Kopf zur Kenntnis. »Danke, aber Ihnen sollten eigentlich mehr meine Eltern leidtun. Deswegen bin ich auch hier, um mit Ihnen zu sprechen. Sie müssen erfahren, was mit Charlotte geschehen ist, und der Mörder muss gefasst werden. Sie sind im Moment vollkommen am Ende, und ich kann einfach nur für sie da sein. Mehr kann ich leider nicht tun. Ich kann meine Schwester nicht wieder lebendig machen.«

»Haben Sie einen Verdacht, wer sie getötet haben könnte?«

»Nein, mir fällt niemand ein.«

»Hatten Sie in der letzten Zeit Kontakt mit ihr?«

»Nein. Unser Verhältnis war schon eine ganze Weile nicht mehr so eng. Wir sehen uns bei Familientreffen, das ist aber auch schon alles.«

»Haben Sie sich überworfen?«

»Nicht direkt überworfen, wir sind bloß nicht auf einer Wellenlänge. Ich kam nicht so gut mit ihr aus.«

»Können Sie das näher ausführen?«

Phoebe hob die schmalen Schultern. »Sie war abenteuerlustiger ... weniger vorsichtig als ich. Sie ging weit größere Risiken ein. Ich war nicht gerade ihr größter Fan. Eigentlich war ich sogar ganz froh, dass ich so weit von ihr entfernt wohne.«

»Sie mochten sie nicht?«

»Nicht besonders. Nur weil wir miteinander verwandt sind, heißt das ja nicht, dass wir einander gernhaben müssen.«

Eine Eisschicht bildete sich um Natalies Herz. Ihre eigene Schwester Frances hatte etwas Ähnliches gesagt, bevor sie für immer gegangen war. Sie verdrängte die Erinnerung.

Phoebe fuhr fort. »Charlotte hat gern Grenzen ausgetestet.«

»Inwiefern?«

»In vielerlei Hinsicht: in Beziehungen, im Leben. Sie hat uns alle immer getestet. Meine Eltern haben zu ihr gehalten, aber ich habe mich lieber distanziert. Sie war toxisch. Ich konnte es nicht ertragen, wie sie meine Eltern beschwatzt und wie sie sie behandelt hat. Es hat mir das Herz gebrochen zu sehen, wie sie die beiden manipuliert und wie wenig sie ihnen zurückgegeben hat.« Sie setzte sich noch aufrechter hin und musterte Natalie erneut. »Charlotte war nie zufrieden. Wir hatten liebevolle Eltern, Geld, so viele Möglichkeiten, und sie hat all das verschwendet.«

»Können Sie das näher ausführen?«

»Ich kann Ihnen verraten, dass sie eine hinterhältige, herzlose Schlange war. Ist das so für Sie deutlicher? Ihr war es gleichgültig, auf wessen Gefühlen sie herumtrampelte, um zu erreichen, was sie wollte.«

»Ich entnehme dem, dass sie Sie verletzt hat?«

»Sehr oft. Mit ihrer Lügerei, ihren dämlichen Aktionen, mit denen sie meinem Vater und meiner Mutter wehgetan hat. Sie konnte wunderbar die Unschuldige spielen. Lassen Sie mich ein paar Beispiele geben: Als ich zwölf war, wollte ich unbedingt ein Kaninchen. Endlich haben meine Eltern mir eins gekauft, und ich habe es geliebt. Ich habe mich darum gekümmert, den Stall sauber gemacht, mich damit beschäftigt und es gefüttert. Es war mein Ein und Alles. Charlotte wollte nicht außen vor sein, und beschloss, dass sie auch ein Kaninchen möchte, obwohl sie nie zuvor eines gewollt hatte. Sie hat meinen Vater so lange bearbeitet, bis er nachgab. Eines Nachmittags kam sie mit einem triumphierenden Grinsen aus der Schule und hatte ein hübsches schwarzes Kaninchen auf dem Arm, das sie zu meinem in denselben Stall setzte. Innerhalb von zwei Tagen wurde es ihr zu langweilig, sich darum zu kümmern, und anstatt es zuzugeben oder mich zu bitten, ihr damit zu helfen, ließ sie absichtlich den Stall offen: Sie hat einfach die Tür aufgemacht beide Kaninchen weglaufen lassen. Mir hat es das Herz gebrochen. Mein Haustier war fort. Charlotte allerdings hat alles auf mich geschoben und endlose

Krokodilstränen geweint, bis sich unser Vater erbarmt und uns als Ersatz für die Kaninchen ein Kätzchen gekauft hat.

Das klingt jetzt wie eine alberne, unbedeutende Geschichte, aber ich will damit sagen: Wenn Charlotte etwas wollte, dann hat sie es bekommen, und dann wurde sie dessen ganz schnell überdrüssig. So kann man sich als Erwachsene nicht benehmen, aber sie tat es trotzdem.« Phoebe achtete nicht auf Natalie. Sie war in einer eigenen Welt aus Erinnerungen gefangen und erzählte weitere Geschichten über den Egoismus ihrer Schwester.

»Sie wollte in der Modebranche arbeiten, aber sie hatte nicht die nötigen Qualifikationen für ihr ehrgeiziges Ziel, also hat sie unsere Eltern überredet, ihr einen Onlinekurs für Modedesign zu finanzieren, den sie bereits nach einem Jahr an den Nagel gehängt hat. Dann überredete sie die beiden, ihr ein Studium an einem örtlichen College zu finanzieren, um Journalistin zu werden. Natürlich ist sie durchgefallen und hat anschließend meine Eltern überredet, ihr das Diplom am London College of Style zu bezahlen. Das hat sie sogar bestanden, und was hat sie damit angefangen? Nichts. Sie hat ein bisschen auf Instagram und mit ihrem sogenannten Modeblog herumgespielt.«

»Das klingt mehr wie Rivalität unter Geschwistern.«

Phoebe spitzte die Lippen. »Ja, ich schätze, so wirkt es auf Sie. Ich versuche hier, für Sie ein Bild von ihr zu zeichnen. Verstehen Sie, sie langweilte sich schnell, und wenn das passierte, wurde sie rücksichtslos. Als sie in London am Modecollege war, haben wir zusammengewohnt. Sie war die meisten Abende auf irgendwelchen Partys, und ich wusste nie, wen sie mit nach Hause nehmen würde: drogenabhängige Studienabbrecher, gruselige Typen mit ausländischem Akzent oder volltätowierte Schläger mit Piercings am Körper und einer großen Klappe. Charlotte hat experimentiert. Sie hat mit allen möglichen Typen geschlafen, wenn sie gerade Lust darauf hatte. Sie nahm Drogen und hat andere verrückte Sachen gemacht. Manchmal war sie wild und unkontrollierbar. Sie verschwand mitten in der Nacht mit irgendeinem Wildfremden auf dessen Motorrad, einfach für den Nervenkitzel. Sie ist nackt in einen eiskalten Fluss gesprungen, nur weil jemand gesagt hatte, dass sie sich nicht traut. Sie hat sich auch in Schwierigkeiten gebracht: Einmal hat sie sich voll auf Droge in einer Toilette eingeschlossen, weil sie Todesangst vor Aliens hatte, ist mit irgendwelchen Junkiefreunden in einer dunklen Gasse hinter dem Nachtclub versackt, ohne einen Penny in der Tasche, um nach Hause zu kommen. Ich habe dann meistens einen Anruf von einem dieser sogenannten Freunde bekommen und sollte sie irgendwo abholen. Sie hat immer gemacht, was sie wollte, und nie über die Konsequenzen nachgedacht.«

»Warum haben Sie Ihren Eltern nichts davon gesagt, wenn dieses Verhalten Ihnen Sorgen gemacht hat?«

»Sie hat mich angefleht, es nicht zu tun. Hat mir versprochen, sie würde es in den Griff kriegen. Hat behauptet, sie wolle vermeiden, dass Mum und Dad sich aufregen. Sie war so zerknirscht und überzeugend, dass ich ihr geglaubt habe. Ich *wollte* ihr glauben, weil sie meine Schwester war und sie mir trotz allem etwas bedeutete. Allerdings hat sie sich nicht geändert. Sie hat sich in alle möglichen Schwierigkeiten gebracht, und jedes Mal habe ich sie rausgehauen, das Problem gelöst und versprochen, unseren Eltern nichts zu sagen. Ich war erleichtert, als ihr Studium endete und sie wieder bei ihnen einzog. In der Zwischenzeit hatte ich meinen Job bei Emirates bekommen und war viel im Ausland unterwegs. Ich hatte die perfekte Ausrede, so wenig wie möglich mit ihr zu tun haben zu müssen. Das war auch besser so. Ich hatte die Nase voll von ihren Spielchen, ihren Lügen und Eskapaden. Man konnte ihr nicht trauen, genau wie vielen der Leute, mit denen sie sich umgab. Es überrascht mich nicht, dass sie ein so schreckliches

Ende gefunden hat. Sie hat nicht nur mich hart auf die Probe gestellt, sondern auch andere.«

Phoebe hob den Blick und wartete offenbar darauf, dass Natalie etwas sagte.

»Was glauben Sie, wer sie hätte umbringen wollen?«

»Wenn sie immer noch so drauf war wie früher, wird sie die vergrätzt haben, die ihr am nächsten standen. Ich muss Ihnen das nicht näher erklären, oder, DI Ward?«

»Sie wollen sagen, ihr Mann hat sie umgebracht?«

Sie hob die Schultern ein bisschen. »Vielleicht. Vor allem, wenn sie ihn genug gereizt hat. Sie war nicht nur schwierig, sie hatte auch eine dunkle Seite. Das Kätzchen, von dem ich Ihnen erzählt habe? Sie hat es getötet. Ja, hinter meiner Geschichte steckt noch etwas weit Abgründigeres. Das Kätzchen, das sie als Ersatz für die Kaninchen bekommen hatte, war ihr bald zu langweilig. Sie hat ihm eine Plastiktüte über den Kopf gezogen, bis es nicht mehr atmen konnte. Dann hat sie sich die Seele aus dem Leib geheult, als es draußen im Garten tot aufgefunden wurde. Ich habe es meinen Eltern nie erzählt. Charlotte wollte immer im Mittelpunkt stehen. Auf eine verquere Weise hat sie jetzt genau das erreicht, was sie immer wollte. Ich hoffe, Sie finden den Mörder, denn ich möchte, dass meine Eltern all diese schrecklichen Dinge hinter sich lassen können. Es wird lang und schmerzvoll für sie werden, und das ist Charlottes Schuld.«

»Wenn ich es richtig verstehe, ist Ihr Verlobter bei Ihnen?«

»Ja. Jed Malloney. Er hat mich begleitet. Wir haben uns erst vor ein paar Wochen verlobt, obwohl wir schon seit 2016 ein Paar sind. Er ist Drummer in einer Band: The Darkest Knights.«

»Woher kommt er?«

»Er ist Amerikaner, aus Connecticut, lebt aber seit etwa zehn Jahren in London. Warum, spielt das irgendeine Rolle?«

»Kannte er Charlotte?«

Sie schüttelte den Kopf. »Er hat kaum mit ihr gesprochen, nur ein paarmal bei Familienfeiern. Wie ich bereits sagte, ich hatte mit ihr nicht viel zu tun, also haben wir sie und Adam nie besucht.«

»Aber Sie haben Ihre Eltern regelmäßig gesehen?«

»Von Zeit zu Zeit. Wir haben uns fast ausschließlich in London mit ihnen getroffen. Sie sind hingefahren, um uns zu besuchen. Es ist schwierig, gemeinsam etwas zu unternehmen, wenn ein Partner immer im Tonstudio oder auf Tour ist und der andere auf Langstreckenflügen. Wenn wir Freizeit haben, bleiben wir lieber unter uns. Die wenige Zeit wollten wir gewiss nicht darauf verschwenden, bei Charlotte und Adam herumzuhängen.«

»Mögen Sie Adam?«

»Ich habe keine Meinung zu ihm. Er schien ganz okay. Aber, wie ich sagte, ich habe nicht viel Zeit mit ihm oder mit Charlotte verbracht.«

»Noch eine Frage, Phoebe. Kennen Sie jemanden namens Rob Cooke?«

Phoebe sah sie direkt an und schüttelte den Kopf. »Nein, noch nie gehört. Meine Eltern haben ihn nicht erwähnt.«

Natalie bedankte sich für die Kooperation und beendete das Gespräch. In einer fließenden Bewegung erhob sich Phoebe und nahm die rote Strickjacke, die sie über die Stuhllehne gelegt hatte. »Wenn Sie weitere Fragen haben, ich bin die nächsten paar Tage bei meinen Eltern.«

Natalie begleitete sie zum Flur, wo ein junger Mann in Lederjacke und zerrissenen Jeans mit angenehmen Gesichtszügen und langen blonden Haaren den Arm um sie legte und mit ihr auf den Ausgang zusteuerte.

Sie ließ Natalie verwirrt zurück. Nicht nur Phoebes eisiger Ton während der gesamten Unterhaltung hatte sie verstört. Es war auch nicht allein der Gedanke, dass zwei Schwestern, die sich wie sie und ihre eigene Schwester Frances einmal sehr nahegestanden hatten, einander inzwischen hassten, sondern die neue Information, dass Charlotte in aller Seelenruhe ein kleines, hilfloses Tier getötet hatte. Was war sie für eine Person gewesen?

Rob Cooke saß zusammengesunken auf seinem Stuhl. Seine silbergrauen Augen waren nun verquollen und gerötet vom Weinen. Er hielt einen Plastikbecher mit Wasser in seinen langen, blassen Fingern und starrte hinein, während salzige Tränen unkontrolliert über seine Wangen liefen. Natalie hatte Lucy hereingerufen, um ihr bei der Befragung des Mannes zu helfen, der im Augenblick kaum in der Lage war, einen zusammenhängenden Satz zu äußern.

Als er in Begleitung eines Polizisten im Vernehmungsraum eingetroffen war, hatte er zunächst gefasst gewirkt, doch sein Benehmen hatte sich bald verändert, als er ihre Hand ergriff, um sich vorzustellen. Er war sofort zusammengebrochen.

»Mr Cooke, möchten Sie, dass wir jemanden anrufen, der Sie durch unser Gespräch begleitet?« Lucy sprach sanft mit ihm.

Er schüttelte den Kopf und schniefte. »Entschuldigung ... es geht gleich wieder.« Er schluchzte mehrfach trocken auf.

Es dauerte weitere fünf Minuten, bevor er wieder bereit war, etwas zu sagen. Er stellte den Becher auf den Tisch, zupfte ein Taschentuch aus der Box, die Lucy vor ihm abgestellt hatte, und schnäuzte sich.

»Es tut mir leid«, sagte er noch einmal.

»Alles gut«, sagte Natalie. »Sie haben gerade eine schreckliche Nachricht erhalten.«

Er fuhr sich mit den Fingern durch das dunkle Haar, das er an den Seiten modisch kurz trug und das oben gerade lang genug war, dass man es mit Gel oder Wachs stylen konnte.

Er war ein gepflegter Mann mit sauber manikürten Nägeln

und gezupften Brauen, schlank und zart, das genaue Gegenbild zu dem sehr maskulinen Adam. Er ließ die Hände auf seine Skinny Jeans sinken und schüttelte den Kopf.

»Ich hätte darauf bestehen sollen, dass wir früher weggehen.«

»Können Sie etwas mehr ins Detail gehen, Rob? Was hatten Sie geplant?«

Er hob den Blick. Seine Augen waren verweint. »Wir hatten geplant, hier wegzugehen, irgendwohin, wo er ihr und Alfie nichts tun könnte. Nach Schottland.«

»Wollen Sie damit andeuten, dass Charlotte Angst vor ihrem Mann hatte?«, fragte Natalie.

Er zog die Augenbrauen hoch. »Natürlich. Sie müssen doch wissen, was das für ein brutaler Typ ist. Haben Sie sich seine Vergangenheit einmal angesehen?«

»Ich glaube, es wäre das Beste, wenn Sie uns erklären, was genau vor sich ging. Sie und Charlotte hatten eine Affäre. Stimmt das?«

»Wir waren verliebt.« In einer entwaffnenden Geste hob er die Hände und schniefte noch einmal. Dann fuhr er fort und ließ dabei Natalie nicht aus dem Blick.

»Ich habe Charlotte in einem Café in Samford kennengelernt. Es waren nur wenige Plätze frei, und einer davon an ihrem Tisch. Sie hat mir erlaubt, mich zu setzen, und wir sind ins Gespräch gekommen. Von Anfang an hat es gefunkt. Seitdem haben wir uns regelmäßig dort getroffen. Wir saßen da und haben uns unterhalten, wenn ich Mittagspause hatte oder etwas Zeit zwischen zwei Terminen. Wir haben ewig lange Gespräche geführt. Und eines Tages bemerkte ich einen Bluterguss an ihrem Handgelenk. Sie lachte darüber, aber ich wusste, dass es ernster war, als sie zugeben mochte. Bei unserem nächsten Treffen sah ich, dass sie einen blauen Fleck auf der Wange hatte, obwohl sie sich Mühe gegeben hatte, ihn mit Make-up zu überdecken. Sie beharrte darauf, dass sie sich an einer Schranktür gestoßen hatte, aber ihr Blick sagte mir etwas anderes. Es gelang mir, ihr die Wahrheit zu entlocken, nämlich, dass ihr Mann sie schlug. Er ist ein total eifersüchtiger Kerl – ein Berufsboxer –, und fand wohl nichts dabei, sie gelegentlich zu verprügeln. Sie machte sich Sorgen um ihren Sohn Alfie. Adam zeigte wenig Interesse an ihm, und sie machte sich Sorgen um seine Zukunft, wenn er mit diesem feindseligen und gewalttätigen Mann aufwachsen sollte.«

Er machte eine Pause, um einen Schluck Wasser zu trinken. Dann schüttelte er traurig den Kopf. »Etwa eine Woche nach dieser Enthüllung kamen wir uns näher. Sie war zu verängstigt, um ihn zu verlassen, und hatte Angst davor, was er uns antun würde, wenn er herausfand, dass wir miteinander schliefen. Ich wollte, dass sie ihn anzeigt, aber das lehnte sie rundheraus ab und sagte, er hätte Freunde, die uns große Schwierigkeiten bereiten könnten, wenn er Wind davon bekäme, dass sie den Behörden von der häuslichen Gewalt erzählt hätte. Wir saßen in der Falle. Sie konnte Adam nicht verlassen.

Wir haben uns auf ein gefährliches Spiel eingelassen, indem wir uns so oft getroffen haben, wie wir konnten. Die Sache zwischen uns wurde immer ernster. Dann, im letzten Monat, trafen wir die große Entscheidung, unser Leben auf den Kopf zu stellen, nach Norden zu gehen und dort als Familie einen Neuanfang zu machen: sie, Alfie und ich. Wir wollten uns irgendwo in einem Vorort von Edinburgh niederlassen, sodass ich in der Stadt arbeiten könnte. Wir haben ein paar Häuser gefunden, die wir hätten mieten können, bis wir uns etwas hätten kaufen können. Sie entschied, dass es am besten wäre zu fliehen, wenn Adam beschäftigt war. Er hatte in einigen Wochen einen großen Kampf und hätte dafür viel trainieren müssen, sodass er nicht ständig hinter Charlotte her sein könnte. Ich schätze, er hat von dem Plan Wind bekommen.«

Er ließ einen gequälten, zittrigen Seufzer hören.

Natalie ergriff wieder das Wort. »Wann haben Sie Charlotte zuletzt gesehen?«

»Vor einer Woche. Wir haben uns ein paar gestohlene Minuten im Park gegönnt.«

»Und Sie haben über die geplante Flucht gesprochen?«

»Bei Ihnen hört sich das an, als wären wir verliebte Teenager gewesen, die nicht wussten, was sie tun.«

»So sollte es nicht klingen.«

»Nein, natürlich nicht. Entschuldigung. Ich ... na ja, Sie wissen ja. Richtig, wir haben darüber gesprochen, wie wir sie und Alfie von dem gewalttätigen Ehemann befreien können.«

»Und haben Sie sie während der Woche kontaktiert?«

»Zweimal. Ich habe sie am Dienstagmorgen angerufen, bevor ich aus dem Büro ging.«

»Worum ging es in dem Anruf?«

»Sie wollte am Wochenende mit ihren Eltern essen gehen, um deren Hochzeitstag zu feiern. Ich sagte ihr, sie solle sich amüsieren und über das nachdenken, was wir besprochen hatten. Es war Zeit, Adam zu verlassen.«

»Laut meinen Informationen waren Charlottes Antworten: ›Nein ... Werde ich. Morgen.‹ Können Sie das erklären?«

»Auf meine Frage, ob sie reden könne, sagte sie ›Nein‹. Ich habe immer zu Beginn eines Telefonats gefragt, um sicherzugehen, dass wir frei sprechen können. ›Werde ich‹ war ihre Reaktion, als ich ihr sagte, sie solle sich amüsieren. Und auf meine Frage, wann sie Vorbereitungen treffen würde, um Adam zu verlassen, sagte sie ›Morgen‹.«

»Sie sagten, Sie hätten sie zweimal angerufen.«

»Das zweite Mal war am Freitagnachmittag. Ich hatte ihr über Snapchat ein Foto von dem Ausblick aus meinem Hotelzimmer geschickt, als ich dort angekommen war. Ich hatte einen schönen Meerblick.«

»Wo waren Sie?«

»Auf der Isle of Wight. Bei einer Tagung für Immobilienmakler, bei der es darum ging, Objekte im Ausland zu verkaufen. Die Veranstaltung fand im Fairfield Hotel statt. Es gab verschiedene Seminare und ein Abendessen, das bis zum späten Abend gedauert hat. Abschließend gab es noch ein letztes Meeting nach dem Frühstück um neun Uhr heute Morgen. Direkt danach bin ich abgereist. Die Rückreise hat fast fünf Stunden gedauert. Ich habe hier irgendwo die Kontaktdaten.« Er erhob sich, zog das Portemonnaie aus der Hosentasche und suchte darin herum. Schließlich setzte er sich wieder und reichte Natalie eine Visitenkarte. »Das ist die Organisation, die diese Veranstaltung ausgerichtet hat. Dort wird man meine Teilnahme bestätigen können.«

»Haben Sie Charlotte immer über Snapchat kontaktiert?«

»Ja. Sie hatte herausgefunden, dass Adam ihre anderen Social-Media-Auftritte überwachte, um zu sehen, mit wem sie sich unterhielt, also hat sie aufgehört, darüber zu kommunizieren. Er hat auch regelmäßig ihre Anrufliste und ihre Nachrichten kontrolliert. Deswegen habe ich am Donnerstag auch vom Büro aus angerufen. Es war besser, mit einer Festnetznummer hier aus der Gegend anzurufen. Weit unverdächtiger als ein Anruf von einer ihm unbekannten Handynummer. Am sichersten ist es aber, über Snapchat zu kommunizieren. Wie sie sicher wissen, werden die Nachrichten umgehend gelöscht, sodass Adam unsere Unterhaltungen nicht verfolgen konnte.«

»Haben Sie Adam je zur Rede gestellt oder mit ihm gesprochen?«

Er schüttelte den Kopf. »Nie. Charlotte wollte nicht, dass er von mir wusste. Das war zum Schutz. Solange er nicht wusste, wer ich bin, wären Charlotte und Alfie bei mir in Sicherheit gewesen.«

»Wie lang dauerte die Beziehung zwischen Ihnen und Charlotte an?«

»Seit Anfang Dezember. Morgen wären es drei Monate.«

Lucy ging hinaus, um die Angaben über die Tagung zu überprüfen. Rob trank sein Wasser und starrte ins Leere.

»Ich hätte eingreifen sollen«, sagte er schließlich. »Ich hätte die häusliche Gewalt melden und dafür sorgen sollen, dass Alfie und sie von ihm wegkommen. Das werde ich mir selbst nie verzeihen. Ich hätte sie retten können.«

»Bisher können wir Adam Brannon nichts vorwerfen. Dies ist eine laufende Ermittlung.«

»Aber er ist doch wohl ihr Hauptverdächtiger«, sagte er in beharrlichem Ton und mit zusammengezogenen Augenbrauen.

»Es tut mir leid, ich bin nicht befugt, mit Ihnen über Details der Ermittlungen zu sprechen.« Sie konnte seine Verwirrung verstehen. Es schien plausibel, dass ein Mann mit einer Vorgeschichte als Gewalttäter seiner Frau etwas antat, doch Adam hatte ausgesagt, er habe seiner Frau gegenüber nie die Hand erhoben, und Phoebe hatte behauptet, Charlotte sei eine geschickte Lügnerin. Wenn das der Wahrheit entsprach, hatte sie Rob vielleicht mit ihren Lügen getäuscht.

Lucy kehrte zurück. »Vielen Dank, Sir«, sagte sie. »Ich habe mit einer Serena Holloway gesprochen, offenbar die Organisatorin. Sie erinnert sich daran, dass Sie am Freitag, den zweiten eingecheckt haben. Sie hat auch bestätigt, dass Sie an den Seminaren und der Abendveranstaltung teilgenommen hätten. Sie hat die Namensschilder verteilt. Und sie war anwesend, als sie heute Morgen ausgecheckt sind.«

»Ich erinnere mich an Serena. Sie hatte ein nettes Lächeln. Hat mir einen schönen Tag gewünscht.« Mit zittriger Hand griff er erneut zum Becher und trank noch einen Schluck. »Paradox, oder? An diesem Tag ist nichts besonders schön. Was soll ich denn jetzt anfangen? Was mache ich nur?« Er hob den Blick und sah sie mit feuchten Augen an.

Natalie schüttelte leicht den Kopf. »Ich fürchte, Sie können nichts weiter tun, als vielleicht mit Freunden oder Angehörigen darüber zu sprechen.«

Er ließ den Kopf auf die Hände sinken und schluchzte. »Ich wünschte, ich hätte sie überredet, ihn zu verlassen.«

ELF

SAMSTAG, 3. MÄRZ – ABEND

Natalie lehnte an der Tür und versuchte, ihren Rücken durchzudrücken. Sie hatte die letzte Stunde gesessen und musste die Verspannungen im Nacken und den Schultern loswerden. Mike klopfte an die Scheibe. Sie trat zur Seite und ließ ihn eintreten.

»Hi.« Er klang fröhlich, doch seine Augen waren noch geröteter als am Morgen. Er steckte das Hemd in die Hose. Natalie bemerkte, dass der Bund lockerer saß. Mike hatte vermutlich auch nicht zu Mittag gegessen und lebte wie so oft nur von Zigaretten und Chipstütchen aus dem Automaten.

Er wedelte mit einer Akte. »Ich habe Informationen Charlottes und Adams Handys und Computer betreffend. Es gibt eine Menge, das du durchgehen musst: Adams Kontakte, Nachrichten, die wir rekonstruieren konnten, Browserverläufe und so weiter. Wie zu erwarten, war Charlotte diejenige, die das Internet am häufigsten benutzt hat, und es sieht so aus, als hätte sie mindestens drei Stunden täglich online verbracht, sogar mehr, wenn man die Zeit hinzurechnet, die sie diverse Apps genutzt hat. Die Techniker wühlen sich noch durch die vielen Websites, die sie besucht hat. Bisher sind es wohl hauptsächlich

Modeseiten, Nachrichtenportale, Promis und Mode, Popkultur und so weiter. Sie hat keine Datingseiten besucht, und auf ihrem Handy sind auch keine entsprechenden Apps. Sie hat die üblichen Social-Media-Apps installiert und war seit 2016 wenig bis gar nicht auf Twitter und Facebook aktiv. Sie ist viel auf Instagram, aber das weißt du höchstwahrscheinlich schon, und verwendet darüber hinaus noch WhatsApp und Snapchat. Sie hat Uber und verschiedene Shopping-Apps, sogar eine, mit der man die passende Nagellackfarbe aus dem Sortiment von OPI finden kann, nichts Ungewöhnliches für eine dreiundzwanzigjährige Frau. Adam allerdings scheint den Computer kaum benutzt zu haben. Er hat zwar einen E-Mail-Account, benutzt ihn aber nur selten. Was Anwendungen angeht, hat er vor allem eine Reihe Online-Spiele und Fitness-Apps benutzt sowie WhatsApp. Darauf hat er überwiegend mit seiner Frau getextet.«

»Seine Schwiegermutter sagte, er hätte den ganzen Abend getextet, als sie zusammen essen waren.«

»Die Techniker haben für diesen Abend nichts gefunden. Das Handy ist vollkommen sauber. Es gab ein paar Nachrichten an Lee Webster, die bestätigen, dass sie sich getroffen haben, einige an die Organisatoren diverser Events und die Leiter anderer Boxclubs, in denen es um die Organisation von Kämpfen geht, und ein paar weitere Messages an Männer, einen gewissen Daniel Kirkdale und einen Fahad Baqri, von denen wir annehmen, dass es sich um Sponsoren der Jugendlichen handelt, die in seinem Boxclub trainierten. Am allermeisten hat er mit Charlotte gechattet. Vielleicht hat Sheila es falsch interpretiert, und er hat an dem Abend nur durch ein paar Apps gescrollt oder etwas gespielt.«

»Hattest du den Eindruck, dass es zwischen ihm und Charlotte Spannungen gab?«

»In den SMS und WhatsApp-Chatverläufen, die wir ausgedruckt haben, macht es den Anschein, als sei alles in Ordnung gewesen. Es lässt sich eine Menge Zuneigung zwischen den beiden herauslesen.« Er reichte Natalie den Ordner, und sie öffnete ihn gleich, um durch die ersten Seiten zu blättern und die Chatverläufe zu überfliegen.

»Sie haben ganz schön viel geschattet.«

»Nicht mehr als die meisten jungen Paare. Das stimmt doch, nicht wahr, Ian?«

Ian sah sie an und lächelte. Er hatte seine Trennung von Scarlett noch nicht bekannt gegeben, und Natalie hatte auch noch nichts gesagt.

»Was ist mit Charlotte?«

»Sie hat überraschend wenig getextet. Ihre aktuellsten Chats auf WhatsApp über die letzten sechs Monate beschränkten sich fast nur auf Adam, ihre Mutter und eine Freundin namens Frankie Miller.«

Natalie erinnerte sich, den Namen auf der Liste gesehen zu haben. Lucy hatte versucht, sie anzurufen, aber sie war nicht drangegangen. Natalie würde es noch einmal versuchen, sobald Mike gegangen war.

Er fuhr fort. »Charlotte beantwortet offenbar alle Kommentare auf ihrem Instagram-Account und ihrem Blog, aber sie scheint sich mit keinem ihrer Follower angefreundet zu haben. Das wäre es fürs Erste. Ich lasse euch dann mal in Ruhe weiterarbeiten.«

»Danke. Wir sprechen uns später.«

»Francesca Miller, genannt Frankie, ist fünfundzwanzig Jahre alt und arbeitet beim Modemagazin *She Devil*. Sie ist ledig und wohnt bei ihren Eltern in Samford«, fasste Lucy zusammen. »Ich habe sie endlich erreicht, und sie ist gerade in der Dienststelle eingetroffen.«

»Gut. Gerade rechtzeitig. Ich wollte nämlich mit ihr über ihre letzten Gespräche mit Charlotte reden.«

Lucy und Natalie gingen zusammen hinunter, um die Frau zu vernehmen, die ein Trainingsoutfit und einen Kapuzenpulli mit dem Logo einer Sportartikelmarke trug. Als sie die beiden Ermittlerinnen sah, wischte sie sich die Tränen ab, und Natalie sprach der jungen Frau ihr Beileid aus.

»Es tut mir leid. Hier im Revier zu sein, macht es alles erst so real. Die sozialen Medien waren voll davon, und ich habe ihre Eltern angerufen, aber nur eine Frau erreicht, die sagte, sie sei die Opferbetreuerin der Polizei und die Eltern wären momentan nicht in der Verfassung, mit mir zu sprechen. Ich bin ins Fitnessstudio gegangen, war aber nicht in Stimmung für mein übliches Training, also habe ich in der Umkleide herumgesessen und geheult. Ich werde sie so vermissen.«

Obwohl Natalie das größte Verständnis für die Trauer der jungen Frau hatte, musste sie möglichst schnell mit der Befragung beginnen. »Wann haben Sie sich mit Charlotte angefreundet?«

»Wir sind uns in einem Nachtclub in Samford begegnet, kurz nachdem sie ihr Modediplom gemacht hatte, also muss das 2014 gewesen sein. Sie hat herausgefunden, dass ich auch in der Branche tätig bin, und wir sind ins Gespräch gekommen. Sie war dabei, ihr Modeblog einzurichten, und wollte ein paar Tipps. Ich habe ihr geholfen. Danach sind wir gute Freundinnen geworden. Bis zu ihrer Hochzeit mit Adam haben wir oft die Nachmittage miteinander verbracht und uns mindestens einmal im Monat zu einem Mädelsabend oder einem gemeinsamen Wochenende getroffen.«

»Was sollten wir Ihrer Meinung nach über Charlotte wissen, um sie besser zu verstehen?«

»Ähm, sie hatte ein fantastisches Stilbewusstsein. Sie wollte in der Modebranche durchstarten, bis dato aber ohne Erfolg, also schlug ich vor, dass sie ein paar Selfies macht, auf denen sie modische Outfits trägt, die sich jeder leisten kann, um sie dann bei Instagram hochzuladen. So könnte sie Follower sammeln und sich einen Namen machen.

Ich schreibe für ein Modemagazin, und sie hat mir großartige Ideen geliefert. Im Gegenzug habe ich ihr ab und zu geholfen und Werbung für sie gemacht, ihr Blog irgendwo erwähnt und so. Sie hätte wahnsinnig gern selbst für die Zeitschrift gearbeitet und lag mir ständig damit in den Ohren, ich solle ein gutes Wort für sie einlegen. Sie hat sich zu Hause furchtbar gelangweilt und konnte einfach nichts finden, was ihr Spaß machte. Das war natürlich noch vor Alfies Geburt. Um ehrlich zu sein, habe ich mich schon lange gefragt, ob sie sich nur mit mir abgab, weil sie hoffte, dass ich ihr einen Job beim Magazin verschaffe.«

»Was war sie für eine Person?«

»Verrückt, wild, man konnte viel Spaß mit ihr haben, manchmal echt total durchgeknallt.«

»Inwiefern?«

»Einmal hatte sie die Idee, dass wir die scheußlichsten Klamotten kaufen, die wir in einem Secondhandladen finden konnten, und mit diesen Outfits zum Feiern in den Club gehen. Sie hatte dann einen pinkfarbenen Jogginganzug aus Velours und Armeestiefel an. Ein anderes Mal schlug sie vor, dass wir einen Dartpfeil auf eine Karte von Großbritannien werfen und hinfahren, wo er landet. Es war zwei Uhr morgens, und wir sind nach Inverness getrampt. Ein Typ aus Ungarn hat uns in seinem Transit mitgenommen. Und dann hat sie mich zu diesem Konzert einer aufstrebenden Rockband in Stoke mitgeschleppt. Nach dem Auftritt haben wir uns mit von ihr gefälschten Presseausweisen Backstage in die Garderobe der Jungs geschummelt. Sie ist ganz dreist direkt zu dem Türsteher gegangen, hat mit dem laminierten Ausweis gewedelt und uns so beide reingeschmuggelt. Die Typen in der Band waren ganz angetan von uns und haben uns eingeladen, was mit ihnen zu trinken, bis ihre Managerin kam und uns rausgeschmissen hat.

Charlotte ließ sich davon nicht abschrecken. Sie ist ihnen ins Hotel gefolgt, aber ich habe ausgekniffen. Am nächsten Tag hat sie mich angerufen und gemeint, ich hätte eine Wahnsinnsnacht verpasst. So war Charlotte eben, ein echtes Partygirl.«

»Hat sie sich keine Sorgen gemacht, dass Adam von diesen Eskapaden erfährt?«

»Nein. Er war voll und ganz mit seinem Boxclub beschäftigt, und Charlotte hat getan, was sie wollte. Sie hat sich seinetwegen überhaupt keine Gedanken gemacht. Er wusste ja, wie sie war. Er hat sie doch gerade geheiratet, weil sie nicht langweilig und vorhersehbar war. Ich glaube, es hat ihn irgendwie angeturnt«, erklärte sie, als sie den verwirrten Ausdruck auf Lucys Gesicht bemerkte.

Frankie machte eine kurze Pause und seufzte leise. »Mit der Schwangerschaft ist sie ruhiger geworden. Sie ist abends nicht mehr mit ausgegangen. Wir haben uns tagsüber noch immer getroffen und waren zusammen shoppen. Charlotte ging echt gerne shoppen. Es war wie eine Droge für sie. Selbst als sie schwanger war, ist sie jeden Tag durch die Läden gezogen. Etwa zu dem Zeitpunkt hat sie das Interesse an ihrem Blog verloren. Das war schade, weil ich mit meiner Redakteurin gesprochen und vorgeschlagen hatte, sie könnte einen Artikel über modische, aber kostengünstige Outfits für Schwangere schreiben. Charlotte wäre perfekt dafür gewesen, und meine Chefin war begeistert von der Idee. Ich konnte es kaum abwarten, Charlotte davon zu erzählen, aber sie hat nur mit den Schultern gezuckt und gemeint, ihr wäre nicht danach. Sie sagte, sie dächte darüber nach, das Blog und ihren Instagram-Account aufzugeben. Ich habe nicht verstanden, warum. Es war verrückt, wenn man bedenkt, wie viel Zeit sie investiert hat, diese Onlinepräsenz aufzubauen und sich in der Modebranche einen Namen zu machen. Und ich hatte ihr gerade die Chance angeboten, auf die sie so lange gewartet hatte. Das hat mich durchaus geärgert. Ich hatte mich für sie ins Zeug gelegt und musste meiner Redakteurin jetzt sagen, dass aus der Idee nichts wird. Das war für mich ziemlich peinlich und unangenehm. Ich habe sie deswegen zur Rede gestellt, aber sie sagte nur, dass Adam angeblich nicht so viel von der Idee hielt.«

»Kennen Sie ihren Mann Adam?«

»Natürlich. Ich war bei ihrer Hochzeit. Es hat mich überrascht, wie ruhig er war. Er sieht aus wie ein totaler Macho, war ihr gegenüber aber eher wie ein zahmes Kätzchen.«

»Hat Charlotte mit Ihnen über ihn gesprochen?«

»Bevor sie geheiratet haben, hat sie beinahe über nichts anderes gesprochen. Sie war besessen von ihm. Nach der Hochzeit nicht mehr so. Das ist normal, oder? Ich habe viele andere verheiratete Freundinnen, die ihre bessere Hälfte kaum mehr erwähnen, außer wenn sie über sie meckern oder jammern, dass sie nicht mehr Single sind wie ich.«

»Würden Sie sagen, dass die beiden ein glückliches Paar waren?«

»Klar. Da war alles okay.« Es klang zögerlich.

»Hat Charlotte Ihnen persönliche Geheimnisse anvertraut? Etwas, das jetzt im Zusammenhang mit ihrem Tod wichtig erscheinen könnte? Hatte sie eine Affäre? Hat sie sich wegen irgendetwas Sorgen gemacht?«

»Das konnte man bei Charlotte nie wissen. Sie hat irgendetwas total Abgefahrenes behauptet, das einem fast glaubhaft erschien, und dann hat sie sich über meine Reaktion halb totgelacht. Ich bin fast immer darauf reingefallen. Und manchmal sagte sie, es sei wahr. Zum Beispiel hat sie einmal erzählt, sie hätte in der Zeit vor Adam einmal in einem Porno mitgespielt. Ausnahmsweise habe ich ihr nicht geglaubt, also hat sie online einen Ausschnitt von dem Film gesucht und mir gezeigt. Es war nur eine Statistenrolle, aber sie hatte die Wahrheit gesagt. Dann hat sie mal behauptet, sie hätte ihrem Kätzchen eine Plastiktüte über den Kopf gezogen und es getötet. Ich war total schockiert, aber dann hat sie sich über meine Reaktion kaputtgelacht und gesagt, sie hätte bloß einen Witz gemacht.

Vor ungefähr einen Monat haben wir uns mittags zum Cocktailtrinken verabredet. Sie war echt nicht sie selbst. Ich dachte, sie wäre bloß müde, schließlich hatte sie ein kleines Baby, aber da war noch irgendetwas. Sie hat ihren ersten Cocktail fast auf ex getrunken und sofort noch einen bestellt. Ich habe sie gefragt, ob alles okay ist, und sie hat mich direkt angesehen und gesagt, sie hätte furchtbare Fantasien, wie sie ihren Sohn tötete. Er hätte Tag und Nacht geweint, und am zweiten Tag wäre sie wegen seines Geschreis so mit den Nerven am Ende gewesen und so müde, dass sie ihn beinahe erstickt hätte. Sie war vollkommen aufgelöst und sagte, sie wäre vor sich selbst erschrocken, wie sie nur solche Gedanken haben könnte, und dass sie nicht zur Mutter taugte. Sie hat geweint, richtig geweint. Ich habe sie in den Arm genommen und ihr gesagt, dass sie Ruhe braucht und Adam oder ihre Mutter bitten soll, sich eine Weile um das Baby zu kümmern. Sie hat zugestimmt, den zweiten Cocktail getrunken und schien sich zu beruhigen. Sie sagte, ich wäre eine gute Freundin, und sie hätte nicht viele davon. Dann fragte sie, ob ich ein großes Geheimnis bewahren könnte. Als ich das bejahte, erzählte sie, Adam sei nicht Alfies Vater, und hat sich gekrümmt vor Lachen, als sie meinen Gesichtsausdruck sah. Sie hatte mich wieder veräppelt. Allerdings bin ich mir jetzt nicht mehr so sicher. Für einen Augenblick sah sie wirklich ernst aus und besorgt. Ich glaube, sie hat damals doch die Wahrheit gesagt.«

Natalie beendete ihr Telefonat mit Mike, der ihr geholfen hatte zu bestätigen, was sie gerade von Frankie erfahren hatte. Sie stützte die Handflächen auf den Schreibtisch und ergriff das Wort. »Die Spurensicherung hat Alfies Vorsorgeheft im Kinderzimmer gefunden. Darin trägt der Kinderarzt Entwicklungsschritte und Untersuchungsergebnisse ein«, erklärte Natalie. Sie hatte auch eines für ihre beiden Kinder, in dem sie deren Entwicklung dokumentiert hatte. »Alfie hat die Blutgruppe B-positiv, Charlotte A-positiv. Mike hat auch Adams Blut untersucht, und er hat die Blutgruppe o-positiv. Seiner Aussage nach ist die Sache mit den Blutgruppen zwar manchmal kompliziert, und Kinder können durchaus eine andere Blutgruppe haben als ihre Eltern, aber es ist extrem unwahrscheinlich, dass zwei Elternteile mit diesen speziellen Blutgruppen ein Kind zeugen, das nicht A- oder o-positiv ist. Aufgrund dieser Erkenntnis führt er nun einen Vaterschaftstest bei Adam durch, der seiner Annahme nach relativ sicher als Vater ausgeschlossen werden kann.«

Murray pfiff leise. »Ich frage mich, ob Adam weiß, dass er nicht der Vater ist. Vielleicht war es das, worüber Charlotte mit ihm sprechen wollte. Ihre Mutter sagte, sie hätte zu viel getrunken und ihm etwas erzählen wollen.«

»Hätte sie denn damit so lange gewartet?«, fragte Natalie. »Wenn sie es ihm nicht längst gebeichtet hat, hätte sie es doch vermutlich nie getan. Warum gerade jetzt?«

»Vielleicht hat sie jemand unter Druck gesetzt«, schlug Murray vor.

»Möglich, oder sie hat beschlossen, dass sie von den Heimlichkeiten genug hatte«, sagte Lucy.

Natalie zuckte leicht mit den Schultern. »Wir müssen ihn fragen. Sheila war sicher, dass ihre Tochter ihren Mann nicht betrogen hätte, aber wie es scheint, war diese Annahme falsch, denn Charlotte hatte nicht nur ein Verhältnis mit Rob Cooke, sie hatte vermutlich auch davor schon eine Affäre. Frankie konnte uns keine weiteren Hinweise geben, wer Alfies Vater sein könnte, aber vielleicht wissen andere aus Charlottes Freundeskreis etwas. Wenn Adam nicht Alfies Vater ist, müssen wir herausfinden, wer sonst.«

Ian rieb sich die Augen und rutschte auf seinem Stuhl

herum. Das Team arbeitete von Anfang an unter Hochdruck und hatte seit vergangener Nacht kaum Schlaf bekommen.

»Also gut, das war es erst einmal. Für heute machen wir Schluss.« Natalie stand auf. »Ruhen Sie sich etwas aus, und wir sehen uns morgen früh um neun wieder hier.«

»Ich kann noch ein bisschen bleiben und weiter das Material der Überwachungskameras sichten«, bot Ian an.

Natalie schüttelte den Kopf. »Man macht leicht Fehler, wenn man zu müde ist. Machen Sie Feierabend und fahren Sie nach Hause.«

Ian nahm seine Jacke vom Stuhl und zog sie an. Währenddessen kam Murray zu ihm und flüsterte: »Arschkriecher.« Ian zeigte ihm den Mittelfinger.

Natalie, die mit den Unterlagen beschäftigt war, bekam von dieser Interaktion zwischen den Männern nichts mit. Als sie bereit war zu gehen, war nur noch Lucy im Büro.

»Was sagen Sie zu Frankies Offenbarung?«, fragte Lucy.

»Dass Adam nicht Alfies Vater ist?«

»Nein. Dass sie daran gedacht hat, ihr Kind zu töten.«

»Sie war bloß erschöpft. Ich würde da nicht allzu viel hineininterpretieren. Als Josh zwei war, hatte er eine Virusinfektion und hat ununterbrochen geweint. Er hat weder geschlafen noch gegessen. Er hat bloß geschrien. Es gab Momente, in denen ich mir einfach nur wünschte, dass er aufhört. Eine Woche lang konnte ich kaum schlafen. Das war die reinste Folter.«

»Ja, aber Sie haben nicht darüber nachgedacht, Ihren Sohn zu *töten*, oder?«

»Sie hat es bestimmt nur im Eifer des Gefechts gesagt und wollte ihre Freundin schockieren. Sie haben doch gehört, was Frankie gesagt hat. Charlotte hat gern Leute provoziert. Versteifen Sie sich nicht darauf. Adam hat ausgesagt, dass Charlotte eine aufmerksame Mutter war. Sie ist immer sofort zu Alfie gegangen, wenn er aufgewacht ist und weinte. Sie hat ihn jeden Abend in den Schlaf gesungen, zum Kuckuck! Es ist unwahrscheinlich, dass sie ihm etwas angetan hätte.« Natalie wollte nicht weiter darüber sprechen. Alfie lebte. Charlotte nicht. Ihre dunklen Gedanken waren für den Fall nicht relevant.

Lucy knöpfte ihre Jacke zu und ging mit über die Schulter gehängter Tasche hinaus. Natalie blieb bei der Tür stehen und sah ihr nach. Lucy war überängstlich wegen Bethanys Schwangerschaft. Das Baby würde in wenigen Monaten geboren, und sie machte sich offensichtlich Sorgen, wie sie sich fühlen und wie sie reagieren würde, wenn es erst einmal da wäre. Morgen würde sie anders denken. Natalie dachte über ihre eigenen Kinder nach. Nein, sie hatte ihnen nie etwas Böses gewünscht. Und höchstwahrscheinlich hatte Charlotte das auch nicht. Sie musste schreckliche Angst gehabt haben, dass jemand ihrem Baby etwas antun würde. Natalie zog ihre Jacke an, schaltete das Licht aus und dachte dabei die ganze Zeit darüber nach, was sie herausgefunden hatte. Wenn sich herausstellte, dass Adam tatsächlich nicht Alfies Vater war, wer war es dann, und war er möglicherweise Charlottes Mörder?

ZWÖLF

SONNTAG, 4. MÄRZ – MORGEN

Als Natalie erwachte, war Davids Bettseite leer. Sie drehte sich zur Seite und warf blinzelnd einen Blick auf das Handy. Es war beinahe acht Uhr, und sie hatte geschlafen wie ein Stein. Sie blieb noch eine Weile unter der warmen Decke liegen und tastete sich langsam in den Morgen vor. Draußen wurde eine Autotür zugeschlagen, und ein Motor sprang an. Ein Hund kläffte ein paar Minuten lang. Die Straße erwachte. Es waren vertraute Geräusche. Das Einzelhaus in der kleinen Wohnsiedlung Castergate war seit vielen Jahren ihr Zuhause. Sie und David hatten es gekauft, als Josh unterwegs war, und obwohl sie Gefahr liefen hinauszuwachsen, wenn ihre Kinder nun mehr Platz brauchten, war es noch immer ihr Zuhause, ihre Zuflucht.

Natalie streckte sich und schlug die Decke zurück. Ein kalter Luftzug umfing ihre bloßen Knöchel, als sie die Füße in die plüschigen Pantoffeln mit dem Tiergesicht steckte, die Leigh ihr zum Geburtstag geschenkt hatte. *Fünfundvierzig im nächsten Dezember.* Sie brauchte keine weiteren Hinweise, dass die Zeit raste. David machte sich mehr Gedanken ums Altern als sie. Das hing damit zusammen, dass er seinen geliebten Job verloren hatte und in einen Abgrund der Verzweiflung gestürzt war. Er hatte keine andere Vollzeitstelle finden können, und seine Arbeit als freiberuflicher Übersetzer erfüllte ihn nicht so sehr wie zuvor die in der Anwaltskanzlei. Und so kreiste seine Aufmerksamkeit inzwischen zu viel um sich selbst.

Ihre Gedanken kehrten zu Charlotte zurück. Auch sie hatte zu viel Zeit gehabt.

In Pyjama und Bademantel ging sie nach unten.

David begrüßte sie mit einem Lächeln und einer Tasse Tee. »Toast ist im Nullkommanichts fertig.«

»Was ist das denn? Sonntagmorgen, und du bist schon auf und machst mir Frühstück? Wo sind die Kinder?«

»Die schlafen noch. Du sahst gestern Abend erschöpft aus. Da dachte ich, du brauchst ein bisschen liebevolle Pflege.«

Sie nahm die Tasse in beide Hände und nippte daran. Der Tee war genau so, wie sie ihn gern trank. »Ich habe eine Nachricht von Leigh bekommen. Sie war enttäuscht, dass wir nicht shoppen gehen konnten.«

»Ja, sie hatte deswegen einen halben Nervenzusammenbruch. Sie wollte irgendwelche Stiefel und Klamotten von Superdry kaufen, die sie in zwei Wochen beim Bowling tragen will. Sie sagte, ein paar Leute aus ihrer Klasse würden hingehen, und ich schließe daraus, dass auch Jungs dabei sind.« Er warf ihr einen bedeutungsvollen Blick zu.

»Aha, darum war es also so dringend. Sie wollte wissen, wann wir denn das nächste Mal fahren könnten, und ich kann aktuell nichts Genaues sagen. Ich kann mir nicht freinehmen. Vielleicht sollte ich ihr erlauben, etwas online zu bestellen. Was meinst du? Sie braucht wirklich neue Stiefel.«

»Überlasse ich dir.«

»Ich bin nicht so begeistert davon, wenn sie online bestellt. Mir wäre es lieber, sie probiert die Sachen im Laden an. Dann muss man nichts zurückschicken, weil es nicht richtig passt.«

»Ich könnte mit ihr fahren, wenn es so wichtig für sie ist. Hat sie denn keine anderen Klamotten, die sie anziehen kann?«

»Vielleicht, aber sie will offensichtlich etwas Besonderes fürs Bowling haben. Sie hat ihr Taschengeld gespart.«

David nickte. »Okay. Wenn du nächstes Wochenende keine Zeit hast, fahre ich mit den beiden nach Manchester.«

»Danke.« Damit konnte sie ein Problem abhaken und sich auf den Fall konzentrieren.

»Mein Dad und Pam haben uns für nachher zum Mittagessen eingeladen.«

Plötzlich verstand sie, warum er so ungewöhnlich aufmerksam war. Deshalb hatte er zugestimmt, mit den Kindern einkaufen zu fahren, ohne sich zu beschweren. Sie wappnete sich für einen Streit.

»Schon okay«, sagte er und hob die Hand. »Ich weiß, du leitest eine Mordermittlung. Ich erwarte nicht, dass du mitkommst.«

Sie wartete. Das war noch nicht alles, das wusste sie. Er rieb sich den Nacken, eine verräterische Angewohnheit, die zeigte, dass er noch etwas sagen würde.

»Ich verstehe, dass du zu tun hast, aber könntest du vielleicht wenigstens eine halbe Stunde vorbeischauen? Einfach nur mal dein Gesicht zeigen. Ihr Sohn wird auch da sein. Ich könnte etwas moralische Unterstützung gebrauchen.«

Aha, das war es. David wollte nicht allein hingehen. Er war unsicher, wie er mit der neuen Frau und Familie im Leben seines Vaters umgehen sollte. David war im Herzen noch immer ein kleiner Junge.

»Wann sollt ihr dort sein?«

»Um halb eins.«

»Ich guck mal, ob ich wegkommen kann.«

»Super. Oh, Mist! Der Toast.« Er sprang zum Toaster und fluchte, als er das leicht verbrannte Brot herausholte.

»Schon okay. Ich esse es auch so. Schmier ein bisschen mehr Marmelade drauf, dann schmeckt man es nicht«, sagte sie. Es hatte keinen Sinn, schlecht in den Tag zu starten. Sie würde versuchen, zwischendrin kurz wegzukommen. Ihre Anwesenheit bedeutete David offenbar viel. Und darum ging es schließlich in einer Beziehung: geben und nehmen.

Lucy war online und scrollte durch Charlotte Brannons Instagram-Profil.

»Nett«, kommentierte Bethany, lehnte sich an ihre Schulter und deutete auf ein Bild von Charlotte in einem engen schwarzen Achtzigerjahre-Minikleid mit einem Spitzenausschnitt, der mit tropfenförmigen und runden Strasssteinen bestickt war. Sie posierte und hatte dabei ihren Mund leicht geöffnet. Die Lippen glänzten korallenrot, das Haar war locker zurückgekämmt. »Das würde dir auch stehen.«

»Bitte sag mir, dass das ein Scherz war«, sagte Lucy. »Ich hasse Spitze, und ich brauche definitiv keinen Glitzerkram.«

»Du solltest so etwas mal anprobieren. Du wärst überrascht, wie gut es aussieht. Das wäre mal etwas anderes als dein üblicher Rockerbraut-Stil. Was nicht heißt, dass mir der Look nicht gefällt.« Bethany ließ sich neben Lucy aufs Sofa fallen und löffelte Müsli aus einer Schüssel, die sie auf ihrem Bauch balancierte. Lucy durchsuchte weiter die Bilder. Charlottes Stil war wie ihre Persönlichkeit – unbeständig. Auf einem Bild hatte sie ein Outfit mit weiten Ärmeln und fließendem Rock an, auf einem anderen einen engen Lederrock und ein bauchfreies Top, sodass ein Großteil ihrer Haut zu sehen war.

»Weißt du schon ungefähr, wann du heute zu Hause bist?«, fragte Bethany und ließ den Löffel in die Schüssel fallen.

»Entschuldige. Du weißt doch, wie es ist, wenn wir in einer Mordermittlung stecken, selbst am Sonntag.«

»Kein Problem. Knöllchen und ich bleiben einfach hier und gucken irgendwas auf Netflix.« Das Baby hatte seinen Spitznamen erst neulich erhalten. Sie hatten Ofenkartoffeln gegessen, und Bethany hatte erwähnt, es wäre in diesem Schwangerschaftsstadium etwa acht bis zehn Zentimeter und damit ungefähr so groß wie die Kartoffel auf ihrem Teller. Lucy hatte es sofort Knöllchen getauft.

»Bist du heute nicht bei deinen Eltern?« Bethany und Lucy gingen sonntags oft zu Bethanys Eltern, um ein bisschen zu plaudern.

»Sie sind übers Wochenende nach Devon gefahren.«

»Das sollten wir auch tun. Ein bisschen frische Luft schnappen.«

»Ich bekomme hier genug frische Luft.«

»Ich meinte Seeluft. Das würde dir und dem Baby guttun.«

Bethany lächelte. »Warum nicht? Ich finde heraus, wo sie übernachten, und wir fahren hin, wenn du das nächste Mal ein freies Wochenende hast. Aber bald. Wenn das Kleine erst einmal da ist, haben wir alle Hände voll zu tun.«

Lucy drehte den Kopf und betrachtete ihre Partnerin. Bethany hatte große, ernst dreinblickende braune Augen, langes mattbraunes Haar und eine Nase, die sie hasste, weil sie krumm war, aber Lucy liebte alles an ihr. Bethany war die sanfteste und freundlichste Seele, die sie kannte. Wenn sie auch Bedenken hatte, was ihre eigene Eignung zur Kindererziehung anging, hatte sie volles Vertrauen in Bethany. Sie würde die perfekte Mutter sein.

»Wer ist das?«, fragte Bethany. Sie fragte selten nach ihrer Polizeiarbeit. »Sie ist schön. Schön und doch traurig.«

Lucy war die Traurigkeit in Charlottes Gesicht zuvor nicht aufgefallen, doch Bethany hatte recht. Charlottes Lächeln erreichte nie ihre Augen, und auf einigen Fotos sah sie wehmütig aus. »Charlotte Brannon.« Lucy wollte nicht zu viel verraten. Sie wollte Bethany nicht mit den Details erschrecken, und ganz gewiss wollte sie Alfie nicht erwähnen. »Sie wurde Freitagnacht ermordet. Es ist ein kniffliger Fall. Wir kommen nicht besonders gut voran.«

Bethany stemmte sich mit der leeren Schüssel in der Hand vom Sofa hoch. »Ihr macht das schon«, sagte sie und drückte Lucy einen Kuss auf den Scheitel. Dann ging sie in die Küche. Lucy klickte noch einmal auf Charlottes Modeblog und las einige der Artikel vom Anfang des Jahres. Ihr fiel auf, dass es eine Lücke gab, ungefähr zu der Zeit, als sie drei Monate schwanger gewesen war und Charlotte ihr Interesse am Blog verloren hatte, bevor sie beschlossen hatte, weiterzumachen. Es passte genau zu dem, was Frankie ausgesagt hatte.

Sie griff nach der Liste der Websites, die Charlotte im letzten Monat besucht hatte, und überflog sie. Mike hatte nicht übertrieben, als er gesagt hatte, dass es eine Menge waren. Charlotte hatte Stunden damit verbracht, sich alles Mögliche anzusehen, was mit Mode und Make-up zu tun hatte, hatte unter anderem nach Stars gesucht, Modeikonen und beliebten Marken. Sie blätterte durch die Liste und hoffte, dass ihr Blick irgendwo hängenbliebe, konnte aber nichts entdecken.

»Wenn du um neun Uhr bei der Arbeit sein musst, solltest du besser losfahren«, rief Bethany von nebenan.

»Mist, ist es schon so spät? Ich habe vollkommen die Zeit vergessen.« Sie schaltete den Computer aus und nahm ihre schwarze Jacke. »Bis später.«

»Wir werden hier sein und auf dich warten«, sagte Bethany und kam mit der Hand auf dem Bauch aus der Küche.

»Tschüs, Knöllchen!« Lucy hauchte Bethanys Bauch eine Kusshand zu und lief hinaus.

———

Natalie war überrascht, im Büro auf Ian zu treffen, der bereits auf sie wartete.

»Ich habe mit allen Anwohnern am Maddison Court wegen eventueller Überwachungskameras gesprochen. Nur eine Familie im gesamten Wohngebiet benutzt welche, ein Mr Henry Knowles in der Nummer 14. Ich habe ihn gefragt, ob er die Aufzeichnungen für uns durchsehen kann.«

»Wo befindet sich das Haus in Relation zu dem der Brannons?«

»Vier Türen weiter. Es ist näher an der Hauptstraße als die anderen Häuser.«

»Okay. Gute Arbeit.«

»Morgen!«

Natalie wirbelte herum. Mike lehnte im Türrahmen. Er war lässig gekleidet mit Jeans und einem hellblauen Hemd, das seine Augenfarbe betonte.

»Hi.«

»Hi. Wie läuft's?«

Natalie lächelte kurz. »Wir sind dabei, die Teile zusammenzusetzen, aber es ergibt sich für mich noch kein vollständiges Bild.«

»Ich habe eine Information, die vielleicht helfen könnte oder aber die Ermittlungen behindern, je nachdem. Ich hoffe natürlich, es ist Ersteres. Ich konnte die Sache mit dem Vaterschaftstest etwas beschleunigen. Habe ein paar Hebel gedrückt und erreicht, dass die Probe über Nacht analysiert wurde. Den Ergebnissen zufolge können wir Adam als Alfies Vater mit Sicherheit ausschließen.«

»Danke dafür, Mike.«

»Kein Problem. Ich wusste ja, dass es höchste Priorität hatte. Ich gehe jetzt. Heute habe ich Thea.« Ein Lächeln umspielte seine Mundwinkel. Mikes Frau Nicole hatte ihn kürzlich verlassen und die gemeinsame vierjährige Tochter Thea mitgenommen. Oberflächlich betrachtet schien er gut ohne sie zurechtzukommen, aber Natalie wusste aus ihren Chats, dass er die beiden vermisste, besonders seine Tochter.

»Dann los, und genieß deinen freien Tag.«

»Das werde ich. Wenn du irgendetwas brauchst, Naomi ist da.« Naomi Singh war die engagierte forensische Anthropologin in Mikes Team. Zum Abschied klopfte er leicht auf den Türrahmen und verschwand.

Ian sah auf. »Soll ich weiter nach Adams Auto suchen?«

»Ja, bitte. Wir haben bisher nur Lee Websters Aussage, dass Adam Freitagnacht bei ihm war.« Bestimmt gab es irgendwo eine Aufzeichnung, ob von einer Überwachungskamera oder der automatischen Nummernschilderkennung, die bestätigen würde, dass Adam zu der angegebenen Zeit im Pub gewesen oder dass er um zwanzig vor zwölf bei Lee aufgebrochen und nach Hause gefahren war.

Sie nahm die Notizen zur Hand, die sie bei Phoebe Hills Vernehmung gemacht hatte. Irgendetwas störte sie daran. Phoebe hatte darüber gesprochen, wie Charlotte ihr Kaninchen freigelassen, ein Kätzchen getötet und sich unmöglich aufgeführt hatte, als sie mit Phoebe in London gewohnt hatte. Sie hatte sich beschwert, dass Charlotte das Geld ihrer Eltern verprasst hatte, und das waren alles gute Gründe, Charlotte nicht zu mögen oder sogar zu hassen. Doch Natalies Erfahrung nach musste es ein außergewöhnlich wichtiges Ereignis geben, um Schwestern so zu entfremden, dass sie einander aus dem Weg gingen. Schließlich hatten Charlotte und Phoebe noch in London zusammengewohnt, lange nachdem Charlotte das Kätzchen getötet und die Kaninchen freigelassen hatte. In der Londoner Zeit hatte Phoebe sich um sie gekümmert und die Geheimnisse ihrer Schwester bewahrt. Was war also passiert, dass sich ihr Verhältnis so gewandelt hatte? Sie und Frances hatten sich oft böse gestritten, aber was sie auseinandergetrieben hatte, war wirklich ernst gewesen. Bitterernst. Phoebe hatte Natalie nicht die volle Wahrheit erzählt. Je länger Natalie darüber nachdachte, desto sicherer war sie sich.

Sie gab Phoebes Namen in eine Suchmaschine ein, auch

wenn sie wenig Hoffnung hatte, viel mehr über die junge Frau zu erfahren. Es gab ein paar Fotos von ihr mit Jed Malloney. Sie erkannte den blonden Drummer als den jungen Mann, der tags zuvor im Flur den Arm um die Schulter seiner Verlobten gelegt hatte.

»Wissen Sie irgendetwas über eine Band namens The Darkest Knights?«, fragte sie Ian.

»Das ist so eine Rockband. Scarlett ist ein riesiger Fan. Der Leadsänger heißt Seth Thorndike. Die waren bei einer von diesen TV-Shows, wo sie mit anderen Bands darum kämpfen, wer berühmt wird. Ich habe das nicht geguckt, aber Scarlett. Rock ist nicht so mein Ding.«

»Habe ich etwas verpasst?«, fragte Lucy und setzte sich.

»Wir haben nur über The Darkest Knights gesprochen. Mike hat sich für uns eingesetzt und Adams Vaterschaftstest beschleunigt. Er hat bestätigt, dass Adam nicht Alfies Vater ist.«

»Wow! Das war extrem schnell. Er hat die Probe erst gestern Abend bekommen.«

»Ja, ich war auch überrascht. Wir müssen dringend herausfinden, wer wirklich Alfies Vater ist. Es könnte unter Umständen wichtig sein.«

»Whoa!«, rief Ian.

Natalie sah auf.

»Hab ihn«, sagte Ian.

Natalie lief zu ihm.

»Der Bentley Bentayga«, sagte Ian, und rote Flecken bildeten sich an seinem Hals. »Das ist Adam am Steuer.«

Natalie reckte den Hals. »Das ist unverkennbar er. Wo und wann wurde das aufgenommen?«

»Die automatische Nummernschilderkennung in der Nähe des White Horse Pubs in Samford hat sein Kennzeichen erfasst. Oh! Da stimmt etwas nicht. Wann soll er sich mit Lee Webster getroffen haben?«

»Kurz nach zehn«, sagte Lucy.

Ian schüttelte den Kopf. »Unmöglich. Die Aufnahme wurde um fünf vor elf gemacht, fast eine Stunde später. Und das Auto ist auf dem Weg zum Pub, nicht auf der Rückfahrt.«

Natalie fluchte. »Diese Mistkerle. Die haben uns belogen. Bringen Sie sie her! Sofort!«

DREIZEHN

SONNTAG, 4. MÄRZ – VORMITTAG

Vitor Lopes, dem Barkeeper des White Horse, stand die Sorge deutlich in sein kantiges Gesicht geschrieben, als Murray ihn den Gang entlang in den Vernehmungsraum führte. Lucy wartete dort auf ihn und bedeutete ihm, sich zu setzen. Murray bezog Position neben der Tür. Die kräftigen Beine gespreizt und die Arme vor der Brust verschränkt stand er mit unbewegter Miene da wie ein Türsteher vor einem Club.

»Vitor, als ich Sie zuletzt über Adam Brannon befragt habe, haben Sie angegeben, er sei um Viertel nach zehn in den Pub gekommen. Entspricht das der Wahrheit?«

»Ja. Ich glaube schon.«

»Sie glauben? Gestern waren Sie sich angeblich ganz sicher, was seine Ankunftszeit betrifft, und haben, wenn ich mich recht erinnere, auf die Uhr über der Bar gezeigt.«

»Dann war es wohl Viertel nach zehn.«

Lucys Blick war eisig. »Ich habe ein Problem, Vitor. Wir wissen, dass Adam nicht um Viertel nach zehn ins White Horse gekommen sein kann. Wenn er überhaupt dort war, dann so gegen dreiundzwanzig Uhr, und soweit ich weiß, wird der Pub um dreiundzwanzig Uhr geschlossen. Können Sie mir vielleicht helfen, dieses Mysterium aufzuklären?«

Er lächelte nervös. »Das kann ich nicht. Adam war um Viertel nach zehn da. Ich habe ihn gesehen.«

Lucy sagte nichts. Stattdessen starrte sie Vitor weiter schweigend an.

Vitor sah zu Murray herüber. »Ich kann es nicht erklären«, sagte er schließlich.

Lucy lehnte sich in ihrem Stuhl zurück, drehte einen Kugelschreiber zwischen den Fingern und sagte beiläufig: »Mir würden spontan ein oder zwei Erklärungen einfallen. Entweder haben Sie Adam an jenem Abend überhaupt nicht gesehen und ihn gedeckt, oder Sie haben ihm zwar etwas zu trinken ausgeschenkt, aber da war es schon nach elf. Letzteres würde leider bedeuten, dass sie nach der Sperrstunde noch Alkohol ausgeschenkt haben. Soweit ich weiß, hat das White Horse keine Lizenz für längere Öffnungszeiten. Damit wäre es gegen das Gesetz, und Ihre Vorgesetzten würden das sicher nicht so gern sehen.«

Vitors Mundwinkel zuckten, und er rang sich so etwas wie ein Lächeln ab. »Vielleicht habe ich mich etwas mit der Zeit vertan.«

»Hören Sie auf mit den Spielchen, Vitor. Sie und ich wissen beide genau, dass Sie Adam Brannon am Freitagabend nicht gesehen haben. Was ich wissen möchte, ist, warum Sie für ihn gelogen haben. Wer hat sie dazu angestiftet? War es Adam?«

»Ich weiß nicht, was Sie meinen.«

»O doch, das wissen Sie. Wir haben jetzt zwei Möglichkeiten: Entweder Sie sagen die Wahrheit, oder Detective Sergeant Anderson hier bringt Sie in eine unserer Zellen.«

»Das ist doch irre …«, setzte Vitor an.

»Sie haben die Wahl. Ich zähle jetzt bis fünf, und dann gehe ich.«

»Sie verstehen nicht. Ich kann es Ihnen nicht sagen.«

»Eins.«

»Mit dem legt man sich nicht an.«

»Zwei.«

»Er wird mich umbringen.«

»Drei.«

Vitor biss kurz auf einen Handknöchel.

»Vier ... und fünf. Auf Wiedersehen, Mr Lopes.« Lucy erhob sich und ging zur Tür.

»Es war Lee Webster. Er hat mir fünfhundert Pfund dafür gegeben.«

Lucy wandte sich ihm zu. »Ich höre.«

»Lee sagte, Adam würde ein Alibi brauchen. Lee kam, wie ich gesagt habe, um etwa halb zehn am Freitagabend rein und hat mich gebeten zu sagen, dass Adam in der Bar gewesen wäre, falls jemand fragt. Ich wusste nicht, dass ich ihm ein Alibi für einem Mord verschaffen soll. Ich schwöre, dass ich das nicht wusste.«

»Wofür dachten Sie denn, dass er das Alibi brauchte?«

»Das weiß ich nicht. Ich dachte, vielleicht geht er fremd. Viele Typen tun das. Ich dachte, er braucht Rückendeckung von mir. Hören Sie, ich brauchte das Geld. Ich verdiene nicht viel, und es waren schnell verdiente fünfhundert Schleifen.«

»Oh, bitte!«, rief Lucy genervt. »Sie erwarten, dass ich diesen Mist glaube? Er würde Ihnen wohl kaum eine solche Summe zahlen, damit er seiner misstrauischen Frau eine Lügengeschichte auftischen kann. Halten Sie mich für so dumm? Ich glaube, Sie hatten eine ziemlich genaue Vorstellung davon, warum er Sie um Hilfe gebeten hat.«

Vitor hob die Hände. »Ich schwöre. Okay, vielleicht dachte ich, es ginge um irgendein Ding, das Adam gedreht hat - einen Raub vielleicht -, oder darum, dass er jemanden aufgemischt hat, wie zum Beispiel einen der kleinen Ganoven, die er in seinem Studio trainieren lässt, aber ich habe doch nicht im

Traum daran gedacht, dass ich ihn vor einer Mordanklage bewahren soll! Ich habe nicht richtig darüber nachgedacht. Als Sie mich befragt haben, musste ich dann bei meiner Geschichte bleiben. Man hintergeht Lee nicht so einfach. Nach Ihrem Besuch habe ich ihn angerufen und gesagt, dass ich das Geld nicht will und dass ich mit dieser ganzen Sache wegen des Alibis nichts mehr zu tun haben wollte. Er sagte, wenn ich ihn verrate, schneidet er mir die Eier ab. Und das würde er tatsächlich tun. Sie dürfen ihm nicht sagen, dass ich Ihnen das erzählt habe.« Vitor zog die Nase hoch, und seine Augen waren weit aufgerissen vor Angst.

»Ihnen ist klar, dass Sie eine Mordermittlung behindert haben? Eine Frau wurde ermordet, und Sie finden, es ist in Ordnung zu lügen, um jemanden zu schützen, der möglicherweise dafür verantwortlich ist? Sie bleiben jetzt da sitzen und machen Ihre Aussage vor der Kollegin, die ich gleich zu Ihnen schicke. Und dann wandern Sie in die Zelle, bis wir entschieden haben, was wir Ihnen vorwerfen. Verstanden?«

»Bitte sagen Sie Lee nichts.«

Lucy machte elegant auf dem Absatz kehrt und ließ Vitor mit seinen verzweifelten Bitten zurück. Murray folgte ihr in den Flur.

»Autsch! Ich hasse es, wenn du wütend wirst«, sagte er.

»Oh, ich bin so verdammt sauer!«, erwiderte sie. »Dieser Mistkerl hat uns Zeit gekostet und einen potenziellen Mörder gedeckt. Ich suche jemanden, der seine Aussage aufnimmt. Kommst du mit, wenn ich Lee vernehme?«

»Darauf kannst du Gift nehmen.«

Während Lucy Vitor im Raum nebenan vernahm, saß Natalie Adam gegenüber. Rechtsbeistand hatte er abgelehnt und wich ihrem Blick aus, indem er lieber einen Fleck an der Wand anstarrte und schwieg.

»Sie machen es sich selbst nicht leicht, Adam. Kommen Sie schon. Sie sind nicht dumm und wissen, wie es für uns aussieht. Sie waren nicht um Viertel nach zehn im White Horse. Ich weiß nicht, wo Sie stattdessen waren, aber ganz bestimmt waren Sie nicht dort.« Sie nickte Ian zu, der ihm die Aufnahme der automatischen Nummernschilderkennung zuschob.

»Fürs Protokoll: PC Jarvis zeigt dem Verdächtigen eine Aufnahme seines Wagens, auf der er am Steuer zu erkennen ist. Sie wurde um fünf vor elf am Freitagabend, den zweiten März gemacht. Was sagen Sie dazu, Adam?«

Adam ließ sein Genick knacken und starrte geradeaus. »Ich habe nichts zu sagen.«

»Streiten Sie ab, dass Sie das sind?«

Er schüttelte den Kopf.

»Könnten Sie die Frage bitte für die Aufnahme beantworten?«

»Das bin ich.«

»Ich muss Ihnen das nicht erklären, oder? Ihre Frau wurde ermordet. Sie haben kein Alibi für die Tatzeit. Wenn Sie nicht ehrlich sind, reiten Sie sich ganz tief in die Scheiße. Wenn Sie so unschuldig sind, wie Sie behaupten, müssen wir genau wissen, wo Sie waren und was Sie ab dem Zeitpunkt, als Sie Inge zu Hause abgesetzt haben, bis zu dem Moment, in dem dieses Bild gemacht wurde, getan haben. Wo waren Sie?« Sie legte bewusst besondere Betonung auf die letzten drei Wörter.

Er zuckte mit den Schultern.

»Wussten Sie, dass Charlotte eine Affäre hatte?«

Adams Lider flatterten kurz. »Nein.«

»Sie traf sich mit einem anderen Mann und wollte Sie verlassen, Adam.«

»Nein. Das hätte Sie nie getan. Das ist doch Blödsinn. Sie versuchen doch nur, mich zu provozieren.«

»Es ist wahr. Wir haben mit ihrem Geliebten gesprochen. Die Sache lief schon einige Monate.«

Adams Gesicht verfinsterte sich. »Das hätte ich doch gewusst.«

»Offenbar nicht.«

»Wer ist der Kerl?«

»Hat sie Ihnen das nicht erzählt? War es das, was passiert ist? Hat sie Sie verspottet? Hat sie Ihnen gesagt, dass sie Alfie mitnehmen und Sie verlassen würde, und Sie haben aus Zorn zugeschlagen?«

Seine Stimme war ruhig. »Nein. Sie hat mir nichts gesagt. Wenn sie eine Affäre hatte, wusste ich nichts davon, aber ich hatte keinen Grund anzunehmen, dass sie mich je verlassen würde. Wir haben uns gut verstanden. Wir waren wie füreinander geschaffen. Ich habe ihr nichts getan. Ich hätte ihr nie im Leben auch nur ein Haar gekrümmt, ganz gleich, was sie gesagt oder getan hätte. Sie war mein Ein und Alles.«

»Verdammt noch mal, Adam! Ich kann Ihnen nicht helfen, wenn Sie nicht endlich den Mund aufmachen. Ich möchte Ihnen glauben, dass Sie mit Charlottes Ermordung nichts zu tun hatten, aber Sie machen es mir unmöglich. Ich bin mit meiner Geduld am Ende. Das ist Ihre letzte Chance, mir zu sagen, wo Sie zwischen zehn und fünf vor elf waren.«

»Ich habe sie nicht umgebracht«, sagte er in ruhigem Ton. »Ich schwöre es, ich habe sie nicht angefasst.«

»Sie können Ihre Unschuld beteuern, wie sie wollen, aber ich stützte mich auf Beweise, und im Moment tun Sie sich keinen Gefallen, indem Sie die Kooperation verweigern, im Gegenteil, Sie machen sich verdächtig. Sie lassen mir nichts anderes übrig, als Sie wegen Mordes festzunehmen.«

»Aber ich war es nicht«, beharrte er.

»Es gibt nur einen Weg, das zu beweisen. Wo sind Sie hingefahren, nachdem Sie Inge abgesetzt haben?«

———

Lucy war noch immer wütend, als sie den Vernehmungsraum ein Stück weiter den Flur hinunter betrat. Lee hatte ein Bein lässig über das andere geschlagen und lachte, als er ihre Miene sah. »Du siehst sauer aus, Schätzchen.«

Lucy knallte die Unterlagen auf den Tisch. »Erstens bin ich nicht Ihr Schätzchen, dass das klar ist, und zweitens verbitte ich mir das Du. Ich bin Detective Sergeant Carmichael. Haben wir uns verstanden? Gut. Dann kommen wir zur Sache, Mr Webster. Zunächst einmal werfe ich Ihnen Behinderung der Justiz und Bestechung vor. Und dann lege ich noch einmal Beihilfe zum Mord obendrauf. Noch irgendwelche Fragen, bevor ich weitermache?«

»Ich nehme an, ich brauche einen Anwalt, wenn Sie hier mit Paragrafen um sich werfen.«

»Dann sehen Sie zu, dass Sie sich schnell einen besorgen.«

Der freche Ausdruck verschwand. Lee sah zu Murray hinüber.

»Sie meint das ernst, oder?«

»Todernst«, entgegnete Murray. »Vitor hat gestanden, also haben Sie keine Chance.«

»Der Wichser. Ich dachte, er hätte mehr Arsch in der Hose.«

»Anscheinend nicht. Möchten Sie in Anbetracht dieser Tatsache vielleicht eine Aussage machen?« Lucy funkelte den Mann an.

»Nein, möchte ich nicht. Ich werd mir wohl lieber einen Anwalt besorgen, Schätzchen.«

Natalie und Ian vernahmen Adam nun schon seit über einer Stunde. Er weigerte sich noch immer, ihnen irgendetwas zu sagen. Natalie sah auf die Uhr. Es war nach zwölf. Sie würde David anrufen und ihm erklären müssen, dass sie nicht zum Mittagessen bei seinem Vater kommen konnte.

»Das ist Ihre letzte Chance. Ich gebe Ihnen noch ein paar Minuten, um über meine Worte nachzudenken, und wenn Sie sich dann noch immer weigern, mit mir zu reden, wenn ich wiederkomme, nehme ich Sie wegen Mordes fest. Jetzt ist Schluss mit den Mätzchen, Adam. Ich habe die Nase voll von Ihren Spielchen. PC Jarvis bleibt hier, sollten Sie Ihre Meinung ändern und doch mit mir sprechen wollen.«

Sie ging in den Flur und schlug mit der Faust gegen die Wand gegenüber. Sie hatte sich in eine Sackgasse manövriert. Wenn Adam nicht redete, würde sie eine etwaige Festnahme auf die dünne Beweislage stützen müssen, die sie bisher hatten, und das würde bedeuten, dass es schwer würde, einen Haftbefehl zu bekommen. Sie hatte womöglich gerade die gesamte Ermittlung vergeigt. Sie ging zum Büro, um ihr Handy zu holen. Murray war dort und ging die Unterlagen durch.

»Irgendetwas Erfreuliches?«, fragte Natalie.

»Der Penner macht den Mund nicht auf«, sagte Murray. »Er verlangt nach einem Anwalt. Lucy ist eine rauchen gegangen. Sie ist ziemlich wütend.«

»Ich rede mit ihr. Ich kann sie verstehen. Adam sagt auch nichts.«

Sie nahm ihr Handy und ging ins oberste Stockwerk, wo es eine offene Dachterrasse gab, auf der die Mitarbeiter Luft schnappen oder eine Zigarettenpause einlegen konnten. Lucy war über die niedrige Wand gebeugt und beobachtete den Verkehr unten auf der Straße.

Rauch ringelte sich um ihre Ohren.

»Es gibt Tage, da wünschte ich, ich hätte nicht aufgehört«, sagte Natalie und deutete mit dem Kinn auf die Zigarette. »Ich kriege kein Wort aus Adam heraus, außer dass er unschuldig ist. Ich habe ihm noch nicht erzählt, dass Alfie nicht sein Kind ist. Ich hatte die Hoffnung, dass er selber etwas in der Richtung sagt, aber vielleicht weiß er es tatsächlich nicht. Es ist mein letzter Trumpf, und den muss ich bald ausspielen. Hoffentlich kann ich ihm damit eine Reaktion entlocken und wir kommen voran, sonst bin ich geliefert.«

»Dieser Dreckskerl Lee Webster redet auch nicht.«

»Den haben Sie gefressen, oder? Machen Sie sich nichts draus. Er ist ein Niemand. Den kriegen wir schon noch klein. Er ist ein bisschen zäher als andere, weil er weiß, wie der Betrieb funktioniert, und er weiß auch, wie er Sie provozieren kann. Gönnen Sie ihm den Triumph nicht, Lucy. Es sieht Ihnen nicht ähnlich, sich so aufzuregen.«

Lucy zog an ihrer Zigarette und betrachtete sie. »Ich habe Bethany versprochen, dass ich nicht rauche, wenn sie oder das Baby in der Nähe sind. Ich hatte vor, ganz aufzuhören. Ich habe mir so eine E-Zigarette gekauft, aber das ist, als nuckelt man an einem Kugelschreiber.« Sie schnippte die Kippe über die Mauer und sah zu, wie sie zu Boden trudelte. »Lee erinnert mich an einen meiner Pflegeväter. Der war auch ein Dreckskerl. Mir fällt es schwer, das zu trennen. Ich schaue Lee an und sehe die herrische, hämische Visage meines Pflegevaters.«

»Soll Murray übernehmen? Vielleicht ist es besser für Sie, wenn Sie sich von ihm fernhalten. Sie können mit mir mitgehen und versuchen, Adam zu knacken.«

»Nein. Ich klopfe den Penner weich. Er hat eine persönliche Sache daraus gemacht, indem er versucht hat, mich zu provozieren.«

»Das ist nicht unbedingt der richtige Ansatz, Lucy.«

»Mag sein, aber wir brauchen Antworten, und ich werde welche kriegen.«

Natalie legte eine Hand auf Lucys Schulter. »Okay, aber lassen Sie Ihr Privatleben oder persönliche Animositäten nicht in den Weg geraten. Ich möchte nicht, dass Fehler gemacht werden, weil jemand ausflippt. Es geht um Charlotte, nicht um Sie, okay?«

Lucy nickte. »Ich weiß. Ich musste nur ein bisschen Dampf ablassen. Jetzt, nach dem Gespräch mit Ihnen, fühle ich mich schon besser. Ich habe lange nicht mehr an meine Pflegeeltern gedacht. Da sind jetzt einige Erinnerungen hochgekommen, die ich gern vergessen hätte. Das war nur eine kurze Irritation. Ich habe mich wieder im Griff. Ich helfe Murray, während wir auf Lees Anwalt warten.«

Nachdem Lucy verschwunden war, rief Natalie David an. Im Hintergrund hörte sie Josh lachen.

»Hey, gerade zur rechten Zeit«, sagte David. »Brauchst du noch lange? Pam ist hier ziemlich eskaliert. Es gibt genug zu essen, um eine ganze Kompanie durchzufüttern. Riecht großartig. Ich habe schon den dritten Gin Tonic intus, du wirst mich also fahren müssen.« Er lachte. Doch die Leichtigkeit war aufgesetzt. Sie kannte David. Er trank nur, wenn er nervös war.

»Ich bin dabei, einen Verdächtigen zu vernehmen. Ich weiß nicht, wie lange es noch dauert.«

»Ist das Mum?«, hörte Natalie ihre Tochter im Hintergrund mit aufgeregter Stimme sagen. »Kommt sie her?«

David scheuchte sie fort und senkte die Stimme. »Natalie, ich dachte, wir wären uns einig.«

»Ich verspreche dir, ich komme rüber, sobald ich hier fertig bin.«

»Du schaffst es also nicht. Das weiß ich jetzt schon.«

»Es tut mir wirklich leid.«

»Das machst du immer mit mir und den Kindern. Es ging nur um eine halbe Stunde!«

»Das ist total unfair, und zieh die Kinder da nicht mit rein. Du hast mich damit heute Morgen überrumpelt, als ich dabei war zu gehen. Tu nicht so, als wärst du so arm dran. Ich versuche immer, für dich da zu sein.«

»Jetzt gerade offensichtlich nicht.« Es war nicht zu überhören, wie verletzt er war, doch es ging nun einmal nicht anders. Die Mordermittlung ging vor, und eigentlich sollte er sie auch nicht zum Händchenhalten brauchen.

Sein Schmollen verärgerte sie, und sie ließ ihrem Frust

freien Lauf. »David, manchmal ist es eben einfach nicht möglich, verdammt noch mal! Und heute ist so ein Tag. Es geht um ein Mittagessen bei deinem Vater, nicht um Leben und Tod. Zeig doch mal ein bisschen Verständnis für mich. Ich sagte doch, dass ich versuche, noch rüberzukommen, wenn ich mit der Vernehmung durch bin.«

Es dauerte eine Weile, bis er wieder sprach. Der maulige Ton war noch immer zu hören. »Ich sage Dad, dass du es nicht schaffst, und muss mir dann wohl ein Taxi nehmen. Ich habe getrunken, also kann ich nicht fahren.«

»Ich versuche, später rüberzukommen und euch abzuholen. Bleibt eben noch eine Weile. So könnt ihr doch Pam und ihren Sohn noch ein bisschen besser kennenlernen.«

»Nein, schon gut. Ich schaff das schon.« Er beendete den Anruf und ließ Natalie genervt und mit einem schlechten Gewissen zurück, weil sie ihn und die Kinder enttäuscht hatte. Sie schob das Handy in die Jackentasche und betrachtete die Autos, die unten auf der Straße vorbeirollten. Eine Stimme hinter ihr ließ sie herumfahren. Es war Murray.

»Ich hatte gerade einen Anruf von einem Typ namens Henry Knowles. Er wohnt in der Nähe der Brannons. Er hat die Aufzeichnungen seiner Überwachungskamera durchgesehen und sagt, er hat zwei Jugendliche auf dem Film, die am Freitag um dreiundzwanzig Uhr einundzwanzig am Freitagabend an seinem Haus vorbeigerannt sind. Einer von denen trägt etwas, das wie ein Stück Metallrohr aussieht.«

VIERZEHN

SONNTAG, 4. MÄRZ - NACHMITTAG

Die Aufnahme der Kamera flackerte über Lucys Monitor, als Natalie ins Büro gelaufen kam. Zwei Männer in dunkler Kleidung, die der Beschreibung von Margaret Callaghan entsprachen, liefen an der Kamera vorbei, die auf die Zufahrt des Grundstücks ausgerichtet war. Einer drehte den Kopf und rief seinem Kumpan etwas zu, was einen kurzen Blick auf sein Gesicht zuließ. In der linken Hand schwenkte er ein Stück Metallrohr. Natalie überprüfte die Zeit auf dem Digitaldisplay am linken oberen Bildschirmrand. Die beiden waren aus Richtung der Straße kommend um dreiundzwanzig Uhr einundzwanzig am Haus vorbeigelaufen.

»Können wir das Bild schärfer machen?«, fragte Natalie.

»Ich schaue mal, ob ich die Auflösung verbessern kann«, sagte Lucy. Sie betätigte ein paar Tasten und Schieberegler. Natalie beobachtete, wie das Gesicht dunkler wurde, dann heller und etwas größer. Der Verdächtige hatte dunkle Augen, ausgeprägte Wangenknochen und eine Hakennase. »Besser kriege ich es nicht hin. Schärfer wird's nicht.«

»Das ist nicht allzu viel. Drucken Sie es trotzdem aus. Wir gucken mal, ob Adam ihn identifizieren kann.«

»Von seinem Kumpel bekomme ich überhaupt kein Bild. Das könnte jeder sein. Er ist nur von hinten zu sehen.« Lucy zoomte in verschiedene Standbilder hinein und wieder heraus, aber es war vergebens.

»Wir arbeiten mit dem etwas schärferen Bild. Es ist nicht ideal, aber es könnte sie trotzdem jemand erkennen.«

»Ich lasse ein paar Ausdrucke machen«, sagte Lucy.

»Ich habe auch darüber nachgedacht, wie wir mit Adam und Lee verfahren wollen. Adam kooperiert nicht. Er versucht auf jeden Fall, irgendetwas zu vertuschen, was Freitagabend gelaufen ist, auch wenn es vielleicht nicht der Mord an seiner Frau ist. Die Techniker waren sich sicher, dass sein Handy sauber ist. Sogar ein bisschen zu sauber, wie aufgeräumt. Sheila Hill hat behauptet, er hätte während des Essens getextet, und Charlotte hätte ihn deswegen ermahnt, auf seinem Handy lässt sich jedoch nichts finden. Ich gehe deshalb davon aus, er hat ein zweites Telefon, ein Wegwerf-Handy.«

Lucy sah auf und legte den Kopf schief. Natalie sprach weiter.

»Er war ganz heiß darauf, von seinem Haus wegzukommen und die Nacht lieber in seinem Büro zu verbringen als in einem Hotel oder bei seinem sogenannten Freund Lee. Vielleicht wollte er die Zeit nutzen, um ein Alibi zu konstruieren, und dafür hätte er ein Telefon benötigt – oder einen Computer«, fügte sie hinzu.

»Er könnte das Alibi auch schon vorher mit Lee und Vitor abgesprochen und Charlotte tatsächlich getötet haben.«

Natalie nickte. »Das ist wahr, aber das bestreitet vehement und beteuert seine Unschuld. Wenn das der Fall ist, kann er das Alibi erst arrangiert haben, nachdem er Charlotte gefunden hat. Es war nichts auf seinem Handy, das darauf hingewiesen hätte, dass er jemanden kontaktiert hat, und es wurde umgehend nach Eintreffen der Spurensicherung konfisziert, sodass er keine Möglichkeit hatte, mit jemandem in Kontakt zu treten.

Mein Bauchgefühl sagt mir, er hat Lee oder Vitor aus dem Büro angerufen. Ich beantrage einen Durchsuchungsbeschluss für die Räumlichkeiten. Mal sehen, ob wir da etwas herausfinden. Er und Lee können hier noch eine Weile weiter schmoren.«

Der Boxclub hieß einfach »Adam's«. Er befand sich in einem heruntergekommenen, ausgedienten Industriegebiet und wirkte auf den ersten Blick wie ein Lagerhaus. Im Innern entpuppte er sich als eine geräumige Halle, die einen richtigen Boxring beinhaltete und dahinter verschiedene Trainingsgeräte: Gewichte auf Ständern, eine Multipresse, um verschiedene Muskelgruppen zu trainieren, Sandsäcke, die von in hölzerne Balken geschraubten Haken hingen, drei große Plastikkisten mit Springseilen, Boxhandschuhen und Schlagkissen, daneben ein Stapel ziemlich mitgenommener Matten. Es war ein sehr schlichtes Studio, dem es an teurem Equipment fehlte. Ein beißender Schweißgeruch lag in der Luft, und Natalie rümpfte die Nase.

»Ich nehme an, Adam oder jemand anderes hat kürzlich trainiert. Hier könnte echt mal gelüftet werden«, meinte Murray und wedelte mit der Hand vor der Nase. »Ich habe früher in einigen preisgünstigen Studios trainiert, aber das hier ist im Vergleich primitiv. Einfach nur das Nötigste.« Er untersuchte einen der ausgeblichenen, gerissenen Sitze der Multipresse. »Er hat nicht viel Geld hier reingesteckt. Das ist alles secondhand.«

»Er betreibt ein kostenloses Studio für Jugendliche und Erwachsene mit geringem Einkommen, die es sich nicht leisten können, sich bei einem regulären Verein oder Studio anzumelden. Daraus will er ganz sicher keine Fünfsternebude machen.«

»Nein, aber das ist schon ziemlich schäbig. Ich glaube nicht, dass er viele Einnahmen hat, um es zu finanzieren.«

Sie gingen durch eine Tür vorbei an der Toilette und einer

Dusche, die vom Boden bis zur Decke gefliest war und eine gründliche Reinigung nötig gehabt hätte.

»Ist Schmutzigweiß eine echte Fliesenfarbe?«, witzelte Murray. »Himmel, das ist ein ziemlicher Unterschied zu seinem Haus.«

Natalie stimmte zu. Das Studio war schmutzig und konnte offensichtlich Geld für Renovierungen gebrauchen. Sie verließ den Raum und öffnete eine Tür, die zu einem langen, schmalen Zimmer führte. Der abgestandene Geruch war hier am stärksten. Einige Poster hingen an den magnolienweißen Wänden, offenbar ein Versuch, sie ein wenig aufzuhübschen. Es waren Werbeplakate für Boxkämpfe, die Adams Namen trugen, und auf einem oder zwei davon prangte es sogar ein Foto von ihm mit erhobenen Boxhandschuhen in angriffslustiger Pose und mit dunklen, verengten Augen. Links stand ein leerer hölzerner Schreibtisch und rechts ein aufgeklapptes Schlafsofa. Darauf lag Bettzeug in einem unordentlichen Haufen, als ob jemand gerade eben aufgestanden wäre. Gegenüber dem Bett stand ein Schrank, dessen Tür leicht geöffnet war. Darin hingen Sportsachen: Jogginghosen, Trainingsjacken und Unterhemden. Daneben stand ein Paar Turnschuhe. Natalie schaute sich um. Sonst war hier nichts. Sie klopfte die Jackentaschen ab, aber sie waren leer, hob die Turnschuhe hoch und drehte sie um, aber auch darin war nichts versteckt. Murray durchwühlte mit finsterer Miene das Bettzeug.

Ihr Blick fiel auf den Schreibtisch. Er hatte nur drei Schubladen. Sie öffnete die oberste und sah, dass sie mit Quittungen und einem Notizbuch vollgestopft war. Sie untersuchte beides. Es war Adams Versuch, einen Überblick über seine Ausgaben zu behalten. Murray hatte recht: Viele Einnahmen gab es nicht. Die zweite Schublade beinhaltete einige Fitness-Magazine, und in der untersten fand sie eine Brille und eine halb leere Flasche Wodka.

»Nichts. Ich war sicher, er hätte ein anderes Handy oder

sonst irgendetwas mit Internetverbindung«, sagte Natalie, als sie die Schublade zuknallte.

Dann fiel ihr der andere Schreibtisch ein, der in seinem Hobbyraum im Haus. Er hatte einen Schlüssel darin versteckt. Etwa auch hier? Sie öffnete erneut die obere Schublade, kniete sich hin und tastete die hintere Kante ab. Schließlich erfühlte sie einen Gegenstand, der auf der Unterseite klebte. Sie zupfte das Klebeband ab und holte ihn hervor.

»Heureka!«, rief sie, und ein zufriedenes Lächeln breitete sich auf ihrem Gesicht aus.

»Wir würden gerne noch einmal mit Ihnen darüber sprechen, wo Sie sich am Freitag zwischen zweiundzwanzig und dreiundzwanzig Uhr aufgehalten haben«, sagte Natalie fröhlich. Ian saß an ihrer Seite neben dem Aufzeichnungsgerät. »Bevor wir weitersprechen, möchte ich Ihnen noch einmal die Chance geben, einen Anwalt zu kontaktieren.«

»Ich will keinen Anwalt. Ich habe nichts getan«, beharrte Adam.

»Also gut. Dann fangen wir damit an.« Sie schob ihm einen Beweismittelbeutel mit dem Handy darin zu.

Ian beschrieb den Vorgang für die Aufnahme. »DI Ward zeigt Adam Brannon ein schwarzes iPhone 6S.«

»Ich weiß nicht, was Sie von mir hören wollen.«

»Ist das Ihr Telefon?«

»Könnte sein. Die Spurensicherung hat mir meins abgenommen, also weiß ich nicht, ob es das ist oder nicht. Die sehen doch alle gleich aus.«

»Dieses spezielle Smartphone ist nicht dasjenige, das Sie der Polizei ausgehändigt haben. Das war dieses hier.«

»DI Ward zeigt Mr Brannon ein weiteres schwarzes iPhone 6S.«

»Dieses hier klebte unter der Schublade des Schreibtischs

im Büro Ihres Boxclubs.« Sie tippte das betreffende Handy mit dem Zeigefinger an.

Adams Kiefer mahlten.

»Wir haben die Daten durchsucht: Kontakte, Nachrichten und so weiter. Sieht so aus, als hatten Sie eine Affäre mit jemandem namens Sugar, Mr Brannon. Möchten Sie dazu irgendetwas sagen?«

»Nein.«

»Sie dachten vermutlich, wenn Sie die Nachrichten löschen, können wir sie nicht mehr finden. Es ist allerdings Ihr Pech, dass wir ein engagiertes und gut ausgebildetes technisches Team haben, das alle kürzlich gelöschten Daten wiederherstellen konnte.« Sie lächelte spöttisch, was er ignorierte.

»Aus Ihren Nachrichten geht hervor, dass Sie während des Essens mit Ihrer Frau und den Schwiegereltern mit Ihrer Geliebten gechattet haben. Eine recht schlüpfrige Unterhaltung.« Natalie fischte ein Stück Papier aus einer offenen Aktenmappe, die vor ihr lag. Sie räusperte sich und las vor: »Erste Nachricht, erhalten um acht Uhr abends: ›Mir ist so langweilig, meine Möpse schlafen ein. Soll ich dir ein Foto davon schicken?‹ Ihre Antwort: ›Dann krieg ich einen Ständer und erschrecke den Schwiegertiger!‹ Dem folgt zehn Minuten später eine weitere Nachricht: ›Dann schicke ich dir eins, wie ich an einem Eis lutsche. Hmm.‹ ›Verdammt! Ich werde irre, wenn ich an meinen Schwanz in deinem Mund denke.‹ Soll ich weiterlesen?«

»Ich weiß, was in den Nachrichten steht. Sie haben kein Recht, sie zu lesen oder mein Handy zu nehmen.«

»Mr Brannon, ich habe jedes Recht, das zu tun. Charlotte wurde am Freitagabend ermordet, nachdem Sie sie zu Hause abgesetzt haben. Ihre Affäre oder Beziehung mit dieser Person interessiert mich nicht besonders, aber die Tatsache, dass Sie eine hatten oder immer noch haben, erweckt doch ein gewisses Misstrauen. Sie beteuern, dass Sie Ihre Frau geliebt haben, dass bei Ihnen alles ›in Ordnung‹ war, und doch tauschen Sie während eines festlichen Abendessens mit der Familie in ihrem Beisein und im Beisein anderer Familienmitglieder anzügliche Nachrichten mit einer anderen Person namens Sugar. Wieder etwas, das uns hilft, uns ein Bild von Ihnen zu machen. Das Bild eines Mannes, dem seine Frau und ihre Familie nicht wirklich wichtig waren und der lieber Zeit mit seiner Geliebten verbringen wollte. Wenn Sie dann noch bedenken, dass Ihre Frau reich war und Sie, Mr Brannon, zweifellos dieses Vermögen erben, fürchte ich, dass wir automatisch zu einem bestimmten Schluss geführt werden, und zwar, dass Sie verantwortlich für den Mord an Ihrer Frau sind.«

Natalie gab den Worten Zeit, ihre Wirkung zu entfalten. Adams Blick huschte durch den Raum. Die Situation wurde ihm unangenehm. Natalie hatte ihn endlich, wo sie ihn haben wollte.

»Wie Sie wissen, Mr Brannon, gab es weitere Nachrichten auf diesem Smartphone, und zwar Nachrichten an Lee Webster, die Sie in den frühen Morgenstunden geschickt und in denen Sie ihn gebeten haben, Ihnen ein Alibi für Freitagabend zu besorgen. Sie flehten ihn an, eine weitere verlässliche Person zu finden, die für Sie aussagt, und boten dieser Person fünfhundert Pfund, damit sie sagt, sie hätte Sie vor dreiundzwanzig Uhr gesehen. Lee antwortete, er sei überzeugt, dass der Barkeeper im White Horse, Vitor Lopes, aussagen würde, dass Sie die ganze Zeit im Pub gewesen seien. Haben Sie irgendetwas dazu zu sagen?«

»Nein.«

Natalie behielt das Lächeln bei und nickte langsam. »Wir haben Lee Webster im Vernehmungsraum nebenan, und er hat gerade gestanden.«

»Das würde er nicht tun.«

»Er hatte keine Wahl. Nicht angesichts dessen, was auf diesem Handy war – Ihrem Handy. Sein eigenes wurde konfisziert und wird gerade untersucht, sodass wir bald noch mehr Beweise gegen Sie beide haben. Jetzt wäre vielleicht doch ein guter Zeitpunkt, sich einen Anwalt zu nehmen.«

»Ich will keinen.«

»An Ihrer Stelle würde ich mir einen nehmen, es sei denn, Sie können mir sagen, wer Ihnen die anzüglichen Nachrichten geschickt hat, und erklären, wo Sie am Freitagabend wirklich waren, bevor Sie nach Hause kamen und Ihre Frau tot aufgefunden haben.«

Adam schwieg. Natalie hatte nur noch eine Karte, die sie ausspielen konnte, und sie hoffte, dass ihr Timing richtig war. Sie musste Adam knacken. Sie wartete eine Weile und betrachtete sein Gesicht, bevor sie wieder das Wort ergriff.

»Wir haben neue Beweise zutage gefördert. Beweise, die Alfie betreffen.«

Sofort zuckte er zusammen. Er verstand offenbar, worauf sie anspielte.

Er krampfte seine kräftigen Finger zusammen, sodass die Knöchel weiß hervortraten. »Ich weiß«, sagte er ruhig.

»Sie wissen was?«

»Alfie ist nicht von mir.«

»Das ist ein ziemlich bedeutendes Eingeständnis und eines, das Ihre Unschuld noch weiter in Zweifel zieht. Das wissen Sie, nicht wahr?«

»Ich wusste, dass er nicht mein Kind ist, aber ich habe ihn geliebt.«

»Kommen Sie schon, Mr Brannon. Das ist höchst unwahrscheinlich. Wie konnten Sie ihn lieben, wenn Sie sein Anblick immer an die Tatsache erinnerte, dass Ihre Frau Sie betrogen hat?«

»So war es nicht.«

»Charlotte hat mit einem anderen Mann geschlafen. Sie wurde von jemand anderem schwanger, und Sie haben nur die

Hände gehoben und gesagt, es wäre okay? Das kann ich mir nicht vorstellen.«

Seine Augen glühten. »Sie verstehen überhaupt nichts. Als Charlotte mir erzählt hat, dass wir ein Kind bekommen, habe ich mich gefreut. Ich war wirklich überglücklich. Ich habe zugesehen, wie ihr Bauch immer größer wurde, und ich hatte ihn schon lieb, bevor er geboren wurde. Ich war bei seiner Geburt dabei. Die Hebamme hat ihn mir zuerst in die Arme gelegt. Er war so winzig, so verflucht winzig, aber perfekt, wissen Sie? Er hat die Augen geöffnet und mich direkt angesehen, und in dem Moment ist in meinem Herzen etwas explodiert wie bei einem gigantischen Feuerwerk. Ich hatte immer nur Charlotte geliebt, und jetzt war da dieser kleine Mann, der mich angeschaut hat und auf mich angewiesen war. Ich war sein Beschützer. Ich war seine Welt. Verstehen Sie? Ich. Adam. Ich war der Vater dieses Jungen, und ich habe ihm an diesem Tag versprochen, dass ich niemals zulassen werde, dass ihm jemand wehtut, wie man mir wehgetan hat, und ich niemals zulassen würde, dass er in Schwierigkeiten gerät, und ich für ihn da sein und ihm in allem beistehen würde. In absolut allem.«

Sheila Hill wusste, dass Charlotte vorgehabt hatte, Adam etwas zu sagen, aber wenn er bereits wusste, dass Alfie nicht sein Baby war, was dann? Natalie fragte sich, was es gewesen sein mochte. Vielleicht der Name des wahren Vaters oder dass sie mit Rob geschlafen hatte?

Er schwieg eine Weile und zitterte von seinen Gefühlen überwältigt. »Charlotte hat mir zwei Monate nach seiner Geburt die Wahrheit gesagt. Ich hatte mich beschwert, weil sie mich von ihm weggestoßen und mich ihr nicht helfen lassen hat. Sie hat gesagt, ich soll mich setzen, und dann hat sie mir erzählt, dass ich nicht der leibliche Vater des Kleinen bin, aber ich *war* sein richtiger Daddy.«

»Und das war okay für Sie?«

»Sie verstehen es immer noch nicht, oder? Nein, es war nicht okay. Natürlich war es nicht okay für mich. Sie hatte irgendeinen Typ gevögelt, und es war sein Kind, das ich versucht habe, in den Schlaf zu wiegen, und dem ich die Finger festgehalten habe. Aber Charlotte, sie hat es so bereut. Sie wusste nicht einmal, wer der Typ war. Es war alles verschwommen, hat sie gesagt. Sie war zu der Zeit total high gewesen. Natürlich war ich wütend auf sie, aber sie hat immer gesagt, dass es ihr leidtut, dass sie nicht weiß, warum sie es getan hat, und dass sie nur mich liebt. Das war eine beschissene Zeit. Ich wollte sie verlassen. Ich wollte sie beide verlassen, aber als ich es dann wirklich vorhatte, konnte ich es einfach nicht. Ich hatte Alfie ein Versprechen gegeben. Es fühlte sich an, als wäre er mein Sohn. Eigentlich hatte sich doch zwischen ihm und mir nichts geändert. Er brauchte mich noch immer, damit ich mich um ihn kümmere und ihn begleite. Hätte ich ihn verlassen, hätte ich getan, was mein Vater mit mir getan hat. Dann hätte ich ihn im Stich gelassen, und das konnte ich nicht tun.«

»Und Charlotte? Wie waren Ihre Gefühle ihr gegenüber nach dieser Beichte?«

»Charlotte war voller Energie, willensstark und bereit zu kämpfen. Sie war wild, als ich sie kennengelernt habe. Sie war Charlotte, und ich habe sie geheiratet, mit allen Ecken und Kanten. Tief in meinem Innern habe ich immer damit gerechnet, dass sie etwas Verrücktes tun würde, und das hat sie, aber sie hat mich geliebt, und ich habe sie gebraucht. Ich hätte sie nicht verlassen können.«

»Und doch hatten Sie eine Affäre.«

»Es ist Sex. Mehr nicht. Ich fand, Charlotte schuldet es mir, dass ich mich ein bisschen amüsiere. Viele Männer haben Affären und lieben trotzdem ihre Frauen. Ich habe sie geliebt, und ich liebe auch Alfie immer noch. Wenn ich wieder klar denken kann, kümmere ich mich selbst um ihn. Dann bin ich ihm wieder ein Vater. Ich möchte nicht, dass es ihm im Leben geht wie mir. Ich krieg das schon irgendwie hin. Charlotte hab ich wegen all dem keine Vorwürfe gemacht.«

»Die Geschworenen sehen das vermutlich anders. Die werden davon ausgehen, dass Sie einen fürchterlichen Streit mit Charlotte hatten und sie im Zuge dessen erschlagen haben. Es gibt Zeugen, die aussagen werden, dass Sie ihr mit dem Kleinen nicht geholfen haben und Sie keinen Bezug zu ihm haben. Sie hatte nicht nur eine Affäre, aus der ein Kind resultierte, sondern traf sich hinter Ihrem Rücken noch mit einem weiteren Mann. Sie sitzen wirklich in der Klemme, wenn Sie nicht endlich ehrlich zu uns sind. Sagen Sie uns, wo Sie an dem Abend waren, als sie gewaltsam zu Tode gekommen ist.«

Adam benetzte seine trockenen Lippen mit der Zunge. »Hat Charlotte sich wirklich mit einem anderen Kerl getroffen?«

»Jemand hat sich bei uns gemeldet, ja.«

»Verdammt. Wer ist es?«

»Das spielt keine Rolle.«

»Für mich schon. O Mann, ich fasse das nicht. Ich dachte, das hätten wir hinter uns. Sie hat gesagt, dass sie nur mich liebt und nie wieder einen anderen auch nur ansehen würde. Wie zum Teufel konnte sie das tun?« Er ließ den Kopf in den Nacken sinken und seufzte schwer. »Okay, ich sage es Ihnen, aber sie hatte überhaupt nichts damit zu tun, was mit Charlotte passiert ist. Ich möchte, dass das ganz klar ist. Sie dürfen ihr keine Schwierigkeiten machen.«

»Ich warte.« Natalie lehnte sich zurück und verschränkte die Arme.

»Inge. Ich hatte ein Verhältnis mit Inge Redfern, unserer Babysitterin.«

FÜNFZEHN

SONNTAG, 4. MÄRZ – SPÄTER NACHMITTAG

»Ich musste ihn fürs Erste gehen lassen. Wir müssen mit Inge Redfern sprechen«, sagte Natalie. Sie wandte sich ihrem Team zu. »Sie wird bestätigen können, wo er sich aufhielt.«

»Warum hat er das nicht früher zugegeben?«, fragte Lucy.

Natalie hob die Hände. »Er hat behauptet, Inge hätte schreckliche Angst, dass wir ihr die Schuld an dem Mord an Charlotte geben könnten und behaupten, dass sie an dem Abend die Tür offen gelassen und so dem Täter oder den Tätern Zutritt zum Haus gewährt hat. Er sagt, er habe sie nur schützen wollen. Außerdem habe sie große Angst, dass ihre Eltern von der Affäre erfahren. Er wollte verhindern, dass das geschieht.«

»Sie machen Witze.« Murray schüttelte ungläubig den Kopf.

»Das hat er gesagt. Er hat sich dazu entschieden, sein Verhältnis mit ihr zu verschweigen, weil er nicht dachte, dass es für die Ermittlungen von Bedeutung wäre.«

»So ein Idiot!«, knurrte Murray.

»Sie haben ja recht. Wenn Sie mich fragen, geht es schließlich nicht nur darum, dass wir Inge eine Mitschuld geben könnten, weil sie möglicherweise die Haustür nicht geschlossen hat. Wir können auch die Möglichkeit nicht ausschließen, dass sie tatsächlich für Charlottes Tod verantwortlich ist. Sie war die Letzte, die Charlotte an jenem Abend gesehen hat, *und* hatte eine Affäre mit deren Mann. Sie hätte genauso gut absichtlich die Tür offen gelassen haben können, um jemanden hineinzulassen, der Charlotte in ihrem Auftrag überfallen sollte.« Natalie legte die Hände hinter den Kopf. Ihr Nacken war verspannt.

»Konnte Adam die flüchtenden Männer auf dem Foto identifizieren?«, fragte Murray.

»Er hat angegeben, jeder zweite Jugendliche im Viertel und in seinem Boxclub sehe so aus, und es sei nicht deutlich genug, als dass er einen der Verdächtigen erkennen könnte«, antwortete Natalie.

»Das könnte eine Lüge sein, schließlich hat er bereits so viel gelogen«, trug Ian bei. »Man möchte meinen, er würde wissen wollen, wer seine Frau getötet hat, und uns bei der Jagd auf den Täter helfen, aber bisher hat er nur versucht, seinen eigenen Arsch zu retten und seine Freundin zu schützen, und das passt überhaupt nicht zu dem, was er am Anfang ausgesagt hat. Da war er nämlich noch dafür, dass man den Mörder findet und verhaftet. Ich werde nicht schlau aus ihm. Was zum Geier stimmt mit dem nicht? Wenn jemand meiner Freundin etwas angetan hätte, würde ich wollen, dass der Täter seine gerechte Strafe erhält. Du nicht, Murray?«

»Ja. Der Typ ist ein totales Arschloch«, bestätigte Murray, der sonst selten mit Ian einer Meinung war.

Lucy meldete sich zu Wort. »Lee Webster konnte die beiden auf dem Foto der Überwachungskamera auch nicht identifizieren, aber ich traue ihm nicht. Er beharrt jetzt auf seiner neuen Geschichte, nämlich sich um kurz vor elf vor dem White Horse mit Adam getroffen zu haben und mit ihm nach Hause gefahren zu sein, um dort etwas zu trinken.«

»Kann er das irgendwie belegen?«, fragte Murray.

»Auf den Kameras habe ich nichts gefunden, was diese Aussage stützen würde«, sagte Ian.

»Fragen Sie das Technik-Team, ob sie das Foto der zwei Verdächtigen deutlicher machen können, und wir legen es den beiden erneut vor. Bleiben Sie auch bei den Kameras dran. Margaret Callaghan, die Nachbarin, hat Adams Auto in die Einfahrt einbiegen sehen. Davor hat sie die beiden jungen Typen die Straße hinunterlaufen sehen, und wir wissen, das muss um zwanzig nach elf gewesen sein. Zwischen der Flucht der beiden und Adams Ankunft lag also nicht mehr Zeit, als sie gebraucht hat, um eine Tasse warme Milch zu trinken und einen Zeitschriftenartikel zu lesen, wie lange auch immer das sein mag«, sagte Natalie.

»Wenn Adam um zwanzig vor zwölf bei Lee aufgebrochen ist, wie er behauptet, dann könnte das hinkommen«, wandte Ian ein. »Um die Uhrzeit dauert es nur ungefähr fünf Minuten, um von Lees Wohnung zum Haus der Brannons zu gelangen. Es kommt darauf an, ob Lee dieses Mal die Wahrheit sagt.«

Natalie ergriff wieder das Wort. »Sein Anwalt besteht darauf, dass wir ihn gehen lassen, also haben wir im Moment keine Verdächtigen, und jetzt versuchen wir, die Identität zweier Personen festzustellen, von der man eine auf den Bildern, die uns zur Verfügung stehen, kaum erkennen kann und die andere überhaupt nicht.«

Sie holte tief Luft. »Wir müssen einfach weitermachen. Nehmen Sie sich eine halbe Stunde, essen Sie etwas und machen Sie ein paar Minuten Pause. Vielleicht kriegen wir so den Kopf wieder frei. Danach, Murray, sollten Sie mit Lees Nachbarn und den Anwohnern in der Umgebung sprechen, in der er wohnt. Vielleicht hat am Freitagabend zwischen elf und zwanzig vor zwölf jemand einen Bentley Bentayga bemerkt. Es ist ein auffälliges Auto. Könnte ja sein, dass es jemand gesehen hat. Lucy, kommen Sie mit, wenn ich Inge vernehme?«

»Ich bin dabei.«

»Ian, Ihnen überlasse ich die Sache mit dem Foto. Wenn wir von Adam und Lee keine Namen bekommen können, müssen wir uns damit eventuell an die Öffentlichkeit wenden und die Bilder in den Medien veröffentlichen.«

Natalie ging zum Automaten im unteren Stockwerk. Während sie auf ihr Päckchen Chips und den schwarzen Kaffee wartete, vibrierte ihr Handy. Es war David. Sie seufzte.

»Hi.«

»Du musst nicht mehr zu meinem Dad kommen. Wir haben ein Taxi genommen.«

»Ich wäre gekommen und hätte euch abgeholt.«

»Tja, musst du jetzt wohl nicht mehr.« Er lallte ein wenig. »Jetzt kannst du so lange im Revier bleiben, wie du willst.«

»David, es geht doch nicht darum, dass ich hierbleiben will. Das ist eine Mordermittlung. Du benimmst dich vollkommen unvernünftig. Du hast zu viel getrunken, und ich habe keine Lust, das jetzt mit dir zu diskutieren. Ich habe wirklich viel zu tun und kann meine Zeit nicht auf so dämliche Diskussionen mit dir verschwenden. Wir sprechen später.«

»Ja, ja.« Er legte auf. Natalie stöhnte. Der verdammte Alkohol! Wenn er trank, war er wirklich unerträglich. Es war doch nur ein bescheuertes Mittagessen bei seinem Vater. Sie ging zum Fenster, lehnte die Stirn an das kühle Glas und schloss für einen Augenblick die Augen. Die letzten Strahlen der Sonne, die bereits tief am Himmel stand, wurden von den Fronten der Gebäude gegenüber reflektiert und flackerten vor ihren Lidern. Es wurde langsam Abend, und sie war ihrem Ziel, Charlottes Mörder zu finden, noch keinen Schritt nähergekommen. Sie öffnete die Augen wieder und sah zu, wie Schlangen dunkler Autos sich an der Polizeizentrale vorbeischoben, deren Insassen einem warmen Zuhause entgegenfuhren, um fernzusehen oder Computer zu spielen. Sie dachte an Mike, der seine Tochter Thea zurück zu seiner Ex-Frau brachte, und hoffte, er hatte seinen freien Tag genießen können.

Dann hob sie den Plastikbecher, trank die lauwarme Flüssigkeit und stellte sich auf eine lange Nacht ein.

Lucy übernahm auf der kurzen Strecke nach Brompton das Steuer. Natalie hing ihren Gedanken nach, als sie Autos mit beladenen Fahrradträgern und Campingwagen überholten, die jetzt auf der Rückreise aus dem beliebten Peak-District-Nationalpark in die Städte und Wohngebiete waren, wo sie eine Woche parken und dann zum nächsten Wochenendtrip aufbrechen würden.

»Glauben Sie ihm?«, fragte Natalie in die Stille. »Glauben Sie, Adam war wirklich bis zwanzig vor zwölf bei ihm?«

»Lee? Ich glaube, der würde alles Mögliche sagen, um uns zu verwirren. Typen wie er lieben es, der Polizei Schwierigkeiten zu bereiten. Er ist einer von denen, die immer glauben, benachteiligt zu sein. Er hat Mist gebaut und wurde dafür verknackt, fühlt sich aber ungerecht behandelt. Er hasst sein Leben und seinen Job, und er macht dafür die Gesellschaft verantwortlich, nicht sich selbst. Zumindest sehe ich das so.«

»Er beschützt Adam.«

»Ja. Ganovenehre oder so. Er scheint zu ihm zu stehen. Mir hat er erzählt, Adam hat ihm im Knast geholfen. Ein Auge auf ihn gehabt.«

»Hm«, machte Natalie. »Das habe ich mir auch überlegt. Wenn Adam von zehn bis fast elf bei Inge war, besteht noch immer die Möglichkeit, dass er nach Hause gefahren ist, Charlotte getötet hat und anschließend kurz wegfahren ist, um sich umzuziehen und zu waschen. Oder Inge und Adam haben es zusammen getan.«

»Halten Sie das für wahrscheinlich?«

Natalie öffnete die Augen. »Ich kann es ehrlich nicht

einschätzen. Wenn wir einen Zeugen hätten, der sein Alibi bestätigen könnte, würde das wirklich helfen. Lee ist nicht zuverlässig genug. Wenn wir uns da sicher wären, könnten wir uns wieder auf die beiden Flüchtenden konzentrieren. Im Moment können wir nicht mehr tun, als jeder Spur nachzugehen und Schatten hinterherzujagen. Das ist so frustrierend.«

Sie bogen in eine Gasse ein und fuhren an einigen Ställen vorbei. Kühe streckten Heu kauend ihre großen Köpfe hinaus und sahen ihnen nach. Ein Wegweiser auf einem hölzernen Pfosten, der von gelben Narzissen umgeben war, kündigte an, dass sie bald in Brompton ankommen würden. Sie hielten vor dem Haus in der Pebble Avenue und betätigten den Türklopfer. Inge öffnete.

»Inge, wir würden gern noch einmal mit Ihnen sprechen. Es geht um Freitagabend und um Adam.«

»Wer ist da, Inge?«, rief ihre Mutter Sabine aus dem Hintergrund.

Inge öffnete die Tür weiter und trat zur Seite, um Natalie und Lucy hereinzulassen. »Die Polizei, Mum.«

»Polizei?« Sabine erschien, und Sorge stand ihr ins Gesicht geschrieben.

»Hallo, Mrs Redfern. Bitte entschuldigen Sie, dass wir Sie an einem Sonntagabend aufsuchen, aber wir würden gern mit Ihrer Tochter über Adam Brannon sprechen.«

»Inge?«

Inges Gesicht verriet keine Regung. »Ist schon okay, Mum. Ich kann das allein.«

»Sie können meine Tochter nicht in meiner Abwesenheit befragen, sie ist erst siebzehn.« Sie hatte die Worte direkt an Natalie gerichtet.

Inge legte ihrer Mutter eine Hand auf den Arm. »Mum, wirklich, ich brauche dich nicht.«

Sabine legte den Kopf schief. »Was ist da los, Inge?«

»Nichts. Ich möchte einfach allein mit ihnen sprechen.«

»Uns wäre es auch lieber, wenn Sie dabei wären, Mrs Redfern. Als Siebzehnjährige hat sie das Recht auf eine unabhängige erwachsene Begleitung während der Befragung«, erklärte Natalie.

»Mum, ich kann das wirklich allein.«

»Nein, keine Chance. Okay, stellen Sie Ihre Fragen. Ich möchte wissen, worum es geht.«

»Es tut mir leid, Mrs Redfern, wir müssen den Aufenthaltsort von Adam Brannon am Freitagabend feststellen. Inge?«

Inge ließ die Schultern sinken und wandte sich ihrer Mutter zu. »Es war so nicht geplant, Mum.«

»Was war nicht geplant?«

»Das mit Adam und mir.«

Sabine schlug die Hand vor den Mund. »Nein! Adam und du? Du hast mit ihm geschlafen? Wie konntest du nur! Du hast dich um ihr Baby gekümmert! Und du bist erst siebzehn! O Gott! Inge, was hast du nur getan?«

»Wir müssen mit Inge sprechen, Mrs Redfern. Darf ich Sie bitten, sich mit Ihren eigenen Fragen zurückzuhalten, bis wir mit unserer Befragung fertig sind?«

Sabine wich einen Schritt zurück und verengte die Augen. »Inge, wie konntest du nur?«

»Es ist einfach so passiert. Ich habe das nicht geplant.« Natalie lenkte das Gespräch wieder zurück zu der fraglichen Nacht.

»Was ist passiert, nachdem Adam Sie am Freitagabend nach Hause gefahren hat? Hat er Sie hier abgesetzt, wie er uns gesagt hat?«

Sie schüttelte den Kopf. »Nein. Wir sind noch ein bisschen reingegangen. Er wollte, dass ich ... na ja, Sie wissen schon.«

»Er wollte Sex mit dir haben?«

»Ja«, flüsterte sie und wurde feuerrot.

Sabine schlug die Hände vor das Gesicht. Inge hielt nach dieser Enthüllung den Blick gesenkt. »Es tut mir leid, Mum.«

»Wie lange ging die Sache mit Adam?«

»Zwei Monate. Sein Club ist nicht weit von meinem College entfernt. Ich habe da zwischen den Kursen und in der Mittagspause oft rumgehangen. Ich war mit einem Typ namens Finn zusammen, der Profiboxer werden wollte. Adam hat ihn persönlich trainiert. Durch ihn habe ich Adam kennengelernt. Es war von Anfang an klar, dass Adam mich mochte. Immer, wenn Finn Krafttraining gemacht hat oder so, durfte ich in seinem Büro warten und lernen oder Hausaufgaben für meine Kurse machen. Manchmal kam er rein, um sich mit mir zu unterhalten. Wir haben herumgescherzt und so. Nichts Ernstes. Dann hat er mich eines Abends gesehen, wie ich vom College nach Hause gegangen bin, und angehalten, um mich mitzunehmen. Er hat gefragt, ob ich was trinken gehen möchte, und Mum war nicht zu Hause, also habe ich Ja gesagt. Wir sind in einen echt netten Pub am anderen Ende von Samford gegangen und hatten einen echt lustigen Abend. Danach sind wir in sein Büro gefahren. Er hat gesagt, ich wäre schön, wirklich schön, und er könnte seine Finger nicht von mir lassen. Wir haben uns geküsst. Das war alles. Er war wirklich erwachsen und hat mich gut behandelt. Hat Komplimente gemacht und so. Mit Finn hatte ich mich sowieso gelangweilt und habe Schluss gemacht. Danach haben Adam und ich uns getroffen, wann immer ich Zeit hatte. Es wurde ernst. Er hat sich sogar ein zweites Handy besorgt, damit wir in Kontakt bleiben konnten, ohne dass Charlotte es herausfindet.« Sie machte eine Pause und sah Natalie mit großen Augen an.

»Sie hatten also schon Sex mit ihm, bevor Sie ihr Babysitter wurden?«

Inge nickte niedergeschlagen. »Mum hat gesagt, sie hätte mit Charlotte ausgemacht, dass ich auf Alfie aufpassen könnte. Ich wusste nicht, was ich tun sollte. Ich habe Adam getextet, und er hat geantwortet, das wäre für uns doch eine gute Gelegenheit, uns noch öfter zu sehen.«

»Und am Freitag, um welche Zeit ist Adam da gegangen?«

»Mum wollte um elf zurück sein, also ist er so etwa zehn Minuten vorher gegangen.«

»Und danach hat er Ihnen nicht mehr getextet?«

Tränen füllten ihre Augen. Sie sah ihre Mutter an, deren Gesicht aschfahl war. »Nein. An dem Abend habe ihn zum letzten Mal Abend gesehen. Ich muss immerzu daran denken, was mit Charlotte passiert ist. Wenn er nicht mit mir zusammen gewesen wäre, könnte sie noch leben. Und ich weiß nicht, wie jemand ins Haus kommen konnte. Ich habe die Haustür zugemacht. Ich bin ganz sicher, dass ich das getan habe. Adam hat sie nicht umgebracht. Ich weiß das. Charlotte hat ihn gern rumkommandiert und Adam hat sich oft drüber beschwert, dass sie schwierig ist, aber er hat sie nicht gehasst. Er hätte sie vielleicht verlassen, aber ganz bestimmt nicht getötet.«

»Haben Sie und Adam je darüber gesprochen, dass er sie verlassen wollte?«

Sie nickte. »Wir haben immer wieder drüber gesprochen. Er hat mir noch vor einer Woche gesagt, dass er den Rest seines Lebens mit mir verbringen will. Ich habe gesagt, dass wir warten sollten, bis ich achtzehn bin und meinen Collegeabschluss habe, und er hat zugestimmt. Er meinte, wenn ich mit dem Studium fertig wäre und noch immer Hebamme werden wollte, würde es meinen Eltern leichter fallen, unsere Beziehung zu akzeptieren. Er liebt mich. Und ich liebe ihn.«

Sabine stöhnte wie ein verwundetes Tier und sagte leise: »Er hätte Charlotte nicht verlassen, Inge. Er hat dich nur hingehalten.«

Inge schüttelte heftig den Kopf. »Das ist nicht wahr. Ich wusste, du würdest das nicht verstehen. Er liebt mich. Er wollte Charlotte verlassen.«

Natalie hatte nur Inges Aussage, dass dieses Gespräch stattgefunden hatte. Möglicherweise war die Beziehung einseitiger, als sie behauptete, und Adam hatte ihr gesagt, dass er Charlotte nie verlassen würde. Lieferte Inge eine überzeugende Show ab und hatte in Wahrheit jemanden beauftragt, Charlotte zu töten? Im Augenblick hatten sie keine Beweise für diese Theorie. Sie wussten lediglich, wo Adam sich aufgehalten hatte, und er hatte somit ein Alibi, außer natürlich Inge hatte diesbezüglich gelogen und sie und Adam hatten gemeinsam beschlossen, Charlotte zu töten. Das einzige Problem mit dieser Annahme war, dass Inge Adam kein vollständiges Alibi verschafft hatte. Lee hatte für die andere Hälfte gesorgt, und der zitternden Jugendlichen, die ihr gegenüberstand, traute sie nicht zu, Komplizin in einem Mord zu sein. Allerdings würde Natalie sich nicht auf solche reinen Annahmen verlassen. Vorerst würde sie der üblichen Vorgehensweise folgen und sehen, ob die Ermittlungen irgendetwas zutage förderten, was Inges Beteiligung wahrscheinlicher machte. »Sie müssen in die Dienststelle kommen und eine vollständige schriftliche Aussage abgeben, in der Sie bestätigen, was Sie mir gerade erzählt haben. Diese Aussage kann vor Gericht als Beweismittel verwendet werden.«

Inge kaute auf ihrer Unterlippe, sah wieder zu ihrer Mutter und nickte. Natalies Handy klingelte. Es war Ian. Sie entschuldigte sich und ging hinaus, um den Anruf anzunehmen. Draußen war es jetzt frisch. Die kühle Brise überraschte sie und ließ sie kurz um Atem ringen

Das Tageslicht war allmählich verschwunden, und die Dämmerung hatte eingesetzt. Ein Auto näherte sich und bog in die Einfahrt ein. Ein Mann mit ergrauten Schläfen, schütterem Haar und erschöpftem Gesichtsausdruck stieg aus und ging zur Tür. Natalie hörte Schluchzen, als Inge sich in die Arme ihres Vaters warf. Sie blendete die Hintergrundgeräusche aus und versuchte, sich auf Ians Stimme zu konzentrieren.

»Wir haben einen Typ aufgetrieben, der am Freitagabend einen Bentley Bentayga in der Straße bemerkt haben will, aber er sagt, er hat Lee Webster um halb elf in einen weißen Van steigen sehen. Er ist sich sicher, dass er es war. Er ist auf der Fahrerseite eingestiegen.«

Natalie stöhnte. »Lee hat ausgesagt, dass er um die Zeit im Pub war, und der dämliche Barkeeper hat sich für ihn verbürgt.«

»Der Mann war sich ganz sicher, dass es Lee war, das heißt, er saß in dem Van und war nicht im Pub.«

»Ich hole Lucy, und wir kommen zurück zur Dienststelle.«

Sie beendete den Anruf und verzog das Gesicht. Lügen und Täuschungsmanöver funkten ihr bei dieser Ermittlung immer wieder dazwischen, und das Trio aus Adam, Lee und Vitor hatte sie ganz schön an der Nase herumgeführt. Wütend stapfte sie zurück zum Haus, um Lucy zu holen. Nichts ärgerte sie mehr, als angelogen zu werden, auch wenn das in ihrem Beruf häufig vorkam. Die Leute sagten so ziemlich alles, um ihr Gesicht zu wahren oder ihre Haut zu retten. Die nächste Vernehmung mit diesen Männern würde die Wahrheit ans Licht bringen. Sie würde sie nicht so leicht davonkommen lassen.

SECHZEHN

Doktor: Erzählen Sie mir, wie Sie sich heute fühlen.

Patient X: Nicht so viel anders als vor ein paar Wochen, als wir uns das letzte Mal unterhalten haben.

Doktor: Hatten Sie wieder diese eigenartigen Träume, über die wir bei Ihrem letzten Termin gesprochen haben?

Patient X: Jede Nacht. Aber was mich wirklich beschäftigt, Doktor: Ich kann nicht glauben, dass es wirklich nur Träume sind oder auch – um Ihren schickeren Ausdruck zu verwenden – ›Episoden‹. Sie erscheinen mir zu realistisch und zu intensiv für eine so banale Bezeichnung. Ich habe den Verdacht, es sind meine innersten Sehnsüchte, die als Gedanken Gestalt annehmen möchten, und das können sie nur, wenn ich nicht bei vollem Bewusstsein bin und nicht gegen sie ankämpfen kann.

Doktor: Darüber haben wir doch bereits gesprochen. Diese Träume haben ihren Ursprung in oder sind aus Traumata heraus geboren, die Sie in Ihrer Kindheit erlebt haben. Das haben wir doch in den vergangenen Monaten erforscht. Wir müssen Ihnen helfen, diese Traumata zu bewältigen, dann werden auch die Träume aufhören. Wie ich bei Ihrem letzten Gespräch erklärte, messen Menschen ihren Träumen viel zu viel Bedeutung bei: Manche glauben, sie wären Prophezeiungen oder Zeichen aus dem Jenseits. Meine Studien haben mich zu einem einzigen Schluss geführt, nämlich, dass Träume einfach nur Träume sind, nichts weiter. Ihre erscheinen Ihnen realistisch, aber sie sind doch noch immer Träume.

Patient X: Dann beantworten Sie mir folgende Frage, Doktor: Warum fühle ich mich so lebendig, wenn ich diese Träume habe? Ich wache auf oder komme wieder zu mir und fühle mich erfrischt und sogar beschwingt. Ich verspüre eine Art Euphorie, die meines Erachtens darin begründet ist, dass es mir in diesen Träumen gelingt, die versteckte Botschaft herauszulassen.

Doktor: Was ist Ihrer Meinung nach diese Botschaft?

Patient X: Ich weiß es nicht. Ich dachte, Sie hätten die Antworten. Ich träume davon, wie ich Frauen töte. Welche Botschaft verbirgt sich dahinter?

»Wie wollen Sie vorgehen?«

Murrays Frage richtete sich direkt an Natalie. Das gesamte Team war wieder einmal im Büro zusammengekommen, und als Natalie in die müden Gesichter vor sich blickte, fällte sie ihre Entscheidung. »Wir warten bis morgen früh. Zwar sind wir uns vollkommen sicher, dass sie lügen, aber wir müssen sie in die Ecke drängen, damit sie gestehen. Wenn wir jetzt Druck ausüben, könnten wir Fehler machen, und wenn wir das tun, wird Lees Anwalt irgendein Schlupfloch finden, um ihn rauszuhauen. Das können wir uns nicht leisten. Es ist enorm wichtig, dass wir das jetzt nicht vergeigen. Wenn Lee und Vitor lügen, dann hat Adam vermutlich auch kein Alibi. Wir wissen nicht, wohin er gefahren ist, nachdem er bei Inge aufgebrochen ist. Er könnte Charlotte getötet haben, und wir können noch immer nicht ausschließen, dass Inge und er es gemeinsam getan haben.«

»Sein Wunsch, mit Inge zusammen sein zu können, müsste schon sehr stark gewesen sein, wenn er keinen anderen Ausweg gesehen hat, als Charlotte zu töten«, kommentierte Lucy. »Das erscheint mir übertrieben. Er hätte sie einfach für Inge verlassen können. Es scheint mir auch zu chaotisch: die Frau totschlagen, eine Nachricht mit ihrem Blut hinterlassen, irgendeine Geschichte erfinden, dass er mit der Babysitterin bei ihr zu Hause Sex hatte und sich beeilen musste, bevor ihre Mum nach Hause kommt.«

Natalie hatte denselben Eindruck, aber bei Ermittlungen musste man alle Möglichkeiten bedenken und keine vorzeitig ausschließen, nur weil sie sich nicht richtig anfühlte. »Dennoch ist es möglich. Inge hat betont, dass sie geplant hatten zu warten, bis sie achtzehn ist, bevor Adam seine Frau und sein Kind für sie verlässt. Sie hat eben eine entsprechende vollständige Aussage zu Protokoll gegeben, und ich habe nicht den Eindruck, dass sie sich das ausgedacht hat. Trotzdem, ich habe schon ganz andere Sachen gesehen, also sollten wir nichts ausschließen. Sobald wir herausgefunden haben, wo Lee und Adam wirklich waren, sind wir hoffentlich deutlich näher daran, den Täter zu finden..«

Mit allgemeiner Zustimmung beendeten sie den Arbeitstag und Natalie blieb allein zurück. Sie kämpfte mit der Vorstellung, dass Adam und Lee gemeinsam in Charlottes Ermordung verwickelt waren. Es war plausibel und dann doch wieder nicht. Sie hatte über die Jahre viele Verdächtige vernommen, und etwas an der Art, wie Adam es hinnahm, dass er unter Verdacht stand, dass sein Alibi schwach war und er dennoch vehement abstritt, Charlotte getötet zu haben, stieß bei ihr auf Resonanz. Wenn er seine Frau getötet hätte, hätte er doch für ein wasserdichtes Alibi gesorgt und wäre bestimmt nicht auf ein Schäferstündchen zur Babysitterin gefahren. Auch hätte er sich dann nicht irgendeine stümperhafte Erklärung zusammengezimmert und sich auf einen Barkeeper verlassen, den er kaum kannte, sowie einen Freund, der auch noch polizeibekannt war. Er hätte dafür gesorgt, dass Inge ihm ein Alibi verschafft, indem sie behauptet, dass er länger bei ihr geblieben war, oder hätte sonst irgendetwas Greifbareres organisiert. Es war alles zu schwammig.

Sie brachte ihre Unterlagen in Ordnung. Langsam konnte sich nicht mehr konzentrieren. Als sie dem Team gesagt hatte, dass sie Fehler machen könnten, hatte sie auch ihre eigene Erschöpfung im Hinterkopf gehabt. Sie würde nicht riskieren, dass sie die Ermittlung verpfuschte, weil sie eine falsche Entscheidung traf. Außerdem wurde sie zu Hause gebraucht.

Bethanys neongrüne Haftnotiz klebte an der Kühlschranktür. Sie hatte sich entschieden, früh zu Bett zu gehen. Lucy war noch zu aufgedreht, um direkt hochzugehen. Wenn sie jetzt sofort ins Bett ginge, würde sie sich nur herumwälzen und ihre Partnerin wecken. Sie zupfte die Notiz ab und lächelte über die Cartoon-Kartoffel mit dem grinsenden Gesicht, die Bethany hinzugefügt hatte. Dann öffnete sie die Kühlschranktür, nahm eine halb volle Flasche australischen Weißwein heraus, die sie schon vor einigen Tagen geöffnet hatte, und schenkte sich ein Glas ein. Sie nahm Glas und Notiz mit in das kleine Wohnzimmer und ließ sich auf die bequeme blassblaue Couch fallen. Bethany hatte sauber gemacht, und ein dezenter Mandelduft stieg von dem hölzernen Tisch auf, als sie das Glas darauf absetzte. Sie ließ den Kopf in den Nacken sinken und schloss die Augen. Ihre Gedanken kehrten zu Charlotte zurück und dem, was sie durchgemacht hatte. Das Babyfon hatte neben dem Bett gestanden. Eines der Tatortfotos hatte gezeigt, dass es herumgedreht worden war. Für Lucy sah es so aus, als hätte Charlotte das Gerät zu sich herangezogen, um die Geräusche besser zu hören. Hatte sie den Mörder im Kinderzimmer gehört? Der Gedanke ließ sie erschauern.

Sie trank einen Schluck Wein. Es war unwahrscheinlich, dass er die erhoffte schlaffördernde Wirkung auf sie haben würde, aber vielleicht half er ihr zu entspannen. Ihr Laptop sowie die Liste der Websites, die Charlotte besucht hatte, lagen auf dem kleinen Schreibtisch in der Ecke. Lucy rappelte sich auf und ging hinüber. Sie war heute Morgen schon viele der Seiten durchgegangen, und wenn sie jetzt damit weitermachte, wäre sie vielleicht fertig, bevor sie ins Bett ging. Die Haftnotiz klebte noch immer an ihrem Zeigefinger. Sie zupfte sie ab, klebte sie auf den Schreibtisch, klappte den Computer auf und begann, die Internetseiten zu durchforsten.

Leigh saß mit untergeschlagenen Beinen auf dem Sofa und war in einen Film vertieft. Sie hob nur kurz das Kinn, um ihre Mutter zu begrüßen.

»Hey! Was siehst du dir an?« Natalie setzte sich zu ihr.

Leigh zog die Beine unter dem Körper hervor und legte sie über Natalies Schoß. Natalie legte die Hände darauf und drückte sie sanft.

»*17 Again*«, murmelte Josh, der in dem großen braunen Sessel saß, den Film ansah und dabei ein Spiel auf seinem Handy spielte, wobei er die Daumen in gleichmäßigem Tempo über das Display bewegte.

»Du hast es nicht geschafft, zu Grandad zu kommen«, sagte Leigh an ihre Mutter gewandt.

»Liebling, ich stecke mitten in einem Mordfall. Da kann ich nicht so einfach weggehen.«

Josh blickte kurz auf. »Die Frau von diesem Boxer?«

»Ja. Hast du davon gehört?«

»Der Kumpel eines Freundes trainiert in dem Boxclub von dem Typ. Er sagte, er wäre zurzeit geschlossen.« Er wandte seine Aufmerksamkeit wieder dem Spiel zu. Er kannte den Beruf seiner Mutter und stellte selten Fragen.

»Hattet ihr Spaß bei Grandad?«

»Es war okay. Pam hat Yorkshire Puddings gemacht«, erzählte Leigh und riss den Blick für einen kurzen Moment von

Zac Efron los. »Die waren so groß!« Sie zeigte die Größe mit weit geöffneten Händen. »Ehrlich. Oder nicht, Josh?«

»Ja. Riesig. Und total fluffig.«

»Wollt ihr damit andeuten, dass ich sowas auch mal backen soll, oder ist das Kritik, dass meine platt und zäh sind?« Sie grinste.

Josh lachte. »Nein. Ich glaube nicht, dass du die so hinbekommst. Kochen ist nicht dein Ding. Ohne dich beleidigen zu wollen.«

»Ich bin nicht beleidigt. Wo ist euer Dad?«

»Im Arbeitszimmer. Er hätte noch eine dringende Übersetzung, hat er gesagt.«

»Habt ihr Pams Sohn kennengelernt?«

»Ja, er ist total nett, nicht wahr, Josh?«, sagte Leigh und wandte sich wieder vom Bildschirm ab. »Er heißt Zander und betreibt eine eigene Firma für Computerspiele. Er und Josh waren im siebten Nerdhimmel und haben die ganze Zeit über Computerspiele geredet.«

Josh warf seiner Schwester einen finsteren Blick zu. »Ich bin kein Nerd. Er war ein echt cooler Typ. Er wusste, wie man bei *Fortnite Battle Royale* super easy leveln kann.«

»Du klingst wie ein Obernerd«, sagte Leigh und grinste spöttisch.

Josh griff hinter seinen Rücken, zog ein Kissen hervor und warf es auf seine Schwester, die quiekte. »Nerd!«

»Das reicht, Leigh. Ärger ihn nicht«, sagte Natalie.

Josh zuckte freundlich mit den Schultern. »Sie kann mich gar nicht ärgern. Ich habe gesagt, dass sie diesen bescheuerten Film gucken kann. Ich bin ein netter Bruder, also muss sie auch nett zu mir sein.«

»Eigentlich hast du gesagt, du hättest auch nichts dagegen, ihn zu sehen.«

»Ja, nee, klar.«

»Doch, hast du.«

»Als ob.«

»Hat er«, sagte Leigh zu ihrer Mutter und grinste frech.

Natalie lächelte. Mit zwei vollkommen normalen Teenagern zu Hause zu sein, war genau das, was sie nach diesem Tag brauchte. »Wie lange läuft er denn noch?«

»Eine Viertelstunde«, antwortete Josh.

»Okay. Dann geht aber danach direkt ins Bett. Morgen ist Schule, schon vergessen?«

»Wie könnte ich das vergessen?«, fragte Leigh, duckte sich und wandte ihre Aufmerksamkeit wieder dem Bildschirm zu.

David kam hereingeschlendert. Er warf Natalie einen bösen Blick zu, den keines der beiden Kinder bemerkte. »Ich dachte doch, dass ich dich gehört habe.«

»Wie ich hörte, habe ich eine Köstlichkeit verpasst: gigantische, super-fluffige Yorkshire Puddings.« Natalie versuchte, fröhlich zu klingen. Sie wollte nicht vor Josh und Leigh streiten.

»Die waren wirklich lecker, stimmt's, Dad?«

»Vor allem riesig«, erwiderte er, ignorierte Natalie und strubbelte Leigh durch die Haare.

»Dir haben sie jedenfalls geschmeckt, oder? Alle *drei*.«

»Ich habe keine drei Stück gegessen«, sagte Leigh, tätschelte ihren flachen Bauch und wandte sich ihrer Mutter zu. »Ich habe zweieinhalb gegessen. Den dritten habe ich nicht ganz geschafft.«

»Möchtest du eine Tasse Tee oder so?«, fragte Natalie an David gerichtet. Die Frage war ein Hinweis, dass sie hinausgehen und unter vier Augen sprechen sollten. Um diese Zeit tranken sie nie Tee. Als Antwort erhielt sie nur ein mürrisches Nicken. Sie erhob sich.

»Dann überlasse ich euch mal eurem Film.« Als sie hinausging, hörte sie noch das Klatschen des Kissens, als es Josh traf.

David stand neben dem Wasserkocher, die Handflächen auf die Arbeitsfläche hinter sich gestützt. »Also?«

»Also was?«

»Du hast irgendetwas, worüber du reden willst? Du hast mich hier hereingebeten. Oder willst du mir nur vorhalten, was du für einen anstrengenden Tag hattest?«

»Herrgott, ich bitte dich! Was ist denn in dich gefahren? Ich leite eine Mordermittlung. Die ist verdammt wichtig. Eine Frau wurde brutal ermordet, und es tut mir leid, dass ich nicht alles stehen- und liegenlassen habe, um mit dir am Sonntag zum Mittagessen zu gehen, aber es war nun mal nicht möglich. Du bist doch sonst nicht so trotzig und streitsüchtig. Was ist los?«

David sah ihr endlich in die Augen. »Ich hätte dich dort gebraucht.«

»Es war nur ein Mittagessen bei deinem Dad. Okay, seine neue Freundin und ihr Sohn waren dabei, aber das war doch keine große Sache.«

»Für mich schon.«

»Dann tut es mir leid, dass ich nicht für dich da war.«

»Für mich war es eine verdammt große Sache, Natalie. Mein Vater hat nicht nur eine neue Frau an seiner Seite, ihr Sohn ist auch ein blöder Angeber, und Dad konnte überhaupt nicht aufhören, Loblieder auf ihn zu singen. Ich habe mich total scheiße gefühlt. Da sitze ich, ein Niemand und Totalversager, und kann mir anhören, wie irgendein blöder Penner, den ich weder kenne noch leiden kann, von meinem Vater über den grünen Klee gelobt wird. Ich dachte, ich wäre sein Sohn.« David umklammerte die Kante der Arbeitsplatte.

Natalie wollte nicht, dass der Streit eskaliert. David machte diese Sache mit der neuen Freundin seines Vaters offenbar wirklich zu schaffen. Sie versuchte, an seine Vernunft zu appellieren.

»Es war vermutlich unangenehm für ihn. Er versucht, Pam zu gefallen, und wahrscheinlich denkt er, das erreicht er, wenn er Pams Sohn lobt und ihm schmeichelt.«

»Meinst du?«

»Es erscheint mir plausibel.«

David rieb sich mit der Hand über das Gesicht. Ein Muskel in seiner Wange zuckte. »Ich konnte nicht besonders gut damit umgehen. Ich habe mich total zum Deppen gemacht. Zander hat die ganze Zeit von seiner Softwarefirma geredet, wie erfolgreich sie ist und wie viel Umsatz er macht. Dabei hat er über sein gesamtes feistes Gesicht gegrinst, und Dad hat die ganze Zeit nur genickt und gestrahlt, als wäre der verlorene Sohn heimgekehrt. Ich hätte dem Typ so gerne eine aufs Maul gehauen. Der war so ... arrogant.«

Sie war nicht dabei gewesen, also konnte Natalie nicht beurteilen, was wirklich geschehen war. Doch sie hatte den Verdacht, dass David nur eifersüchtig war. Seine Karriere war den Bach runtergegangen, und Zander schien gerade auf dem aufsteigenden Ast zu sein, und was es noch schlimmer machte: Josh mochte den Mann. Sie hatte ein etwas schlechtes Gewissen, dass sie David im Stich gelassen hatte. Er hätte sich besser gefühlt, wenn sie da gewesen wäre.

»Hör mal, es tut mir wirklich leid, dass ich nicht da sein konnte, um dich zu unterstützen, aber du musst doch verstehen, dass ich nicht alles stehen und liegen lassen kann.«

»Ja, ich weiß. Ich war bloß total fertig deswegen. Ich hatte das Gefühl, dass niemand auf meiner Seite ist. Selbst die Kinder mochten Zander und haben überhaupt nicht gemerkt, was er für ein unausstehlicher Angeber ist.«

David hatte den Blick gesenkt und sah völlig elend aus, also gab Natalie nach. Sie musste das Richtige tun und sagen, um sein geknicktes Ego wieder aufzurichten. Dafür brauchte er sie. Sie ging auf ihn zu und schlang ihre Arme um seine Taille. »Er war wahrscheinlich nur total nervös und hat allen möglichen Unsinn erzählt, wie man das in solchen Situationen macht. Das ist doch ein normaler Verteidigungsmechanismus. Er hat sich bestimmt auch deinetwegen Sorgen gemacht. Er hatte nur seine Mum bei sich. Du hattest zwei lebhafte Kinder und deinen Dad. Das Essen fand bei deinem Vater statt, also war es für euch ein Heimspiel. Vielleicht hat er sich sogar in der Defensive gefühlt.«

Davids Miene erhellte sich ein wenig. Die Spannung wich aus seinen Schultern. Sie hatte ihm die Rückversicherung gegeben, die er gebraucht hatte. Er küsste sie sanft auf die Lippen. Genau in diesem Moment flog die Tür auf und Leigh kam herein.

»Igitt!«

»Was soll das heißen, ›igitt‹?«, fragte Natalie.

»Na das. Die Küsserei. Das ist doch nicht normal für Leute in eurem Alter. Ich gehe ins Bett. Gute Nacht, Mum. Nacht, Dad.«

Sie hielt inne, die Hand auf dem Türgriff. »Mum, können wir nächstes Wochenende nach Manchester shoppen gehen? Bitte sag Ja. Du hattest versprochen, dass wir gestern fahren, und dann hat es nicht geklappt. Die Läden hier sind Mist. Man kriegt hier einfach keine trendigen Klamotten.« Leigh zog einen Schmollmund. Natalie war es gewohnt, dass ihre Kinder Ansprüche stellten. So gern sie zugestimmt hätte, ging die Ermittlung vor, und wenn sie andauerte, hatte sie keine Wahl.

David mischte sich ein. »Deine Mum und ich haben gerade über dieses Thema gesprochen, bevor du hereingekommen bist. Ich fahre mit euch nach Manchester, wenn sie nicht freibekommen kann. Und jetzt husch. Es ist schon längst Bettzeit. Ich werde dafür sorgen, dass ich einen Haufen Yorkshire Puddings für dich zum Frühstück habe.«

»Du bist sowas von nicht witzig, Dad«, sagte sie trocken, dann jedoch lief sie in einem plötzlichen Ausbruch von Zuneigung noch einmal zurück und drückte ihm einen Kuss auf die Wange.

Sie sahen ihr hinterher, als sie fröhlich hinauslief.

»Entschuldige. Ich habe vorher vergessen, es ihr zu sagen. Ich hatte andere Dinge im Kopf.« Er nahm ihre Hand und drückte sie. Sie hatten beide einen schweren Tag gehabt.

»Ich glaube, ich gehe auch hoch. Vielleicht dusche ich noch schnell. Tut mir leid, dass du so einen blöden Tag hattest. Nimm's dir nicht so zu Herzen. Zander wird sich beruhigen, wenn er uns erst einmal kennt, beziehungsweise höchstwahrscheinlich bekommen wir gar nicht viel von ihm zu sehen. Ich wette, Zander macht sich genauso viele Sorgen, weil seine Mutter wieder eine Beziehung hat, wie du bei deinem Vater.«

»Du hast vermutlich recht. Es fällt mir im Moment schwer, mich an den Gedanken zu gewöhnen, das ist alles. Dad hat seit Mums Tod niemanden in seinem Leben gehabt, und plötzlich ist da Pam, und im Nullkommanichts ist er bis über beide Ohren verliebt.«

»Dann sollten wir uns doch für ihn freuen, oder nicht?«

»Ich versuche es ja, aber ich weiß nicht, ob ich das kann.«

»Du brauchst Zeit, um dich an die Situation zu gewöhnen. In einem Jahr wird dir das alles ganz normal vorkommen, und Pam ist doch wirklich nett, David.«

Er drückte ihre Hand und ließ seine dann langsam sinken. »Ja, sie ist ganz okay. Geh schon hoch. Ich arbeite noch etwas, bevor ich mich hinlege.«

Als Natalie zur Treppe ging, schwang knarzend die Tür zu Davids Arbeitszimmer ein Stück auf. Der Türschnapper war kaputt, und sie schloss manchmal nicht richtig. Das war ein Problem, dessen Davids Vater sich hatte annehmen wollen. Natalie hoffte, dass er es nicht vergessen hatte. Eric war ein geschickter Handwerker. Als sie die Tür schloss, fiel ihr Blick auf den beleuchteten Computerbildschirm. David war aus dem Büro gekommen, als er ihre Stimme gehört hatte, und hatte das Bildschirmfenster, in dem der er gerade gearbeitet hatte, nicht geschlossen. Allerdings handelte es sich nicht um eine Übersetzung. Auf dem Bildschirm blinkte und glitzerte das vertraute Bild einer hell erleuchteten nächtlichen Großstadt und veranlasste sie, näher zu gehen. Statt an einer Übersetzung zu arbeiten, hatte David offenbar Jackpot City besucht, eine Glücksspielseite. Er war also wieder in alte Gewohnheiten verfallen. Sie stahl sich aus dem Zimmer, schloss die Tür hinter sich und hatte keine Ahnung, was sie ihm sagen sollte. Ihn direkt auf das Thema anzusprechen, würde vermutlich einen Riesenstreit provozieren oder sogar Schlimmeres. Vielleicht hatte er die Seite nur aufgerufen, aber keine Wetten abgeschlossen. Er wusste doch, wie viel Ärger und Kummer und welchen Schuldenberg er beim letzten Mal damit verursacht hatte. So dumm wäre er doch nicht. Sie musste ihm vertrauen, und doch konnte sie es nicht einfach auf sich beruhen lassen. Es war nicht ihre Art, sich einfach zurückzulehnen und darauf zu vertrauen, dass alles in Ordnung war. So funktionierte es nicht in der Realität.

Sie machte sich fürs Bett fertig und wartete, bis die Kinder in ihren Zimmern zur Ruhe gekommen waren. Leigh würde einschlafen, sobald sie in der Waagerechten war. Josh brauchte vermutlich etwas länger.

Als es still wurde, ging sie wieder nach unten. David war noch immer in seinem Arbeitszimmer. Sie klopfte, öffnete rasch die Tür und trat ein, bevor er etwas sagen konnte. Ein Dokument mit roten Korrekturzeichen war auf dem Bildschirm zu sehen. Er nahm seine Brille ab und wandte sich zu ihr um. »Was ist?«

»Vorhin ist die Tür ein Stück aufgegangen, und ich habe kurz reingeschaut. Auf dem Computer war eine Glücksspielseite geöffnet. Ich möchte wissen, ob du wieder angefangen hast, Wetten abzuschließen. Versuch nicht, mich zu verarschen. Es ist eine einfache Ja-oder-Nein-Frage.«

Er rieb sich mit der Hand übers Kinn, ein Zeichen, dass er nervös war.

»Mist. Nein. Nein, ich wette nicht. Ich gebe zu, dass ich die Seite geöffnet habe. Ich habe sie mir angesehen.«

»Warum? Warum solltest du sie ansehen, wenn du nicht

vorhattest zu spielen?« Sie verschränkte die Arme vor der Brust und starrte ihn an.

»Als wir von dem Besuch bei Dad zurückgekommen sind, habe ich mich beschissen gefühlt. Der blöde Zander und seine ach so erfolgreiche Firma. Und was bin ich? Ich werde nie so reich sein wie er und sein Potenzial haben. Da habe ich mich gefragt, wie es wäre, wenn ich groß gewinnen würde. Wenn ich groß im Poker gewinnen würde oder so, würde ich mich vielleicht wenigstens nicht so wertlos fühlen.« Die Falten neben seinen Augen gruben sich tiefer ein, als er ein konzentriertes Gesicht machte. Natalie achtete derweil auf verräterische Anzeichen dafür, dass er log. Er fuhr fort: »Ich glaube, du verstehst nicht ganz, wie beschissen ich mich manchmal fühle. Es ist, als ob ich Zeit verschwende. Meine Kinder können nicht sagen, dass sie stolz auf ihren Vater sind, weil ich nichts Großartiges tue, nicht so wie du. Ich habe mich nur ein paar Minuten der Fantasie hingegeben. Das ist alles. Ich habe ein paar Glücksspielseiten geöffnet und davon geträumt, eine Menge Geld zu gewinnen. Mehr war es nicht.«

»Verdammt, David. Ich dachte, du hättest all das hinter dir gelassen. Du warst süchtig. Ein Süchtiger geht nicht einfach auf eine Seite und sieht sich die bunten Farben an, fantasiert ein bisschen und schließt sie wieder.«

Sein Ausdruck verhärtete sich. »Willst du sagen, du glaubst mir nicht?«

»Es fällt mir schwer zu verstehen, wie jemand, der so gekämpft hat wie du, um diese Sucht loszuwerden, sich einfach eine Glücksspielseite ansieht und nicht in Versuchung gerät, auch eine Wette abzuschließen.«

»Unfassbar! Du glaubst mir tatsächlich nicht, oder? Wie soll ich denn eine Wette abschließen, Natalie? *Du* kontrollierst all unsere Ausgaben. All unser Einkommen geht auf unser gemeinsames Konto. Du bezahlst die verfluchte Hypothek und die Rechnungen von diesem Konto. Nicht ich. Du vertraust mir nicht mehr. Überprüf doch das Konto. Sieh nach, ob Geld fehlt. Los, wenn du mir nicht glaubst.« Seine Stimme wurde lauter, und zwei wütende rote Flecke bildeten sich auf seinen Wangen.

»Du hast recht, ich sehe nach.« Natalie würde sich nicht einfach geschlagen geben, selbst wenn er die Wahrheit sagte. Nicht, bis sie sich ganz sicher war.

»Na los! Es fehlt kein einziger Penny.«

»Gut. Freut mich, das zu hören.«

Er verengte die Augen zu Schlitzen. »Also, wenn das Geld noch auf dem Konto ist, kann ich ja wohl nicht gewettet haben, oder? Wie soll ich denn Wetten abschließen, wenn ich kein Geld habe? Kannst du mir das sagen? Für heute habe die Nase gestrichen voll davon, wie mich alle behandeln. Ich hätte mehr Unterstützung und ein bisschen Verständnis von dir erwartet, kein Kreuzverhör, so als ob ich einer deiner Verdächtigen wäre. Ich gehe jetzt ins Bett.« David stand auf, schaltete den Computer ab und zwängte sich an ihr vorbei. »Und ich erwarte, dass ich nicht wieder verhört werde.«

Er stampfte die Treppe hoch. Natalie ging in die Küche, um ein Glas Wasser zu trinken. Während sie dort war, öffnete sie ihre Online-Banking-App auf dem Handy. Seit der letzten Transaktion, die sie selbst ausgeführt hatte, hatte es keine Kontobewegungen gegeben. Sie hätte ihm glauben sollen, konnte aber seine Logik noch immer nicht ganz nachvollziehen. Und dann war da die Art und Weise, wie er sich verteidigt hatte. Normalerweise war er nicht so aggressiv. Sie trank ihr Glas aus. Sie hätte ihm vertrauen müssen und hoffte, dass die hartnäckige kleine Stimme in ihrem Kopf sich irrte. David wäre nicht so dumm, alles zu riskieren, was er hatte. Nicht nach dem letzten Mal. Oder etwa doch?

ACHTZEHN

MONTAG, 5. MÄRZ – MORGEN

Natalie war die Letzte, die im Büro eintraf. Die Entdeckung, dass David vielleicht wieder angefangen hatte zu spielen, hatte sie davon abgehalten, sofort einzuschlafen. Sie hatte noch lange wach gelegen, nachdem er weggedöst war, während Erinnerungen an den Schaden, den Davids Sucht ihrer Beziehung zugefügt hatte, in ihrem Kopf herumgewirbelt waren. Sie hatten die Wurzel des Übels freigelegt, und er hatte aufgehört, doch erst, als er ihre gesamten Ersparnisse verzockt und sie damit auf eine harte Probe gestellt hatte. In den frühen Morgenstunden hatte sie schließlich beschlossen, dass er das nicht wieder zulassen würde. Sie und die Kinder waren ihm wichtig. Er war sehr aufgewühlt gewesen, weil es ihm schwerfiel, sich an den Gedanken zu gewöhnen, dass sein Vater eine neue Liebe gefunden hatte, und er war deprimiert gewesen, dass Zander die Sympathie seines Vaters errungen hatte. David konnte nicht ohne seine Lieben leben.

Sie ließ ihre Tasche auf den Boden fallen und begrüßte ihr Team. Das allgemeine Gemurmel verriet ihr, dass sie dabei waren, Informationen zu sammeln.

Lucy kam zu ihr gelaufen. »Es hat vielleicht nichts zu

bedeuten, aber Charlotte hat ein paarmal diese Website besucht.«

»Die offizielle Homepage von ›The Darkest Knights‹.« Natalie betrachtete das Foto der Bandmitglieder.

»Wie wir wissen, ist Jed Malloney ihr Drummer und zufällig Phoebes Verlobter.«

Natalie nickte. »Das könnte der Grund sein, warum sie nach ihm gesucht hat. Vielleicht war sie neugierig.«

»Das dachte ich zunächst auch, also bin ich in ihrer Browserhistorie noch etwas weiter zurückgegangen. Vor achtzehn Monaten hat sie ein paarmal nach Jed gesucht. In den Monaten darauf war sie regelmäßig auf dieser Website und auf anderen Seiten über Jed. Dann habe ich eine Liste aller Veranstaltungsorte gefunden, wo The Darkest Knights aufgetreten sind. Einer davon war Stoke-on-Trent am Freitag, den zweiten Dezember 2016. Das war also vor fünfzehn Monaten, bevor sie richtig bekannt wurden. Charlottes Freundin Frankie hat uns doch erzählt, sie hätten das Konzert einer aufstrebenden neuen Band besucht. Ich habe den Verdacht, es könnte sich um diesen Auftritt gehandelt haben.«

Natalie trommelte mit den Fingern auf dem Schreibtisch und versuchte, die neue Information zu verarbeiten, bevor sie ihre eigene Einschätzung äußerte. »Frankie hat uns auch erzählt, dass Charlotte mit der Band zu ihrem Hotel gefahren ist. Sie könnte mit Jed geschlafen haben. Wenn das stimmt, wäre das eine gute Erklärung, warum Phoebe sie so hasst.«

»Und es gibt noch eine weitere Möglichkeit – Alfie. Er ist sechs Monate alt. Wenn ich richtig gerechnet habe, müsste die Empfängnis ungefähr zum Zeitpunkt dieses Konzerts stattgefunden haben.« Die Narbe über Lucys Nasenrücken trat deutlicher hervor, als sie die Augenbrauen zusammenzog. »Ich weiß, wir sollten nicht herumspekulieren, aber ...«

»Es gibt nur einen Weg, die Wahrheit herauszufinden. Wir besorgen uns eine DNA-Probe von Jed. Und wenn wir schon dabei sind, stellen wir fest, wo er sich am Freitagabend aufgehalten hat, als Charlotte ermordet wurde.«

Lucy kehrte zu ihrem Schreibtisch zurück und machte sich an die Arbeit. Natalie ging zum Fenster und beobachtete, das Kinn in die Hand gestützt, den morgendlichen Verkehr.

Eine Bewegung machte sie auf Murrays Gegenwart aufmerksam. Er übergab ihr eine Akte. »Ich bin über etwas gestolpert, das vielleicht wichtig sein könnte. Es gibt einen ungelösten Mord an einer Frau, Lucia Perez, die vor zwei Jahren in Nottingham getötet wurde. Sie hatte ein achtzehn Monate altes Kind, Diego, das man unverletzt bei geschlossener Tür im Wohnzimmer gefunden hat. Ich habe die Akte angefordert und sie mit unserem Fall verglichen, als mir etwas auffiel. Der Mord fand am Samstag, den siebten Mai 2016 statt. Der Ehemann, Rodrigo Perez, wurde verdächtigt und festgenommen, jedoch anschließend aus Mangel an Beweisen freigelassen, und der Fall blieb ungelöst. Mir kam an dem Datum etwas bekannt vor, und ich habe mich an die Plakate von den Boxkämpfen erinnert, die Adam an der Wand im Büro hängen hat. Ich war mir sicher, dass einer davon im Mai 2016 stattgefunden hat, also habe ich in Event-Kalendern für Mai 2016 gesucht. Tatsächlich hatte er am Abend zuvor, am Freitag, den sechsten Mai, einen Kampf in Nottingham.«

»Das ist interessant. Was wissen wir über diesen Fall?«

»Das Opfer Lucia Perez war einundzwanzig und wurde am Nachmittag im Flur ihrer Wohnung totgeschlagen. Rodrigo Perez war bereits polizeibekannt. Es hatte ein paar Anzeigen bei der Polizei wegen lauten Auseinandersetzungen und Schreien aus der Wohnung des Paars gegeben, aber jedes Mal, wenn die Polizei eintraf, stritten sie die Vorwürfe ab. Eine von Lucias Freundinnen erzählte der Polizei, dass Lucia mehrmals versucht hatte, Rodrigo zu verlassen, aber dass er nicht zulassen wollte, dass sie ihren Sohn mitnahm. Dieselbe Freundin sagte aus, dass sie überlegt hatte, ihn zu verlassen und Diego bei seinem Vater zurückzulassen. Die Polizei untersuchte diese Vorwürfe, und Perez wurde zunächst festgenommen. Später entdeckte man allerdings sein Fahrzeug zum Tatzeitpunkt auf Bildern einer Überwachungskamera bei einem Lagerhaus in Liverpool, und man musste ihn gehen lassen.«

»Hat der Angreifer eine Botschaft hinterlassen?«

»Nein. Es war nichts mit Blut geschrieben worden, und es gab auch keine andere Botschaft.«

Natalie durchquerte den Raum und blieb mit vor der Brust verschränkten Armen bei der Tür stehen. Das war ein Zeichen dafür, dass sie sich an alle Anwesenden wenden wollte.

»Okay, hören Sie zu. Wir bekommen gerade eine Menge Spuren und Informationen, und wir müssen alles schnell ordnen und sortieren. Wir sind auf etwas Neues gestoßen, und es besteht die Möglichkeit, dass Jed Malloney, der mit Charlottes Schwester Phoebe verlobt ist, Alfies Vater ist. Wir versuchen herauszufinden, wo er in der Tatnacht gewesen ist. Wie wir gestern Abend schon besprochen haben, bevor wir Feierabend gemacht haben, gibt es auch noch Unklarheiten, was die Alibis von Lee und Adam betrifft. Murray hat etwas entdeckt, das vielleicht für die Ermittlung relevant sein könnte.« Sie fasste kurz zusammen, was Murray ihr über Lucia Perez erzählt hatte.

»Mit diesen neuesten Informationen zum Mord von Lucia Perez haben wir auch Adam wieder auf dem Schirm. Murray, sprechen Sie mit dem für die Ermittlung im Perez-Fall verantwortlichen Detective Inspector und sehen Sie, was Sie sonst noch herausfinden können. Lee war, anders als er uns gesagt hat, nicht im Pub, also müssen wir den Barkeeper noch einmal herbestellen, bevor wir uns Lee packen und herausfinden, warum er gelogen hat. Was haben wir sonst noch?«

Ian wedelte mit einem Blatt Papier. »Ich habe einen Namen: Finn Kennedy. Er könnte einer der beiden Verdächtigen sein, die vom Haus der Brannons weggelaufen sind.«

»Wer hat ihn als Finn Kennedy identifiziert?«

»Ich habe einen Kumpel in Birmingham, der sich gut mit Technik auskennt und 2014 an einem Modellprojekt für Gesichtserkennungssoftware für die Polizei mitgewirkt hat. Die Software kann Verdächtige aus Filmmaterial von Überwachungskameras oder von Smartphone-Fotos aus einer Datenbank mit etwa hunderttausend Karteifotos identifizieren. Die Techniker haben das Foto etwas schärfer machen können, also habe ich ihm das Standbild geschickt, und er wurde als Finn Kennedy identifiziert. Er wurde 2016 wegen unerlaubten Besitzes einer Schusswaffe verhaftet und war deswegen in der Datenbank vermerkt.«

Natalies Mundwinkel hoben sich leicht. »Gute Arbeit.«

Nun meldete sich Lucy. »Finn? Inge war mit einem Typ namens Finn zusammen, bevor sie wegen Adam Schluss gemacht hat. Wo wohnt er?«

»In der Nähe des Boxclubs in einem der Wohnblocks in der Crossways-Siedlung«, antwortete Ian.

Natalie nahm ihren Autoschlüssel. »Dann sollten auch mit ihm sprechen. Bis wir diese neuen Verdächtigen ausgeschlossen oder herausgefunden haben, was sie wissen, werden wir noch nichts wegen der Tatsache unternehmen, dass Lee gesehen wurde, wie er am Freitagabend um halb elf in einen Van eingestiegen ist und nicht, wie von ihm behauptet, im Pub war. Wenn er und Adam etwas mit dem Mord zu tun haben, brauche ich knallharte Beweise, bevor wir sie festnehmen. Lee ist ein windiger Typ und sein Anwalt auf Zack. Wir können uns keine Fehler erlauben.«

Natalie und Ian waren gerade auf dem Weg nach unten, als Mike sie rief.

Natalie blieb stehen und wandte sich um. »Hi. Wie war dein freier Tag?«

Mikes Gesicht sprach Bände. Er strahlte Natalie an. »Sagen wir, es war die endlose Schlange beim Kino mit all den hyperaufgedrehten Kindern wert.«

»Wir haben ein paar neue Spuren und sind gerade dabei, einer nachzugehen.«

»Gut. Der Haustürschlüssel der Brannons, den du mir gegeben hast, wies eine Reihe unterschiedlicher Fingerabdrücke auf. Die von Charlottes Eltern und noch die einer dritten Person, die wir als ihre Schwester Phoebe identifiziert haben.«

»Das sind eine Menge Fingerabdrücke auf einem einzigen Schlüssel.«

»Sie befinden sich überwiegend auf dem Schlüsselanhänger.«

Sie erinnerte sich an das pinkfarbene Rechteck aus Plastik, das an dem Schlüssel befestigt gewesen war. »Gab es weitere?«

»Nein, sonst nichts. Nur die Familienmitglieder haben den Schlüssel und den Schlüsselanhänger angefasst. Mehr habe ich nicht. Ich überlasse euch dann mal wieder eurer Arbeit.«

Er wandte sich um, und als Natalie und Ian die Treppe hinunterliefen, sagte Ian: »Phoebe ist nicht oft zu Hause, oder? Ich frage mich, warum trotzdem ihre Abdrücke auf dem Anhänger sind.«

»Keine Ahnung. Es wirkt verdächtig. Sie kann ihn nicht benutzt haben, um in jener Nacht ins Haus zu kommen. Sie war meilenweit entfernt auf einem Flug.«

»Das stimmt.«

Natalie dachte über seine Worte nach, während sie zum Parkplatz liefen und in den zivilen BMW einstiegen. Sie konnte die Tatsache nicht ignorieren, dass Jed und Charlotte möglicherweise eine Affäre gehabt hatten, aus der Alfie hervorgegangen war. Wenn Phoebe das ebenfalls herausgefunden hatte, war es dann denkbar, dass sie ihre Schwester getötet hatte? Es war zum gegenwärtigen Zeitpunkt nur eine

Annahme, aber es lohnte sich möglicherweise, dieser Sache nachzugehen. »Überprüfen Sie auch noch einmal ganz genau, ob sie wirklich auf diesem Flug war. Es ist vielleicht schlau, ihren Aufenthaltsort bestätigen zu lassen.«

Er warf ihr ein Lächeln zu. »Das tue ich, sobald wir zurück sind.«

Sie näherten sich Crossways, einer Siedlung, die nicht ganz so heruntergekommen war wie Ashmore, aber noch immer unterfinanziert. Ein verlassener Kinderspielplatz befand sich direkt in der Mitte der Wohnsiedlung. Darüber lag ein Hauch von Verfall mit all dem Graffiti und dem Müll, der auf dem Asphalt verstreut war. Eine einsame Wippe trug die Botschaft »FUCK YOU«, ein Klettergerüst war mit Toilettenpapier dekoriert worden, und die Sitze der Schaukeln und die Ketten, mit denen sie an den Balken befestigt gewesen waren, fehlten längst. Natalie konnte sich nicht vorstellen, dass irgendein Kind hier gern spielen würde.

»Da. Das ist es. Der rote Turm.« Ian bog in einen Parkplatz an der Straße nahe dem grauen Wohnturm ein. Es war eines der drei Gebäude, die unoriginellerweise nach Primärfarben benannt waren.

Natalie stieg aus, stützte die Ellbogen aufs Autodach und betrachtete den Wohnblock. Er war dreizehn Stockwerke hoch, und jede Wohnung verfügte über einen Balkon. Als sie in den Sechzigerjahren gebaut wurden, galten sie sicher als modern und vielleicht sogar schick. Jetzt trug die weiße Fassade den Gilb der Jahrzehnte, und die Balkone waren mit kaputten Waschmaschinen, endlosen Wäscheleinen und Fahrrädern dekoriert. Sogar ein Motorrad war auf einem zu sehen.

»Er wohnt mit seinem Bruder im zweiten Stock. Ihre Wohnung befindet sich auf der Rückseite des Gebäudes, also haben wir gute Chancen, dass er uns nicht gesehen hat«, sagte Ian.

Natalie ging mit entschlossenen Schritten auf das Gebäude

zu. Ian folgte zügig, und zusammen betraten sie das Haus durch den Seiteneingang. Auf dem Weg war ihnen niemand begegnet. Für einen Montagmorgen war es extrem ruhig. Es schien überhaupt kein Kommen und Gehen zu geben: keine Mütter, keine Kinderwagen, keine Jugendlichen. »Ich hoffe, er ist zu Hause«, sagte sie.

»Er ist arbeitslos, also haben wir gute Chancen, dass er um halb zehn an einem Montagmorgen da ist.«

Das Treppenhaus stank, und irgendjemand hatte vulgäre Zeichnungen an die Wand gekritzelt. Leere Bierdosen und eine Wodkaflasche mit Resten einer dunkelgelben Flüssigkeit darin waren am Fuß der Treppe zurückgelassen worden. Natalie rümpfte die Nase über den Uringeruch, der hier noch stärker war. Mit Blick auf den Aufzug schlug sie vor, die Treppe zu nehmen.

»Das ist wahrscheinlich das geringere Übel.«

Ian erreichte den Treppenabsatz als Erster und bog nach rechts ab in den hinteren Teil des Gebäudes. Natalie folgte ihm und warf dabei einen Blick über die Betonbalustrade. Unten rührte sich noch immer nichts.

»Hier, diesen Flur entlang ist es«, sagte Ian und las die Zahlen an den Wohnungstüren ab, bis er die Nummer elf erreicht hatte.

»Los. Ich überlasse Ihnen die Ehre«, sagte Natalie, als er vor der Tür mit dem Warnschild stehen blieb, das auf einen bissigen Hund dahinter hinwies.

Er klopfte an die Tür. Es war kein Bellen zu hören. Entweder gab es keinen Hund, oder er war gerade nicht da. Von drinnen waren keine Geräusche zu hören.

»Versuchen Sie es noch einmal.«

Ian klopfte lauter und länger. Er öffnete den Briefschlitz und rief hindurch: »Finn Kennedy, hier spricht die Polizei. Wir würden gern mit Ihnen sprechen.«

Sie warteten, aber es kam noch immer keine Antwort.

»Anscheinend ist er nicht zu Hause«, sagte sie. »Haben Sie eine Ahnung, wo er sein könnte?«

Ian war noch nicht bereit aufzugeben und wummerte mit der geballten Faust gegen die Tür. »Finn Kennedy. Aufmachen! Hier ist die Polizei!« Er wandte sich Natalie zu. »Ich habe drinnen jemanden gehört.« Er pochte noch einmal und rief Finns Namen.

Die Tür öffnete sich, und es erschien ein halb nackter Mann in Boxershorts, der die beiden Ermittler gähnend musterte.

»Mr Kennedy?«

»Ich bin Mr Kennedy, aber nicht Finn«, sagte der Mann. »Ich bin Patrick, Finns Bruder. Er war die letzten zwei Nächte nicht zu Hause. Ich habe keine Ahnung, wo er ist, also fragen Sie gar nicht erst.«

»Haben Sie überhaupt keine Ahnung, wo er sich aufhalten könnte?«

»Das sagte ich Ihnen doch bereits. Wenn ich wüsste, wo er steckt, würde ich ihn mir selbst greifen. Er schuldet mir zwei Monate Miete, der kleine Penner.«

»Was ist mit seinen Freunden? Könnte er bei einem von ihnen sein?«

»Glauben Sie, ich habe da nicht schon nachgefragt? Ich suche ihn selbst. Ich habe rumgefragt, aber keiner weiß, wo er ist. Seit er aus dem Boxclub geflogen ist und seinen Sponsor verloren hat, ist er ein richtiger kleiner Scheißkerl. Er treibt sich hier im Viertel herum und geht mir auf die Nerven.«

»Welcher Boxclub?«

»Er heißt Adam's. Das ist der einzige hier in der Gegend. Verdammt schade, dass Finn seine große Chance verpfuscht hat. Ma würde sich im Grab herumdrehen, wenn sie wüsste, wie er sich aufführt.«

»Sie kümmern sich um ihn?«

Patrick lachte heiser auf. »Ich kümmere mich nicht um ihn,

weil man sich um Finn nicht kümmern kann. Der hat seinen eigenen Kopf. Ich lasse ihn hier für vierzig Schleifen im Monat wohnen, und im Gegenzug sorge ich dafür, dass er etwas zu essen bekommt und nicht allzu viel Mist baut. Ich versuche auch immer, ihm ein bisschen in den Hintern zu treten, damit er sich einen Job sucht. Ma hat mich gebeten, ein Auge auf ihn zu haben, als sie ihre Krebsdiagnose bekam. Also versuche ich mein Bestes, aber er ist schwierig.« Er rieb mit der Hand über seinen bloßen Oberkörper. »War ?«

»Wir würden gerne wissen, mit wem er so herumhängt.«

»Warum? Was hat der kleine Scheißer angestellt?«

»Wir untersuchen einen ungeklärten Todesfall, und Finn wurde in der Nähe des Tatorts gesehen.«

»Ach du liebes bisschen! Glauben Sie, er hat jemanden umgebracht? Über Finn kann man ja eine Menge sagen, aber er ist ganz bestimmt kein Mörder. Das schwöre ich.«

»Wir müssen ihn finden, um seine Unschuld festzustellen und herauszufinden, ob er etwas beobachtet hat.«

Patrick quittierte die Neuigkeiten mit erneutem Reiben seines Brustkorbs. »Also könnte er den Mörder gesehen haben? Wollen Sie das damit sagen?«

»Möglicherweise. Wir müssen auch wissen, wer zu der Zeit bei ihm war und was sie beim Haus der Brannons zu tun hatten.«

»Brannon. Adam Brannon?«

»Ja. Gerade eben haben Sie gesagt, Finn wurde aus Adams Boxclub geworfen?«

Patrick wischte sich mit der Hand über das Kinn. »Er hatte einen Streit mit Adam. Ich weiß nichts darüber. Sie sprechen am besten mit ihm selbst.«

»Haben Sie irgendeine Idee, wer bei ihm gewesen sein könnte?«

»Das könnte jeder seiner Freunde gewesen sein.«

»Und Finn war die letzten zwei Nächte nicht hier zu Hause?«

»Nein.«

»Wann haben Sie ihn zuletzt gesehen?«

»Samstagmittag. Ich wollte gerade los, als er aufgestanden ist. Ich habe ihn wegen der Miete gefragt, und er sagte, ich soll abhauen, weil er das Geld nicht hätte. Ich meinte, dann sollte er es besser besorgen, und wenn er bis Montag nicht bezahlt, könnte er zusehen, dass er woanders unterkommt.«

»Haben Sie sich wegen seines Verschwindens keine Sorgen gemacht?«

»Nein, nicht wirklich. Er ist öfter mal für zwei oder drei Nächte hintereinander weg, manchmal sogar eine ganze Woche. Er hängt mit seinen Kumpels herum und kommt und geht, wie es ihm passt. Ich dachte, er geht mir aus dem Weg, bis er das Geld aufgetrieben hat.«

»Wenn er auftaucht, könnten Sie uns dann bitte umgehend benachrichtigen? Hier ist meine Visitenkarte.« Natalie reichte sie ihm.

Patrick starrte mit unbewegter Miene darauf. »Glauben Sie, ihm ist was passiert?«

»Das kann ich wirklich nicht sagen, Mr Kennedy. Wenn Sie uns seine Handynummer und ein paar Namen von Freunden geben könnten, wären wir vielleicht in der Lage herauszufinden, wo er ist, und könnten es Ihnen mitteilen.«

»Das Handy können Sie vergessen. Da erreicht man keinen. Da geht immer gleich die Mailbox dran, als ob er es ausgeschaltet hat. Ich habe ihn schon ein paarmal angerufen. Er hängt meistens mit den Jungs aus der Ashmore-Siedlung herum. Sie sollten bei den Typen vom Boxclub anfangen. Versuchen Sie es mal bei Hassan Ali. Sie sind gute Freunde. Ich habe gestern mit ihm gesprochen. Er wusste nicht, wo Finn ist, aber ich glaube, er hat geflunkert.«

Natalie wechselte das Thema. »Ist Finn mal mit einer Inge Redfern zusammen gewesen?«

»Ja. Er war scharf auf sie, aber sie hat Schluss gemacht. Er hatte gerade die Kurve gekriegt, war etwas ruhiger geworden und hatte Aussichten, es beim Boxen zu etwas zu bringen, vielleicht sogar Profi zu werden, aber das ist nach der Trennung alles den Bach runtergegangen. Finn hatte schwer an der Trennung zu knacken und ist wieder ziemlich verwahrlost. Sie war das Einzige, das ihn auf dem Boden gehalten hat. Ich bezweifle, dass er bei ihr ist. Mittlerweile hasst er sie richtig. Schade, dass sie sich getrennt haben. Ma hätte sie sehr gemocht.«

»Danke für Ihre Mithilfe. Wir bleiben in Kontakt.«

»Aber sicher.« Er ging zurück in seine Wohnung und schloss die Tür.

»Glauben Sie ihm?«, fragte Ian.

»Vorerst. Er könnte ihn beschützen wollen. Er ist sein Bruder, und wenn seine Mutter ihn wirklich darum gebeten hat, sich um Finn zu kümmern, ist es unwahrscheinlich, dass er ihn bei uns verpfeift. Wir versuchen es jetzt erst bei Hassan Ali und dann bei Inge.«

NEUNZEHN

MONTAG, 5. MÄRZ – MORGEN

»Komm schon, Schatz, jetzt zieh deine Jacke an.« Samantha Kirkdale strich ihrem kleinen Jungen eine Strähne seines dunklen Haars aus der Stirn. Er sah sie mit großen braunen Augen an und entblößte seine weißen Zähne. Dann ließ er das hölzerne Spielzeugauto aus der Hand fallen und lief auf seinen speckigen Beinchen in den Flur.

Samantha rannte ihm hinterher und staunte, wie schnell er war. Erst vor zwei Monaten hatte er laufen gelernt und war ziemlich gut darin geworden, aus dem Stand loszurennen. Sie holte ihn ein und hob ihn hoch, woraufhin er freudig gluckste.

»Läufst du Mummy davon, Oscar? Ja? Tust du das?« Sie kitzelte ihn am Bauch, bis er sich wand. »Du weißt doch, wie es kleinen Jungen ergeht, die weglaufen. Das Kitzelmonster kommt und kitzelt sie durch.« Sie ließ die Finger über sein T-Shirt laufen und brachte ihn noch lauter zum Lachen, bis er den Kopf hin- und herwarf.

»Genug? Wollen wir jetzt in den Park gehen?«

Er entwand sich ihrem Griff, um auf den Boden zu gelangen, wo er sich hinsetzte, um sich die Schuhe anziehen zu lassen. Samantha ging neben ihm in die Hocke und schob seine

Füße in die Turnschühchen, die sie tags zuvor gekauft hatte. Ihr Sohn wuchs so schnell, dass er bald schon neue brauchen würde. Sie musste Daniel um mehr Geld bitten. Er würde nicht besonders erfreut sein, aber das war sein Pech. Sie hatten sich darauf geeinigt, dass er sie und Oscar finanziell unterstützte. Das war der Deal gewesen. Sie hatte in die Scheidung eingewilligt, aber nur, wenn er ihre Miete und Unterhalt sowie etwas Taschengeld für sie bezahlte. Sie war nicht gierig, aber sie hatte nur einen Halbtagsjob im Kindergarten, von dem sie beide leben mussten.

Daniel hatte es letztlich eingesehen. Sie hätte sich einen Anwalt nehmen und die Sache vor Gericht ausfechten können, und vielleicht hätte man ihr die Hälfte seines Gehalts zugesprochen. Ihre Freunde hatten ihr geraten, ihn rauszuwerfen und im gemeinsamen Haus bleiben, auf die Weise wäre er gezwungen, die Miete dafür zu zahlen, aber sie hatte nicht bleiben wollen, wo so viele Erinnerungen waren. Sie wollte einen echten Neuanfang. Außerdem war Daniel nicht der Einzige, der eine neue Beziehung hatte. Sie hatte auch jemanden kennengelernt, und die Beziehung schien ihr vielversprechend.

Sie fuhr zusammen, als es an der Tür klopfte. »Ich frage mich, wer das wohl sein mag«, sagte sie im Kleinkind-Singsang zu ihrem Sohn. »Es könnte Vicky sein.« Am Morgen hatte sie mit ihrer besten Freundin gesprochen, die gesagt hatte, sie würde versuchen, vor ihrer Schicht noch einmal hereinzuschauen. Oscar beugte sich vor, nahm seinen anderen Schuh und reichte ihn ihr. Er mochte Vicky sehr.

»Einen Moment, Vicky«, rief sie. »Bin gleich da!«

Sie zog den Schuh über Oscars Fuß, der sich anschließend umdrehte und auf die Beine stemmen. Dann ging sie zur Tür, die sie mit einem Lächeln im Gesicht öffnete. »Schön, dass du es geschafft hast. Oscar ist ...« Die Worte gefroren auf ihren Lippen. Sie stieß einen kurzen ängstlichen Aufschrei aus, und stemmte sich mit beiden Handflächen gegen die Tür, um sie vor dem Eindringling auf der Schwelle zu versperren. Aber es war zu spät. Die Tür flog auf, sodass sie nach hinten taumelte und gegen die Wand stieß. Dann wurde sie leise geschlossen, während Samantha sich bemühte, das Gleichgewicht wiederzuerlangen und mit weit aufgerissenen Augen zusah, was sich vor ihr abspielte.

»Bitte nicht. Mein kleiner Junge ist hier. Tun Sie uns nicht weh. Tun Sie ihm nicht weh.« Oscar versteckte sich nun hinter ihren Beinen. Seine Fingerchen klammerten sich an die Rückseite ihrer Jeans. »Bitte nicht.« Ihr Verstand konnte das Geschehen nicht verarbeiten. Es widersprach jeder Logik. Ihr Sohn war hinter ihr, und sie musste ihn beschützen. Was konnte sie tun, um ihn zu retten? Um sie beide zu retten?

Der Schlag kam völlig unerwartet. Während sie zu Boden taumelte, lösten sich all ihre Gedanken in Nichts auf.

ZWANZIG

MONTAG, 5. MÄRZ – MORGEN

Lucy drehte den Kugelschreiber zwischen den Fingern, während sie am Treffpunkt auf die Managerin von The Darkest Knights wartete. Sasha Thorndike war gerade auf dem Weg von London in die Midlands, als Lucy sie angerufen hatte, und die beiden hatten ein Treffen in einem kleinen Hotel auf halber Strecke zwischen ihnen beiden nahe Banbury in Oxfordshire arrangiert.

Das Walton Arms bot Unterkunft und Verpflegung, hatte aber auch Tagungsräume und gab Lucy die Möglichkeit, das Gespräch mit Sasha dort zu führen. Der Raum, den man Lucy zur Verfügung gestellt hatte, enthielt zwei zusammengeschobene Tische und vier Stühle. Ein Krug Wasser und vier Gläser standen in der Tischmitte bereit, ebenso wie Notizpapier und Kugelschreiber mit dem Logo des Hotels. Die Fenster blickten auf den Parkplatz hinaus, und sie beobachtete das Kommen und Gehen der Gäste. Es dauerte nicht lang, bis mit einem heiseren Röhren ein schwarzer Maserati auf den Parkplatz fuhr und eine winzige Frau mit schmalem Gesicht und kurzem, platinblond gefärbtem Haar in einer braunen Lederjacke, weißer Bluse und Jeans ausstieg.

Einige Minuten später betrat dieselbe Frau selbstbewusst den Raum. Sie streckte die Hand aus, die sich kühl anfühlte, und stellte sich Lucy vor. »Sasha Thorndike.«

»Guten Morgen. DS Lucy Carmichael von der Polizei Samford. Danke, dass Sie hier Halt machen, um mich zu treffen.«

Sasha ließ sich auf den Stuhl fallen und stützte einen Ellbogen auf die Armlehne, bevor sie als Erste das Wort ergriff. »Sie sagten, Sie müssten mit mir über die Band und insbesondere über Jed sprechen.«

»Das stimmt. Wie ich am Telefon erläuterte, bin ich Teil eines Teams, das in Samford eine Mordermittlung durchführt, und ich habe einige Fragen zu Jed und der Band.«

»Okay.«

»Ich habe mir den Tourkalender der Band angesehen und festgestellt, dass in diesem Monat keine Auftritte geplant sind.«

»Das liegt daran, dass sie im Moment nicht touren. Sie haben an neuem Material gearbeitet und verbringen die nächsten Monate im Studio.«

»Also hatten sie am vergangenen Freitag keinen Auftritt?«

»Nein. Sie gehen erst im nächsten Jahr wieder auf Tour. Wir sind noch dabei, die Locations zu buchen.«

»Wissen Sie zufällig, wo Jed Malloney am vergangenen Freitag war?«

»Ja, das weiß ich. Er hat ein Interview für einen Radiosender gegeben.« Sie musterte Lucy noch immer mit ihren dunklen Augen.

»In London?«

»Nein. Es war für einen Sonderbeitrag über Schlagzeuger auf einem Lokalsender.«

»Welcher Sender war es?«

»BBC Radio Stoke.«

»Wann wurde das Interview gesendet?«

»Es war keine Livesendung, sondern eine Aufzeichnung,

die um halb fünf oder fünf Uhr nachmittags losgehen sollte, glaube ich. Um vier musste er im Studio sein. Solche Sachen laufen oft nicht wie geplant.«

»Wissen Sie zufällig, wann er nach London zurückkam?«

»Da kann ich Ihnen nicht helfen. Ich habe keine Ahnung, welchen Zug er genommen hat.«

»Hatte er keine Rückfahrkarte gebucht?«

»O doch, das hatte er, aber er wollte noch seine zukünftigen Schwiegereltern besuchen, wenn er schon einmal in der Gegend war, und war sich nicht sicher, wann genau er zurückfahren würde. Also hatte er ein Flexi-Ticket gebucht, bei dem er freie Zugwahl hatte. Keine Ahnung, welchen er letztlich genommen hat, also weiß ich nicht, wann er zurückkam.«

»Aber Sie haben die Reise organisiert?«

»Die Agentur hat das übernommen. Das ist eine unserer Aufgaben, besonders, wenn es um PR-Termine geht.« Sasha schob die Ärmel ihrer Jacke hoch, sodass einige Tattoos sichtbar wurden. Dann beugte sie sich über den Tisch und goss sich ein Glas Wasser ein.

»Kennen Sie Jeds Verlobte?«, fragte Lucy.

Sasha trank einen Schluck Wasser. »Phoebe. Klar. Ich bin mit ihr und auch den anderen Lebenspartnern der Bandmitglieder befreundet. Sie begleiten die Band manchmal bei der Tour oder zu Auftritten. Phoebe kommt auch mit, wenn sie nicht gerade fliegen muss. Ich versuche allerdings, mich nicht zu sehr einzumischen. Ich muss eine gewisse professionelle Distanz wahren. In erster Linie bin ich die Managerin der Band und halte mich weitgehend aus dem Privatleben der Jungs heraus. Mit Ausnahme von Seth natürlich.«

»Wie lange sind Sie schon ihre Managerin?«

»Seit sie 2016 durchgestartet sind. Damals war ich noch nicht mit Seth verheiratet. Wir waren noch nicht einmal zusammen. Die Hochzeit ist erst ein paar Monate her.«

»Herzlichen Glückwunsch. Ich schätze, Sie haben mit der Zeit eine ganze Menge über die Bandmitglieder erfahren.«

»Worauf wollen Sie wirklich hinaus, Sergeant?« Sasha klang nun deutlich misstrauischer.

»Erinnern Sie sich an einen ihrer frühen Auftritte in Stoke-on-Trent in der ersten Dezemberwoche 2016?«

»Was ist damit?«

»Zwei Frauen haben sich Backstage Zutritt verschafft und Zeit mit der Band verbracht, bis Sie dem Ganzen ein Ende bereitet haben.«

Sasha nickte. »Ich erinnere mich vage. Die Jungs waren ziemlich geflasht von dem tollen Auftritt und haben in der Garderobe noch ein paar Bierchen getrunken. Ein paar Groupies haben sich an der Security vorbeigeschmuggelt, die ich engagiert hatte, und waren bei ihnen. Ich habe damals angefangen, Sicherheitsleute zu engagieren, weil die Band inzwischen eine Menge Fans hatte, und Mädchen, Frauen und auch Männer sich ihnen an den Hals geworfen haben. Ich habe mir weniger Gedanken darum gemacht, was die Jungs anstellen, aber ich wollte auch keine bösen Nachwirkungen von einem betrunkenen One-Night-Stand, irgendwelche Bettgeschichten, die in der Presse breitgetreten werden und den Ruf der Band ruinieren oder, schlimmer noch, zu einer Trennung führen. Also bin ich manchmal selbst eingeschritten und habe die Fans vertrieben. Sie sind mehr oder weniger gleich abgehauen, als ich auftauchte.«

»Können Sie sich an irgendwelche Details erinnern, was diese Frauen angeht?«

»Das ist ewig her. Ich kann mir nur erinnern, dass eine der beiden gleich verschwand, als ich sagte, sie sollen gehen, aber die andere noch etwas blieb.«

»Haben Sie gesehen, ob sie sich besonders für ein Bandmitglied interessiert hat?«

»Sie meinen, ob sie jemanden Bestimmten angebaggert hat?«

»Ja.«

Sasha zuckte mit den Schultern.

»Es würde mir wirklich weiterhelfen, wenn Sie sich erinnern könnten.« Lucy hatte das Gefühl, dass Sasha ihre Klienten in Schutz nahm und mehr wusste, als sie bisher verraten hatte. »Sie müssen doch einen Eindruck gehabt haben. Es ist Ihr Job, die Band im Auge zu behalten. Kommen Sie, Sasha, helfen Sie mir ein bisschen.«

»Sie hat sich total an Jed rangeschmissen. So viel weiß ich noch. Er war so high, dass er keinen Plan hatte, was vor sich ging. Die Jungs waren alle schon etwas hinüber, also habe ich dafür gesorgt, dass wir alle zurück ins Hotel kommen. Als wir da ankamen, sind sie ins Bett gegangen, soweit ich weiß.«

»Und Sie wissen nicht zufällig, ob diese Frau Ihnen zum Hotel gefolgt ist?«

»Ich habe nicht die leiseste Ahnung.«

Lucy öffnete die Akte vor sich und zog ein Foto von Charlotte hervor, das von ihrem Instagram-Profil stammte.

Sasha betrachtete es. »Ja. Das sieht ihr sehr ähnlich, aber vollkommen sicher bin ich mir nicht.« Sie schob das Foto wieder zurück und fixierte Lucy wieder. »Okay, worum geht es hier wirklich? Steckt Jed in Schwierigkeiten? Ich habe ein Recht, das zu erfahren.«

»Wir verfolgen mehrere Spuren und versuchen, Personen als Verdächtige in unserer Ermittlung auszuschließen.«

»Glauben Sie, er hat sich irgendetwas zuschulden kommen lassen? Werden Sie mit ihm darüber sprechen?«

»Das werden wir mit Sicherheit tun. Er ist im Augenblick in Samford bei Phoebe.«

»Ist er das? Er hat mir gar nicht gesagt, dass er am Wochenende wegfährt.«

»Hat er Ihnen nicht erzählt, dass Phoebes Schwester Charlotte ermordet wurde?«

Sasha riss die Augen auf. »Nein. Davon hat er gar nichts gesagt. Wie schrecklich. Die arme Phoebe. Ich wusste noch nicht einmal, dass sie eine Schwester hat. Sie haben das beide nie erwähnt. Ich dachte immer, Phoebe wäre ein Einzelkind. Ich sollte sie anrufen und mit ihr reden.«

»Das würde ich im Moment lieber lassen. Ihre Eltern sind sehr aufgewühlt, wie Sie sich vorstellen können, und müssen sich um eine Menge Sachen kümmern.«

»Das kann ich mir vorstellen. Ich warte, bis Phoebe und Jed zurück in London sind.« Sie goss sich noch Wasser ein und trank es rasch. »Jed wird doch nicht etwa verdächtigt, oder?«

»Wie ich sagte, wir müssen alle Personen mit Verbindungen zu Charlotte untersuchen und gegebenenfalls ausschließen.«

Sasha nickte und warf einen Blick auf ihre große Armbanduhr mit dem schlichten Zifferblatt. »Ich möchte nicht unhöflich sein, aber ich habe einen Termin. Kann ich Ihnen noch irgendwie behilflich sein?«

»Nein, das wäre erst einmal alles. Vielen Dank, dass Sie gekommen sind. Ich weiß Ihre Mithilfe zu schätzen.«

Wenn Natalie gedacht hatte, dass die Crossways-Siedlung trostlos aussah, war Ashmore mit Abstand schlimmer. Die Gegend wirkte wie eine Szene aus einem postapokalyptischen Film. Natalie und Ian hielten neben einem Fleck verbrannter Erde, der mal ein Sportplatz gewesen war und jetzt die ausgebrannten Überreste eines Autos beherbergte. Vor ihnen erhoben sich mehrere graue Hochhäuser, verbunden durch von der Zeit gezeichnete und mit Unkraut überwucherte Gehwege. Stellenweise war die Siedlung nicht viel mehr als ein illegaler Müllabladeplatz. Natalies Blick fiel auf eine schmutzige Polstergarnitur, die inmitten von gebrauchten Windeln, Fast-Food-

Verpackungen und leeren Bierdosen auf dem Rasen vor einem der Wohnblöcke abgestellt worden war, in dem Hassan Ali wohnte, und der Gedanke, an einem solchen Ort Kinder großzuziehen, ließ sie kurz zusammenzucken. Eine korpulente Frau mit mehreren Nasenringen starrte sie mit großen Augen an und flüsterte der jungen Frau in den Zwanzigern, die mit gesenktem Kopf neben ihr stand, etwas zu.

Sie gingen weiter, den Blick fest auf ein Trio männlicher Jugendlicher vor dem angrenzenden Wohnblock geheftet, die sie aufmerksam beobachteten, sich lautstark unterhielten und ihre Worte mit ausladenden Gesten begleiteten. Wie Tiere, die ihr Territorium verteidigten. Natalie drehte sich rasch um und näherte sich ihnen.

»Wir suchen nach Hassan Ali und Finn Kennedy. Kennt ihr die?«

Einer der Halbstarken zog geräuschvoll Schleim aus dem Hals hoch und spuckte ihn auf die Stufen. »Vielleicht.«

»Habt ihr einen von ihnen in letzter Zeit hier gesehen?«

Der Teenager hob leicht die Schultern und sah seine Freunde an, die den Kopf schüttelten und Gleichgültigkeit vortäuschten. »Glaub nicht.«

»Geht jemand von euch zu Adam's, dem Boxclub?« Sie richtete die Frage an einen Jugendlichen mit breiten Schultern und tätowiertem Hals, der aussah, als trainierte er.

»Und wenn schon.«

»Habt ihr eine Ahnung, warum Adam Finn rausgeschmissen hat?«

»Finn hat sich mit irgendwem gekloppt. Adam fand das nicht so prall. Finn hat ihm einen dummen Spruch reingedrückt, und Adam ist ausgeflippt und hat Finn gesagt, er soll abhauen.«

Natalie hielt es für unwahrscheinlich, dass Adam einen jungen Mann rauswerfen würde, weil er sich geprügelt hatte. Schließlich brachte er ihnen genau das bei. Es musste um etwas

Ernsteres gegangen sein. »Wenn du sagst, ›gekloppt‹, meinst du, er hat sich geprügelt, richtig? Oder hatten sie Waffen?«

»Vielleicht. Was weiß ich. Ich war nicht dabei. Warum fragen Sie nicht Adam?«

Natalie würde keine Zeit mehr auf diese drei verschwenden. Entweder wussten sie nicht viel oder waren nicht bereit zu helfen.

»Du hast Finn also schon eine Weile nicht gesehen?«

Der Typ mit den Tattoos starrte sie an. »Nein.«

»Hat einer von euch ihn gesehen?«

Sie erhielt die gleichen unbeeindruckten Blicke. »Okay, wenn ihr ihn seht, wendet euch bitte an die Polizei in Samford.« Sie wusste, dass es vergebens war, aber es konnte nicht schaden, es zu sagen. Hin und wieder wurde jemand zum Informanten. Nunmehr entlassen, verschwanden die Jugendlichen in den dunklen Eingeweiden des Gebäudes.

»Ich habe so ein Gefühl, dass Hassan nicht zu Hause sein wird«, meinte Ian, als sie zum zweiten Mal an diesem Morgen eine Treppe hinaufstiegen.

»Er könnte untergetaucht sein. Wir versuchen es trotzdem.«

Natalie übernahm die Führung und klopfte an die Tür. Sie war überrascht, als eine zierliche Frau öffnete. Natalie zeigte ihren Ausweis vor und erklärte den Grund ihres Besuchs. »Könnten wir mit Hassan sprechen?«

»Er steckt doch nicht in Schwierigkeiten, oder?«

»Wir möchten ihm ein paar Fragen über einen seiner Freunde stellen, Finn Kennedy.«

»Dann kommen Sie wohl besser herein.« Sie ließ sie eintreten und warf einen Blick hinter sie, um sicherzugehen, dass die Nachbarn nichts von diesem Gespräch mitbekommen hatten. Die Wohnung war beengt, aber sauber, und der unverkennbare Duft von Zimt und Koriander deutete darauf hin, dass die Frau gerade dabei war zu kochen.

»Hier entlang«, sagte die Frau und führte sie durch einen

schmalen Flur, vorbei an einer Pantryküche bis zu einem Raum, der als Wohnzimmer diente. Hier standen lediglich ein paar hölzerne Sitzbänke entlang der Wände, und lederbezogene marokkanische Poufs waren um einen glänzenden runden Kupfertisch drapiert, der sich in der Mitte des Raumes befand. Er wirkte größer, als er eigentlich war. Ian betrachtete das goldgerahmte Kunstwerk an der Wand. Der Raum strahlte einen gewissen kulturellen Stolz aus.

»Ich hole Hassan.«

Sie war nur kurz fort und kam mit einem schlaksigen Jugendlichen mit dunklen Augen, pechschwarzem Haar und leichtem Bartflaum auf der Oberlippe zurück. Seine Arme hingen schlaff an den Seiten herab.

»Hassan Ali?«, fragte Natalie.

Er nickte stumm. Seine Mutter stand beschützend an seiner Seite.

»Wo waren Sie am Freitagabend?«

»Chillen«, sagte er. »Viel mehr kann hier ja nicht machen.« Er hatte eine erstaunlich tiefe Stimme.

»Mit wem haben Sie gechillt?«

»Mit Freunden.«

»Ich brauche Namen, Hassan.«

»Wir waren eine Gruppe. Wir sind meistens in einer Gruppe. Der Großteil davon wohnt in Hounslow House. Warum fragen Sie?«

»Wir untersuchen den Mord an Charlotte Brannon. Ich glaube, Sie kannten ihren Mann, Adam?«

»Ich gehe manchmal in seinen Boxclub. Hier muss man sich verteidigen können.«

»War Finn Kennedy am Freitag bei Ihnen?«

Das kurze Zucken seiner schweren Lider reichte ihr als Bestätigung aus. »Ich glaube nicht.«

»Sie würde sich doch sicher erinnern, wenn Finn da gewesen wäre. Er ist ein Freund von Ihnen, oder nicht?«

»Nicht wirklich.«

»Das stimmt nicht, Hassan. Sein Bruder hat uns erzählt, dass Sie befreundet sind.«

»Das ist nicht wahr.«

»Hassan, das ist sehr wichtig. Eine Frau wurde ermordet. Finn ist verschwunden. Wir wollen nicht behaupten, dass Finn in die Sache verwickelt ist, aber er könnte in der Nähe der Brannons jemanden gesehen haben, und darüber müssen wir mit ihm sprechen.« Natalie wandte den Blick seiner Mutter zu, in der Hoffnung, sie könnte ihren Sohn überreden. Es funktionierte. Sie sagte etwas auf Arabisch. Hassan antwortete, ein Schwall unverständlicher Laute. Er wandte sich wieder Natalie zu.

»Ich weiß nicht, wo er steckt. Er war schon ein paar Tage nicht hier, und er geht nicht an sein Handy.«

»Können Sie uns die Namen von den anderen Personen geben, mit denen Sie am Freitagabend zusammen waren?« Sie wusste, dass sie nicht viel nützen würden. Egal wen sie fragten, er würde behaupten, dass Hassan bei ihm war. So lief das hier. Sie hielten zusammen. Sie hatte keine Ahnung, ob er die zweite Person gewesen war, die in der Nähe der Brannons gesehen worden waren, aber ihr fiel auf, dass er ähnlich groß war und die gleiche Statur hatte wie die zweite Person auf dem Standbild.

Seine Mutter sagte noch etwas. Er nickte. »Abe, Leon und Mustafa. Sie wohnen in Hounslow House. Sie gehen auch in den Boxclub.«

Natalie hatte den Verdacht, es könnte sich um die drei Jugendlichen handeln, mit denen sie vorhin gesprochen hatten. »Danke. Haben Sie eine Ahnung, warum Finn aus dem Boxclub geflogen ist?«, fragte sie beiläufig.

Hassan schüttelte den Kopf. Seine Augenlider verrieten ihn wieder. Er sagte nicht die Wahrheit. Sie beendete die Befragung, und sie und Ian gingen zurück zum Auto.

»Ich glaube, er lügt. Er weiß, wo Finn ist, und er war möglicherweise am Freitagabend dabei. Ich werde ihn aufs Revier bringen lassen und dort vernehmen. Vielleicht fühlt er sich weniger sicher, wenn er sich nicht auf seinem Territorium befindet.« Sie stieg ein und knallte die Autotür zu.

»Inge ist heute im College. Ich habe ihre Mutter gefragt, bevor wir losgefahren sind. Sie sollte in einer halben Stunde frei haben. Dann treffen wir sie dort.«

EINUNDZWANZIG

MONTAG, 5. MÄRZ – NACHMITTAG

Das College bestand aus einer Ansammlung von Gebäuden, die sich über ein großes Industriegebiet verteilten. Inge trat aus der Glastür eines braunen Gebäudes ins Freie. Sie trug ihre Bücher im Arm und unterhielt sich mit einer anderen Studentin. Als sie Natalie entdeckte, die neben dem Auto wartete, entschuldigte sie sich, ließ ihre Begleiterin zurück und kam zu den Ermittlern.

»Meine Mutter ist total sauer auf mich, und ich konnte nicht mit Adam sprechen.« Sie klang anklagend, wütend und aufgebracht.

»Es tut mir leid, das zu hören. Wir hatten gehofft, Sie könnten uns vielleicht etwas über Finn Kennedy erzählen. Sie sollten allerdings eine neutrale volljährige Begleitung haben. Ich darf Sie eigentlich nicht allein befragen.«

Inge runzelte die Stirn. »Ich will keinen Erwachsenen. Ich bin fast achtzehn, und ich werde Ihnen sagen, was Sie wissen müssen. Was hat Finn mit dieser Sache zu tun?«

»Sie waren mit ihm zusammen, stimmt das?«

»Und ich habe Schluss gemacht.«

»Wann haben sie Finn zuletzt gesehen?«

»Vor Ewigkeiten.« Sie antwortete schnell, zu schnell, und drückte ihre Bücher enger an die Brust.

»Inge, wann haben Sie ihn zuletzt gesehen?«, bohrte Natalie nach.

»Ich weiß nicht mehr.« Inge wandte sich ab und wollte weggehen.

»Wir haben Grund anzunehmen, dass Finn am Freitagabend in der Nähe des Hauses der Brannons gewesen ist.«

Inge wirbelte herum, und ihre Augen funkelten. »Er hat es nicht getan. Er hat sie nicht umgebracht.«

Natalie hielt dem trotzigen Blick der jungen Frau stand. »Sie springen ihm recht schnell zur Seite. Sie haben mit ihm Schluss gemacht, trotzdem verteidigen Sie ihn. Ich kann mir nur einen Grund dafür vorstellen, und zwar, dass er Sie kontaktiert hat und Sie bereits wussten, dass er am Freitagabend dort war.«

»Er hat sie nicht umgebracht!«, schrie sie mit hochrotem Gesicht.

»Inge, er wurde gesehen, wie er zusammen mit einem Komplizen mit einem Stahlrohr in der Hand die Straße hinunterlief. Wenn er nicht vorhatte, Charlotte etwas anzutun, warum war er dann dort? Wollte er zu Ihnen? Waren Sie dabei, wieder zusammenzukommen?«

»Nein! Ich liebe Adam.«

»Es wäre vielleicht am besten, wenn wir das mit Ihnen im Revier besprechen«, sagte Natalie in ruhigem Ton. »Ich sorge dafür, dass Ihre Mutter oder Ihr Vater dabei sind.«

»Mum wird durchdrehen. Nein. Zwingen Sie mich nicht, aufs Revier zu kommen. Ich habe auch so schon genug Ärger. Dad ist fuchsteufelswild und spricht nicht mehr mit mir. Ich möchte sie da nicht mit reinziehen. Mein Leben ist die Hölle. Ich möchte nur Adam sehen.« Sie ließ den Kopf sinken.

»Dann helfen Sie uns, Inge. Hat Finn Sie kontaktiert?«

Sie nickte resigniert. »Als er herausgefunden hat, dass

Charlotte tot ist, hat er Panik gekriegt. Besonders nach dem, was zwischen ihm und Adam vorgefallen war. Er dachte, jeder würde denken, er hätte etwas mit ihrem Tod zu tun. Er hat mich um Geld für ein Prepaid-Handy gebeten , um mit seinen Freunden in Verbindung bleiben und herausfinden zu können, was vor sich ging. Er wollte untertauchen, bis der Mörder geschnappt ist.«

»Was hat er Ihnen erzählt?«

»Er wollte Adams Auto schrotten. Deshalb ist er zum Haus gegangen. Er hatte rausgefunden, dass Adam und ich was miteinander haben, und wollte sich rächen. Aber noch bevor er irgendetwas gemacht hat, hat er im Haus einen Schrei gehört und ist abgehauen. Er dachte, Charlotte hätte ihn aus dem Fenster beobachtet und würde die Polizei rufen. Am nächsten Tag hat er gehört, dass sie tot ist. Und da dachte er, dass Sie sicherlich nach ihm suchen.«

»Wir wissen, dass er an dem Abend nicht allein war. Wissen Sie, wer bei ihm war?«

Inge schüttelte den Kopf. »Er hat niemanden erwähnt. Ich dachte, er wäre allein gewesen.«

»Haben Sie eine Ahnung, wohin er verschwunden ist?«

»Ich weiß es ehrlich nicht, aber er hält bestimmt Kontakt mit seinem besten Freund. Der weiß es vielleicht.«

»Ist das Hassan Ali?«

»Ja.«

»Wir haben erfahren, dass Finn aus dem Boxclub geworfen wurde. Ging es dabei um eine Prügelei?«

»Es war mehr als das. Finn und Hassan sind übel mit einem der anderen Jungs aneinandergeraten und haben ein Messer gezogen. Adam hatte Finn schon mal wegen seiner Ausraster gewarnt und nun die Nase voll. Finn hat um eine weitere Chance gebettelt. Er wollte vom Boxen leben. Er hatte einen Sponsor und alles in die Wege geleitet, aber Adam blieb hart. Er hatte genug von Finn. Ständig hat er die anderen Jugendlichen schikaniert und Prügeleien angefangen. Adam meinte, er wäre zu aufbrausend, um Profiboxer zu werden.«

»Und das hat Finn ihm krummgenommen?«

»Wahrscheinlich. Da war ich schon nicht mehr mit ihm zusammen. Er ist ständig grundlos ausgeflippt, aber zu mir war er eigentlich immer okay.«

»Wie viel Geld haben Sie ihm gegeben?«

»Fünfzig Pfund. Mehr hatte ich nicht. Ich musste sie von meinem Sparkonto abheben. Dad rastet aus, wenn er das rausfindet. Sagen Sie bitte meinen Eltern nichts. Bitte.«

»Warum haben Sie ihm geholfen?«

»Er hat mir leidgetan. Er sah so verängstigt aus. So habe ich ihn noch nie gesehen. Und außerdem habe ich ihm geglaubt.«

Lucy war inzwischen aus Oxfordshire zurück und brannte darauf, den Hinweisen nachzugehen, die sie über Jed erhalten hatte. »Murray, kommst du mit, wenn ich Jed Malloney hole? Ich will ihn ins Revier bringen und offiziell vernehmen. Er war letzten Freitag wegen eines Radio-Interviews in Stoke, ist danach aber nicht direkt nach London zurückgefahren. Er sagte, er hätte Zeit mit den Hills verbringen wollen. Für mich passt das irgendwie nicht ganz. Sie hätten ihn doch bestimmt erwähnt, wenn er bei ihnen aufgetaucht wäre, oder nicht?«

Murray schob seinen Stuhl zurück. »Das denke ich auch.«

»Gibt es bei dir etwas Neues?«

»Ich habe den Lucia-Perez-Fall nachverfolgt. Ich hatte gehofft, weitere Hinweise auf einen Zusammenhang mit diesem Fall zu finden, schließlich wurde auch sie totgeschlagen und das Kind am Leben gelassen, aber ich kann ansonsten keine Verbindungen herstellen, abgesehen von der Tatsache, dass Adam am Tag des Mordes in Nottingham war. Ich habe mit dem verantwortlichen Detective Chief Inspector gesprochen, und er ist noch immer überzeugt, dass der Ehemann dahintersteckt, obwohl man ihm nichts beweisen konnte. Er sagt, der Typ war eine besonders harte Nuss. Alles deutete auf ihn hin. Er glaubt, Lucia wollte weglaufen, Rodrigo hat davon Wind gekriegt und sie getötet, bevor sie ihren Plan in die Tat umsetzen konnte. Die Fälle scheinen nicht zusammenzuhängen.«

»Irgendwie ist das auch gut so. Das würde unsere Ermittlungen nur noch undurchsichtiger machen.«

Sie gingen die Treppe hinunter und betraten den hell erleuchteten Eingangsbereich.

»Hier unten braucht man eine Sonnenbrille. Jedes Mal, wenn die Sonne rauskommt, wird man geblendet bei all dem Glas in diesem Gebäude«, schimpfte Murray, kniff die Augen zusammen, legte seine Karte auf das Kontrollfeld der Schranke und wartete, dass sie sich öffnete.

Lucy war vor ihm hindurchgegangen und beeilte sich, zum Auto zu kommen. »Während der langen Wintermonate ist es aber okay. Besser als vorher.« Lucy und Murray waren beide zur selben Zeit in die neue Zentrale in Samford versetzt worden.

»Vermisst du die alte Dienststelle?«, fragte er.

»Kein Stück. Es war eine gute Idee, die Versetzung zu beantragen. Hier finde ich es besser.«

»Und wer hatte die gute Idee?«, witzelte er, als sie einstiegen.

»Ja, ja. Klopf dir noch einmal auf die Schulter.«

»Ist aber gut zu wissen, oder?«

»Was?«

»Dass euer Baby so fantastische Gene haben wird.«

»Halt die Klappe!«, sagte sie und lächelte.

Er rollte langsam auf die Straße und beschleunigte. »Wie geht es Bethany?«

»Gut. Sie ist jetzt in der achtzehnten Woche. Noch keine komischen Gelüste, und die Morgenübelkeit scheint vorbei zu sein.«

Murray verzog das Gesicht. »Gut, dass ich ein Mann bin.«

Er konzentrierte sich auf die Strecke durch die Stadt und hinaus aufs Land, wo die Hills wohnten, und sprach nicht weiter über das Baby. Lucy nutzte die Zeit, um sich zurechtzulegen, was sie Jed sagen sollte.

Vier Autos parkten auf der Einfahrt von Walnut Cottage. Murray stellte sich hinter einen roten Mercedes Cabrio. Auf dem Rücksitz lag ein Uniform-Hut von Emirates.

»Phoebes«, bemerkte er, als sie daran vorbei zum Eingang gingen. Er drückte die Klingel.

Phoebe öffnete. Die verlaufene Schminke unter ihren Augen verriet, dass sie geweint hatte.

»Wir würden uns gerne kurz mit Ihrem Verlobten unterhalten.«

»Was wollen Sie denn von ihm?«

»Ist schon gut, Schatz. Ich rede mit ihnen. Geh nur zurück zu deiner Mom.«

Jed trug eine enge Jeans und ein T-Shirt mit dem Namen seiner Band und lächelte ihr zu. »Geh schon. Es dauert nur eine Minute.«

Sie rührte sich nicht.

»Das ist nur das übliche Vorgehen der Polizei, nicht wahr, Officers?« Fragend sah er sie an und hob die hellen Augenbrauen. Er wurde von seinen zukünftigen Schwiegereltern gerettet, die kurz auftauchten und aufgeregt wirkten. Im Haus schrie ein Baby, und das Weinen wurde stetig lauter.

»Phoebe, Liebes. Kannst du bitte deiner Mum helfen? Sie kann Alfie nicht beruhigen.«

Jed trat einen Schritt von der Tür zurück und flüsterte ihr zu: »Geh ruhig. Es ist sicher nichts Wichtiges. Sie überprüfen bloß alle, die Charlotte kannten und bisher noch nicht befragt wurden.«

Phoebe warf ihm einen Blick zu, bevor sie ging.

Sobald sie fort war, wurde sein Blick eisig, und das Lächeln verschwand. »Wie kann ich Ihnen helfen, Officers?« Er stand noch immer in der Tür und schien nicht gewillt, sie hereinzulassen.

»Wir versuchen ein paar Punkte aufzuklären«, sagte Lucy. »Sie haben am Freitagnachmittag ein Interview für BBC Radio Stoke aufgezeichnet, sind aber erst im Laufe des nächsten Tages nach London zurückgekehrt. Ihrer Managerin gegenüber haben Sie erklärt, Sie wollten Ihre zukünftigen Schwiegereltern Kevin und Sheila besuchen.«

»Das stimmt. Ich hatte vor vorbeizufahren, um ihnen zum Hochzeitstag zu gratulieren, aber das Interview hat länger gedauert, als ich dachte, und dann habe ich mich noch mit ein paar Tontechnikern beim Sender unterhalten. Sie wissen ja, wie das ist. Die Zeit verging, und ich habe es mir anders überlegt. Ich bin auf ein paar Drinks in die Stadt gefahren, habe mich aber mit der Zeit vertan, den Zug um Viertel vor zehn verpasst und dann den Spätzug um elf genommen. Der endete in Wolverhampton. Da habe ich dann auf einer Bank geschlafen, bis um fünf der erste Zug ging. Um sieben war ich in London.«

»Verstehe. Gab es einen Grund, warum Sie den Zug um Viertel vor zehn verpasst haben?«

»Ich habe einfach nicht auf die Zeit geachtet.«

»Das war nicht das erste Mal, dass Sie in Stoke waren, nicht wahr?«

»Nein, ich war schon einmal da.«

»Im Dezember 2016.«

»Wenn Sie das sagen ...« Er ließ eine Reihe gerader weißer Zähne sehen.

»Sie hatten am Freitag, den zweiten Dezember 2016 einen Auftritt in Stoke.«

»Sagte ich ja schon. Wenn Sie das sagen ...«

»Das war außerdem der Abend, an dem Sie Charlotte Brannon kennengelernt haben.«

Die Zähne verschwanden. »Ich weiß nicht, worauf Sie hinauswollen, aber ich sollte Sie vielleicht daran erinnern, dass hier Menschen sind, die einen schweren Verlust zu verkraften haben. Sie gehen zurzeit durch die Hölle.«

»Das ist mir bewusst, Sir. Hatten Sie eine Affäre mit Charlotte Brannon?«

»Natürlich nicht!«

»Ist sie in jener Nacht mit Ihnen ins Hotel gegangen?«

Alfie schrie nun kräftiger. Jed zog die Tür weiter zu, um den Lärm auszublenden. »Ich wusste nicht, wer sie war, okay? Ich war total neben der Spur an dem Abend. Sie war einfach eine gut aussehende Frau, die scharf auf mich war. Sie ist wohl unserem Kleinbus zum Hotel gefolgt und hat sich den Schlüssel aus dem Putzwagen geklaut. Ich war schon im Halbschlaf, als sie zu mir ins Bett geklettert ist. Was sollte ich tun? Es war ein Mal. Ein einziges Mal.«

»Sie müssen gewusst haben, wer sie war, Jed. Sie müssen sie doch vorher schon einmal gesehen haben, zumindest auf einem Foto. Sie waren damals schon mit Phoebe zusammen. Ich kann mir nicht vorstellen, dass Sie nicht wussten, wer Charlotte war.«

»Die Nacht ist ein einziger Nebel, verdammt noch mal. Ehrlich. Ich habe sie nicht erkannt. Vielleicht hat irgendeine Ecke in meinem Gehirn gewusst, wer sie war, aber es ist nicht durchgekommen. Sie müssen mir glauben. Ich war total high. Ich kann mich wirklich an nichts mehr erinnern, was in der Nacht passiert ist. Als ich morgens wieder zu mir gekommen bin, war sie schon weg.«

»Ich nehme an, Sie haben mit Phoebe nie über jene Nacht gesprochen?«

»Nein. Können Sie sich die Folgen vorstellen?« Er strich mit der Hand über seine Koteletten und über sein Kinn.

»Haben Sie Zeugen, die bestätigen können, wo Sie am letzten Freitag waren?«

»Ich fürchte nicht.«

»Es könnte Aufnahmen von Ihnen am Bahnhof von Stoke oder Wolverhampton geben, aber es würde helfen, wenn Sie sich erinnern könnten, in welchen Pubs Sie waren, sodass wir mit dem Personal dort sprechen können, um Ihre Angaben zu bestätigen.« Lucy drängte ihn noch einmal, »Welche Pubs haben Sie besucht?«

»Ich habe überhaupt keine Ahnung. Ich bin in den ersten gegangen, den ich finden konnte, habe ordentlich was getrunken und bin dann weitergezogen.«

»Charlotte wurde an dem Abend gegen dreiundzwanzig Uhr getötet, und solange wir keine konkreten Beweise haben, wo Sie sich aufgehalten haben, zieht das Ihre Angaben deutlich in Zweifel.«

»Ich war bis kurz nach elf in Stoke-on-Trent, wo ich den Zug genommen habe, der in Wolverhampton endet. Hören Sie, Charlottes Haus ist fast fünfzig Kilometer entfernt. Ich hätte mindestens eine halbe Stunde gebraucht, um von dort zum Bahnhof nach Stoke zu kommen. Und ich war zu Fuß.«

»Ich bin sicher, an einem Freitagabend hätte sich ein Taxi auftreiben lassen, Sir«, wandte Murray ein.

»Dann finden Sie eins, das am Freitagabend vor ihrem Haus gehalten hat, dann können Sie zurückkommen und mich beschuldigen.« Seine Stimme war noch immer gedämpft, auch wenn er jetzt deutlich gereizt klang.

»Über dreißig Minuten«, sagte Lucy nachdenklich. »Woher wissen Sie das?«

»Ich war schon einmal bei ihnen«, entgegnete er gelassen. »Wir haben sie einmal besucht, um Alfie ein Geschenk zur Taufe zu bringen, weil wir die eigentliche Feier verpasst hatten.«

»Aber woher wissen Sie, wie lange man von Stoke zu Charlottes Haus in Samford braucht? So etwas weiß man doch nur, wenn man es nachschaut oder ausprobiert.«

»Ich war am Freitagabend nicht da, und das ist alles, verstanden?«

»Es tut mir leid, aber das reicht mir nicht. Ich muss Sie bitten, uns aufs Revier zu begleiten.«

»Sie machen Witze.«

»Nein, Sir. Wir müssen feststellen, wo Sie sich aufgehalten haben.«

Seine Züge verhärteten sich. »Und was, wenn ich mich weigere?«

»Sie können sich nicht weigern. Wir haben das Recht, Sie zur Vernehmung vorläufig festzunehmen, wenn wir den Verdacht haben, Sie könnten mit einer Straftat in Verbindung stehen.«

»Das ist doch irre!«

Phoebe öffnete die Tür weiter und starrte hinaus. Ihr Gesicht war leichenblass. Das Baby hatte aufgehört zu schreien. »Was geht hier vor? Ich dachte, es ginge nur um ein paar allgemeine Fragen wegen Charlotte.«

»Du musst dir deswegen keine Sorgen machen, Schatz.«

»Wir nehmen ihn zur Befragung mit in die Dienststelle«, erklärte Lucy.

»Was? Ich verstehe das nicht ...« Phoebe sah erst Lucy an und dann Jed. »Was ist hier los?«

»Ich erkläre es dir später. Es ist nur eine blöde Verwechslung.«

»Jed?« Ihr Ton war misstrauisch.

»Ehrlich. Geh wieder rein zu deinen Eltern und Alfie. Sie brauchen dich jetzt alle. Ich bin gleich zurück. Geh schon.« Er schob sie wieder ins Haus und murmelte etwas, das Lucy nicht verstand. Dann erschien er wieder. »Also los. Bringen wir's hinter uns.«

———

Natalie und Ian waren wieder in der Wohnung der Alis. Hassans Mutter wedelte mit den Händen vor seinem Gesicht und brüllte ihn an.

Natalie konnte nur den Namen Finn aus dem Wortschwall heraushören, der ihr über die Lippen kam. Er hob die Hände und sagte etwas Beschwichtigendes in seiner Muttersprache.

»Wakha. Wakha.«

Sie wurde still und machte einen Schritt zurück, während er mit Natalie sprach.

»Ich weiß, wo Finn ist. Ich möchte eine Aussage machen.«

»Möchte Ihre Mutter mit aufs Revier kommen?«

Er schüttelte den Kopf. »Sie bleibt hier. Ich bin achtzehn. Ich brauche keine erwachsene Begleitung.« Er verließ die Wohnung, ohne sich noch einmal nach seiner Mutter umzudrehen. Sie folgte ihnen schweigend zur Tür und schloss sie hinter ihnen.

Hassan ging mit erhobenem Kopf voraus zum Treppenhaus. Natalie war die Erste, die bemerkte, dass seine Schritte schneller wurden. Dann, als er sich dem Treppenhaus zuwandte, wusste sie instinktiv, was passieren würde.

»Ian, der haut ab!«, rief sie und sprintete vorwärts.

Vor ihnen rannte Hassan die Treppen hinunter, sprang über das Geländer und rollte sich geschickt ab, bevor er durch den dunklen Flur davonlief.

»Hassan!«, rief sie. »Sofort stehen bleiben!«

Es war vergebens. Sie und Ian erreichten den Fuß der Treppe und sahen sich nach links und rechts um. Gerade noch konnten sie an einem Notausgang eine Bewegung ausmachen. Sie rannten darauf zu und hinaus in ein Niemandsland aus Müll: Flaschen, Unrat, Müllsäcke und Unkraut.

»Mist! Wo ist er hin?« Vor ihr lagen zwei weitere Wohnblocks mit Gehwegen und Hintereingängen.

»Ich versuche es da«, sagte Ian und lief auf die Tür zum Hounslow House zu.

Natalie versuchte zu berechnen, wie weit er in der kurzen Zeit hatte kommen können, und hielt auf das nächste Ziel zu, ein Gehweg, der an Hassans Gebäude vorbeiführte. Er führte sie hinaus zu dem von Gestrüpp überwachsenen Bereich, in dem das ausgebrannte Autowrack stand, neben dem sie bei ihrem ersten Besuch geparkt hatten. Die Hände auf die Knie gestützt und nach vorn gebeugt blieb sie stehen, um Luft zu holen, und beschloss, dass sie für Verfolgungsjagden zu alt wurde. Sie war in den Vierzigern und – so fit sie auch war – würde einen Achtzehnjährigen wohl kaum einholen. Sie hoffte, dass es Ian besser ergangen war, aber als er aus dem Vordereingang von Hounslow House herausgestürzt kam, konnte sie ihm ansehen, dass er ebenso frustriert war wie sie.

»Er ist mir entwischt«, rief er.

Sie kam auf ihn zu und fluchte über Hassan. »Wir lassen uns von der Mutter seine Mobilfunknummer geben und sehen, ob wir ihn aufspüren können. Er wird nicht weit kommen.« Schon als sie das sagte, wusste sie, dass es gut sein konnte, dass sie ihn nicht finden würden. Er hatte sich vermutlich auch verkrochen. Mit allerhöchster Wahrscheinlichkeit war ihnen gerade die einzige Person, die ihnen in dieser Ermittlung weiterhelfen könnte, durch die Lappen gegangen.

ZWEIUNDZWANZIG

Doktor: Sie wirken heute fröhlich.

Patient X: Das bin ich auch. Ich fühle mich seelisch erleichtert, entspannter und hoffnungsvoller.

Doktor: Möchten Sie mir den Grund dafür mitteilen?

Patient X: Ich bin mir nicht sicher. Vielleicht glauben Sie mir nicht.

Doktor: Warum sollte ich Ihnen nicht glauben? Versuchen Sie es doch einfach.

Patient X: Heute Morgen hat mich einer der Todesengel besucht.

Doktor: Sie haben einen Engel gesehen?

Patient X: Einen Todesengel. Ich habe ihn schon vorher ein paarmal gesehen. Zuerst dachte ich, es wäre meine Mutter, *aber dem war nicht so. Der Engel sieht nur aus wie sie, hat dieselben Haare, dasselbe Gesicht, aber mit dunklen, leeren Augenhöhlen, wo die Augen sein sollten. Er hat mir auch erklärt, wie ich Erlösung finden und die Dinge wiedergutmachen kann, die meine Mutter mir angetan hat.*

Doktor: Das ist wirklich neu. Sie haben diesen Engel noch nie erwähnt.

Patient X: Weil ich zu Ihnen gekommen bin, um meine Träume besser zu verstehen, nicht um mit Ihnen über den Engel zu sprechen, der mich besucht.

Doktor: Sehen Sie ihn im Schlaf?

Patient X: Er kommt, wann immer er Lust hat: morgens, nachts, oder auch tagsüber. Manchmal manifestiert er sich, aber er spricht nicht, er wartet nur ab, während ich meine Sachen erledige. Heute hat er mir sehr geholfen.

Doktor: Wie hat er Ihnen geholfen?

Patient X: Er hat mich zum Blut geführt.

Doktor: Was meinen Sie damit?

Patient X: Das, was ich gesagt habe. Blut.

Doktor: Warum Blut? Sie sprechen in Rätseln.

Patient X: Ist das nicht Ihre Spezialität? Rätsel beziehungsweise der konfuse Quatsch, der sich in den Köpfen der Leute zusammenbraut?

Doktor: Ich helfe Menschen, die Bedeutung ihrer Träume zu verstehen. Das sind keine Rätsel. Alle Träume haben ihren Ursprung im Bewusstsein einer Person. Der Engel ist ein weiteres Beispiel dafür. Er kommt vermutlich zu Ihnen, wenn Sie emotional aufgeladen sind.

Patient X: Er kommt, wann immer er Lust hat, obwohl er fast immer erscheint, wenn er frisches Blut gewittert hat.

Doktor: Welches Blut meinen sie?

Patient X: Das ist doch Ihre Expertise. Was denken Sie denn, was ich meine?

Doktor: Sprechen Sie vom Blut eines Opfers?

Patient X: Bravo. Sie haben's kapiert, Doktor.

Doktor: Erzählen Sie mir mehr.

Patient X: Haha! Nein. Ich habe Sie genug durcheinandergebracht. Sehen Sie, wie gut gelaunt ich bin? Es macht mir enorm Spaß, Ihre Reaktion auf meinen Unsinn zu beobachten. Sie sehen so ernst aus, als ob Sie meine Enthüllungen schockiert haben. Natürlich ist das alles reine Erfindung. Ich wollte Sie heute ein bisschen aufziehen.

Doktor: Es gibt keinen Engel?

Patient X: Vielleicht. Vielleicht auch nicht. Wie dem auch sei, ich würde lieber über meine Mutter sprechen.

Doktor: Gibt es denn Opfer?

Patient X: Es ist witzig zu sehen, dass Sie mir das alles glauben, aber ich bin gar nicht mehr zu Scherzen aufgelegt. Ich will mit Ihnen über einen beängstigenden Traum von meiner Mutter sprechen, der mich schon als kleines Kind gequält hat. Über Jahre habe ich ihn jede Nacht geträumt, und dann hat er auf einmal ohne Grund aufgehört. Seit Kurzem ist er wieder da, und ich hätte gern Ihre Meinung dazu, was er wohl bedeutet und wie ich ihn wieder begraben kann. Lassen Sie uns doch darüber sprechen, Doktor.

Die Kollegin am Empfang begrüßte Natalie und informierte sie über die Vernehmung von Jed Malloney, die Lucy gerade begonnen hatte. Sie betrat einen angrenzenden Raum, von dem aus man durch einen Einwegspiegel in den Vernehmungsraum sehen konnte, um das Gespräch mitzuverfolgen. Jed sprach gerade.

»Okay«, sagte er und hob beide Hände in einer unterwürfigen Geste. »Das ist ein totaler Schlamassel. Ich schwöre, ich bin nicht die Person, die Sie suchen.«

»Sie haben gerade zugegeben, dass Sie am Freitagabend in Stoke-on-Trent waren und doch zu Charlotte gefahren sind.« Lucy hielt Blickkontakt mit Jed, der nervös auf seinem Stuhl herumrutschte, bevor er antwortete.

»Ich sag Ihnen, was passiert ist. Letzten Montag bekomme ich plötzlich eine merkwürdige Nachricht von Charlotte auf meiner Mailbox, dass sie dringend mit mir sprechen muss. Sie gibt mir eine Festnetznummer, die ich anrufen soll. Ich nehme an, es ist die Nummer von zu Hause und dass es irgendetwas mit der Familie oder Phoebe oder so zu tun hat, also rufe ich zurück. Sie geht dran und lässt diese Bombe platzen, dass Alfie angeblich mein Sohn ist. Einfach so. Nicht mal ›Hi, wie geht's?‹ Nein, sie platzt direkt raus mit ›Alfie ist dein Sohn‹. Sie können sich ja vorstellen, wie ich darauf reagiert habe. Ich bin also vollkommen geplättet, und als ich gerade wieder atmen kann, kommt sie damit um die Ecke, dass sie Phoebe die Wahrheit sagen würde, dass es nicht fair wäre, so etwas Wichtiges vor ihr zu verheimlichen, und dass ihre Schwester ein Recht hätte, es zu erfahren, bevor sie mich heiratet. Ich sage ihr, sie soll mal langsam machen und erklären, was zum Geier da los ist. Sie erinnert mich an die Nacht im Dezember 2016 in Stoke, als sie mit mir geschlafen hat. Mir kommt das völlig verrückt vor, weil sie vorher nie ein Wort darüber verloren hat.«

Er schüttelte sein schmutzig-blondes Haar und fuhr in seinem trägen Tonfall fort. »Ich sage also, ich glaube ihr nicht, und verlange einen Vaterschaftstest. Ich sage ihr, dass ich zu ihr komme und wir über alles sprechen und sie bloß nichts Überstürztes tun soll. Sie meint, zum Reden wäre es ein bisschen zu spät. Ich bestehe darauf, sage ihr, dass ich am Freitag um etwa halb fünf wegen dieses Radio-Interviews in Stoke-on-Trent bin, das vielleicht maximal eine Stunde dauert, und danach vorbeikommen könnte. Sie stimmt zu, mich um sieben vor dem Bahnhof in Stoke zu treffen. Adam geht freitagsabends normalerweise mit einem von seinen Kumpeln aus, also könnte sie mich treffen. Ich denke mir, alles ist geklärt. Das Interview beim BBC ist um circa zwanzig nach fünf vorbei. Ich hänge danach noch ein bisschen da rum, trink was, um meine Nerven zu beruhigen, und warte am Bahnhof, aber sie kreuzt nicht auf. Ich warte eine halbe Stunde. Sie ist noch immer nicht da. Ich rufe die Nummer an, die sie mir gegeben und von der aus sie mich angerufen hat, aber es ist nur eine Telefonzelle in Samford. Irgendeine fremde Person geht ran und hat keine Ahnung, wer ich bin. Ich habe ihre blöde Handynummer nicht und kann schließlich schlecht Phoebe oder ihre Eltern danach fragen, ohne dass sie Verdacht schöpfen. Ich kann sie also nicht erreichen und nicht rausfinden, warum sie nicht wie geplant zum Bahnhof gekommen ist. Ich geh zurück in die Stadt, was übrigens ein ziemlich weiter Weg ist, falls Sie es noch nicht wussten, und überlege mir, was ich als Nächstes tun soll. Ich muss diesen Scheiß in Ordnung bringen. Ich weiß nicht, welches Spielchen Charlotte spielt, aber es raubt mir den Verstand. Ich trinke noch was an der Bar und dann noch ein bisschen, und dann fälle ich die Entscheidung. Ich bestelle mir ein Uber und lasse mich vom Fahrer in der Nähe des Hauses absetzen. Es ist ungefähr Viertel nach zehn, vielleicht zwanzig nach, als wir dort ankommen. Ich bin nicht sicher, ob das überhaupt eine gute Idee ist. Es fühlt sich vollkommen falsch an, und doch muss ich wissen, ob Alfie wirklich mein Kind ist. Vor allem mache ich mir Sorgen, dass Phoebe davon erfahren könnte, bevor ich es ihr sagen kann. Wenn sie es herausfindet, sollte ich derjenige sein, der es ihr sagt. Ich gehe auf und ab, versuche, den Mut zusammenzunehmen, zu Charlottes Tür zu gehen. Ich mache mir Gedanken, ich könnte den ganzen Weg hergekommen sein, und Adam ist zu Hause. Ich gehe ein Stück die Straße rauf. Ich sehe nur ein Auto in der Einfahrt, einen BMW. Im Haus ist kein Licht. Ich klopfe an die Tür und klingele. Niemand reagiert. Das war's. Mehr nicht. Ich bin wieder gegangen. Ich geh also die Straße runter und bestelle wieder ein Uber, das nach nur zehn Minuten eintrifft.«

Er hob beide Hände. »Ich schwöre hoch und heilig. Die Details können Sie auf meinem Handy überprüfen. Ich war gerade noch rechtzeitig am Bahnhof, um den Zug um elf Uhr zu erwischen. Mir war nicht klar, dass der nur bis Wolverhampton fährt, bis ich schon drin saß. Und der Rest ist genau so, wie ich Ihnen erzählt habe. Um fünf Uhr morgens habe ich in Wolverhampton den Zug genommen und bin nach London zurückgefahren.«

»Sie waren nur ein paar Minuten beim Haus und haben Charlotte nicht gesehen?«

»Das sagte ich Ihnen doch. Ich habe sie weder gesehen noch mit ihr gesprochen oder sonst irgendetwas. Ich bin nur zur Tür gegangen. Bestimmt hätten Ihre Leute von der Spurensicherung doch etwas gefunden, wenn ich wirklich im Haus gewesen wäre. Ich habe auch die Anrufliste mit dem Anruf bei der Telefonzelle. Außerdem ist da die Uber-App, da können Sie sehen, dass ich zu den angegebenen Zeiten tatsächlich einen Wagen bestellt habe. Ich bin nicht ihr Mörder.«

»Sind Sie bereit, uns eine DNA-Probe zu geben?«

»Muss ich das? Ich weiß nicht, ob ich jetzt damit umgehen könnte, wenn ich wirklich Alfies Vater bin. Ich kann das Kind kaum ansehen. Er ist drüben im Haus bei Phoebe und ihren Eltern, und ich tue immer noch so, als wäre er von Charlotte und Adam. Ich glaube nicht, dass ich jetzt schon bereit für einen Test bin, der beweist, dass *ich* sein Vater bin. Was habe ich ihm schon zu bieten? Außerdem würde es meine Beziehung mit Phoebe vollkommen ruinieren, wenn der Test positiv wäre. Sie will doch nicht das Kind ihrer Schwester mit mir großziehen. Es ist besser, wenn ich es nicht weiß, wenn es keiner von uns weiß.«

Lucy blieb beharrlich. »Es würde uns sehr helfen.«

Er beugte sich vor und presste die Fingerspitzen fest gegeneinander. »Okay, der Deal ist Folgender: Ich gebe Ihnen die Probe, damit Sie mich als Verdächtigen streichen können oder so, und wenn Sie die Probe verwenden, um Alfies Vaterschaft festzustellen, möchte ich das Ergebnis nicht wissen.«

»Wir brauchen *unbedingt* eine DNA-Probe und Ihr Handy, damit wir die Zeiten der Taxifahrten und des Anrufs von Charlotte und Ihres eigenen bei der Telefonzelle überprüfen können.« Lucy würde sich nicht einfangen lassen, auch wenn er noch so bittend und ernst dreinschaute. Er seufzte schwer, zog sein Handy hervor und schob es ihr über den Tisch zu.

»Ich könnte mich weigern.«

»Das könnten Sie, aber es wäre nicht in Ihrem Interesse. Sie waren in der Mordnacht beim Haus des Opfers. Es wäre ratsam zu kooperieren.«

Er hob das Kinn und starrte schweigend die Decke an. Schließlich ergriff er wieder das Wort. »Okay, führen Sie Ihre Tests durch oder was Sie auch immer vorhaben. Das ist alles ein gigantischer Haufen Scheiße. Versprechen Sie mir eins. Erzählen Sie Phoebe nicht von Alfie.«

»Im Augenblick sehe ich keine Notwendigkeit, mit ihr über diese Angelegenheit zu sprechen.«

Er nickte wiederholt. »Danke.«

Zurück im Büro sprach Natalie Lucy ein Lob aus. »Die Vernehmung haben Sie gut gemacht.«

»Er tat mir ein bisschen leid. Es muss ziemlich verwirrend und ein riesiger Schock für ihn gewesen sein, plötzlich zu erfahren, dass er womöglich Alfies Vater ist. Ich wette, er wird es Phoebe erzählen, auch wenn der Test negativ ist. Wer weiß, was dann mit ihnen passiert?«

»Wir sind keine Eheberater, zum Kuckuck«, murmelte Murray. »Wir gehen rein, gehen die Beweise durch und kommen wieder raus. Es ist schwer genug, unser eigenes Leben und unsere Beziehungen auf die Reihe zu kriegen.«

»Du musst nicht von dir auf andere schließen. Ich habe beides ganz gut im Griff«, meinte Lucy und zuckte leicht mit den Schultern.

Natalie unterbrach den Schlagabtausch. »Jed scheint ziemlich sicher zu sein, dass wir seine Angaben bestätigen werden. Wenn das der Fall ist, können wir ihn von unserer Liste streichen. Dann bleiben uns noch Hassan Ali, Finn Kennedy, Adam und Lee. Ian versucht, Hassan über sein Handy zu orten, aber ich fürchte, er hat es zurückgelassen und benutzt ein Wegwerfhandy. Er hat ohne Zweifel ein Netzwerk von Freunden, die ihn für eine Weile verstecken.«

»Inge war sicher, dass Finn nichts mit dem Mord zu tun hat«, sagte Murray.

»Das mag sein, aber sie steht ihm emotional nahe, auch wenn sie kein Paar mehr sind, und sie hat möglicherweise nicht die allerbeste Menschenkenntnis«, erwiderte Lucy.

»Ich schätze, es ist Zeit, dass wir uns Adam und Lee vornehmen. Ich hatte gehofft, wir würden vorher mehr Informationen erhalten, vielleicht von diesen beiden Jugendlichen, aber ich kann mit der Sache nicht länger warten. Wir müssen herausfinden, wo sie wirklich in der Nacht waren, als Charlotte starb. Wir vernehmen sie beide noch einmal und auch diesen Barkeeper, Vitor, aus dem White Horse.«

Natalies Handy klingelte. Der spezielle Klingelton verriet ihr, dass ihre Vorgesetzte am Apparat war. Eine Falte bildete sich zwischen ihren Augenbrauen. »Gehen Sie schon mal. Ich kümmere mich darum.«

Superintendent Aileen Melody, Natalies Chefin, war ruhig und gefasst wie immer, doch ihre Worte ließen Natalie erschauern. »Ich befinde mich an einem Tatort, Natalie. Sie müssen so schnell es geht in die Bose Street kommen. Wir glauben, dass Ihr Mörder erneut zugeschlagen hat.«

VIERUNDZWANZIG
MONTAG, 5. MÄRZ – ABEND

Natalie stand auf der Türschwelle und konnte ihren Blick kaum von dem kleinen Kind in Hose, Pulli und Turnschuhen losreißen. Es hatte die Faust in den Mund gesteckt, seine Augen waren geweitet und blickten verwirrt. Der kleine Junge starrte zum Haus und riss an der Hand, die seine festhielt. Er sträubte sich dagegen, der Polizistin mit dem sanften Gesichtsausdruck und der Sozialarbeiterin zu folgen, die versuchten, ihn dazu zu bringen, ins Auto zu steigen.

Es war der Pullover, den er trug: der blaugemusterte Pulli mit dem roten Traktor, den er anhatte. Josh hatte als Kleinkind fast den gleichen gehabt. Dieser Junge war kleiner, als Josh in seinem Alter gewesen war. Sie hatten ihn als Oscar Kirkdale identifiziert, und er war dreizehn Monate alt. Natalie rang die Gefühle nieder. Sie war ein Profi, aber dieses Mal hatte der Pullover einen Teil von ihr berührt, den mütterlichen Teil, den sie einzig für ihr Privatleben reserviert hatte. Sie räusperte sich. Immerhin hatte sie eine Aufgabe zu erledigen. Sie schaute sich im Flur um und bemerkte die winzigen blauen Pantoffeln, die zur Seite geschleudert worden waren, sowie die Jacken an den Haken neben der Tür: der schwarze Anorak einer erwachsenen

Person und ein Duffelcoat in Kindergröße. Eine hellblaue Handtasche mit Hundemotiv lag verkehrt herum auf dem Boden, und ein herzförmiger Schlüsselring mit dem Namen *Samantha* in großen pinkfarbenen Buchstaben befand sich auf dem Boden neben der Treppe. Eine Stoffgiraffe mit fröhlichem Lächeln stand auf der ersten Stufe, als ob sie dort wartete, sie zu begrüßen.

»Oscar wurde im Schrank unter der Treppe gefunden. Er scheint unverletzt zu sein, aber wir wissen nicht, ob er etwas mitbekommen hat oder nicht. Sein Vater, Daniel Kirkdale, wurde benachrichtigt und kommt später, um ihn abzuholen. Offenbar lebten er und Samantha seit einiger Zeit getrennt.«

»Daniel Kirkdale«, sagte sie nachdenklich. Mike nickte. »Wo ist Samantha?«

»Hier durch.« Mike ging vor und bog nach rechts ab. Natalie

bildete das Schlusslicht und starrte auf die schreckliche Szene, die sich ihr nun präsentierte. Ihr Blick streifte die Schachtel mit Cornflakes, die bunten Bausteine auf dem Tisch, die Trinklerntasse aus Plastik, das Lätzchen, das noch an der Rückenlehne des Hochstuhls hing, und erfasste dann den Anblick auf dem Boden.

»Nach unseren bisherigen Erkenntnissen wurde sie zunächst im Flur angegriffen. Dort sind Blutflecken an der Wand direkt hinter der Tür und weitere Spritzer auf dem Boden. Außerdem ist ihre Kleidung zerknittert und hat Falten, was darauf hinweisen könnte, dass sie in die Küche geschleift wurde, wo sie regelrecht abgeschlachtet wurde. Die Tatwaffe wurde zurückgelassen«, sagte Mike. »Ein zwanzig Zentimeter langes Kochmesser.«

Natalie sagte nichts. Sie betrachtete die verwischten Blutspuren an den Schränken und auf den Arbeitsflächen, die darauf hindeuteten, dass Samantha versucht hatte, ihrem Angreifer zu entfliehen. Nun lag sie mit dem Gesicht nach unten und einem zur Seite ausgestreckten Arm da, als ob sie noch immer dem Monster zu entkommen versuchte, das wiederholt auf sie eingestochen hatte. Sie war von zierlicher Gestalt, trug Jeans und eine weite cremeweiße Bluse, die nun blutrot gefärbt war. Strähnen ihres langen, bräunlich roten Haars hatten sich aus ihrer orangefarbenen Plastik-Haarspange gelöst und durchzogen nun die klebrige Blutlache.

Natalie ließ den Blick über den Leichnam der Frau wandern und richtete ihn dann auf den weißen Kühlschrank, wo der Mörder eine blutige Nachricht hinterlassen hatte: »*wer?*« Die Buchstaben waren leicht geneigt, genau wie bei der ersten Botschaft, die sie gefunden hatten. Sie war von derselben Person geschrieben worden. Ohne ein Wort zu sagen, machte sie auf dem Absatz kehrt und verließ den Raum. Aileen Melody war noch immer draußen und unterhielt sich mit Pinkney, dem Rechtsmediziner. Natalie ging zu ihnen.

»Sieht so aus, als hätten wir es mit demselben Täter zu tun«, sagte Natalie. »Die Mutter wurde brutal angegriffen, dieses Mal mit einem Messer. Wir müssen feststellen, ob es eines von Samanthas Messern war, oder ob der Mörder es mitgebracht hat. Da er es zurückgelassen hat, nehme ich an, dass wir keine Fingerabdrücke darauf finden werden. Unser Täter ist ein selbstbewusster Mistkerl.«

Pinkney nahm seine Tasche. »Ich gehe wohl besser rein.«

Sie sahen ihm nach, und Natalie wandte sich an ihre Vorgesetzte. »Wer hat sie gefunden?«

»Eine ihrer Freundinnen, Victoria Endon. Sie hat den ganzen Nachmittag vergeblich versucht, Samantha zu erreichen, also ist sie auf dem Rückweg von der Arbeit vorbeigefahren. Die Tür war unverschlossen. Sie hörte Oscar weinen und fand ihn in dem Vorratsschrank unter der Treppe. Sie rief nach ihrer Freundin, dann entdeckte sie das Blut in der Küche und wählte sofort den Notruf.«

»Ist sie noch da?«

»Ich habe jemanden abgestellt, um sie nach Hause zu bringen und dort mit ihr zu warten. Sie war völlig fertig. Sie wohnt in der Nähe des Gemeindezentrums im Maple Drive.«

Natalie beobachtete ihr Team, das ein paar Türen weiter damit beschäftigt war, sich in der Umgebung umzuhören. Ian sprach gerade mit einer jungen Mutter, die ein Kleinkind bei sich hatte, das Aufmerksamkeit heischend an ihrem Rock zupfte. Murray war an der Haustür nebenan und stellte dieselben Fragen, in der Hoffnung, dass jemand zur Zeit des Überfalls zu Hause gewesen war und den Angreifer gesehen hatte. Mitglieder des Forensik-Teams in weißen Overalls trugen im Gänsemarsch Metallkoffer mit Ausrüstung über den schmalen Zuweg zum Haus und grüßten die beiden Frauen im Vorbeigehen.

Aileen wartete, bis sie das Haus betreten hatten, dann sprach sie leise weiter. »Wir müssen den Täter schnell dingfest machen, Natalie. Eine so große Sache können wir nicht lange für uns behalten. Die Pressestelle ist bereits unter Druck, mehr Einzelheiten zum Mord an Charlotte Brannon zu veröffentlichen, und das hier verändert alles.« Aileen musste es nicht erklären. Es war nahezu unmöglich, eine Panik zu vermeiden, wenn es bekannt würde. »Ich werde mit den Obersten sprechen und versuchen einen Weg zu finden, die Tragweite dieser Sache vorerst von der Öffentlichkeit fernzuhalten.« Sie beobachtete Natalie mit einem Glitzern im Blick. »Ich verlasse mich auf Sie und Ihr Team, dass Sie diesen Dreckskerl zur Strecke bringt. Sie müssen irgendetwas finden, Natalie. Und zwar schnell.«

Sie ging zu ihrem Volvo, und Natalie blieb allein zurück und betrachtete die Häuserreihe vor sich. Es handelte sich um eine ruhige Wohnstraße mit Reihenhäusern, deren Bewohner vermutlich zur Tatzeit bei der Arbeit gewesen waren. Murray war nun drei Türen weiter und klopfte an die nächste Tür.

Lucy kam aus der entgegengesetzten Richtung ins Blickfeld. »Niemand war zu dem Zeitpunkt zu Hause«, berichtete sie und deutete auf die Häuser, bei denen sie es versucht hatte. »Nicht einer.«

»Wir haben eine wichtige Verbindung«, beeilte Natalie sich zu sagen. »Das Opfer ist Samantha Kirkdale. Samantha ist mit Daniel Kirkdale verheiratet.«

»Ist das nicht einer der Sponsoren von Adams Boxclub?«

»Genau. Sie lebten getrennt. Samantha hat hier gewohnt, nicht unter der gemeinsamen Adresse, und sie trug keinen Ehering. Wir müssen mit Victoria Endon sprechen. Sie hat die Tote gefunden. Ich sage den anderen Bescheid.«

Victoria Endon schluckte die Tränen hinunter und nippte an dem warmen Tee. Ihre Augen waren vom Weinen fast vollständig zugeschwollen. Ihre Mutter, die sich als Heather vorgestellt hatte, legte den Arm um ihre Tochter.

»Ich weiß, dass diese Situation furchtbar schwierig für Sie ist, aber wir müssen schnell handeln und brauchen dafür Ihre Hilfe, Victoria. Bitte erzählen Sie uns, wann Sie zuletzt mit Samantha gesprochen haben.«

»Heute Morgen. Ich sagte, ich würde versuchen, vor der Arbeit vorbeizukommen und vielleicht mit ihr und Oscar rausgehen. Ich hatte die Spätschicht von zwölf bis sechs, aber ich war spät dran und habe es nicht geschafft. Sobald ich auf der Arbeit war, habe ich ihr eine Nachricht geschickt, um zu sagen, dass es mir leidtut und dass wir uns dann später sehen. Sie hat nicht reagiert. Zunächst dachte ich, sie schmollt, aber das war nicht ihr Stil. Ich habe noch eine Nachricht geschickt und gefragt, ob alles okay ist, erhielt aber wieder keine Antwort. Ich habe es auf Snapchat versucht, aber sie war nicht online. Als ich sie in der Pause anrief und immer noch nicht erreichen konnte, habe ich mir Sorgen gemacht, dass etwas passiert sein könnte oder Oscar vielleicht krank ist. Sie ist meine beste Freundin.

Wir sind immer in Kontakt. Es war überhaupt nicht ihre Art, mich zu ignorieren, also habe ich mich auf der Arbeit krankgemeldet und bin eine Stunde früher losgefahren, um nachzusehen, was los ist. Sie hat die Tür nicht aufgemacht, als ich geklopft habe, aber aus einem Gefühl heraus habe ich versucht, die Klinke herunterzudrücken, und festgestellt, dass die Tür nicht verschlossen war. Und dann ... habe ich Oscar gehört.«

Sie schluchzte so heftig, dass sie kaum Luft bekam. Heather tätschelte ihr mit zusammengezogenen Brauen die Hand. »Schon okay, Vicky.«

»O Gott! Es war so grauenhaft«, sagte Victoria. »Er war in einem schrecklichen Zustand. Er hat geweint und geweint. Ich habe nach Samantha gerufen und hatte die ganze Zeit das Gefühl, dass etwas Furchtbares passiert sein muss. Sie würde doch Oscar nie in einem dunklen Schrank unter der Treppe einschließen. Ich habe ihn an mich gedrückt, sodass sein Gesicht zu mir gedreht war, und ihn mit in den Flur getragen. Ihre Schuhe waren unachtsam weggeschleudert worden, und ihre Tasche lag auf dem Boden. Da waren rote Spritzer, die wie Blut aussahen, und die Spur führte in die Küche, also habe ich einen Blick durch die Tür geworfen.« Sie schnappte angestrengt nach Luft, und die Worte kamen mühsam über ihre bebenden Lippen. »Da war *überall* Blut. Ich bin rausgelaufen und habe die Polizei gerufen. Oscar habe ich bei mir behalten, bis sie ankamen. Die Sanitäter haben ihn mir abgenommen. Wo ist er? Geht es ihm gut?«

»Er ist bei einer Kollegin und wartet darauf, dass sein Vater ihn abholt.«

»Der arme kleine Kerl. Er war völlig fertig und hat die ganze Zeit nach seiner Mummy gerufen. Du meine Güte! Was, wenn er die Person gesehen hat, die das getan hat? Was, wenn er mit angesehen hat, was mit Samantha passiert ist?« Sie weinte nun richtig.

Natalie versuchte es noch einmal. Sie durften keine Zeit

verlieren. »Soweit wir wissen, lebte Samantha getrennt von ihrem Mann Daniel.«

Victoria schniefte in ein Taschentuch. »Sie hat ihn vor zwei Monaten verlassen. Er hatte seit über einem Jahr eine Affäre. Irgendwann hatte sie genug davon und ist ausgezogen.«

»Hat sie ihn wegen der Affäre verlassen oder gab es noch andere Gründe? Hat er ihr was getan?«

Vicky schüttelte den Kopf. »Sie hatte die Nase voll, von ihm behandelt zu werden, als wäre sie dumm. Und Daniel wollte die Scheidung, um mit seiner Neuen zusammen sein zu können. Sie sagte, es wäre Zeit, damit abzuschließen.«

»Hatte Samantha auch eine neue Beziehung?«

»Ja. Das war einer der Gründe, warum sie ausgezogen ist. Sie wollte einen Neuanfang. Es war nichts Ernstes, aber ich glaube, sie hätte es sich gewünscht.«

»Kennen Sie den Namen der Person, mit der sie sich getroffen hat?«

»Lee Webster.«

Natalie konnte spüren, wie Lucy sich bei dem Namen anspannte.

»Haben Sie Lee kennengelernt?«

»Sie ist mit ihm ein paarmal etwas trinken gegangen, während ich auf Oscar aufgepasst habe, und ich glaube, sie mochte ihn, aber ich habe ihn nie wirklich kennengelernt. Ich habe allerdings Fotos von ihm gesehen. Sie hat mir welche auf Snapchat geschickt. Wir haben uns immer gegenseitig Fotos geschickt. Sie hat mir ein sehr schönes von ihnen beiden im Pub gesendet ...« Ihre Worte endeten in einem Schluchzen. Natalie musste warten, bis Victoria sich wieder gefangen hatte.

»Wirkte sie aufgeregt oder ängstlich, als Sie zuletzt mit ihr gesprochen haben?«

»Nein, überhaupt nicht. Sie hat über Oscar geredet und darüber, wie schnell er schon laufen kann. Sie kam gut zurecht mit der Trennung von Daniel. Sie hatte Oscar und ihren Job, den sie liebte, und dann noch Lee. Alles wurde immer besser für sie.«

»Hat sie erwähnt, dass sie von Fremden kontaktiert oder verfolgt worden wäre?«

»Nein.«

»Und mit ihrem Mann hat sie sich gut verstanden?«

»Mehr oder weniger. Es war nicht leicht, seit sie von seiner Affäre erfahren hat. Das ist ein anderer Grund, warum sie ausgezogen ist. Sie konnte nicht mehr so tun, als wären sie eine glückliche Familie. Daniel hat versprochen, dass er mit Carla, seiner Freundin, Schluss macht, damit sie Oscar zuliebe an ihrer Ehe arbeiten könnten, aber das hielt nicht an. Innerhalb von ein paar Wochen hat er sich wieder mit Carla getroffen. Die blöde Kuh hat dafür gesorgt, dass alle wissen, dass er wieder zu ihr zurückgekommen ist, also hat es auch bald Samantha erfahren. Sie war am Boden zerstört, aber dann hat sie sich selbst am Schopf gepackt und rausgezogen. So war Samantha eben. Sie war viel stärker, als die Leute dachten. Sie hat niemanden auf sich herumtrampeln lassen.«

»Hat sie Ihnen alles anvertraut?«

»Wir standen einander sehr nahe. Wir haben einander alles erzählt. Ich werde nie wieder eine so gute Freundin finden.«

»Das mit Samantha tut mir wirklich sehr leid. Dennoch muss ich Sie bitten, mit niemandem darüber zu sprechen, was Sie im Haus gesehen haben. Es könnte unsere Ermittlungen behindern, wenn Sie das tun. Ich werde eine Opferbetreuerin für Sie organisieren, die vorbeischaut und mit Ihnen spricht. Ihr können Sie alles erzählen, sie wird Sie beraten und Ihre Fragen beantworten, aber bitte sprechen Sie darüber mit niemandem sonst.«

Sie nickte.

»Wir müssen dringend herausfinden, wer Ihrer Freundin das angetan hat, und ihn dingfest machen. Und je weniger

Informationen nach außen dringen, desto besser sind unsere Chancen.«

Natalie erhob sich.

Heather drückte die Hand ihrer Tochter und sah zu Natalie auf. »Alles wird gut. Wir kümmern uns um sie.«

FÜNFUNDZWANZIG

MONTAG, 5. MÄRZ – ABEND

»Lee Webster«, sagte Lucy. »Wie kann man diesen Kerl nur charmant finden?«

Natalie verzichtete auf die offensichtliche Antwort. Lucy lief Gefahr, sich in ihrem Urteilsvermögen von ihren Gefühlen leiten zu lassen. Natalie bevorzugte eine nüchterne Herangehensweise. »Ich habe Murray gebeten, dass er ihn und Adam für eine weitere Vernehmung in die Dienststelle bringt. Es sind mir zu viele Zufälle. Beide haben gelogen, was ihren Aufenthaltsort am Freitagabend angeht, und sie stehen ebenfalls beide in Verbindung mit Samanthas Mann Daniel. Murray holt auch den Barkeeper. Aber wir schauen erst bei Daniel vorbei, bevor wir zurückfahren und sie vernehmen. Ich nehme an, dass er über den Tod seiner Frau informiert wurde.«

Sie fuhren weiter. Natalie dachte darüber nach, was sie im Haus gesehen hatten, und ergriff wieder das Wort. »Was fällt Ihnen zu den Botschaften ein, die der Mörder hinterlässt?«

»Sie sollen uns irgendetwas sagen, aber ich habe keine Ahnung, was. Stammen sie vielleicht aus einem Gedicht oder einem Songtext?«

»Nicht dass ich wüsste. *Warum? Wer?* Das Einzige, das mir

dazu einfällt, ist, dass es zwei der fünf W-Fragen zur Analyse von Problemstellungen sind. Es sind Fragen, die wir bei unseren Ermittlungen immer stellen. Könnten sie für uns gedacht sein?«

»Natürlich könnten sie, aber wenn das so ist, sind sie in der falschen Reihenfolge. Wir fragen normalerweise wer, was, wann, wo und dann warum. Wir fangen nicht mit dem Warum an.«

Natalie stieß einen frustrierten Seufzer aus. »Es ist einfach unmöglich, die blöden Botschaften zu entschlüsseln, und ich mag Ratespielchen nicht. Wir sollten uns auf die Parallelen zwischen den beiden Opfern konzentrieren oder auf Verbindungen: ähnliche Interessen, Orte, die beide oft besucht haben, irgendetwas, das sie beide mochten. Der Täter könnte einen bestimmten Typ haben.«

»Beide hatten lange Haare und braune Augen.«

»Wir nehmen ihr Leben noch einmal genau unter die Lupe, wenn wir wieder in der Dienststelle sind. In den sozialen Medien sollte sich etwas finden lassen. Was die mit Blut geschriebenen Botschaften angeht, können wir nur spekulieren. Wir könnten natürlich einen Profiler zurate ziehen, der uns hilft nachzuvollziehen, mit was für einem Verrückten wir es zu tun haben.«

Es nieselte leicht. Die Scheibenwischer sprangen automatisch an, wischten über die Scheibe und hinterließen einen verschmierten grauen Regenbogen. Die Straße, in der Daniel Kirkdale wohnte, kam in Sicht. Sie unterschied sich deutlich von der, in der seine Frau gewohnt hatte. Es handelte sich um eine Sackgasse mit Bungalows, gepflegten Gärten und einem breiten Gehweg. Natalie fragte sich, ob Samantha noch leben würde, wenn sie nicht aus dieser Gegend weggezogen wäre.

Daniel machte die Tür auf. Der oberste Knopf seines Hemds war geöffnet, und er hatte einen wilden Blick. Hinter ihm stand eine Frau mit großen blauen Augen, die sich beim Klang von Natalies Stimme entfernte.

»Kommen Sie herein«, sagte er müde. »Carla ist hier. Sie ist meine … sie hilft mir, mit all dem klarzukommen.«

»Mein aufrichtiges Beileid. Ich weiß Ihre Mithilfe zu schätzen. Wie geht es dem Kleinen?«, fragte Natalie, und das Bild von dem Kind in seinem Pullover tauchte wieder vor ihrem inneren Auge auf.

»Oscar schläft. Er ist direkt eingeschlafen, als er hier ankam – Müdigkeit und Schock. Wir behalten ihn im Auge. Ich weiß nicht, wie ich ihm erklären soll, dass seine Mum nie wiederkommt. Zum Glück ist Carla hier, um mir zu helfen. Alleine würde ich das nicht schaffen. Haben Sie einen Verdacht, wer Samantha umgebracht haben könnte? Adams Frau wurde auch getötet. Glauben Sie, dass es da irgendeine Verbindung gibt?«

»Wir ziehen alles in Betracht und möchten gegenwärtig noch keine Möglichkeit ausschließen. Wir tun unser Bestes, um den Täter zu finden, und Ihre Aussage könnte uns helfen.«

»Möchten Sie sich setzen?« Er deutete mit der Hand auf eine Stuhlgruppe. »Die Opferberaterin ist vor einer Weile gegangen. Sie hat mich darüber informiert, was auf mich zukommt. Leiten Sie die Ermittlung?«

Lucy und Natalie setzten sich beide. Natalie antwortete. »Richtig. Ich würde Sie zunächst gern fragen, wann Sie zuletzt mit Samantha gesprochen haben.«

»Mit ihr gesprochen? Am Sonntag. Ich war bei ihr, um Oscar abzuholen. Ich durfte ihn zweimal im Monat zu mir nehmen. Er war dann hier und hat mit Carlas Kindern gespielt. Sie hat zwei.«

»Und Sie leben jetzt alle hier?«

»Seit Samantha ausgezogen ist. Ich habe sie nicht gezwungen zu gehen. Es war ihre eigene Entscheidung.« Traurig hob er den Blick.

»Welchen Eindruck hatten Sie von ihr, als sie Sie zuletzt gesehen haben?«

»Sie schien okay. Wir waren natürlich nicht so gut aufeinander zu sprechen, aber wir haben es geschafft, höflich miteinander umzugehen.«

»Kennen Sie Lee Webster?«, fragte Natalie weiter. Lucy schwieg weiter.

»Lee? Ja. Er hilft Adam gelegentlich beim Boxtraining aus.«

»Sind Sie mit ihm befreundet?«

»So etwas Ähnliches. Wir engagieren uns beide für den Club. Ich sponsere einige der Jugendlichen. Ich hoffe, sie schaffen es eines Tages in die Profiklasse.«

»Gehörte Finn Kennedy zu den Jugendlichen, die Sie gesponsert haben?«

Daniel verengte die Augen. »Ja, aber Finn hat seine Chance vertan.«

»Wie genau unterstützen Sie die Jugendlichen als Sponsor?«

»Ich bezahle für das Training, mache Werbung für Turniere, bezahle Ausrüstung, PR, Reisekosten und Unterbringung, wenn sie an Veranstaltungen teilnehmen, und unterstütze sie moralisch bei den Kämpfen, indem ich zuschaue.«

»Was kostet Sie das?«

»Das kommt auf den Einzelfall an. Wenn er gut ist, kann es ganz schön was kosten, um ihn auf den Weg zu bringen und dafür zu sorgen, dass er alles hat, was er braucht. Einen Tausender pro Jahr etwa, bis sie sich einen Namen gemacht haben.«

»Warum hat Adam Finn rausgeworfen? Sie müssten es ja wissen. Sie waren sein Sponsor.«

»Er ist total aus der Bahn geraten. Je mehr er erreicht hat und je besser er als Boxer wurde, desto flegelhafter wurde sein Benehmen. Er hat angefangen, auf den Jüngeren herumzuhacken, und es gab mehrere Zwischenfälle, bei denen er und ein anderer Bursche tatsächlich Messer in den Club mitgenommen und sie benutzt haben. Adam hat strenge Regeln. Darum geht es in seinem Club. Er will denjenigen helfen, die im Leben nicht so gute Startvoraussetzungen haben. Sie sollen lernen, für sich selbst einzustehen, Stolz und Selbstwertgefühl zu entwickeln. Sie sollen nicht zu Gewalttätern erzogen werden. Er hielt Finn für zu unberechenbar, und ich war derselben Meinung.«

»Wissen Sie zufällig, wer der andere Kerl war?«

»Hassan Ali. Er wurde auch rausgeworfen. Hat sowieso nur Unruhe gestiftet.«

Natalie hörte, wie Lucy sich bei diesen Neuigkeiten vorbeugte. Sie erhielt ihren stetigen Fluss der Fragen aufrecht. »War Samantha jemals im Boxclub?«

»Sie hat mich ein paarmal begleitet. Nicht, um sich die Kämpfe anzusehen oder so. Sie war dabei, wenn ich vorbeigefahren bin, um mit Adam zu reden.«

»Kannte die Jungs sie?«

»Nicht direkt. Sie hat sich nicht mit ihnen unterhalten. Sie kannten sie vielleicht vom Sehen, aber ich glaube nicht, dass sie je auch nur ein Wort mit ihr gewechselt haben.«

»Dann hat sie auch nicht mit Finn oder Hassan gesprochen?«

»Nicht dass ich wüsste.«

»Wussten Sie, dass sie sich mit Lee Webster traf?«

»Ach, wirklich? Das wusste ich nicht. Lee? Der ist doch nicht gerade ihr Typ.«

»Was genau meinen Sie damit?«

»Er ist etwas ungehobelt. Ich hätte nicht gedacht, dass Samantha sich für so jemandem interessiert. Wie sind sie sich denn nähergekommen? Ich wusste gar nicht, dass sie ihn so gut kennt. Er war ein- oder zweimal im Büro, aber dass sie etwas miteinander anfangen ...?« Er machte ein verwundertes Gesicht.

»Was ist mit Inge Redfern? Kennen Sie sie?«

»Der Name kommt mir nicht bekannt vor.«

»Eine zierliche Brünette. Sie war mal mit Finn zusammen.«

»Mir gegenüber hat er sie nicht erwähnt, aber wir haben auch nicht viel über Mädchen gesprochen. Ich war sein Sponsor. Ich bin in den Club gegangen, um zu sehen, wie es bei ihm mit dem Training lief und um seine Fortschritte zu überprüfen. Ich habe mich nicht mit ihm hingesetzt und über sein Liebesleben geplaudert. Warten Sie mal, ich glaube, ich habe ihn mal vor dem Club jemanden küssen sehen. Das könnte sie gewesen sein.«

»Und bei Ihren Besuchen im Boxclub ist sie Ihnen nicht aufgefallen? Zum Beispiel in Adams Büro?«

Er schüttelte den Kopf.

»Samantha hat sie nicht erwähnt?«

»Nein, nie.«

»Hat Samantha erwähnt, dass sie sich Sorgen gemacht hätte, etwa, weil plötzlich jemand ungebeten Interesse an ihr entwickelt hat oder sie merkwürdige Anrufe erhielt?«

»Wir hatten uns nach der Trennung nicht mehr viel zu sagen. Wir sind Oscar zuliebe höflich geblieben. Unsere Gespräche gingen normalerweise nicht darüber hinaus, wann ich ihn abhole und zurückbringe.«

»Ich muss Ihnen die folgende Frage stellen, sie gehört zur Routine. Wo waren Sie heute?«

»Bei Samford Electronics, wo ich arbeite. Dort gibt es eine Menge Leute, die das bestätigen können. Ich bin erst gegangen, als die Polizei kam, um mir das mit Samantha zu sagen.« Er presste seine Finger gegen die Stirn. »Die Polizei wollte mir nicht sagen, wie sie gestorben ist.«

»Die genauen Details zu ihrem Tod können wir noch nicht herausgeben, Sir, doch wie es scheint, wurde sie erstochen. Wir warten noch auf den gerichtsmedizinischen Bericht, um es zu bestätigen. Sobald wir weitere Informationen freigeben können, setzen wir Sie in Kenntnis.«

Er blinzelte einige Tränen aus den Augen. »Danke. Ich will es wissen, auch wenn ich nicht darüber nachdenken möchte, was sie durchgemacht oder was Oscar möglicherweise miterlebt hat. Ich möchte, dass er es so gut wie möglich überwindet. Carla sagt, Kinder erholen sich schnell. Ich hoffe, das wird er auch.«

»Wie lange sind Sie schon mit Adam befreundet?«

»Seit er aus dem Gefängnis entlassen wurde. Während er einsaß, hat er sich mit meinem Bruder Jason angefreundet, der im selben Gefängnis eine Strafe wegen Verkehrsgefährdung verbüßt hat. Jason erwähnte, dass ich mich schon immer sehr fürs Boxen interessiert habe. Ich habe früher selbst geboxt, hatte aber nie die Unterstützung, Förderung oder das Geld, um es in dem Sport zu etwas zu bringen. Nach seiner Entlassung hat mich Adam aufgesucht und gefragt, ob ich interessiert wäre, ihn bei seinem Projekt zur Unterstützung Jugendlicher zu helfen. So bin ich dazu gekommen. Mir gefiel die Idee, jemandem zu helfen, die Chance zu bekommen, die ich nie hatte. Diese Kids haben es schwer, ich meine wirklich schwer, in manchen Fällen ganz besonders. Ihnen muss ich das ja nicht erzählen. In Ihrem Beruf werden Sie all das schon gesehen haben. Wie Adam wollte ich ihnen unter die Arme greifen und ihnen die Chance geben, etwas aus sich zu machen. Sie sollten dabei nicht von der Familie oder ihren Lebensumständen ausgebremst werden. Es war schade, dass Finn seine Chance verpfuscht hat. Und Hassan auch. Vollpfosten, alle beide.«

Natalie musste das Gespräch langsam beenden. Sie hatte etwas Interessantes erfahren: Hassan Ali war ebenfalls aus dem Club geflogen, und laut Daniel war er ein Unruhestifter. Sie wollte darauf reagieren und die beiden Teenager finden. Außerdem wollte sie mit Lee, Adam und Vitor sprechen. Nachdem sie ihm versichert hatten, dass sie alles in ihrer Macht Stehende tun würden, um den Mörder zur Strecke zu bringen, verabschiedeten sich Lucy und sie von Daniel.

Wieder im Auto schlug Natalie mit der flachen Hand auf

das Lenkrad. »Da brat mir doch einer 'nen Storch, Lucy. Hassan Ali. Wir hatten ihn schon, aber der gerissene kleine Scheißkerl ist uns entwischt. Er hat nicht nur Finn gedeckt, sondern wollte auch den eigenen Kopf aus der Schlinge ziehen.«

Ian und Murray waren vor Natalie und Lucy zurück im Büro. Ian tippte auf der Computertastatur herum, sah aber auf, als Natalie sprach.

»Schon eine Spur von Hassan Alis Handy, Ian?«

»Er hat es in der Wohnung zurückgelassen. Wahrscheinlich benutzt er ein Prepaid-Handy.«

»Hassan und Finn sind irgendwie in die Sache verwickelt. Kann einer von Ihnen mit der IT-Abteilung sprechen? Sie sollen die neue Gesichtserkennungssoftware durchlaufen lassen, die sich mit Überwachungskameras und Webcams verbindet. Wir müssen sie schnell auftreiben.«

»Vitor ist unten.« Murray wartete auf eine Reaktion.

»Hat er etwas gesagt?«

»Noch nicht, aber er sieht aus, als ob er bald einknickt.«

»Gut. Wo sind Lee und Adam?«

»Die sollten auf dem Weg sein. Ich habe Leute geschickt, um sie festzunehmen.«

»Okay. Dann fangen wir mit Vitor an. Murray, sobald Adam und Lee hier sind, sagen Sie uns Bescheid. Ich möchte heute Abend noch Ergebnisse.«

Sie schrieb schnell eine Nachricht an David.

Keine Ahnung, wann ich nach Hause komme. Bleib nicht meinetwegen auf. X

Die Reaktion kam prompt.

Ich finde, wir sollten noch einmal reden. Ich möchte sicher sein, dass du mir glaubst.

Sie tippte eine Antwort ins Handy.

Ich kann das jetzt nicht. Wir sprechen bald. X

Sie wartete auf eine Entgegnung und fragte sich, ob sie David anrufen und mit ihm darüber reden sollte, aber dann wurde ihr bewusst, dass sie überhaupt nicht mit ihm sprechen wollte. Darum hatte sie eine Textnachricht geschickt. Das war einfacher, als sich zu unterhalten. Sie hatte beschlossen, ihm wegen der Glücksspielseite zu glauben. Das Konto wies keine Abhebungen auf. Zwar ärgerte sie sich darüber, dass er überhaupt daran gedacht hatte, wieder zu wetten oder zu spielen, aber sie würde deswegen keinen weiteren Streit vom Zaun brechen, schon gar nicht, während sie eine solch wichtige Ermittlung leitete. Wenn David eine Rückversicherung von ihr brauchte, würde er warten müssen.

Sie steckte das Handy wieder ein, ging zur Tür und rief: »Okay, legen wir los.«

Vitor Lopes wippte hektisch und unregelmäßig mit dem Knie. Lucy hatte ihn in die Enge getrieben. Natalie beobachtete ihre Kollegin, die den Blick fest auf den Barkeeper geheftet hatte. Das Aufnahmegerät war eingeschaltet, und Vitor sah immer wieder verstohlen dorthin.

»Wir haben einen Zeugen, der Lee abends um halb elf vor seinem Haus gesehen hat. Er kann also wohl kaum zu der von Ihnen genannten Zeit im White Horse gewesen sein. Also, Mr Lopes, würden Sie uns jetzt vielleicht gern die Wahrheit sagen?«

»Krieg ich einen Deal?«

»Das ist hier keine Gameshow. Hier gibt es keine Deals. Sie können meine Fragen ehrlich beantworten, und wenn nicht, nehme ich Sie wegen Behinderung der Justiz fest, und Sie dürfen etwas Zeit in einer Zelle verbringen. Da Sie uns bereits zuvor belogen haben, was Adams Aufenthalt im Pub anging, und mit einer Verwarnung entlassen wurden, können wir dieses Vergehen noch dazurechnen, und Sie können mit bis zu sechsunddreißig Monaten Haft rechnen.«

»Sie verstehen nicht ...«, begann Vitor.

»Ich verstehe vollkommen. Sie haben gelogen, um Adam und Lee Alibis zu verschaffen. Eine Frau wurde ermordet. Sie könnten einen Mörder decken, und wenn das der Fall sein sollte, lautet die Anklage gegen Sie auf Beihilfe, was Ihnen eine deutlich längere Haftzeit einbringt. Ihre Zukunft sieht nicht allzu rosig aus, also schlage ich Ihnen tatsächlich einen Deal vor: Sie sagen uns die Wahrheit und entgehen all dem. Klingt das für Sie vernünftig?« Lucy legte ihren Kopf schräg.

»Aber wenn Lee das herausfindet, macht er mich alle.«

»Kommen Sie, Mr Lopes. Die Karte haben Sie schon beim letzten Mal ausgespielt. Ich bin sicher, eine Gefängnisstrafe wäre die schlechtere Wahl.«

Er schwang den Kopf von einer Seite zur anderen wie ein eierndes Pendel, während er seine Optionen abwog. Schließlich knickte er ein.

»Lee hat am Tag des Mordes ein Ding gedreht – einen Einbruch. Wir haben einen Deal. Ich bin sein Alibi. Immer wenn er dabei ist, bekomme ich hundert Pfund. Wenn die Polizei oder sonst irgendwer mich tatsächlich fragt, wo er war, bekomme ich noch was oben drauf. Samstag früh hat er angerufen und gesagt, dass er auch für Adam ein Alibi braucht, weil der ihm geholfen hat. Er hat mir fünfhundert Pfund versprochen, falls jemand auftaucht und mich nach den beiden fragt.«

»Wo soll dieses Ding – dieser Einbruch – denn stattgefunden haben?«

»Ich bin mir nicht sicher, aber normalerweise hat er es auf kleine Geschäfte, Lagerhäuser und so abgesehen und räumt die aus. Mehr weiß ich ehrlich nicht. Er bezahlt mich hinterher immer bar.«

»Warum sollte Adam bei so etwas mitmachen? Er braucht das Geld doch nicht.«

»Keine Ahnung. Ich habe nur getan, worum Lee mich gebeten hat. Mehr nicht.«

»Kam es Ihnen nicht seltsam vor, dass Adam Lee bei einem Einbruch geholfen hat, obwohl er anscheinend reich genug ist?«

»Ich habe überhaupt nicht nachgedacht. Es waren fünfhundert Flocken. Für ein paar Hundert Steine hätte ich notfalls auch behauptet, der Papst wäre bei Lee gewesen.«

»Hat Lee je eine Frau mit in den Pub gebracht?«

»Ab und zu. Er war kein Einsiedler.«

»Kennen Sie diese Frau?«

Lucy schob das Foto von Samantha Kirkdale herüber.

»Ja, mit der war er vor ein paar Tagen da. Sie haben ein bisschen was getrunken.«

»Welchen Eindruck hatten Sie von den beiden?«

»Darauf habe ich nicht geachtet.«

»Kommen Sie, Vitor. Sie sehen alles, das in dem Pub vorgeht. Spielen Sie nicht wieder dieses Spielchen mit mir.«

»Wie ein Pärchen: Sie haben Händchen gehalten, sich hin und wieder geküsst, so was eben. Er hat mir zugezwinkert, und dann sind sie gegangen.«

»Sie kannten Charlotte Brannon, nicht wahr?« Lucy ging mit dieser Behauptung ein Risiko ein. Er konnte es einfach abstreiten, doch er war geschlagen und gesprächsbereit.

»Ja.«

»Haben Sie je Lee mit Charlotte Brannon gesehen?«

»Nur einmal, und das ist eine Weile her. Ich dachte, Adam würde noch nachkommen, aber das ist er nicht. Sie haben sich gestritten, und sie hat den Pub verlassen. Lee hat mich gebeten, es Adam gegenüber nicht zu erwähnen, also habe ich das nicht getan.«

»Wann genau ist das gewesen?«

»Weiß ich nicht mehr. Irgendwann im Januar.«

»Erkennen Sie irgendeine dieser beiden Personen?« Sie schob ihm Fotos von Hassan und Finn hinüber, die sie aus den sozialen Netzwerken hatte.

Er betrachtete sie aufmerksam. »Ich glaube nicht.«

»Sagt Ihnen der Name Finn Kennedy etwas?«

Er schüttelte den Kopf.

»Hassan Ali?«

»Nein. Sind das die?«

»Haben Sie sie mal im Pub gesehen, zum Beispiel mit Lee oder Adam?«

»Ich habe sie nie gesehen oder von ihnen gehört.«

»Sind Sie dieses Mal ganz sicher? Ich möchte Sie nicht wieder hierher bringen müssen und Sie festnehmen.«

»Hundert Prozent sicher.«

Lucy räumte die Fotos weg. »Vielen Dank für Ihre Mithilfe, Mr Lopes.«

»Das ist alles? Kann ich gehen?«

»Es sei denn, Sie wollen uns noch etwas sagen.«

Vitor nahm seine Jacke vom Schoß und stand auf. »Sie haben mich echt in Schwierigkeiten gebracht.«

»Ich glaube, Sie werden noch feststellen, dass Sie sich selbst in diese Lage gebracht haben, Sir«, bemerkte Lucy kühl.

SECHSUNDZWANZIG
MONTAG, 5. MÄRZ – ABEND

Sie hatten gerade Vitors Vernehmung beendet, als sie Bescheid bekamen, dass Adam eingetroffen sei.

»Er ist mit Murray in Raum C«, sagte Ian.

»Hat er dieses Mal einen Anwalt angefordert?«, fragte Natalie.

»Nein.«

»Was führt er im Schilde? Versucht er, uns von seiner Unschuld zu überzeugen, indem er einen Anwalt ablehnt, oder spielt er mit uns?« Natalie schüttelte den Kopf. Sie konnte ihn nicht einschätzen. Dann wandte sie sich an Lucy. »Gehen Sie mit Ian hoch und erkundigen Sie sich, ob es irgendetwas Neues zu Lee und dem weißen Van gibt oder zu Hassan und Finn. Ich gehe zu Murray.«

Adam kaute auf seinem Daumennagel. Als Natalie den Raum betrat, legte er den Kopf schief und sah sie durch halb geschlossene Lider an.

»Ich hoffe, Sie haben den Dreckskerl erwischt, der meine Frau getötet hat.«

Natalie ignorierte ihn. Sie entdeckte die Aktenmappe, die Murray mit hineingenommen hatte, und setzte sich neben ihn. Er legte die Mappe auf den Tisch, und sie begann.

»Mr Brannon, wir zeichnen dieses Gespräch auf. Ich frage Sie nur einmal, ob Sie möchten, dass während unseres Gesprächs ein Anwalt zugegen ist.«

Adam lehnte sich im Stuhl zurück und schlug die muskulösen Schenkel übereinander. »Nur zu. Nehmen Sie es auf. Ich habe nichts zu verbergen. Ich brauche keinen Anwalt.«

Sie gab Murray ein Zeichen, das Aufnahmegerät zu starten.

Er sprach deutlich. »Vernehmung von Adam Brannon, Beginn: fünfter März, zwanzig Uhr zwanzig. Anwesende Ermittler sind DS Murray Anderson und DI Natalie Ward. Fürs Protokoll, Adam Brannon hat die Anwesenheit eines Anwalts während der Vernehmung abgelehnt.«

Natalie begann mit der Befragung. »Mr Brannon, Sie haben uns erzählt, dass Sie am Freitag, den zweiten März, zunächst Ihre Frau Charlotte um etwa zweiundzwanzig Uhr zu Hause abgesetzt und dann die Babysitterin Inge Redfern zu ihr nach Hause nach Brompton fuhren. Sie haben eingeräumt, mit ihr intim gewesen zu sein und anschließend das Haus um kurz vor dreiundzwanzig Uhr verlassen zu haben. Danach fuhren Sie zum White Horse in Samford, wo sie sich mit einem Freund, Lee Webster, trafen und mit ihm in seine Wohnung fuhren. Nachdem Sie dort etwas getrunken hatten, sind Sie gegen dreiundzwanzig Uhr vierzig aufgebrochen und gegen Mitternacht wieder zu Hause eingetroffen. Dort saßen Sie unten und haben *GLOW* auf Netflix angeschaut, bis Sie dann hinaufgegangen sind, um Ihren Sohn Alfie zu beruhigen, der begonnen hatte zu weinen. Da haben Sie dann auch den Leichnam Ihrer Frau entdeckt.«

»So war es.«

»Wir haben neue Informationen bezüglich Lee Webster, die seinem Alibi widersprechen und besagen, dass er sich zu dem Zeitpunkt, an dem er mit Ihnen zusammen gewesen sein will, anderswo aufgehalten hat.« Natalie verdrehte die Wahrheit ein wenig, schließlich wussten sie nur, dass ein Zeuge bestätigt hatte, dass Lee um halb elf gesehen worden war. Sie musste wieder ihrem Instinkt folgen. Wenn Lee in den Van gestiegen war, um einen Einbruch zu begehen, konnten er und Adam nicht in seiner Wohnung gewesen sein und etwas getrunken haben. »Es gibt einen Zeugen, der gesehen hat, wie Lee Webster um zweiundzwanzig Uhr dreißig in einen weißen Van gestiegen ist.«

Adam hob und senkte die Schultern. »Ich weiß nicht, wo er vorher war, aber ich habe mich, wie ich Ihnen gesagt habe, mit ihm um elf im Pub getroffen, und danach sind wir zu ihm gefahren.«

»Das konnten wir allerdings nicht verifizieren. Weder in der Umgebung seiner Wohnung noch in der Nähe des Pubs wurde Ihr Auto gesehen. Es ist an keiner der Überwachungskameras auf dem Weg zu seiner Wohnung oder in der Umgebung des Pubs vorbeigefahren. Wir haben nur Ihr Wort, dass Sie zu der Zeit zusammen gewesen sind.«

»Dann müssen Sie sich wohl auf mein Wort verlassen. Es sei denn, Sie können mir das Gegenteil beweisen. Ich habe mich um elf mit Lee im Pub getroffen. Und damit basta.«

Natalie nickte kurz und wartete eine Weile, bevor sie sprach. »Sie waren außerdem nicht in der Lage, zwei Verdächtige auf einem Foto zu identifizieren. Diesem Foto.«

Murray schaltete sich ein. »DI Ward zeigt Adam Brannon das Foto E101.«

»Das stimmt. Ich kann auf dem Foto nicht erkennen, wer das ist.«

»Wenn ich Ihnen eine Aufnahme in besserer Auflösung zeige, würden Sie den Mann links erkennen?«

»DI Ward zeigt Adam Brannon Foto E102.«

Adam warf einen Blick darauf.

»Erkennen Sie die Person links im Bild?«

»Nicht wirklich. Man kann immer noch nicht viel erkennen.«

»Wenn ich Ihnen sage, dass es sich um Finn Kennedy handelt, würde Sie das überraschen?«

»Finn? Was zum Geier hatte der an dem Abend bei mir ums Haus zu schleichen? Er hat Charlotte aber nicht umgebracht, oder? Das ist doch verrückt.«

Natalie schob das Foto zur Seite. »Sie hatten definitiv keine Ahnung, dass er an jenem Abend in der Umgebung Ihres Hauses war?«

Adam schüttelte den Kopf. »Nein, überhaupt keine Ahnung. Wer ist das bei ihm?«

»Wir glauben, dass es sich um Hassan Ali handelt, aber wir können beide nicht ausfindig machen. Haben Sie eine Ahnung, wo sie sich aufhalten könnten?«

»Ich? Nein. Ich habe mit beiden mein Bestes gegeben, aber sie hatten andere Pläne. Finn hätte ein guter Boxer werden können, wenn er seine Aggressionen in den Griff bekommen hätte, aber er hat das, was ich ihm beigebracht habe, mit raus auf die Straße genommen. Er hat sich ständig mit allen möglichen Leuten wegen nichts und wieder nichts geprügelt, einfach so zum Spaß. Ich konnte mit ihm nicht arbeiten. Er wollte einfach nicht ruhiger werden. Er hat eine ganze Reihe Freunde im Viertel. Er könnte bei jedem von denen sein.«

»Okay, reden wir über Daniel Kirkdale.«

Adam zuckte nicht mit der Wimper.

»Sie kennen Daniel.«

»Aber sicher. Er ist einer meiner Sponsoren im Club. Er hat diesen kleinen Scheißer Finn finanziert, bis ich ihn rausgeworfen habe, weil er ein Messer in den Club mitgebracht und einen anderen der Jungs damit bedroht hat.«

»Es tut mir leid, Ihnen mitteilen zu müssen, dass Daniels Frau Samantha heute Morgen ermordet wurde.«

Dieses Mal zeigte er eine körperliche Reaktion. Adam öffnete die verschränkten Arme und setzte sich aufrechter hin. »Derselbe Mörder?«

»Wir untersuchen diese Möglichkeit.«

»Finn?«

»Wir haben eine Reihe Verdächtiger im Blick. Wo waren Sie heute?«

»Im Club. Ich hatte keine Lust, irgendetwas zu machen. Ich habe das Studio erst einmal geschlossen. Ich war dort.«

»Den ganzen Tag?«

»Ja. Ich musste allein sein. Ich habe eine Menge zu verarbeiten.«

»Sie haben den Club nicht verlassen? Nicht einmal, um etwas zu essen?«

»Ich habe im Büro genug zu essen. Ich kann nicht nach Hause und meine Sachen holen, und ich weiß nicht, wo ich sonst hingehen soll. Also bin ich den ganzen Tag im Club geblieben.«

»Haben Sie nicht nach Alfie gesehen oder mit Charlottes Eltern gesprochen?«

»Das kann ich noch nicht. Ich bin noch nicht bereit, all das anzugehen. Ich muss das in meinem eigenen Tempo tun.«

»Haben Sie überhaupt mit irgendjemandem gesprochen?«

»Nein. Immerhin habe ich kein Handy, wie Sie wissen. Beide sind hier auf der Wache bei Ihrem Forensik-Team. Ich habe lange trainiert, geduscht und dann noch etwas trainiert. Nach mehr war mir nicht. Ich habe eine Weile auf dem Bett gelegen und versucht, mir darüber klar zu werden, wie es weitergehen soll, nachdem Charlotte nicht mehr da ist. Das ist alles.«

»Kannten Sie Samantha Kirkdale?«

»Ich habe sie mit Daniel gesehen, kannte sie aber nicht persönlich.«

»Ist sie mal im Club gewesen?«

»Ein paarmal mit Daniel, um Werbematerial vorbeizubringen. Sie ist eine Weile geblieben, und wir haben uns unterhalten.«

»Wann hatten sie zuletzt Kontakt mit Lee?«

»Seit Samstagabend habe ich nichts mehr von ihm gehört. Ich habe ja kein Handy«, wiederholte er und starrte sie an.

»Das stimmt, aber Sie könnten ihn ja besucht haben.«

»Mir war nicht danach. Ich habe Probleme, über den Tod meiner Frau hinwegzukommen.« Seine Augen funkelten düster.

»Haben Sie sich mit Lee gestritten?«

»Unsinn. Warum sollten wir uns streiten?«

»Ich weiß nicht. Vielleicht sind Sie genervt, dass er Ihnen ein so schwaches Alibi besorgt hat.«

Er schnaubte verächtlich.

»Wussten Sie, dass er sich mit Samantha Kirkdale traf?«

»Was?«

»Das hat er Ihnen doch bestimmt erzählt. Sie sind schließlich Freunde.«

»Ganz ehrlich. Ich hatte keine Ahnung, dass er sich mit irgendwem getroffen hat. Er hat sie nie erwähnt.«

»Haben Sie sie je im White Horse gesehen?«

»Nicht dass ich wüsste.«

»Was wissen Sie über Lees *Aktivitäten*?«

»Welche Aktivitäten meinen Sie?«

»Die Einbrüche in Lagerhäuser, die Raubzüge.«

»Ich habe nicht die leiseste Ahnung, wovon Sie sprechen.« Er sprach bewusst und langsam.

Natalie glaubte ihm kein Wort. Sie entschied, die Vernehmung vorerst abzubrechen und ihn später noch einmal zu befragen. »Okay, dann belassen wir es vorerst dabei, aber ich komme später noch einmal, und wir setzen dieses Gespräch fort.« Sie nickte Murray zu, der in das Aufzeichnungsgerät sprach: »Ver-

nehmung beendet um zwanzig Uhr vierzig«, und es anschließend ausschaltete.

»Muss ich hierbleiben?«

»Haben Sie etwas Besseres vor?«

Er schnaubte noch einmal leise. »Nein.«

»Dann würden wir uns freuen, wenn Sie uns bei unseren
Ermittlungen helfen. Sie können gehen, wann immer Sie
wollen. Bisher wurden Sie nicht festgenommen.« Sie ging ein
Risiko ein, wenn sie ihm die Chance ließ zu gehen, aber sie
setzte darauf, dass er seine Unschuld beweisen wollte, indem er
entgegenkommend war. Es war wieder so eine Eingebung, die
sich auszahlte. Er rührte sich nicht.

»Vielen Dank. Der Sergeant lässt Ihnen etwas zu trinken
bringen, wenn Sie möchten.«

Adam ließ sich in den Stuhl zurücksinken und betrachtete
wieder seinen Nagel. »Danke, ich möchte nichts. Außer dass
Sie Charlottes Mörder finden.«

SIEBENUNDZWANZIG

Doktor: Wie ist es Ihnen ergangen?

Patient X: Ich habe den Brief beendet, an dem ich den ganzen Monat gearbeitet habe, und Sie hatten recht. Es war eine Befreiung, meine Gedanken und Frustration in Worte zu fassen und ihr zu schreiben, auch wenn sie ihn nie lesen wird.

Doktor: Die Hauptsache ist, dass Sie sich jetzt vollständig geöffnet haben. Sie haben ausgedrückt, was sie all die Monate belastet hat. Vielleicht lassen die Träume nun nach.

Patient X: Diese Woche hatte ich keinen Albtraum.

Doktor: Es freut mich, das zu hören. Vielleicht können Sie sich dann auch mit der Tatsache abfinden, dass Ihre Träume, so beängstigend und machtvoll sie auch erscheinen mögen, einfach nur Ihrer Fantasie entspringen. Und wenn Sie Ihre Gefühle durch Worte entweichen lassen, finden Sie ein anderes Ventil.

Patient X: Ja. Das verstehe ich jetzt. Ich möchte Ihnen etwas anderes erzählen. Ich habe einen Privatdetektiv engagiert, um meine Mutter zu finden.

Doktor: Setzen Sie keine zu hohen Erwartungen in diese Suche.

Patient X: Oh, er wird sie schon finden. Er ist sehr gut.

Doktor: Was hoffen Sie damit zu erreichen, wenn Sie sie finden?

Patient X: Ich möchte ihr meinen Brief vorlesen.

Doktor: Das war aber nicht, was wir ausgemacht hatten. Sie sollten ihr den Brief schreiben und ihn dann verbrennen, um den Worten zu gestatten, sich zusammen mit Ihrem Ärger und Ihren Ängsten in Rauch aufzulösen. Wir haben an diesem Bild gearbeitet, damit Sie die größtmögliche Befreiung verspüren, wenn Sie das Papier anzünden.

Patient X: Ich habe getan, was Sie gesagt haben, aber angekokelte Papierstücke haben sich gekringelt und sind in den Aschenbecher gefallen. Ich hatte eine erneute Episode – eine, die machtvoller war als alle zuvor. Ich habe die Bedeutung dieses Bildes erkannt.

Doktor: Welches Bild meinen Sie jetzt?

Patient X: Blut. Es roch so ... gesund.

Doktor: Gesund. Das ist eine interessante Wortwahl. Erzählen Sie mir mehr über diese Episode.

Patient X: Blut strömte aus ihren Wunden wie ein wundervoller purpurfarbener Quell. Ich wollte daran lecken, es schmecken, darin baden.

Doktor: Sie haben in unserer letzten Sitzung bereits von Blut gesprochen, als Sie mir über diesen Todesengel erzählt haben.

Patient X: Oh, das habe ich doch nicht ernst gemeint. Ich habe Sie an der Nase herumgeführt, Ihre Gutgläubigkeit getestet, um zu sehen, ob Sie alles glauben, was ich Ihnen erzähle. Das hier ist anders. Es ist wirklich geschehen.

Doktor: Es besteht die Möglichkeit, dass unser Gespräch über Blut zur Folge hatte, dass Sie davon geträumt haben.

Patient X: Da muss ich widersprechen.

Doktor: War die Frau in der Vision Ihre Mutter?

Patient X: Nein.

Doktor: Beschreiben Sie sie für mich.

Patient X: Eine junge Frau in den Zwanzigern mit langem, kastanienbraunem Haar, das im Licht schimmert, und große braune Augen, die mich erschrocken und doch voll Staunen anschauen.

Doktor: Was geschieht in Ihrem Traum?

Patient X: Sie sitzt auf dem Sofa neben ihrem Sohn. Sie entdeckt mich, wie ich sie beobachte, und fasst die Hand des kleinen Jungen fester. Er hat dunkle Haare wie seine Mutter und sanfte Augen. Er muss befreit werden. Ich kann ihn befreien, aber zuerst muss ich sie töten. Ich nähere mich ihr. Mein Lächeln ist freundlich. Sie entspannt sich sichtlich. Ich bin nicht bedrohlich, wie sie zunächst dachte. Sie ist natürlich misstrauisch gegenüber Fremden. Sie hat keine Chance zu reagieren. Ich nehme die Lampe und schlage sie mit Wucht in ihr Gesicht, zerschmettere ihre Wange. Ich hebe die Lampe noch einmal und lasse sie wieder und wieder auf sie hinunter sausen, bis sie sich nicht mehr bewegt, und dann sehe ich den Jungen an. Sein Mund bildet ein perfektes ›O‹. Ich lege einen Finger an meine Lippen. »Ist schon gut«, flüstere ich. »Ich werde dich befreien.« Dicke Tränen laufen über sein Gesicht, und er kauert in der Ecke des Sofas und schnieft. Er rollt sich zusammen wie ein Igel. Ich bin barmherzig. Ich hebe ihn vom Sofa und trage ihn ins Zimmer nebenan. Dort lasse ich ihn zurück und schließe die Tür, sodass er sie nicht mehr ansehen muss. Ich gehe zurück, und ich rieche das Blut. Es ist rein und atemberaubend. Ich möchte es berühren. Ich strecke meinen Zeigefinger danach aus, aber ich erlange das Bewusstsein wieder, und das Letzte, was ich sehe, ist eine Blutlache.

Doktor: Möchten Sie, dass ich den Traum für Sie interpretiere?

Patient X: Nicht wirklich. Ich weiß, was er bedeutet. Was denken Sie darüber? Vor allem, was das Blut angeht?

Doktor: Nun, Blut steht für Kraft, Vitalität und Lebensenergie, aber es ist nicht leicht, Träume darüber zu interpretieren. Es hängt ganz vom jeweiligen Patienten ab.

Patient X: Ich habe gelesen, Träume von Blut können bedeuten, dass man Verwandten begegnen wird.

Doktor: Wenn Sie sich wirklich erhoffen, Ihre Mutter zu treffen, würde das erklären, warum Sie solche Freude empfinden, in Ihren Träumen so viel Blut zu sehen, und auch Ihr Verlangen, es zu berühren.

Patient X: Die Erklärung könnte ich in jedem Traumdeutungsbuch nachlesen und zu ähnlichen Schlüssen kommen. Sie erzählen mir nichts wirklich Neues, und ich mache hier die ganze Arbeit in diesen Sitzungen, diesen teuren Sitzungen. Ich erzähle Ihnen alles über meine Episoden.

Doktor: Ich glaube noch immer, dass wir Fortschritte machen. Sie haben selbstständig diese Schlüsse gezogen, ohne dass ich dabei geholfen habe. Mein Ziel ist es, Ihnen zu helfen, ein Maß von Selbsterkenntnis zu erlangen, das es Ihnen erlaubt, diese Träume nicht mehr als beängstigend und verwirrend zu empfinden und die Ursachen hinter ihrer Manifestation zu erkennen. Sie haben die Bedeutung des Blutes in dieser letzten Episode ohne meine Hilfe gedeutet. Das ist ein Schritt vorwärts. Sie glauben, dass sich dieser Traum aus einer tiefen Sehnsucht heraus manifestiert hat, Ihre Mutter zu finden. Ich kann Ihnen viele andere Erklärungen anbieten, was die Bedeutung von Blut in Träumen angeht, aber das würde es bloß undurchsichtiger machen. Es gibt natürlich religiöse Konnotationen, und Träumende stehen oft unter emotionaler Belastung, wenn sie von Blut träumen.

Patient X: Und Sie denken, ich bin lediglich emotional überlastet, Doktor? Ich wollte Blut riechen, Doktor. Ich wollte meinen Finger hineintauchen und damit malen. Der Drang war so überwältigend. Ich hatte ein Verlangen nach diesem Gefühl. Klingt das für Sie nach emotionaler Belastung?

Doktor: Ich denke, wir überschreiten hier eine Linie. In den vergangenen Monaten haben wir über Träume gesprochen.

Versuchen Sie mir zu sagen, dass Sie die Träume in die Realität umsetzen möchten?

Patient X: Träume sind Träume, oder nicht? Sie sind Fantasien und Sehnsüchte, die ich in meinem Kopf erzeuge und die nur lebendig hervorbrechen, wenn ich nicht wach bin. Ich möchte, dass Sie mir erklären, warum ich so empfinde. Warum möchte ich Blut berühren, riechen und schmecken. Erklären Sie es mir, Doktor. Warum?

Eine männliche Reinigungskraft in khakifarbenem Overall und mit Ohrenschützern schob eine Reinigungsmaschine den Flur entlang, deren Dröhnen durch die Dreifachverglasung in Natalies Büro kaum zu hören war. Sie beobachtete den Mann, wie er vorbeiging, dann fuhr sie mit ihren Fragen fort.

»Was wissen wir noch über Samantha Kirkdale?«

Lucy las aus ihren Notizen vor. »Sie hat ein enges Netzwerk von Freunden, hauptsächlich andere junge Mütter. Sie hat schon ihr ganzes Leben in der Umgebung von Samford gelebt. Ihre Eltern sind geschieden, und beide wurden von ihrem Tod unterrichtet. Auf ihren Profilen in den sozialen Medien war nichts Auffälliges zu finden. Der Fokus lag vor allem auf ihrem Sohn Oscar und seinen Entwicklungsfortschritten. Es gab viele Fotos von ihm. Sie hat ihren Facebook-Status vor zwei Monaten von verheiratet zu Single geändert, ungefähr zu der Zeit, als sie in die Mietwohnung gezogen ist. Ein Freund wird nirgends erwähnt.«

»Und wissen wir, ob sie und Charlotte befreundet waren?«

»Es gibt keine Hinweise darauf. Online sind sie nicht

befreundet, und Charlottes Nummer befand sich nicht in der Kontaktliste auf ihrem Handy.«

»Wie steht es mit ihrer Beziehung zu Lee Webster?« Natalie richtete die Frage an Ian, der gerade aus dem Techniklabor gekommen war.

»Die Techniker haben mehrere Nachrichten der beiden gefunden, die bis zum Januar dieses Jahres zurückreichen, bevor sie ihren Mann verlassen hat. Ich habe sie ausgedruckt. Darin gibt es nichts Verdächtiges: Verabredungen zu Treffen, Chats über Alltägliches, wie zum Beispiel, was im Fernsehen lief – ganz normale Sachen.«

»Nichts was darauf hindeutet, dass er wütend auf sie war?«

»Ganz im Gegenteil. Ich glaube, er war scharf auf sie.«

»Das hätte Teil des Plans sein können: erst auf netten Kerl machen und sie dann überfallen«, schlug Lucy vor.

Ian nickte kurz. »Außer dass mir nicht klar ist, welches Motiv er gehabt haben sollte. Er scheint sie gemocht zu haben.«

»Wir haben noch nicht über die Möglichkeit nachgedacht, dass Lee und Charlotte ein Verhältnis hatten. Charlotte wurde als wild charakterisiert und hatte Affären mit anderen Männern. Es wäre nicht unvorstellbar, dass da zwischen ihr und Lee was gelaufen ist. Eine ihrer Freundinnen hat behauptet, sie hätte ein Faible für Bad Boys gehabt. Die Beschreibung passt auf ihn, wie ich finde.« Natalie notierte sich rasch in ihrer Akte eine Erinnerung, ihm genau diese Frage zu stellen. Dann ergriff sie wieder das Wort. »Und wie weit sind wir in der Sache mit dem weißen Van, den unser Zeuge vor Lees Haus gesehen hat?«

»Daran arbeiten wir noch«, erklärte Murray. »Ich gehe gleich wieder hoch, um zu helfen. Wir haben die Aufzeichnungen sämtlicher Kameras in der Umgebung eingeholt und gehen sie durch. Außerdem stellen wir eine Liste aller in jener Nacht gemeldeten Einbrüche zusammen.«

»Ich muss wohl nicht betonen, wie dringend es ist. Ich kann

ihn nicht länger warten lassen, oder sein Anwalt wird irgendeine Ausrede finden, dass er gehen darf. Wir haben wirklich nicht viel Zeit. Ich möchte Adam auch noch nicht gehen lassen. Ich bin überzeugt, dass er uns noch nicht alles gesagt hat. Wir können auch die Möglichkeit nicht außer Acht lassen, dass Finn und Hassan hinter den Morden stecken oder zumindest darin involviert waren. Wir haben die Informationen über die beiden an alle Einheiten herausgegeben, und das IT-Team lässt eine Gesichtserkennungssoftware laufen. Wenn sie also an irgendeiner Überwachungskamera vorbeigekommen sind, können wir sie identifizieren und hoffentlich auch ausfindig machen. Ian, wenn wir einen Treffer haben, lassen Sie es mich umgehend wissen.«

Sie nahm die gefalteten Hände hinter den Kopf und streckte sich, dann sah sie zu Lucy hinüber. »Und wir kümmern uns jetzt um Lee.«

———

Lee, mit Sweatshirt und Jogginghose bekleidet, lächelte Lucy an, als sie mit Natalie den Vernehmungsraum betrat.

»Wir sollten wirklich aufhören, uns auf diese Weise zu treffen«, sagte er.

»Glauben Sie ja nicht, wir haben Sie herbringen lassen, weil wir Sie so attraktiv finden«, entgegnete Natalie, zog mit der freien Hand ihren Stuhl zurück und nickte dem Anwalt zu.

Als Antwort grinste Lee.

Sobald das Aufnahmegerät lief und sie und Lucy sich gesetzt hatten, begann sie die Vernehmung. »Mr Webster, wir wüssten gern, wo Sie heute Nachmittag waren. Ich entnehme Ihrem Dienstplan, dass Sie heute nicht arbeiten mussten.«

»Ich war zu Hause. Ich habe auf meiner Xbox gespielt.«

»Sie sind den ganzen Nachmittag zu Hause geblieben und haben Computer gespielt?«

»Ja.«

»Haben Sie heute versucht, Samantha Kirkdale zu erreichen?«

Kurz huschte ein besorgter Ausdruck über sein Gesicht. »Nein.«

»Sie und Samantha hatten seit Januar eine Beziehung. Stimmt das?«

»Und wenn schon. Gibt kein Gesetz dagegen. Wir sind erwachsene Menschen, und sie ist ungebunden.«

»Es tut mir leid, Ihnen mitteilen zu müssen, dass Samantha heute Nachmittag in ihrer Wohnung ermordet wurde.«

»Oh, Scheiße! Verdammt, nein!« Angesichts dieser Neuigkeiten fiel sein Gesicht regelrecht in sich zusammen, und er wandte abrupt den Blick ab.

»Ich frage Sie also noch einmal: Wo waren Sie heute Morgen, und kann irgendjemand Ihr Alibi bestätigen?«

»Zu Hause. Ich war zu Hause.« Er schüttelte den Kopf und wischte eine verirrte Träne fort. Dann wandte er sich an seinen Anwalt. »Das ist totaler Irrsinn. Ich habe Samantha heute nicht gesehen. Ich möchte, dass das festgehalten wird. Ich bin gestern nicht bei ihr gewesen und habe auch nicht dort geschlafen. Gott, ich wünschte, es wäre so. Dann wäre das vielleicht nicht passiert.«

»Hatten Sie auch ein Verhältnis mit Charlotte Brannon?«

Er sah seinen Anwalt an. »Ich muss so einen Schwachsinn doch nicht beantworten, oder?«

Natalie sprach direkt mit dem Anwalt. »Es könnte gegen Ihren Mandanten sprechen, wenn er die Fragen nicht wahrheitsgemäß beantwortet.«

Der Mann im Anzug bedeutete Lee fortzufahren. Lee ließ die Schultern sinken und nickte. »Sie und ich, wir hatten vor Ewigkeiten mal einen One-Night-Stand.«

»Sie wurden im Januar im White Horse gesehen, wo Sie sich gestritten haben.«

»Sie haben mit Vitor, diesem Penner, gesprochen, stimmt's?
Dreckskerl! Der reitet mich hier in die Scheiße. Es war nichts
Ernstes. Nicht wie meine Beziehung mit Samantha.«

»Können Sie erklären, was zwischen Ihnen und Charlotte
bei dieser Gelegenheit vorgefallen ist? Denn im Augenblick
sieht es so aus, dass Sie zwei Frauen kannten, die beide brutal
ermordet wurden.«

»Charlotte war schräg drauf. Sie war manchmal so. Ist in
den Club gekommen, wenn Adam nicht da war, und hat mit
mir geflirtet. Als Adam einmal nachmittags bei einem Turnier
war, hatten wir Sex. Und das war alles. Ich habe ihr gesagt, dass
es keine gute Idee wäre, wenn das noch mal vorkommt. An dem
Abend im Pub war sie wieder in Stimmung für ein Abenteuer
und ein bisschen Spaß, aber ich hatte gerade was mit Samantha
angefangen. Also hab ich ihr gesagt, dass ich nicht will, und sie
war sauer. Das war alles.«

»Sie geben zu, dass Sie mit beiden Frauen geschlafen
haben?«

»Mit Charlotte nur das eine Mal. Ich hätte das nicht tun
sollen. Das mit Samantha war eine andere Sache. Ich hab sie
echt gemocht. Was ist mit ihr passiert?« Er schniefte.

»Ich kann Ihnen keine Details nennen. Das wissen Sie.«

»Was ist mit Oscar? Lebt der noch?«

»Er ist bei Daniel. Ihm geht es gut.«

Er bewegte seine Finger und drückte gegen den Punkt
zwischen seinen Augen.

»Scheiße, das ist schrecklich. Absolut grauenhaft.«

»Ich würde gern zu der Nacht zurückkehren, als Charlotte
ermordet wurde. Wo waren Sie in der Nacht?«

»Das habe ich Ihnen doch schon gesagt. Ich war im White
Horse, dann bin ich mit Adam in meine Wohnung gegangen.«

»Und da fangen unsere Probleme an. Wir haben erfahren,
dass Sie nicht im Pub waren.«

»Wenn Vitor was anderes erzählt hat, ist er ein verlogener Drecksack, oder Sie haben ihn absichtlich unter Druck gesetzt.«

Ein leises Klopfen an der Tür unterbrach die Befragung, und Natalie entschuldigte sich. Im Flur hielt ihr Murray einen Ausdruck und eine Liste von erfassten Verbrechen hin, von denen eines rot markiert war.

»Ein Einbruch in einem Lagerhaus in der Dunfold Street, der irgendwann zwischen dreiundzwanzig Uhr und Mitternacht an jenem Abend stattgefunden haben muss. Jemand hat Ausrüstung im Wert von fünfzigtausend Pfund geklaut. Dieser Van wurde von einer Kamera an zwei Stellen auf dem Weg von Lees Wohnung erfasst und ist auch auf der Überwachungskamera eines Gebäudes in der Nähe des Lagerhauses zu sehen. Auf dieser Aufnahme sieht man deutlich, dass Lee am Steuer saß. Das Datum und die Zeitstempel beweisen, dass er um dreiundzwanzig Uhr am Lagerhaus war. Ein weiteres Foto, das von einer Überwachungskamera stammt, zeigt den Van auf dem Weg in die Ashmore-Siedlung.«

»Mist. Das beweist, dass er nicht zum Zeitpunkt von Charlottes Ermordung beim Haus der Brannons gewesen sein kann.«

»Sieht nicht so aus.«

Natalie rieb sich die Schläfen. »Ich dachte, wir hätten ihn. Ich dachte wirklich, wir hätten ihn.« Sie straffte die Schultern. »Suchen Sie weiter nach Hassen und Finn. Wir können nur hoffen, dass sie etwas gesehen oder selbst etwas mit der Sache zu tun haben. Mir schwinden die Möglichkeiten.«

Murray verschwand im Flur und ließ Natalie vor dem Vernehmungsraum zurück. Welchen Pfad sollte sie nun einschlagen? Es gab nur noch einen Verdächtigen ohne wasserdichtes Alibi für den fraglichen Abend oder für heute Morgen, als Samantha getötet wurde, und zwar Adam, allerdings beteuerte der vehement seine Unschuld. Sie würde noch einmal versuchen müssen, ihn zu knacken.

· · ·

»Wir haben mit Lee gesprochen, und er hat zugegeben, am Freitagabend anderswo gewesen zu sein. Sie können nicht länger behaupten, dass Sie bei ihm waren. Wie es aussieht, gehen Ihnen die Alibis aus, und Sie wissen, was das bedeutet.«

Natalie verschränkte die Arme vor der Brust und bedachte Adam mit einem kühlen Blick. Er hob die Hände in einer unterwürfigen Geste.

»Okay. Ich war nicht bei ihm.«

»Möchten Sie das näher ausführen oder muss ich Sie festnehmen?«

»Ich bin in den Boxclub gefahren. Ich musste eine Weile allein sein«, sagte Adam in seinem lässigen, trägen Tonfall.

»Warum haben Sie das nicht von Anfang an gesagt, anstatt all diese dämlichen Lügen zu erfinden?«

»Was denken Sie denn? Zunächst einmal konnte ich nicht beweisen, dass ich im Boxclub war. Es ist ja nicht gerade, als ob da Kameras wären oder mich jemand gesehen hätte. Ich bin direkt von Inge aus dorthin gefahren. Charlotte und ich hatten nach dem Essen mit ihren Eltern einen ziemlich üblen Streit. Sie hatte an dem Abend eine ganze Menge Alkohol getrunken, und sie konnte ein echtes Miststück sein, wenn sie betrunken war, man könnte sogar sagen, ein totaler Albtraum. Ich hatte keine Lust mehr, mir diesen Scheiß von ihr bieten zu lassen. Ich konnte nicht bei Inge bleiben, weil ihre Mum bald nach Hause kam, also dachte ich, häng ich einfach eine Weile im Club rum. Wenn ich dann später nach Hause käme, wäre sie sicher schon im Bett und würde schlafen. Ich habe auf meinem Handy herumgedaddelt, rumgespielt und so, und irgendwann beschlossen, nach Hause zu fahren. Hätten Sie mir geglaubt, wenn ich das von Anfang an gesagt hätte? Einen Scheiß hätten Sie. Lees Vorschlag zu behaupten, ich wäre mit ihm zusammen gewesen, erschien mir die bessere Lösung. Sie waren doch ganz versessen darauf, mir den Mord an Charlotte anzuhängen, also musste ich mir etwas Zeit verschaffen. Ich dachte, Sie hätten den Mörder in der Zwischenzeit längst gefunden, und dann könnte ich die Wahrheit sagen. Anscheinend habe ich mich wohl ziemlich verkalkuliert.«

Natalie sprang auf und beugte sich vor, bis sie mit der Nase beinahe seine berührte. »Ist Ihnen klar, wie viele Arbeitsstunden wir ihretwegen und wegen ihres Kumpels Lee verschwendet haben? Sie haben dafür gesorgt, dass wir im Kreis herumhetzen, anstatt tatsächlich etwas zu erreichen und den Mörder Ihrer Frau dingfest zu machen. Es kann gut sein, dass Sie für uns alles ruiniert haben. Haben Sie darüber mal nachgedacht?« Natalie blähte wütend die Nasenflügel. Adams Haltung machte ihr zu schaffen. »Sie ...« Den Rest verkniff sie sich. Den Kerl zu beleidigen, würde ihr auch nicht helfen. Sie zog sich zurück, wandte sich vom Tisch ab und richtete das Wort an Lucy. »Bringen Sie ihn weg. Schaffen Sie ihn mir aus den Augen.«

NEUNUNDZWANZIG

DIENSTAG, 6. MÄRZ – MORGEN

Lee sah sich einer Anklage wegen Einbruchsdiebstahls gegenüber, und da sie nichts weiter tun konnte, hatte Natalie das Team nach Hause geschickt, bevor sie alle vollkommen die Hoffnung aufgaben. Es stellte eine ganz schöne Herausforderung dar, sich neu zu formieren und wieder ganz an den Anfang zurückzukehren, um den Täter zu fassen. Adam bereitete ihr Kopfzerbrechen. Sie war sich nicht sicher, ob er die Wahrheit sagte oder einfach ein geschickter Lügner war. Außer den beiden untergetauchten Jugendlichen hatten sie keine weiteren Verdächtigen, und sie hatte Angst, dass alle Spuren einfach im Sande verlaufen könnten.

Im Bad, das von ihrem Schlafzimmer abging, lief das Wasser. David war dabei, sich zu rasieren. Er benutzte Pinsel und Rasierseife, eine altmodische Methode, die ihr gefiel. Es war schön, ihm dabei zuzusehen, wie der den Schaum fortschabte und vollkommen glatte Haut zurückblieb, doch heute wollte sie nicht ins Badezimmer gehen, um mit ihm zu plaudern und ihm bei seinen geschickten Bewegungen zuzusehen. Sie konnte ihm überhaupt nicht gegenübertreten. Ihr fehlte die

Energie, noch einmal darüber zu sprechen, warum er den Drang verspürt hatte, sich Glücksspielseiten anzusehen. Sie hievte sich aus dem Bett und ging stattdessen in das Familienbadezimmer, wo sie sich auf den Wannenrand setzte, während das Wasser einlief. Dabei dachte sie über die Ermittlungen nach. Für ihren Geschmack ging es nicht schnell genug. Sie hatte sich an alle Vorschriften gehalten, und es hatte zu nichts geführt. Was hatte sie nicht alles unternommen? Hätte sie es anders handhaben können?

Sie ließ etwas pinkfarbenen Badezusatz ins Wasser laufen, der laut Packung eine sanfte Reinigung und den beruhigenden Duft von Lotosblüte und Salbei versprach. Zwar hatte sie keine Ahnung, wie eine Lotosblüte eigentlich roch, aber der Duft war zart und angenehm.

David klopfte leise an.

»Besetzt«, rief sie und wartete, bis er wieder gegangen war. Das Herz verkrampfte sich in ihrer Brust.

Was hatte sie falsch gemacht? Hatte sie einen wichtigen Hinweis übersehen? Sie hätte von Anfang an einen Profiler zurate ziehen sollen, um zu erfahren, mit welch einem kranken Individuum sie es hier zu tun hatten. Was bedeuteten die Botschaften? *Warum? Wer?* Sie waren doch bestimmt nicht für die Polizei zurückgelassen worden. Oder verspottete der Täter sie und ihr Team? Andererseits konnten die Botschaften auch den Opfern oder ihren Ehemännern gelten. Was hatte das alles zu bedeuten? Sie ließ sich ins Wasser sinken und blickte zur Decke. Ein Anstrich hätte ihr nicht geschadet. Ein hartnäckiger rostbrauner Rand, der von einer feuchten Stelle zurückgeblieben war, hatte sich in der linken Ecke gebildet. Sie betrachtete ihn und dachte dabei an die blutigen Botschaften des Mörders. Was war ihm durch den Kopf gegangen? Sie hatten Zeit darauf verschwendet festzustellen, wo Adam und Lee sich aufgehalten hatten, und der Täter konnte jederzeit wieder zuschlagen. Sie musste ihn finden, bevor eine dritte Botschaft an einer Wand auftauchte.

»Hast du gestern Nacht überhaupt noch geschlafen?« Bethany klang besorgt. Lucy war über den Laptop gebeugt. »Ein bisschen.«

»Das tut dir nicht gut, Lucy. Du kannst nicht richtig denken, wenn du dich nicht ausruhst, wenn du keine Zeit zum Auftanken hast.«

Lucy sah vom Bildschirm auf. »Versuch das mal meinem Gehirn zu erklären. Das ist wie eine Art unabhängiger Dynamo. Es surrt und rattert, ist dabei aber nicht produktiv. Ich komme zu keinem Ergebnis.«

»Was hast du dir angesehen?«

»Die Facebook-Seite eines Opfers – Samantha, der Frau, die gestern ermordet wurde. Ich hatte gehofft, irgendetwas zu finden.«

»Ich nehme an, das hast du nicht?«

Lucy schüttelte den Kopf.

»Lass dich nicht entmutigen. Du bist erschöpft, du bist resigniert, aber du arbeitest mit einem großartigen Team zusammen. Ihr schafft das schon. Ihr findet den Mörder ganz bestimmt.«

Natalie leitete die morgendliche Einsatzbesprechung. Sie hatte versucht, aus dem Haus zu kommen, bevor die Kinder aufstanden, ohne Frühstück und ohne viel Gelegenheit, mit David zu sprechen. Doch er hatte darauf bestanden, das Glücksspielthema wieder aufzubringen. Das Gespräch hatte sie nur noch misstrauischer werden lassen. Ihrer Meinung nach war es überflüssig gewesen. Es wirkte beinahe, als beteuere David ein wenig zu übertrieben seine Unschuld ...

. . .

»Ich nehme an, du hast auf dem Konto nachgesehen, ob ich die Wahrheit gesagt habe?«, fragt David, kaum hat sie die Küche betreten.

»Ich hab doch gesagt, dass ich das tun würde.«

»Und?«

»Du hattest recht. Da war nichts. Du hast kein Geld abgehoben und verspielt. Daher müssen wir nicht mehr darüber diskutieren.«

»Ich möchte, dass du mir glaubst.«

»Das tue ich doch.«

»Gut. Dann war es das?«

»Ja.«

»Es war nicht schön, ins Kreuzverhör genommen zu werden.«

»Das sagtest du bereits, und ich fand es nicht schön, dass du Glücksspielseiten angeschaut und vom Wetten geträumt hast. Ich möchte nicht, dass du da wieder hineinrutschst, David. Es hat beinahe alles kaputtgemacht.«

»Ich bin nicht blöd, also behandle mich auch nicht so.«

»Das tue ich nicht. Ich bin nur vorsichtig. Sehr vorsichtig. Und wenn ich eine von diesen Seiten auf deinem Monitor sehe, kann ich doch nur zu einem Schluss kommen, oder? Dass du wieder angefangen hast zu wetten, Poker zu spielen oder sonst irgendwelchen Glücksspielen zu frönen.«

»Ist aber nicht so.«

»Was soll ich noch dazu sagen?«

»Entschuldigung?«

»Wofür? Dafür, dass ich Angst habe?«

»Dafür, dass du mir nicht genug vertraust.«

»Das ist nicht wahr.«

»Ja, okay. Aber zumindest konnte ich beweisen, dass ich nicht an unser Geld gegangen bin.«

»Können wir das Thema dann jetzt lassen? Ich habe wirklich nichts mehr dazu zu sagen.«

»Ich wollte nur meinen Standpunkt klarstellen.«

»Das hast du ja jetzt, Herrgott noch mal. Okay? Ich muss jetzt zur Arbeit.«

»Klar. Josh hat heute Abend Fußballtraining, also gehe ich mit Leigh irgendwo einen Burger essen oder so, während wir auf ihn warten.«

»Sicher, das wird ihr gefallen. Ich weiß nicht ...«

»... wann du zurück sein wirst. Ich weiß. Wenn du da bist, bist du da.«

In der Badewanne hatte sie einige Entscheidungen über die Ermittlungen getroffen und sich einen Plan für das weitere Vorgehen zurechtgelegt. Sie schob die Gedanken an ihr Gespräch mit David beiseite und begann die Einsatzbesprechung.

»Ich verstehe Ihren Frust. Ich bin genauso genervt, dass Adam und Lee uns bezüglich ihrer Alibis an der Nase herumgeführt haben. Wir dürfen uns davon jetzt nicht herunterziehen lassen. Wir haben zwar wertvolle Zeit verschwendet, aber wir haben auch eine Reihe Verdächtiger ausschließen können und noch immer unsere beiden untergetauchten Jugendlichen. Ich habe den starken Verdacht, dass sie irgendetwas oder irgendjemanden gesehen haben, oder dass sie selbst irgendwie in die Sache verwickelt sind. Das sind gewiefte Jungs. Die hauen nicht ohne guten Grund ab. Ich schlage vor, wir überwachen die Handys und die Social-Media-Profile der drei engsten Freunde von Finn und Hassan, die in Hounslow House wohnen. Das wären Abe, Mustafa und Leon. Natürlich brauchen wir noch ihre Nachnamen. Wenn sie ein Prepaid-Handy kontaktieren, ist das für uns Anlass genug, sie ins Visier zu nehmen und sie uns vorzuknöpfen.«

»Warum bringen wir sie nicht aufs Revier, Natalie?«, fragte Ian.

»Das würde nichts bringen. Sie werden nicht mit uns reden. Wir sollten lieber ihre Online-Aktivitäten im Auge behalten und sehen, ob uns das Hinweise liefert. Ich würde außerdem gern Samanthas Freundeskreis unter die Lupe nehmen. Mal sehen, was wir da herausfinden. Vielleicht gibt es Hinweise auf einen Streit oder eine Auseinandersetzung mit jemandem. Eventuell hat sie etwas erwähnt, das Anlass zur Sorge gewesen ist.

Bisher haben wir uns darauf konzentriert, Verbindungen zwischen den Opfern herzustellen, und haben nach jemandem gesucht, der sowohl Charlotte als auch Samantha kannte. Ich möchte, dass wir uns davon wegbewegen. Meine größte Angst ist, dass wir einen Serienmörder vor uns haben, der seine Opfer zufällig auswählt. Irgendwelche Frauen mit Kindern. Ich kann mir nicht vorstellen, mit welcher Art Freak wir es da zu tun haben: mit Blut geschriebene Botschaften, die Brutalität der Angriffe ... Wir könnten einen psychologischen Blickwinkel gebrauchen, und deswegen hole ich einen Profiler ins Boot. Henrik Karlsson wird später zu uns stoßen.« Henrik war einer der angesehensten Spezialisten im Land und hatte einige Bestseller zum Thema geschrieben.

»Ich habe etwas herausgefunden«, verkündete Lucy. »Samantha ist nicht rothaarig. Jetzt schon, aber sie hat sich die Haare erst vor Kurzem gefärbt. Ich habe ihre Facebook-Fotos angesehen, und sie hat öfter die Farbe gewechselt, aber soweit ich das beurteilen kann, ist ihre Naturhaarfarbe Braun – ein Kastanienbraun.«

»Dieselbe Haarfarbe wie Charlotte«, sagte Natalie. »Das könnte wichtig sein. Wir halten das mal fest. Ich habe den Bericht der rechtsmedizinischen Untersuchung für Samantha Kirkdale erhalten. Sie starb durch mehrere Stichverletzungen im Brust- und Halsbereich. Insgesamt waren es zweiundzwanzig Stiche.«

»Sie war zweiundzwanzig Jahre alt«, bemerkte Lucy.

»Vielleicht ist auch das von Bedeutung. Wenn ja, heißt das, der Mörder kannte ihr Alter. Mike, möchten Sie noch hinzufügen, was Sie herausgefunden haben?«

Mike, der schweigend am anderen Ende des Raums gesessen hatte, ergriff nun das Wort. »Das Messer, das wir am Tatort gefunden haben, konnte als Tatwaffe identifiziert werden. Es wurden keine Fingerabdrücke festgestellt. Wir haben die Schubladen in der Küche durchsucht und ein weiteres zwanzig Zentimeter langes Kochmesser gefunden. Es ist unwahrscheinlich, dass sie zwei solcher Messer besessen hat, also können wir daraus schließen, dass der Mörder vermutlich dieses spezielle Messer gekauft und zum Tatort mitgebracht hat. Wir konnten feststellen, dass es sich um ein zwanzig Zentimeter langes Profi-Kochmesser von Acelink mit Klinge aus Karbonstahl und ergonomischem Griff handelt, das es online bei einer Reihe von Händlern zu erwerben gibt.« Mike öffnete die Hände, um anzuzeigen, dass er mit seiner Rede am Ende war.

»Wenn es dazu keine Fragen mehr gibt, sollten wir weitermachen.« Natalie ließ eine Pause für eventuelle Wortmeldungen, und als niemand etwas fragte, entließ sie das Team und ging mit Mike nach draußen.

»Ich weiß nicht, in welche Richtung ich weitermachen soll«, sagte sie mit gedämpfter Stimme. »Hast du irgendetwas, das uns helfen könnte?«

»Ich wünschte, das hätte ich.«

»Keine Fasern oder Haare?«

»Doch, beides, zur Genüge. Eigentlich sogar zu viele. Es wird lange dauern, sie zu analysieren und herauszufinden, zu wem sie gehören.«

»Gibt es Neuigkeiten zum Vaterschaftstest von Alfie?«

»Ich frag mal nach. Wir haben alle Hände voll zu tun, aber euer Fall hat absolute Priorität, Natalie.«

»Das weiß ich zu schätzen.«

Ihre Blicke trafen sich eine Sekunde zu lang. Sie wandte sich nicht ab. Ein Teil von ihr wollte ihm von David erzählen, aber das letzte Mal, als sie das getan hatte, waren sie zusammen im Bett gelandet.

»Alles okay?«, fragte Mike.

»Es wäre deutlich besser, wenn ich eine Ahnung hätte, wer diese Morde begangen hat.«

Er wartete, ob sie noch etwas sagen würde, doch sie schwieg, also verabschiedete er sich. »Ich werde mal nach dem DNA-Test sehen.«

Natalie betrachtete die Bilder der beiden Opfer erneut: Charlotte mit ihrem glänzenden kastanienbraunen Haar, den großen braunen Augen unter ordentlich gezupften Brauen und dem traurigen Lächeln und Samantha mit leuchtend rotbraunem Haar, das ihr über die Schultern fiel, und ihrem breiten Mund. Weitere Ähnlichkeiten zwischen den beiden Frauen schien es nicht zu geben. Sie lebten nicht nah beieinander, besuchten nicht dieselben Orte, hatten keine gemeinsamen Freunde oder Interessen, doch sie waren beide über den Boxclub miteinander verbunden und hatten beide ein Kind.

Lucy legte auf. Es war schon der achte Anruf bei Mitgliedern von Samanthas Freundeskreis, und sie hatte nichts Nützliches erfahren. Noch einmal öffnete sie die Facebook-Seite. Irgendwie kam sie immer wieder darauf zurück. Sie scrollte durch die Nachrichten der vergangenen drei Monate und suchte nach einem Namen oder irgendeinem anderen Detail, das ihr den erhofften Durchbruch bringen würde. Sich die Fotos vom kleinen Oscar von seiner Geburt bis heute anzusehen, war schmerzvoll gewesen. Gemeinsam mit Samantha hatte sie erlebt, wie er sich von einem hilflosen Säugling zu einem charmanten, fröhlichen Kleinkind entwickelt hatte. Dreizehn Monate. Wie schnell die Zeit verging. Im einen Moment schlief er in den Armen seiner Mutter, im nächsten strahlte er in die Kamera und hielt die Überreste eines Wurstbrötchens in seinem pummeligen Fäustchen. So würde es mit Knöllchen auch sein. Er oder sie würde innerhalb eines Wimpernschlags größer werden. Der Gedanke machte ihr Angst. Sie hatte keine Vorstellung davon, wie sie auf die Geburt des Babys reagieren würde. Sie scrollte durch die Bilder und blieb an einem hängen, das draußen vor ihrem neuen Zuhause aufgenommen worden war: ein Selfie mit dem Kommentar »Neuanfang«. Sie hörte auf zu lesen. Da! Sie klickte auf das Icon der Suchmaschine und glich alles mit den Informationen in der Fallakte ab.

»Ich habe etwas.«

Natalie tauchte wie aus dem Nichts auf. »Was?«

Lucy vergrößerte das Foto, das sie studiert hatte. Hinter Samanthas Kopf war die Werbetafel eines Maklerbüros zu sehen. »Samantha hat die Wohnung in der Bose Street über das Maklerbüro Cartwright und Butler in Samford gemietet. Rob Cooke, Charlotte Brannons Freund, arbeitet dort.«

»Rufen Sie den Makler an.«

Lucy wählte die Nummer und wurde direkt mit Rob verbunden.

»Stellen Sie das Gespräch auf Lautsprecher«, sagte Natalie.

»Mr Cooke, hier ist DS Carmichael von der Polizeizentrale Samford.«

»Hallo Sergeant. Gibt es Neuigkeiten wegen Charlotte?«

»Das ist nicht der Grund für meinen Anruf. Ich möchte gerne von Ihnen wissen, wo Sie sich gestern Nachmittag aufgehalten haben.«

»Gestern Nachmittag? Warum?«

»Bitte beantworten Sie meine Frage, Sir.«

»Ich war in Sheffield bei einem Abteilungstreffen.«

»Kann jemand das bestätigen?«

»Rufen Sie Shelly Bradshaw an, die Sekretärin der Firma. Sie hat es organisiert.«

»Haben Sie eine Nummer, unter der ich sie erreiche?«

»Warten Sie kurz.« Eine Weile war es still, dann diktierte er die Nummer. »Warum fragen Sie mich all das?«

»Kennen Sie Samantha Kirkdale?«

»Der Name kommt mir bekannt vor, aber ich kann ihn nicht einordnen.«

»Sie hat vor zwei Monaten über Ihre Firma eine Wohnung in der Bose Street gemietet.«

»Ach, daher kannte ich den Namen. Ich habe ihn auf einem der Verträge gelesen. Sie war Klientin meiner Kollegin Suzie Connolly, nicht meine.«

»Aber Sie erinnern sich an sie?«

»Ich glaube, ich habe sie im Büro gesehen, als sie herkam, um die Einzelheiten mit Suzie zu besprechen, aber ich erinnere mich nicht an sie. Vermietungen gehören nicht zu meinem Aufgabenbereich. Ich bin im Verkauf tätig. Soll ich Sie an Suzie weiterleiten?«

»Nein, danke. Das ist nicht nötig.«

Sie beendete den Anruf und wandte sich an Natalie. »Verdammt! Ich bewege mich im Kreis.«

»Überprüfen Sie sein Alibi.«

»Aber er kannte sie nicht.«

»Ich weiß, aber ich drehe mich auch im Kreis, also wäre es das Beste, sein Alibi zu überprüfen und ihn zu der wachsenden Liste der Unverdächtigen hinzuzufügen, die ich Aileen übergeben darf, wenn sie mich nach einem Arbeitsbericht fragt.«

Lucy wählte die Nummer und sprach mit Shelly, die bestätigte, dass Rob bei dem Abteilungstreffen gewesen war, das bis sechs Uhr abends gedauert hatte. Sie warf ihr Handy auf den Tisch. »So viel dazu. Und jetzt?«

»Wir suchen weiter. Das ist Polizeiarbeit, Lucy. Wir machen weiter, bis wir finden, wonach wir gesucht haben.«

»Manchmal zweifle ich daran, dass ich dafür gemacht bin«, murmelte Lucy.

»Wem sagen Sie das? Wir haben alle solche Tage«, erwiderte Natalie.

DREISSIG

Patient X: Wie ich sehe, sind Sie überrascht, dass ich zu unserem Termin gekommen bin. Ich wette, Sie dachten, ich komme nicht wieder.

Doktor: Ich gebe zu, es überrascht mich. Sie schienen endlich die Bedeutung Ihrer Träume und ihren Ursprung entschlüsselt zu haben. Ich dachte, Sie würden meine Hilfe nicht mehr benötigen. Wie fühlen Sie sich denn heute?

Patient X: Stärker. Viel stärker.

Doktor: Das ist schön.

Patient X: Ich habe herausgefunden, wie ich die Träume vertreiben kann, und bin zurückgekommen, um Ihnen zu sagen, dass Sie sich geirrt haben. Sie haben sich vollkommen geirrt.

Doktor: Inwiefern habe ich mich geirrt?

Patient X: Sie waren fest überzeugt, dass sie nur Ausgeburten meiner Fantasie sind: eine Mischung aus getrübten Erinnerungen und Emotionen, gepaart mit Ängsten aus meiner Kindheit. Doch das sind sie nicht.

Doktor: Sind Sie hergekommen, weil Sie Hilfe mit einem Traum brauchen?

Patient X: Ich bin hergekommen, weil ich Ihnen Erkenntnis schenken möchte, Doktor.

Doktor: Was meinen Sie damit?

Patient X: Es ist Zeit, dass ich Ihnen verrate, was vor sich geht.

Doktor: Ich weiß nicht, worauf Sie hinauswollen.

Patient X: Ich brauche Ihre Hilfe nicht mehr. Wir haben diesen Unsinn mit den Träumen hinter uns gelassen. Das ist alles völliger Quatsch.

Doktor: Es tut mir leid, aber ich muss Sie bitten zu gehen.

Patient X: Nein. Zuerst werde ich Ihre Psychospielchen mitspielen. Hier ist ein Traum für Sie, Doktor: Eine Frau kommt aus ihrem Büro. Sie kehrt nach einem langen Arbeitstag heim in ihre Wohnung zu ihrer Katze Loki, eine wunderschöne Rassekatze mit langem Fell und spitzen Ohren, eine Maine Coon, glaube ich. Oje! Ihre Augen sind plötzlich so groß geworden, Doktor. Kommt Ihnen bekannt vor, nicht wahr? Egal. Lassen Sie mich mit meiner Episode oder meinem Traum oder wie auch immer Sie es nennen möchten fortfahren. Die Frau öffnet die Tür in Erwartung ihres vierbeinigen Freundes, doch sie wird nicht von ihrem liebevollen, frechen

Begleiter begrüßt, den sie so originell nach einer nordischen Gottheit benannt hat, sondern vom Teufel persönlich.

Doktor: Gehen Sie. Sofort.

Patient X: Wollen Sie denn nicht mehr über diese Episode hören? Bisher haben Sie sie doch bisher immer gern gehört. Sie haben an meinen Lippen gehangen, mir die Bilder entlockt und an ihrer Stelle eine klaffende Wunde hinterlassen.

Doktor: Das war nicht meine Absicht. Sie sind zu mir gekommen, um die Ursache dafür herauszufinden, um sie aus Ihrem Leben zu entfernen, damit Sie Frieden finden.

Patient X: Und ich habe Frieden gefunden, Doktor. Bravo. Ich habe die wahre Bedeutung all dieser Episoden entdeckt. Ich weiß, warum ich davon träume, Frauen zu töten. Ich verstehe, warum ich eine solche Euphorie verspüre, wenn ich meinen Finger in ihr Blut tauche. Sind Sie clever genug, um es schon zu verstehen?

Doktor: Gehen Sie.

Patient X: Okay. Wie Sie wollen. Ich gehe. Bis zu unserem Wiedersehen, Doktor.

EINUNDDREISSIG

DIENSTAG, 6. MÄRZ – NACHMITTAG

Henrik Karlsson behauchte die Gläser seiner rotgerahmten Brille, wischte sie sorgfältig ab und hielt sie gegen das Licht, das durch das Fenster hereinfiel, um zu prüfen, ob Streifen darauf waren. »Ich hasse diese Tapser«, sagte er. »Sie lenken einen ab. Ich habe immer das Gefühl, jemand steht am Rand meines Sichtfelds.« Der leichte Singsang seines Akzents war dezent, aber eindeutig skandinavischen Ursprungs, und er sprach die ›S‹-Laute länger und weicher. Er setzte die Brille auf seine fleischige Nase und nahm Platz, wobei er seine langen Beine übereinanderschlug und Natalie mit seinen eisblauen Augen musterte.

»Der Mörder hat zwei separate, mit Blut geschriebene Nachrichten hinterlassen?«

»Das ist richtig.« Sie reichte ihm die Fotos der Botschaften, die an den Tatorten hinterlassen worden waren.

Er schob die Unterlippe vor, während er die Bilder betrachtete, und legte sie dann vor sich auf den Schreibtisch. »Die Kinder. Wie alt?«

»Das erste sechs Monate. Das zweite dreizehn Monate.«

»Beides Jungen.«

»Richtig.«

Er bewegte sich nicht. Seine Augen fixierten einen Punkt irgendwo in der Ferne. »Beide Opfer waren Frauen in den Zwanzigern von ähnlicher Statur und beide verheiratet. Kann ich die Fotos von ihnen noch einmal sehen, bitte?«

Er legte die Bilder nebeneinander und deutete nacheinander darauf. »Sie haben braune Augen, auch wenn es nicht dasselbe Braun ist. Ihre Nasen sind etwas anders, ebenso wie ihre Lippen, und ihre Haare haben eine leicht unterschiedliche Farbe, aber sie tragen eine ähnliche Frisur: lang und glatt. Der Mörder könnte nach Frauen suchen, die ihn an eine bestimmte Person erinnern. Wenn das der Fall ist, haben die weiblichen Opfer oft mehr Ähnlichkeiten.« Er strich sich mit seinen langen Fingern über den blonden Bart.

»Wir haben herausgefunden, dass Samantha ihre Haare gefärbt hat. Ihre Naturfarbe ist Kastanienbraun, dieselbe Farbe wie Charlottes Haar.« Natalie wartete darauf, dass er fortfuhr.

»Dann könnte er es auf Frauen mit ursprünglich langem, dunklem Haar und braunen Augen abgesehen haben. Vielleicht erinnern sie ihn an jemanden.«

»Jemanden, den er hasst?«, fragte Natalie.

»Oder jemanden, den er noch immer liebt, ohne dass diese Person diese Liebe erwidert. Soweit ich es verstanden habe, hat er das erste Opfer mit einem Baseballschläger erschlagen, der sich unter dem Bett befunden hat. Das könnte ein Zufall gewesen sein. Er konnte nicht wissen, dass der Schläger dort war, außer er war schon vorher einmal im Haus. Das zweite Opfer wurde mit einem Messer getötet, von dem Sie annehmen, dass es speziell für diesen Zweck gekauft wurde. Es würde mich nicht wundern, wenn er dieses Messer bereits im Haus des ersten Opfers bei sich trug, um es zu benutzen, und dann von Charlotte überrascht wurde. Also hat er ihr den Schläger entrissen und sie damit angegriffen. Ich glaube, er wollte das Messer benutzen. Das glaube ich, weil ich annehme, dass es ihm wichtig ist, dass die Opfer bluten. Er braucht das Blut, um seine Botschaften zu schreiben.« Wieder tippte er auf das Foto mit den blutigen Schriftzügen.

»Das bringt uns zu der Frage, was sie bedeuten. Die zuerst hinterlassene Botschaft bestand aus einem Wort: ›*Warum?*‹. Ich glaube, dass diese Frage sich entweder an Sie, die Polizei richtet, oder an jemanden, der ihm nahestand und ihn verletzt oder verärgert hat – ein Partner oder eine Partnerin, ein Geschwister- oder Elternteil. Ich verwende hier das Maskulinum, aber es könnte sich ebenso gut um eine Täterin handeln. Männer bevorzugen Schusswaffen, Frauen benutzen seltener eine, greifen aber mit höherer Wahrscheinlichkeit zum Messer, oder aber sie töten ihr Opfer durch einen Schlag mit einem stumpfen Gegenstand. Auch wenn ich zu bedenken gebe, dass sich Messerattacken von Frauen im Allgemeinen gegen Männer richten, nicht gegen andere Frauen, könnte es sich bei der gesuchten Person dennoch um eine Frau handeln.«

Er nickte, um seinen Standpunkt deutlich zu machen, und fuhr erst fort, nachdem er sich vergewissert hatte, dass er verstanden worden war. »Die zweite Botschaft war wieder eine Frage: ›*Wer?*‹ Diese scheint sich eher an diejenigen zu richten, die in diesem Verbrechen ermitteln. Er stellt dieselbe Frage, die Sie sich auch stellen: Wer ist für all das verantwortlich? Wenn das der Fall ist, fordert er die Autoritäten heraus. Er ist mutig und sich sehr sicher, dass Sie seine Identität nicht herausfinden werden. Es gibt auch noch eine andere Möglichkeit: Diese Frage folgt auf die erste und richtet sich an dieselbe unbekannte Person: den Partner, die Partnerin, das Geschwister- oder Elternteil, ebenso wie die erste Frage ›*Warum?*‹. Wenn das so ist, ist die Bedeutung unklar.«

»Könnten Sie raten?«

»Ich könnte mir verschiedene Möglichkeiten vorstellen, aber das würde alles eher undurchsichtiger machen. Er hat bisher zwei Fragen gestellt. Wie Sie wissen, gibt es fünf relevante W-Fragen zur Problemlösung: *Wer? Was? Wann? Wo?* und *Warum?* Ich fürchte, er könnte sie alle stellen wollen, und es könnte noch mehr Opfer geben. Ich glaube auch, dass es der Mörder nicht eilig hat. Er möchte dem Adressaten seiner Botschaften zeigen, wozu er fähig ist.«

»Habe ich das richtig verstanden? Wir suchen nach jemandem, der es sich zur Mission gemacht hat, uns Ermittlern oder einer ihm bekannten Person eine Botschaft zu vermitteln?«, fragte Natalie.

Henrik wandte ihr den Blick zu. »Das nehme ich an. Er ist zornig, aber er ist auch kontrolliert. Ich habe den Verdacht, dass die Brutalität der Angriffe nicht daher rührt, dass er die Opfer gehasst hat; vielmehr brauchte er genug Blut, um seine Botschaften schreiben zu können. Er hat jeden Strich mit Sorgfalt gezogen. Sehen Sie? Die Linien der einzelnen Buchstaben neigen und treffen sich genau an den richtigen Stellen. Schauen Sie hier, das W ist perfekt geformt. Die Linien in der Mitte – dieses umgekehrte V, das die beiden äußeren Aufwärtsstriche verbindet – weisen keine Lücken auf. Der Mörder hat sich Zeit gelassen, seine Fragen zu formulieren und sauber zu schreiben. Diese Botschaften sind hier der Schlüssel.«

Er machte eine Pause, um einen Schluck aus seiner Wasserflasche zu nehmen. Niemand sagte etwas. Als er getrunken hatte, schraubte er vorsichtig den Deckel wieder auf, dann erst fuhr er fort. »Und da wären noch die Opfer. Warum greift er keine Männer an oder ältere Frauen? Er hat Frauen in den Zwanzigern ausgewählt, beide mit kleinen Kindern. Das ist eine bewusste Auswahl. Ich kann die Logik dahinter nicht erfassen, da es viele Erklärungen dafür geben könnte. Vielleicht haben wir es mit einer Täterin in derselben Altersklasse wie die Opfer zu tun, die ein Kind verloren hat und unkontrollierbare Eifersucht auf diejenigen verspürt, denen das nicht widerfahren ist, oder mit einem Mann, der eine Geliebte oder eine

Ehefrau verloren hat ... Verstehen Sie, was ich meine? Es gibt zahlreiche Möglichkeiten.

Eifersucht ist ein starkes Gefühl. Da ist aber noch etwas. Der Mörder hat die Kinder weder mit dem Messer verletzt noch geschlagen. Das Blut für die Botschaften stammte ausschließlich aus den Körpern der weiblichen Opfer.« Wieder strich er sich mit Daumen und Zeigefinger über den Bart und beließ sie am Kinn, dann setzte er seine Rede fort. »Er will ihnen nicht wehtun, aber es ist dem Mörder wichtig, dass seine Opfer Kinder haben, die in der Nähe des Tatorts zurückgelassen werden. Das könnte von Bedeutung sein.«

Lucy griff seine letzte Aussage auf. »Der Mörder könnte verlassen worden sein?«

»Oder hat es zumindest so empfunden. Das ist alles, was ich Ihnen im Augenblick sagen kann. Vor allem sollten Sie im Kopf behalten, dass die Person, nach der Sie suchen, intelligent und vorsichtig ist – sehr vorsichtig. Wie ein Chamäleon. Sie ist vermutlich sehr gut darin, ihre Reaktionen und Gefühle zu verbergen.«

Mit diesen Worten nahm er seine Flasche vom Tisch und stand auf.

»Ich bin die nächsten ein oder zwei Tage oben. Ich gehe die Akten durch, spreche mit den Forensikern und sehe mal, ob ich Ihnen noch mehr sagen kann.« In drei Schritten war er bei der Tür und verschwand in den Flur.

Natalie wandte sich an ihr Team. »Wir müssen bei den Opfern wieder ganz von vorne anfangen und mehr Informationen über beide finden, noch einmal mit ihren Freunden und Verwandten sprechen. Gehen Sie noch einmal die Zeugenaussagen durch. Behalten Sie dabei im Hinterkopf, was wir gerade gehört haben.«

Sie ging wieder zu ihrem Schreibtisch und schaltete den Laptop ein. Es war gut, eine Vorstellung davon zu haben, was der Mörder tat, nämlich Botschaften an eine unbekannte

Person zu senden. Dennoch war sie dem Ziel, ihn ausfindig zu machen, noch immer nicht nähergekommen, und wenn der Täter keine Verbindung zu den Opfern hatte, glichen ihre Bemühungen der Suche nach der berühmten Nadel im Heuhaufen.

Ein hausinterner Anruf ging ein, und Murray nahm ihn entgegen. »Großartig.« Er sprang auf. »Finn Kennedy wurde vor zwei Minuten von der Überwachungskamera einer Lidl-Filiale erfasst.« Er nannte ihnen die Adresse.

»Ich komme mit«, sagte Lucy, sprang auf und hielt auf die Tür zu.

»Nehmen Sie Westen mit«, rief Natalie ihnen hinterher. »Er könnte bewaffnet sein.«

Sie öffnete eine Umgebungskarte der Lidl-Filiale auf ihrem Bildschirm. Wenn Finn sich dort Proviant besorgte, lag sein Versteck höchstwahrscheinlich in der Nähe. Sie rief Ian herbei und bat ihn, ihr dabei zu helfen, den Aufenthaltsort der Jugendlichen zu finden. Jede Bewegung in diesem Fall war positiv, und sie würde sicherstellen, dass es sich auszahlen würde, Finn und Hassan zu finden.

Die Lidl-Filiale lag in einem neu gebauten Einkaufszentrum am Rande von Samford. Viele der Gewerbeflächen waren noch nicht fertiggestellt oder verpachtet, und große Werbeplakate an den Ladenfronten kündigten die kommenden Eröffnungen an. Gitter zäunten eine Fläche ein, die einmal der zentrale Parkplatz werden sollte, und ließen ein Stück ungepflasterte Fläche frei, damit man vor dem Discounter parken konnte.

Für den Weg hatten Lucy und Murray nur fünf Minuten gebraucht. Lucy stieg aus dem Zivilwagen, steuerte direkt den Laden an und ließ Murray draußen zurück, der den Eingang im Auge behalten sollte.

Die Anordnung der Warenregale war wie in den meisten Supermärkten: Beim Eintreten wurde man gleich von Theken mit jeder Menge frischem Obst und Gemüse begrüßt. Sie ging daran vorbei, nahm den Mittelgang, sodass sie im Vorbeigehen einen Blick in alle anderen Gänge werfen konnte, und lief eilig zum hinteren Ende des Ladens. Beim Obst und Gemüse war Finn vermutlich nicht zu finden, und da er bereits acht Minuten oder länger hier war, hatte er bestimmt schon gefunden, was er haben wollte, und war auf dem Weg nach draußen oder im Kassenbereich.

Dennoch sah sie sich immer wieder um und spähte in jeden einzelnen Gang. Ein Pärchen trug mehrere Großpackungen Toilettenpapier unter dem Arm, das laut dem neongrünen Schild darüber im Sonderangebot war. Das Schild über dem nächsten Gang wies den Weg zu Getränken und Snacks. Von Finn keine Spur. Eine Frau in Mitarbeiteruniform stapelte Suppendosen in die Regale und unterhielt sich dabei mit einer Kollegin, die neben ihr kniete. Zu ihrer Linken schob eine Mutter ihr zufrieden Chips futterndes Kind im Einkaufswagen durch den Laden.

Es blieben nur noch drei Gänge, in denen sie noch nicht gesucht hatte. Vor den Kühlregalen durchforstete eine ältere Dame das Joghurtangebot, und in der Nähe standen zwei junge Männer. Sie blieb stehen. Keiner der beiden war Finn. Einer sah zu ihr herüber und stieß seinen Kumpel an, als er ihren Blick bemerkte. Sie ging weiter und ignorierte sie. Vor ihr zu ihrer Rechten befand sich das Alkoholregal, und sie hätte wetten mögen, dass sie Finn dort finden würde. Sie verlangsamte ihre Schritte und versuchte, wie eine ganz normale Kundin zu wirken. Sie sah sich nach rechts um. Außer einer Endvierzigerin, die gerade einen Karton Bierdosen in ihren Einkaufswagen hob, war hier niemand. *Mist!* Finn musste bereits weg sein. Sie drehte sich nach links und entdeckte einen jungen Mann, der gerade durch die Kasse gehen wollte. Das war er. Sie ging schneller. Drei Leute standen zwischen ihr und ihrem Ziel.

Finn griff in die Tasche, holte einen Zehnpfundschein heraus und reichte ihn dem Kassierer, der das Wechselgeld abgezählt aus der Kasse nahm. Die Person hinter ihm räumte den Inhalt ihres Einkaufswagens auf das Band und versperrte den Weg zwischen Lucy und dem Gesuchten. Die Kasse neben Finn war nicht besetzt und mit einem Metallbügel abgesperrt.

Lucy trat aus der Schlange, um sich hindurchzupressen und ihn beim Verlassen des Ladens zu schnappen, doch er bemerkte sie, packte sein Bier und lief vor ihr davon.

»Polizei!«, rief Lucy und rannte hinter ihm her. »Finn, stopp!«

Er blieb vor dem Eingang kurz stehen, entdeckte Murray, schlug einen Haken und rannte auf die hohe Absperrung zu, die den Parkplatz vom Supermarkt trennte. Murray war ihm dicht auf den Fersen, Lucy folgte hinter ihm. Finn hatte die Absperrung fast erreicht, als er plötzlich ohne Vorwarnung begann, die Bierdosen hinter sich zu werfen. Eine traf Murray mitten ins Gesicht, sodass er stehen bleiben musste. Er ließ den Kopf in die Hände sinken. Aus seiner Nase lief Blut.

»Verdammt!«

Lucy wich ihm aus und jagte hinter Finn her, der sich wie ein Affe an dem Absperrgitter hochzog, rasch hinüberkletterte und sich auf der anderen Seite wieder zu Boden gleiten ließ. Dann spurtete er wieder los, dieses Mal in Richtung der leerstehenden Gebäude.

Lucy schwang sich über die Absperrung und ließ sich auf den Boden fallen, wobei sie hart auf dem Sprunggelenk aufkam. Sie ignorierte den einschießenden Schmerz und rannte weiter. Finn hatte Entfernung gutgemacht und schon beinahe den Gang zwischen einem zukünftigen Baumarkt und einem Schuhgeschäft erreicht. Sie hechtete die dunkle Passage entlang und landete in einen weiteren Durchgang, der zum Haupteinkaufszentrum führte. Sie folgte ihm und erreichte die Hauptstraße, wo sie sich nach links und rechts umsah. Sie fluchte. Finn war verschwunden.

Wieder beim Parkplatz war Murray damit beschäftigt, die Blutung zu stoppen. Einige der Einkaufenden waren auf ihn aufmerksam geworden, das Pärchen mit dem Klopapier hatte ihm Hilfe angeboten und eine Rolle Papier überlassen.

»Scheiße, du siehst übel aus«, sagte sie und besah sich sein Gesicht.

»Es tut auch verflucht weh«, erwiderte er.

»Du solltest zum Arzt gehen.«

»Schon okay. Ich habe mir schon oft eine blutige Nase geholt. Ich brauche nur etwas Eis.«

»Ich kümmere mich drum. Im Supermarkt haben sie bestimmt welches.«

»Ist er entwischt?«

»Ja, der Mistkerl. Aber wir spüren ihn schon wieder auf. Er kann sich nicht ewig verstecken. Ich rufe Natalie an.«

»Was denken Sie denn?«, fragte Natalie Ian. Sie hatten auf einer Karte einen Bereich in fußläufiger Nähe zum Supermarkt eingekreist.

»Sie versuchen, unterm Radar zu bleiben, also können sie nicht allzu weit weg sein, sonst wären sie von irgendeiner Überwachungskamera entdeckt worden. Finn hat auch nicht den Bus oder den Zug genommen, denn dann hätten wir ihn gesehen, und er hatte offenbar vor, seine Einkäufe zu tragen, also dürfte er sich nicht weit weg aufhalten.«

»Das dachte ich mir auch. Ich glaube, sie verstecken sich irgendwo hier in diesem Umkreis.«

»Dort gibt es ein paar Garagen«, sagte er und deutete darauf. »Und das hier ist ein stillgelegtes Industriegebiet. Wenn sie sich in einem der Gebäude verstecken, würden sie niemandem groß auffallen. Andererseits kann ich mir eher vorstellen, dass sie bei Freunden untergekommen sind.«

»Nein. Ich glaube nicht, dass Finn dann das Risiko eingehen würde, selbst einkaufen zu gehen. Er hätte bestimmt den Freund geschickt und wäre im Versteck geblieben. Er ist gewitzt. Er weiß, wie riskant es ist, sich aus der Deckung zu wagen. Sie sind allein. Da bin ich mir sicher. Finden Sie heraus, wem die Garagen gehören.«

Sie öffnete eine Karte der brachliegenden Industriefläche in Google Maps, um entscheiden zu können, wie man die beiden am besten aufscheuchen könnte. Es gab zu viele Ein- und Ausgänge für ihr Team. Sie würde Verstärkung anfordern müssen, um die Gebäude zu stürmen, und das müsste sie vor ihrer Vorgesetzten rechtfertigen. Ihr Bauchgefühl war für Aileen Melody definitiv keine ausreichende Begründung. Natalie würde einen Beobachtungsposten abstellen müssen, der meldete, wenn sich etwas rührte oder Finn und Hassan sich hervorwagten.

Lucy kam ins Büro. Murray folgte. Ian hob die Augenbrauen.

»Halt bloß die Klappe«, warnte Murray und zeigte mit dem Finger auf ihn.

»Ich sag doch gar nichts. Sieht schmerzhaft aus.«

»Ich werde es überleben.«

»Morgen hast du bestimmt ein hübsches Veilchen. Wenn die Nase gebrochen ist, meine ich.«

»Na, vielen Dank. Zumindest sehe ich dann immer noch gut aus. Bei dir sind ja Hopfen und Malz verloren«, konterte er und wandte sich an Natalie. »Er hat mich kalt erwischt. Der Mistkerl war wie eine Gazelle. Ich habe versucht ihn einzuholen und dabei vergessen, dass er eine potenzielle Waffe bei sich hatte.«

Natalie versuchte, ihre Enttäuschung zu verbergen. So etwas passierte eben, und Murray sah ohnehin schon niedergeschlagen aus, weil ihm der Verdächtige durch die Lappen gegangen war. »Hauptsache, Sie sind nicht schwer verletzt.«

»Schwester Carmichael hat mich verarztet.«

Lucy sah zu ihm hinüber. Sie hatte ihren Stiefel aufgeschnürt und betastete den geschwollenen Knöchel. »Von wegen. Mitleid gibt es bei mir nicht. Er hat eine Rolle Klopapier und Eis bekommen und dann nichts wie zurück in die Dienststelle. Und was hat sich hier getan?«

»Wir suchen nach anderen Möglichkeiten. Wir glauben, Finn und Hassan haben sich irgendwo in der Nähe verkrochen. Entweder hier in diesem alten Gewerbegebiet, in dem es zehn kleinere leerstehende Lagerhäuser gibt, die darauf warten, renoviert zu werden, oder hier.« Natalie deutete auf die Garagenzeile. »Wir überprüfen, wem sie gehören.«

»Dabei kann ich helfen«, bot Lucy an.

»Das ist vermutlich nicht nötig«, erwiderte Ian. »Diese Garage hier gehört Adam Brannon.«

»Was?«

»Sie wurde auf seinen Namen gemietet.«

»Dann sollten wir sie überprüfen. Dieses Mal gehen wir alle.«

DREIUNDDREISSIG
DIENSTAG, 6. MÄRZ – SPÄTER NACHMITTAG

Der Schlachtplan war einfach. Sie würden sich nähern und die Garage öffnen. Da sie nicht wissen konnten, ob sie von innen abgeschlossen war, würden sie zunächst versuchen, den Griff zu drehen, und dann notfalls Gewalt anwenden. Es ging um die Sicherheit ihres Teams, und die hatte für Natalie oberste Priorität. Sie hatte keine Ahnung, ob und wie die jungen Männer bewaffnet waren. Daher bestand sie auf kugelsichere Westen und hatte Verstärkung angefordert.

Als alle sich in Position gebracht hatten, näherten sich Natalie und Murray der Garage. Es handelte sich um die mittlere einer Reihe unscheinbarer Garagen mit Drehknauf zum Öffnen des Schwingtors.

Auf Natalies Kommando drehte Murray den Griff, während sie den Verdächtigen, die sich vermutlich im Innern befanden, Anweisungen gab.

»Finn Kennedy und Hassan Ali. Sie sind umstellt. Versuchen Sie nicht zu fliehen.«

Mit einem lauten Rattern öffnete sich das Tor, und die Jugendlichen, die auf Schlafsäcken gesessen und Karten gespielt hatten, waren offenbar überrumpelt worden.

Sie sprangen hektisch mit Armen und Beinen rudernd auf, sodass sich die Karten und Konservendosen mit Bohnen, die neben einem tragbaren Gaskocher standen, in der Gegend verteilten. Als Murray sich ihnen näherte, wichen sie gegen die Wand zurück.

»Oh, Scheiße!«, rief Finn.

»Hallo, Finn. Erinnern Sie sich an mich?«, fragte Murray und legte den Kopf schräg.

Lucy und Ian tauchten hinter ihm auf.

»Verdammt! Du hast sie hergeführt, Mann«, sagte Hassan an Finn gerichtet. »Ich hab dir doch gesagt, du sollst hierbleiben. Wir waren in Sicherheit. Du hast es verbockt.«

Finn zuckte entschuldigend mit den Schultern.

»Sie haben eine Menge zu erklären«, sagte Natalie, als die Teenager von der Wand weggezogen wurden. Sie deutete mit dem Kinn in Richtung der Handschellen, die Murray gerade Finn anlegte. »Die sollen verhindern, dass Sie auch nur auf die Idee kommen, noch einmal abzuhauen. Sie haben uns bereits genug Zeit gekostet, also bewegen Sie sich und steigen Sie ein.«

Murray und Lucy führten die Jugendlichen ab, und Natalie schlängelte zwischen den großen Kisten hindurch, die sich an der Wand stapelten. Sie öffnete die oberste. Darin befanden sich ungeöffnete Kartons mit Bohrmaschinen. Sie sprach mit einem der Kollegen. »Könnten Sie die bitte überprüfen? Ich nehme an, es handelt sich um Hehlerware.«

Lucy stand in Adams Studio. Natalie hatte sie gebeten, ihn wegen der Kisten in der Garage zu befragen und zu einer weiteren Vernehmung in die Dienststelle zu bringen, wenn sie es für notwendig hielte. Er hob die Fäuste in Boxhandschuhen und schlug mehrmals fest gegen den schweren Sandsack.

»Als ich angefangen habe, das Studio und den Club einzurichten, und als Charlotte und ich noch in unserem alten Haus in der Nähe der Ashmore-Siedlung gewohnt haben, habe ich dort öfter Trainingsgeräte zwischengelagert. In unserem Reihenhaus hatten wir zu der Zeit keine Garage und keinen Abstellraum, also habe ich für fünf Jahre diese Garage gemietet, aber als wir dann in das Haus am Maddison Court mit der riesigen Garage gezogen sind, habe ich sie natürlich nicht mehr gebraucht. Also habe ich Lee den Schlüssel gegeben, als er gefragt hat, ob er sie benutzen darf. Ich habe ihm gesagt, dass er sich darin austoben kann.« Er ließ von dem Boxsack ab, zog einen Handschuh aus und wischte sich den Schweiß von der Stirn.

Lucy konnte die Hitze spüren, die er in Wellen abstrahlte. »Wussten Sie, was er darin aufbewahrte?«, fragte sie.

»Natürlich. Zeug, das er im Recyclinghof abgeholt hatte – alte Sachen, die andere nicht wollten, die aber noch in gutem Zustand waren. Die besten Sachen hat er mit nach Hause genommen, und wenn er genug zusammen hatte, hat er einen Flohmarkt organisiert und sich so ein bisschen dazuverdient. Es war nicht illegal. Der Kram war ja auf den Müll geworfen worden.«

»Und das glauben Sie?« Sie bemerkte, wie er die dunklen Brauen zusammenzog.

»Das hat er mir gesagt, und ich habe ihm geglaubt. Haben Sie ein Problem damit?«

»Sie sind nie vorbeigefahren, um nachzusehen? Sie müssen ihm sehr vertraut haben.«

Adam hielt ihrem Blick stand. »Ich habe ihm vertraut. Okay?«

»Die Waren, die wir in Ihrer Garage gefunden haben, waren gestohlen.«

Er seufzte gedehnt. »Der blöde Mistkerl. Ich hatte keine Ahnung, dass er sie für so was benutzen würde.«

»Sie bestreiten also, gewusst zu haben, was in der Garage vor sich ging?«

»Ich war seit über zwei Jahren nicht mehr da. Ich habe Lee den Schlüssel gegeben und keinen Grund, ihn zu kontrollieren. Sie wissen, dass ich nichts mit irgendwelcher Hehlerware zu tun habe. Ich weiß noch nicht einmal, von welcher Ware Sie sprechen. Sind meine Fingerabdrücke drauf? Nein. Brauche ich das Scheißgeld aus dem Verkauf? Nein, brauche ich nicht. Möchte ich wieder im Bau landen? Ganz bestimmt nicht. Ich hatte meine Kostprobe Knast, und sie hat mir nicht geschmeckt. Sehen Sie sich doch hier um. Ich versuche, die Kids aus dem Knast rauszuhalten. Ich will nicht, dass sie Kleinkriminelle werden oder Schlimmeres. Der Sport dient als Ventil für ihren Frust und gibt ihnen die Chance, dem beschissenen Leben zu entkommen, das sie führen. Und jetzt fragen Sie sich doch mal, warum zur Hölle ich mich in die Scheiße hineinziehen lassen sollte, in die Lee sich offenbar geritten hat. Und dann gehen Sie und fragen Lee, was er da getrieben hat, denn ich weiß nichts davon. Ich habe gedacht, ich tu dem Penner einen Gefallen, wenn ich ihm erlaube, die Garage zu benutzen. Ich habe ihm bei allem Möglichen geholfen, habe ihn hier trainieren lassen, ihm sogar hin und wieder Geld gegeben, wenn er knapp bei Kasse war, und jetzt sehen Sie, wie er es mir zurückzahlt. Er zieht mich mit in Dinge rein, von denen ich nichts weiß. So ein Mistkerl!«

»Wenn wir feststellen, dass Sie in die Sache verwickelt sind, wissen Sie, was dann mit Ihnen passiert?«

»Ja, das weiß ich, aber ich *habe* damit nichts zu tun. Sprechen Sie mit diesem Dreckskerl Lee darüber.« Er krümmte die Schultern und teilte weiter schnelle Hiebe gegen den Sandsack aus, bis ihm Schweißtropfen von der Stirn flogen und ein Tropfenmuster auf dem Boden hinterließen. Dann hörte er auf.

»Ich habe nichts mit den Geschäften dieses armseligen Scheißkerls zu tun«, sagte er ruhig. »Ich habe keine gestohlene Ware oder sonst irgendetwas bekommen. Ich habe mich aus so etwas herausgehalten, seit ich aus dem Gefängnis bin.

Ich habe mein Leben umgekrempelt. Und jetzt muss ich wieder von vorne anfangen, ohne meine Frau. Ich habe einen kleinen Sohn großzuziehen, der seine Mutter verloren hat, und kann es jetzt ganz bestimmt nicht gebrauchen, dass mir noch mehr Scheiß vor die Füße geworfen wird. Vernehmen Sie ihn und holen Sie die Wahrheit aus ihm raus, und dann lassen Sie mich in Ruhe. Sollten Sie nicht eigentlich lieber diesen Dreckskerl jagen, der zwei Frauen auf dem Gewissen hat?«

»Das tun wir, Mr Brannon, das kann Ihnen versichern. Vielen Dank, dass Sie sich die Zeit genommen haben.«

Sie zog sich zurück. Hinter sich hörte sie leises Stöhnen, als er sein Training fortsetzte.

Finn und Hassan waren in separate Vernehmungsräume gebracht worden, jeweils mit einer Polizeikraft zur Überwachung.

Natalie breitete ihre Hände auf dem Schreibtisch aus und richtete sich an Murray. »Ich möchte nicht, dass sie dichtmachen. Es ist extrem wichtig, dass sie uns sagen, was sie gesehen oder gehört haben, also fassen Sie sie nicht zu hart an. Wenn sie die Kooperation verweigern, werden wir uns etwas anderes überlegen müssen, um ihnen die Information zu entlocken. Lucy hat sich gerade gemeldet. Adam behauptet offenbar, nichts von den Vorgängen in seiner Garage gewusst zu haben. Das würde bedeuten, dass die Jungs den Schlüssel entweder von Lee bekommen oder ihn gestohlen haben. Haben Sie dazu noch Fragen?«

»Nein, alles klar.«

»Okay. Ich übernehme Finn, und Sie reden mit Hassan.«

Unter Murrays linkem Auge hatte sich ein Bluterguss gebildet, der stetig dunkler wurde, und die böse Platzwunde, die quer über seinen Nasenrücken verlief, trug nun Schorf. Sie betrachtete ihn aufmerksam. »Haben Sie bei der Polizeiärztin vorbeigeschaut, wie ich gesagt habe?«

»Ja, direkt nachdem wir die beiden festgenommen haben. Sie hat mir ihr Okay gegeben.«

Natalie war nicht überzeugt, aber wenn Murray behauptete, er sei diensttauglich, dann musste ihr das ausreichen, auch weil sie ungern auf ein Teammitglied verzichtet hätte. Sie nahm die notwendigen Unterlagen.

Ian erhob sich. »Natalie, bevor Sie gehen, wollte ich Ihnen noch sagen, dass Phoebe Hill nicht in dem Flieger aus Doha war. Es gab eine kurzfristige Dienstplanänderung, und sie ist bei einem Flug von Kuwait eingesprungen, der am Freitagnachmittag um halb drei in London gelandet ist.«

»So ein Mist. Also noch mehr Lügen. Wie lange hätte sie gebraucht, um von London nach Samford zu kommen?«

»Mit dem Auto? Höchstens drei Stunden.«

»Dann hätte sie genug Zeit gehabt, um nach Samford zu fahren und zur Tatzeit in Eastborough zu sein. Überprüfen Sie ihr Kennzeichen und stellen Sie fest, ob es auf der Autobahn von irgendeiner automatischen Nummernschilderkennung erfasst wurde.«

»Sie könnte auch ein anderes Transportmittel benutzt haben: das Auto einer Freundin etwa oder ein Taxi.«

»Richtig, aber was haben wir zu verlieren? Wir reden mit ihr, wenn wir mit diesen beiden Vögeln fertig sind.« Sie überließ Ian seiner Computertastatur und schloss sich Murray an.

»Das ist eine interessante Entwicklung«, sagte er.

»Sieht aus, als wären wir wieder auf Kurs«, erwiderte sie. »Mir ist es lieber, wenn wir etwas haben, womit wir arbeiten können. All die Sackgassen sind mächtig frustrierend.« Vor dem ersten Vernehmungsraum trennten sie sich, und Natalie atmete einmal tief durch, um sich auf den bevorstehenden Kampf mit einem renitenten Teenager vorzubereiten. Sie nickte dem Wachposten vor der Tür kurz zu und trat ein.

Finn sah schlecht aus und roch säuerlich.

»Möchten Sie etwas zu trinken oder so? Ich nehme an, Sie haben in den letzten Tagen nicht besonders viel gegessen.«

Seine Reaktion war feindselig. »Warum sind Sie so nett zu mir? Ist das eine Masche, und gleich kommt plötzlich der Affe reingestürmt, der mir hinterhergejagt ist, und haut mir aufs Maul?«

»Nichts dergleichen. Ich dachte einfach, Sie haben wahrscheinlich Hunger.«

»Nein, danke«, sagte er.

»Dann eben nicht. Ich zeichne das Gespräch auf.«

Er rutschte auf seinem Stuhl tiefer. »Meinetwegen.«

Natalie schaltete das Gerät ein und sprach die notwendigen Informationen auf, wer im Raum zugegen war, öffnete dann ihre Akte, setzte sich wieder und legte die Fingerspitzen aneinander. »Ich komme direkt zum Punkt. Sie stecken ziemlich in der Klemme.«

Er lachte auf. »Das weiß ich.«

»Vielleicht ist Ihnen nicht bewusst, wie schlimm es steht. Sie haben einen meiner Kollegen angegriffen, eine Mordermittlung behindert, sind in Eigentum eingedrungen und könnten wegen Beihilfe zum Mord angeklagt werden.«

Er grinste selbstgefällig. »Ja, nee, klar.«

»Am Freitagabend wurden Sie mit einem Metallrohr in der Hand in der Nähe der Brannons gesehen.« Sie wartete, aber er schwieg und beobachtete sie nur mit seinen blassblauen Augen. »Sie können selbst entscheiden, ob Sie es einfach oder schwer haben möchten. Am einfachsten wäre es, wenn Sie mir erzählen, was Sie da gemacht und was Sie gesehen oder gehört haben. Am schwierigsten wird es für Sie, wenn Sie einfach dasitzen und nichts sagen.«

Wieder grinste er spöttisch, kratze etwas Dreck unter seinem Nagel hervor und schnippte ihn auf den Boden.

Sie bemühte sich um einen ruhigen Tonfall. »Eine junge

Frau wurde totgeschlagen.« Bewusst verschwieg sie ihm die Tatsache, dass Charlotte mit einem Baseballschläger getötet wurde, und ließ der Aussage Zeit, ihre Wirkung zu entfalten. Kurz hatte sie den Eindruck, sie hätte ihn geknackt und er würde ihr die Wahrheit sagen, doch er fing sich wieder, lehnte sich mit vor der Brust verschränkten Armen zurück und senkte den Kopf.

»Und Sie riskieren lieber eine Anklage, als mir zu sagen, was Sie in solch eine Panik versetzt hat, dass Sie und Hassan geflüchtet sind? Im Augenblick sind Sie die einzigen Verdächtigen. Hassan und Sie sind von einem Tatort geflohen. So wie ich es sehe, muss ich Sie wegen Mordes festnehmen.«

Für einen Augenblick ließ er seine Verteidigungshaltung fallen und öffnete den Mund ein wenig, schloss ihn jedoch sofort wieder.

»Wissen Sie was? Ich komme gleich wieder. Sie bleiben hier, trinken eine Cola und essen ein Sandwich und denken darüber nach, was ich gesagt habe. Genießen Sie es, denn wie ich höre, ist das Essen im Gefängnis nicht besonders gut.« Sie stand langsam auf und ging hinaus. Es war noch kein Fortschritt, aber sie hoffte genug Zweifel gesät zu haben, dass er bei ihrer Rückkehr den Mund aufmachen würde.

Leise betrat sie den zweiten Raum, in dem Murray Hassan befragte. Der junge Mann legte dasselbe streitlustige Verhalten an den Tag wie Finn und verweigerte die Kooperation. Murray machte eine Notiz über ihr Erscheinen für die Aufnahme.

»Hallo, Hassan«, sagte sie. »Ich habe gerade mit Ihrem Freund Finn über Freitagabend gesprochen. Er sagte, Sie hätten Schreie aus dem Haus der Brannons gehört und wären daraufhin geflüchtet.« Das war gelogen. Finn hatte es nur Inge erzählt. Sie hoffte, dass er seine Ex-Freundin nicht belogen hatte, sonst würde ihr Bluff auffliegen.

»Er hat mit Ihnen geredet? Er hat gesagt, dass er das nicht tun würde. Er hat mir versprochen, die Klappe zu halten.«

Sein Ausdruck und seine Worte bestätigten zumindest einen Verdacht: Hassan war die andere Person gewesen, die auf ihrer Flucht von der Nachbarin Margaret Callaghan beobachtet worden war.

Natalie blieb bei ihrer Geschichte. »Es wäre wohl ratsam, wenn Sie uns Ihre Version der Ereignisse schildern.«

»Nein. Ich glaube Ihnen nicht. Sie spielen uns gegeneinander aus.«

»Wenn Sie das meinen, dann sagen Sie eben nichts. Ich habe kein Problem damit«, entgegnete Natalie gelassen. »Ich überlasse Sie dann mal wieder DS Anderson. Immerhin muss ich Ihre Mutter anrufen.«

»Warum?«

»Ich sollte sie darüber informieren, wo Sie sind. Sie muss sich doch Sorgen machen, nachdem Sie einfach so weggelaufen sind. Ich muss sie auch über die möglichen Anklagepunkte informieren, damit sie sich um einen Anwalt für Sie kümmern kann.«

»Welche Anklagepunkte?« Verwirrt runzelte Hassan die Stirn.

»Das besprechen wir dann mit Ihrem Anwalt.«

Sie ging hinaus und wartete im Flur auf Murray. »Und? Hat es funktioniert?«, fragte sie.

»Ja. Er wird reden, aber nur, wenn ich Sie davon abhalten kann, seine Mutter anzurufen.«

»Gut. Ich glaube, bei der Aktion sind wir vielleicht ein wenig zu hart am Wind gesegelt, aber als wir dort waren, ist mir aufgefallen, wie er mit seiner Mutter umgeht. Es war offensichtlich, dass er Respekt vor ihr hat und auf sie hört, daher die Idee. Holen Sie aus ihm raus, was Sie können. Ich werde mal sehen, wie Finn sein Sandwich schmeckt.«

Lucy traf Ian allein im Büro an. Er brannte darauf, sie auf den neuesten Stand zu bringen.

»Murray und Natalie sind gerade bei den beiden Jungs, die wir festgenommen haben. Ich habe herausgefunden, dass Phoebe Hill nicht auf dem Emirates-Flug aus Doha war, der am Samstagmorgen gelandet ist. Sie hat die Schicht getauscht und war auf einem anderen Flug, der bereits am Freitagnachmittag um halb drei in London ankam.«

»Wow! Ich habe schon über sie nachgedacht, besonders seit Henrik gesagt hat, es könnte sich auch um eine Täterin handeln. Was unternehmen wir ihretwegen?«

»Natalie sagte, wir sprechen mit ihr, wenn sie mit Finn und Hassan fertig sind.«

»Da wäre ich gern dabei.« Lucy ließ sich auf ihren Stuhl fallen. Müdigkeit und der verletzte Knöchel machten ihr zu schaffen. Sie könnte ein bisschen Ruhe oder eine kleine Stärkung vertragen. »Du hast nicht zufällig Lust, für mich den Lakaien zu spielen und mir einen Kaffee und einen Schokoriegel zu besorgen? Ich habe mir den Knöchel verknackst, als ich hinter dem kleinen Rabauken hergelaufen bin, und sollte ihn eine Weile schonen.«

»Den Lakaien?«

»Das ist ein altertümliches Wort für Diener.«

»Nie gehört.«

»Du hast anscheinend nicht so viele Kostümfilme sehen müssen wie ich«, witzelte sie. »Angeblich ist es absolut überlebensnotwendig für Schwangere, sich einmal in der Woche sonntagabends so etwas anzusehen.« Sie bemerkte den Ausdruck, der über sein Gesicht huschte. »Oh, Mist! Ich habe ganz vergessen, dass du dich da auskennst. Du hast ja dein eigenes kleines Mäuschen. Wie geht es ihr?«

»Gut ... Wächst und gedeiht, danke. Irgendwelche speziellen Wünsche, was den Riegel angeht?« Er stand rasch auf.

»Den größten, den du finden kannst. Danke, Ian.« Als sie ihm etwas Kleingeld für den Automaten reichte, bemerkte sie sein angespanntes Lächeln. Sie war anscheinend in irgendein Fettnäpfchen getreten, wusste aber nicht, in welches. »Und bring dir auch etwas mit.«

Er schwirrte ab. Lucy schnürte ihren Stiefel auf und besah sich ihren Knöchel, der immer weiter anschwoll. Sie musste ihn kühlen und hochlegen. Doch zunächst war es am besten, den Stiefel fest zuzubinden und weiterzumachen.

Ein interner Anruf ging ein. Sie humpelte zum Telefon und nahm ab. Es war der Empfang.

»Ich habe hier einen Anruf von einer Frau, die behauptet, ihr Leben sei in Gefahr. Ich kann sie zu niemandem sonst durchstellen. Kann ich sie mit Ihnen verbinden?«

»Ja, natürlich, aber wir haben hier alle Hände voll zu tun.«

»Ich weiß, aber Sie sollten mit ihr sprechen. Sie ist fürchterlich aufgelöst.«

»Okay. Verbinden Sie mich.«

Einige Sekunden später hörte sie eine Stimme. »Mein

Name ist Fabia Hamilton. Ich glaube, jemand versucht, mich umzubringen.«

»Wo sind Sie, Fabia?«

»In meiner Praxis in Samford, aber ich kann hier nicht bleiben.«

Ian kam zurück, stellte einen Kaffee auf Lucys Schreibtisch und warf ihr den Schokoriegel zu, den sie mit der freien Hand auffing. Sie formte stumm das Wort »Danke«.

»Erzählen Sie mir mehr, Fabia. Warum glauben Sie, dass Sie jemand umbringen möchte?«

»Ich habe über die vergangenen Monate einen Patienten behandelt, der schwere Probleme mit Frauen hatte. Natürlich weiß ich um meine Schweigepflicht, aber ich habe Angst. Ich habe wirklich Angst. Ich glaube, ich habe es mit einem Mörder zu tun. Ich ziehe für eine Weile zu einer Freundin. Ich muss hier weg. Moment. Da draußen ist jemand.« Sie hatte die Stimme zu einem Flüstern gesenkt.

»Legen Sie nicht auf. Sagen Sie uns, wo Sie sind.«

Die Verbindung wurde unterbrochen.

»Mist!« Sie rief beim Empfang an. »Haben Sie die Nummer der Anruferin von eben notiert?«

»Die Rufnummer war unterdrückt.«

»Haben Sie nicht danach gefragt, bevor Sie den Anruf durchgestellt haben?«

Der junge Kollege am Empfang klang nervös. »Nein, Sergeant, habe ich nicht. Ich hatte so viel zu tun ...«

»Sparen Sie sich die Ausreden. Diese Frau könnte in Gefahr sein, und ich weiß nicht, wie zum Teufel wir sie erreichen.« Wütend legte sie auf und ging zurück zum Schreibtisch, wo sie den Namen Fabia Hamilton in die Suchmaschine tippte und die Ergebnisliste durchscrollte. Fabia war Psychologin, die sich auf Traumdeutung spezialisiert hatte und schon mehrere Auftritte im Fernsehen und im Radio zu diesem Thema vorzuweisen hatte. Ihre Praxis befand sich in der Hartford Street in

Samford, eine noble Straße mit viktorianischen Häusern, in der sich einige Arztpraxen und Therapiezentren angesiedelt hatten.

»Wenn Natalie zurückkommt, sag ihr, dass ich in die Hartford Street gefahren bin, um nach dieser Frau zu sehen, die glaubt, dass sie einen Mörder behandelt.« Sie schob Ian den Zettel mit Fabias Namen zu.

»Gibt es da eine Verbindung zu unserem Fall?«

»Ich weiß nicht, aber ich mache mir Sorgen um sie. Sie schien überzeugt, dass jemand vor dem Haus war, und dann wurde der Anruf unterbrochen. Seither habe ich nichts von ihr gehört.«

»Brauchst du Verstärkung?«

»Ich rufe an, wenn ich welche brauche.« In Windeseile war Lucy aus der Tür. Die Müdigkeit hatte sie vorerst abgeschüttelt.

Murray schüttelte den Kopf, als er vor dem Vernehmungsraum mit Natalie sprach. »Der kleine Mistkerl macht den Mund nicht mehr auf.«

»Verdammt. Ich dachte, wenigstens bei Hassan wären wir langsam durchgedrungen. Lassen wir sie erst einmal ein bisschen runterkommen. Wir können sie hier so lange festhalten, schließlich besteht Fluchtgefahr, wenn wir sie entlassen, und sie helfen uns bei den Ermittlungen. Wenn sie anfangen, sich zu beschweren, weil wir sie hierbehalten, beginnen Sie erneut mit der Vernehmung. Nehmen Sie Ian mit. Ich rede mit Phoebe Hill.«

Sie ging zum Auto und bemerkte, dass es bereits fast sechs war. Wieder ein langer Tag, an dem sie nur sehr wenig erreicht hatten. Dieser Fall war einfach nur frustrierend.

· · ·

In Walnut Cottage öffnete Phoebe Hill mit verweinten Augen die Tür. Sie hielt sich mit beiden Händen am Türrahmen aus Eichenholz fest und präsentierte ihre perfekt lackierten Fingernägel. »Ich habe Sie erwartet. Kommen Sie lieber rein.«

Kurz darauf fand Natalie sich in dem Raum mit der Pferdeskulptur wieder, in dem sie vier Tage zuvor gewesen war. Sie setzte sich Phoebe gegenüber, die sich in einem großen, runden Sessel zusammenrollte.

»Sind Ihre Eltern zu Hause?«

»Sie sind mit Alfie zu Besuch bei Grandma. Jed ist weg.« Sie schaute sie mit feuchten Augen an. »Es tut mir leid, dass ich nicht die Wahrheit gesagt habe.«

»Es wäre sicherlich hilfreicher gewesen, wenn Sie das getan hätten.«

»Das ist mir auch klar, aber es war … kompliziert.«

»Dann klären Sie mich auf.«

»Charlotte hat mir eine Nachricht geschrieben. Darin hat sie erzählt, sie und Jed hätten eine Affäre und dass er manchmal, wenn ich unterwegs war, bei ihr gewesen wäre. Sie sagte, er würde sie am Freitag besuchen. Ich habe ihr zunächst nicht geglaubt, also habe ich Jed gefragt, was er am Freitag vorhätte, und er hat geantwortet, dass er in Stoke ein Radiointerview hätte. Irgendetwas an seinem Verhalten hat mich misstrauisch gemacht. Ich hatte das Gefühl, dass er lügt. Also schlug ich vor, dass er bei meinen Eltern vorbeischaut und ihnen zum Hochzeitstag gratuliert, wenn er schon einmal in der Nähe wäre, aber er sagte, er könnte nicht, denn er hätte bereits Pläne gemacht, sich mit jemandem aus der Branche auf ein paar Bier zu treffen und danach mit dem Spätzug nach Hause zu fahren.

Jed ist kein besonders guter Lügner. Er kann einem dann nicht in die Augen sehen. Ich wusste gleich, dass er das nur erfunden hatte. Er würde sich mit Charlotte treffen, genau wie sie gesagt hatte. Ich wollte sie in flagranti erwischen. Also habe ich meine Vorgesetzte gefragt, ob ich die Flüge tauschen könnte, um mit meinen Eltern ihren Hochzeitstag zu feiern. Ich habe so getan, als wäre es ein Riesen-Event, bei dem die ganze Familie zusammenkommt. Sie war hilfsbereit und hat eine Kollegin gefunden, die kurzfristig mit mir getauscht hat. Ich bin am Donnerstag von Kuwait zurückgeflogen und war um halb drei am Freitagnachmittag hier. Jed dachte, ich würde am Donnerstag nach Doha fliegen und mit dem Nachtflug zurückkommen, der wie gewöhnlich am frühen Samstagmorgen in London ankommt. Nach der Landung habe ich mir am Flughafen einen Mietwagen genommen. Mein Auto ist zu auffällig. Charlotte und Jed hätten es sofort erkannt, wenn sie es entdeckt hätten.

Ich war um kurz vor fünf bei Charlottes Haus und habe ein Stück die Straße runter geparkt, um Ausschau nach Jed zu halten, wenn er von seinem Interview käme oder wenn Charlotte das Haus verließe, um sich mit ihm zu treffen. Charlotte war zu Hause. Ich konnte sie durch die Fenster sehen. Alfie war bei ihr. Nach eineinhalb Stunden kam Adam nach Hause, und eine Weile später sind sie zusammen zum Essen mit meinen Eltern gefahren. Jed hatte mir anscheinend doch die Wahrheit gesagt. Er hat sich nach dem Interview mit einem befreundeten Musiker getroffen, nicht mit Charlotte.«

»Was haben Sie getan, nachdem Charlotte und Adam fort waren?«

»Ich bin nach Hause gefahren, habe unterwegs an einer Tankstelle gehalten, einen Kaffee getrunken und da ewig gesessen. Kurz nach zweiundzwanzig Uhr war ich zu Hause. Ich dachte, Jed würde kurz nach mir eintreffen, und wollte ihm erzählen, dass ich kurzfristig den Flug getauscht hatte, aber er tauchte erst am nächsten Morgen auf. Er kam herein, kurz bevor ich den Anruf wegen Charlottes Tod erhielt. Er sagte, er wäre bei seinem Musikerfreund versackt. Jetzt weiß ich, wie es wirklich war. Wir haben uns ausgesprochen, nachdem er bei Ihnen auf der Wache war. Ich war wohl zu

Recht misstrauisch. Er hatte sich mit ihr treffen wollen. Und Alfie! Er ist Jeds Sohn. Diese Scheißkuh. Wieder einmal hat sie alles kaputtgemacht.« Tränen der Wut wallten in ihren Augen auf.

Natalie hatte vollstes Verständnis für Phoebe. Ihre eigene Schwester war ebenso grausam gewesen.

»Wie konnte sie das tun? Wie konnte sie sich absichtlich an ihn heranmachen, ein Kind von ihm kriegen und es bis jetzt vor ihm verheimlichen? Wie konnte sie warten, bis wir verlobt waren, bis sie diese Bombe hochgehen ließ und unsere Beziehung zerstört hat? Ich wusste, dass sie herzlos war, aber ich hatte ja keine Ahnung, was sie zu tun bereit war, um das Glück anderer Leute zu zerstören, insbesondere meines.«

»Es tut mir wirklich leid, dass Sie all das erfahren mussten, allerdings muss ich Ihr Alibi noch immer überprüfen. Schließlich haben Sie ein starkes Motiv, Ihrer Schwester den Tod zu wünschen.«

»Ich wusste nichts von Alfie, bis Jed es mir heute gesagt hat.«

»Trotzdem müssen wir den Verdacht gegen Sie zunächst ausräumen. Haben Sie die Belege für den Mietwagen oder irgendetwas anderes, das bestätigen könnte, was Sie mir erzählt haben?«

»Ich habe den Kaffee und ein Sandwich mit meiner Kreditkarte bezahlt. Ich hatte kein Bargeld bei mir. Auf der Buchung ist sicherlich ein Zeitstempel. Und wahrscheinlich gibt es Bilder von Überwachungskameras oder so in der Nähe der Tankstelle.« Sie sprach jetzt schneller. »Ich habe die Papiere für den Mietwagen nicht hier, aber ich habe ein Kundenkonto bei der Vermietung und eine Telefonnummer. Wenn Sie das Unternehmen anrufen, sollten die alles bestätigen können.«

Sie kramte in einer großen Chanel-Handtasche, zog ein Portemonnaie hervor und reichte Natalie einen Kassenbon und eine Plastikkarte.

Natalie betrachtete beides. »Das sollte uns helfen zu bestätigen, wo Sie waren, als Ihre Schwester ermordet wurde.«

»Ich hätte sie nicht umgebracht, auch wenn sie und Jed eine richtige Affäre gehabt hätten oder ich die Wahrheit über Alfie selbst herausgefunden hätte. Ich habe sie gehasst, aber sie war noch immer meine Schwester, und ein Teil von mir hat sie auch geliebt. Ich hätte meinen Eltern diese Hölle auf Erden niemals zugemutet.«

Ihr Blick war auf ein großes Foto von zwei Mädchen geheftet, die Arm in Arm in die Kamera lachten. »Ich verstehe einfach nicht, warum sie so gemein war. Sie hat mir immer alles weggenommen, sogar Jed.« Wieder füllten sich ihre Augen mit Tränen.

Natalie stand auf. »Ich gebe normalerweise keine Ratschläge, aber meiner Erfahrung nach ist es so: Wenn Sie etwas wirklich wollen, dann kämpfen sie darum. Sie hat Ihnen Jed nicht weggenommen. Wenn Sie ihn noch wollen, haben Sie durchaus eine Chance.«

Als sie das Haus verließ, dachte sie über Phoebes Worte nach, dass sie ihre Schwester zwar gehasst, aber gleichzeitig auch geliebt hatte. Ebenso ging es ihr mit ihrer eigenen Schwester Frances. Fühlte sich der Mörder auch so? Gab es eine nahestehende Person, die er liebte und gleichzeitig hasste, so wie bei Phoebe und Natalie?

FÜNFUNDDREISSIG

DIENSTAG, 6. MÄRZ – ABEND

Fabias Praxis war eigentlich das Wohnzimmer einer viktorianischen Doppelhaushälfte, eines von hohen Hecken umgebenen Gebäudes aus grauem Stein. Lucy lenkte ihren Wagen auf den kleinen Parkplatz davor, trat unter das Vordach und hämmerte an die blaue Tür. Ein Messingschild daneben bestätigte, dass es sich um Fabias Praxis handelte, und die Abkürzungen hinter ihrem Namen wiesen sie als hoch qualifizierte Psychologin aus.

Die Rollos an dem dreiteiligen Erkerfenster im Erdgeschoss waren heruntergelassen, und es rührte sich nichts. Lucy ging zur Seite des Hauses und spähte durch ein Milchglasfenster in einen kleinen Hauswirtschaftsraum mit Toilette. Das Tor zur Rückseite des Hauses war verschlossen.

Sie ging wieder nach vorn, klingelte noch einmal und trat zurück, um zum oberen Fenster hinaufzuschauen, einem weißgerahmten Erkerfenster, das anscheinend keine Rollos besaß, sondern Vorhänge. Eine kurze Bewegung erregte ihre Aufmerksamkeit, also klingelte sie erneut, öffnete den Briefschlitz und rief: »Dr. Hamilton, hier ist DS Lucy Carmichael. Wir haben telefoniert. Würden Sie bitte aufmachen?«

Es kam keine Antwort, und Lucy versuchte es noch einmal. »Dr. Hamilton. Hier ist die Polizei. Machen Sie auf.«

»Sie ist nicht da.«

Lucy wirbelte herum. Ein älterer Herr mit wässrigen Augen und blassem, flaumigem Haar stand hinter ihr.

»Sie hat mich vorhin angerufen. Ich bin DS Carmichael von der Polizei Samford.« Sie zog ihren Ausweis hervor. »Haben Sie eine Ahnung, wo sie ist?«

Er schüttelte den Kopf. »Sie sagte, sie hätte einen Notfall und müsse ein paar Tage weg. Sie hat mich gebeten, mich um Loki zu kümmern. Das ist ihr Kater«, fügte er hinzu.

»Sind Sie mit ihr verwandt?«

»Ich? Nein. Ich bin nur ein Nachbar. Ich wohne über der Wellness-Praxis nebenan. Ich habe einen Schlüssel und war gerade auf dem Weg nach drüben, um nach Loki zu sehen.«

»Würden Sie mich mit hineinlassen?«

»Ist Fabia etwas passiert?«

»Ich weiß es nicht, aber ich wäre sehr dankbar, wenn ich mich kurz umsehen dürfte, um sicherzustellen, dass drinnen alles in Ordnung ist.«

Er musterte sie noch einmal. »Wer sagten Sie noch einmal sind Sie?«

»Detective Sergeant Lucy Carmichael. Möchten Sie im Polizeirevier anrufen, um das zu überprüfen?« Sie reichte ihm ihren Ausweis, den er aufmerksam betrachtete, bevor er entgegnete: »Man kann heute ja nicht vorsichtig genug sein. Sie könnten eine Betrügerin sein. Sie tragen keine Uniform, und das ist auch kein Polizeiauto.«

»Es ist ein ziviles Fahrzeug, Sir, und ich trage keine Uniform. Ich bin in von der Kriminalpolizei.«

Er kaute auf der Lippe herum, dann reichte er Lucy den Ausweis zurück. »Also gut, ich lasse Sie rein. Ich hoffe, Fabia geht es gut.«

»Danke, Mr ...?«

»Milligan, Pete Milligan.«

Er schloss die Tür auf und trat zur Seite, damit Lucy vorgehen konnte. Die Tür zu ihrer Rechten führte zu einem Raum, der einmal ein Wohnzimmer gewesen sein musste, nun aber als Sprechzimmer fungierte, mit Schreibtisch, Stühlen und einer Couch. Über dem reich verzierten Kamin mit der gefliesten Einfassung hingen Zertifikate und Urkunden.

Sie trat wieder hinaus in den gefliesten Vorflur und ging von dort aus in die Küche im hinteren Bereich. Sie war leer. Sie schob sich an dem alten Herrn vorbei, der an der Tür wartete, stieg langsam die Treppe hinauf, wandte sich nach rechts und ging dann noch einmal nach rechts, wo sie in ein kleines, aber stylisches Wohnzimmer gelangte. Es gab keine Anzeichen für einen Kampf. Das Zimmer war ordentlich und gepflegt. Ein Sessel und ein Sofa standen vor einem weiteren Kamin, in dem sich ein Arrangement aus Trockenblumen befand, das mit einer Lichterkette dekoriert war. Darüber hing ein Flachbildschirm-Fernseher. Lucy drehte sich um einhundertachtzig Grad und betrachtete die großen schwarz-weißen Porträtfotos an der Wand, die eine Frau mit dunklem Haar und einem breiten Lächeln zeigten, die Arme um ein Kind gelegt. Ein Kleinkind, das eine ähnliche Nase und ein ähnliches Lächeln hatte wie die Mutter. Fabia hatte einen Sohn.

Ein Geräusch, ein dumpfer Knall aus dem Raum nebenan, ließ sie vorsichtig werden. Sie öffnete die Tür einen Spaltbreit, bereit hineinzustürmen und den möglichen Eindringling zu konfrontieren. Doch das war nicht nötig. Als sie die Tür etwas geöffnet hatte, tauchte eine Katze auf, die größte, die sie je gesehen hatte, quetschte ihren haarigen Kopf hindurch und musterte sie aus blassgrünen Augen.

Sie sah in den beiden anderen Zimmern nach. Sie waren leer. Dann rief sie nach unten. »Alles okay, Mr Milligan. Sie können raufkommen.«

Der Mann erschien und wurde von Loki begrüßt, der um

seine Beine strich. Er bückte sich, um ihn zu streicheln, und lächelte breit. »Ein Riesenkerl, nicht wahr?«

»Ich habe noch nie so eine große Katze gesehen.«

»Das ist die Rasse. Eine Maine Coon. Die kommen aus den Staaten. Er wiegt ungefähr neun Kilo. Komm her, Bursche. Zeit für dein Abendessen.« Er ging die Treppe hinunter, wobei er sich am Geländer festhielt.

Die Katze lief voraus.

»Mr Milligan, haben Sie eine Nummer, unter der wir Fabia erreichen können?«

»Ich habe ihre Handynummer.«

»Dürfte ich Sie darum bitten?«

»Moment.« Er wühlte in der Hosentasche und holte ein Klapphandy hervor. Mit konzentriert verengten Augen betrachtete er es, suchte Fabias Kontakt heraus und reichte Lucy das Handy, die sich die Nummer in ihrem Smartphone notierte, sich bedankte und es dem Mann zurückgab.

»Wann haben Sie zuletzt mit ihr gesprochen?«

»Sie hat mich heute Mittag angerufen.«

»Welchen Eindruck hatten Sie von ihr?«

»Sie klang gestresst, etwas außer Atem, als ob sie in Eile wäre. Ich fand es nicht ungewöhnlich. Sie hatte einen Notfall und musste schnell weg. Ich habe gefragt, ob es Philippe gut geht, und sie sagte, mit ihm wäre alles in Ordnung. Sie würde ihn vom Nachmittagsunterricht abholen und mitnehmen.«

»Philippe? Ist das ihr Sohn?«

»Ja.«

»Kennen Sie sie schon lange?«

»Seit sie eingezogen ist und ihre Praxis eröffnet hat. Das sind jetzt fast vier Jahre.«

»Erschien sie Ihnen in den letzten Tagen irgendwie verändert?«

»Nicht dass ich wüsste, aber ich sehe sie auch nicht ständig. Ich kümmere mich um Loki, wenn sie unterwegs ist. Im

Gegenzug kommt sie rüber und sieht nach mir, wenn die Wellness-Praxis längere Zeit geschlossen ist – Nachbarschaftshilfe eben. Manchmal plaudern wir über den Gartenzaun hinten.«

»Und sie hat keinen Freund oder Ehemann?«

Er lachte unangenehm berührt. »Das geht mich nichts an. Ich spioniere ihr ja nicht nach. Sie wohnt hier mit dem Jungen zusammen, mehr weiß ich nicht.«

»Haben Sie Männer kommen und gehen sehen?«

»Es geht fast ständig jemand rein oder raus. Sie hat ihre Praxis hier. Ich sehe dauernd Leute.«

»Ich meinte außerhalb der Sprechzeiten.«

Er zog die Mundwinkel nach unten, während er darüber nachdachte. »Sie arbeitet lang. Ich könnte nicht unterscheiden, ob ein Besucher ein Patient oder ein Freund ist, tut mir leid.«

»Haben Sie eine Ahnung, wo sie sich aufhält?«

»Es tut mir leid, aber das weiß ich auch nicht.«

»Wenn sie wegfährt, hinterlässt sie dann eine Kontaktnummer?«

»Ich habe ihre Handynummer. Das reicht.« Der Kater miaute. »Ich sollte ihn besser füttern.«

Lucy lächelte dankbar. »Natürlich, und danke für Ihre Mithilfe.«

»Ich hoffe, sie steckt nicht in Schwierigkeiten.«

»Ich bin sicher, es geht ihr gut. Wenn Sie anruft, würden Sie ihr dann sagen, dass ich hier war, und mich informieren, bitte?« Sie reichte ihm ihre Karte.

Er steckte sie ein und schlurfte durch den Flur, wobei er mit der Zunge schnalzte, um die Katze zu locken, die ihm um die Beine strich. Lucy ging zur Tür und probierte die Nummer, die Pete ihr gegeben hatte, aber niemand antwortete.

Sie rief in der Dienststelle an. »Ian, kannst du eine Suche nach Dr. Fabia Hamilton durchführen, soziale Netzwerke eingeschlossen? Sie geht nicht ans Handy.«

»Mache ich.«

»Danke. Du hast einen gut. Ich werde mich hier noch einmal umhören und dann zurückkommen.«

»Bring Pommes mit, ja? Sieht aus, als wären wir länger hier. Natalie ist zurück und wild entschlossen, die beiden Vögel unten auszuquetschen.«

Lucy grinste. »In Ordnung.«

»Ich brauche einen Durchsuchungsbeschluss«, verkündete Natalie.

Aileen hob die Augenbraue. »Für?«

»Für Hassan Alis Wohnung.«

»Und mit welcher Begründung?«, fragte Aileen.

»Ich möchte nach Hehlerware suchen. Die Jungs wurden in einem Versteck gefunden, das Lee Webster für sein Diebesgut verwendet. Die Tatsache, dass sie es kannten und den Schlüssel dafür hatten, macht mich stutzig, und ich frage mich, ob sie ihm mit dem Diebesgut helfen. Ich hoffe, dass ich sie so dazu bringe auszusagen, was vor dem Haus der Brannons geschehen ist. Bisher sagen sie kein Wort. Und weil sie trotz meiner Drohungen nicht reden, glaube ich, dass sie wichtige Beweise zurückhalten. Je mehr Druckmittel wir gegen sie haben, desto besser.«

»Ich kümmere mich darum. Die offensichtliche Frage brauche ich Ihnen nicht zu stellen.«

»Ob ich der Überführung des Täters näherkomme? Sagen wir mal so, ich setze meine Hoffnung auf das, was ich in Hassans Wohnung finde.«

»Für morgen früh werde ich eine Pressekonferenz einberufen. Ich kann das nicht länger unter Verschluss halten, und wir sollten die Öffentlichkeit um Mithilfe bitten.«

»Hat das bis morgen Vormittag Zeit?«

»Ich sehe zu, was ich tun kann.«

Natalie hatte beschlossen, einen anderen Kurs einzuschlagen und die beiden Jungs jeweils noch einmal gemeinsam mit Murray zu befragen. Finn sah ein wenig verunsichert aus, als Murray, dessen Bluterguss nun ein tiefes Blau angenommen hatte, seine Akte auf den Tisch knallte und sich ihm schweigend gegenübersetzte.

Natalie ergriff zuerst das Wort. »Wenn Sie nicht wegen Beihilfe zum Mord oder sogar wegen Mordes angeklagt werden wollen, schlagen wir vor, dass Sie jetzt reden.«

»Mord? Sie machen Witze.«

»Eines sollten wir gleich klarstellen: Ich mache nie Witze. Erst wurde Adams Frau Charlotte ermordet, dann waren Sie plötzlich verschwunden, ohne ein Alibi, und dann wurde Daniel Kirkdales Frau Samantha umgebracht. Und wer hätte einen Grund, sie zu töten? Wie wäre es mit jemandem, der aus dem Boxclub geflogen ist, seinen Sponsor verloren und eine mögliche Karriere als Profiboxer eingebüßt hat? Jemand, der beide Männer gehasst hat?«

»Das ist doch völliger Quatsch, und das wissen Sie.«

Natalie seufzte. »Finn, die Geschworenen in einem Gerichtsverfahren würden Folgendes zu hören bekommen: Sie wurden beobachtet, wie Sie mit einem langen Stahlrohr von einem Tatort geflohen sind. Während Sie danach für drei Tage untergetaucht sind, wurde eine weitere Frau – die Frau Ihres ehemaligen Sponsors – ermordet. Sie sind vor der Polizei geflüchtet und haben dabei einen Polizisten angegriffen und verletzt. Schließlich haben Sie bei der Vernehmung die Kooperation verweigert. Was denken Sie, wie ihr Urteil ausfallen wird? Sie sind doch nicht dumm. Sie wissen, wie der Laden läuft. Es wird Ihnen nicht helfen zu schweigen. Sie werden angeklagt, und die Anklage bleibt immer haften.« Sie ließ ihm etwas Zeit, um ihre Worte zu verdauen. Sie und Murray hatten sich eben auf eine riskante Strategie geeinigt, die jedoch ihrer Ansicht nach zum Erfolg führen würde.

»Und dann sind da ja noch die forensischen Indizien.«

Seine linke Schulter zuckte leicht.

»Bei einer solchen Ermittlung untersucht das Forensik-Team sehr genau alle Beweise, jede Faser, jedes Haar, jedes mikroskopisch kleine Schweiß- oder Bluttröpfchen und die darin enthaltene DNA. Irgendwann können wir jeden identifizieren, der das Haus der Brannons betreten hat.«

Finns Blick huschte hin und her. Er benetzte die Lippen mit der Zunge. Mit der Durchsuchung von Hassans Wohnung hatte Natalie richtiggelegen. Sie hatte ein Beweisstück zutage gefördert – eine kleine Porzellanfigur von demselben Künstler, der die Engelsfiguren gefertigt hatte, die sie bei den Brannons gesehen hatte. Ihr Fehlen hatte niemand bemerkt.

»Und das wäre äußerst heikles Beweismaterial und besonders interessant für die Geschworenen.«

Sie lächelte kühl und schwieg. Murray schlug die Beine übereinander und lehnte sich in einer lässigen Pose im Stuhl zurück. Finn wandte den Blick ab.

»Letzte Chance, Finn. Packen Sie jetzt aus, oder wir rufen Ihnen einen Anwalt und übergeben das Ganze der Staatsanwaltschaft, die dann Anklage erhebt. Der Richter wird vermutlich etwas weniger als lebenslänglich geben. Jedenfalls würde ich mir nicht allzu viel Hoffnung auf ein Leben jenseits der Gitter machen.«

Sie hielt den festen, kühlen Blick weiter auf ihn gerichtet. Finn war kurz davor einzuknicken.

»Wir hatten nie irgendetwas mit Daniels Frau zu tun, das schöre ich. Bevor Sie es mir gesagt haben, wusste ich gar nicht, dass sie tot ist. Wir *waren* an dem Abend, als Charlotte umgebracht wurde, bei Adams Haus, aber wir hatten nichts damit zu tun.«

Natalie wollte nicht zu verzweifelt erscheinen. Sie behielt

einen gleichmäßigen Tonfall und bemühte sich, keine plötzlichen Bewegungen zu machen, die Finn verschrecken könnten. Man musste ihn vorsichtig anfassen und ihm die Wahrheit entlocken. Sie hatte ihn dazu gebracht zu gestehen, aber sie brauchte mehr.

»Wann waren Sie bei seinem Haus?«

»Etwa um elf. Die Tür war offen.« Finn blinzelte ein paarmal, als ob er versuchte, die Erinnerung zu vertreiben. »Sie war offen, und wir sind reingegangen.«

»Warum waren Sie überhaupt dort?«

»Wegen diesem Arschloch Adam. Ich wollte es ihm heimzahlen, dass er mich rausgeschmissen hat. Er hat mir gesagt, dass ich ein Spitzenboxer werde, mir einen Sponsor besorgt und all das, und dann hat er mich fallenlassen. Plötzlich hatte ich keine Boxkarriere mehr und keinen verdammten Sponsor. Und dann hat der Arsch mir auch noch Inge ausgespannt, meine Freundin. Wir wollten sein Auto schrotten. Mann, was hat er diese Scheißkarren geliebt! Wir dachten uns, wir kloppen die Teile kaputt: Scheinwerfer, Windschutzscheibe, hinterlassen ein paar Dellen. Das sollte ihm eine Lektion sein, mehr nicht. Nichts Ernstes.

Wir sind beim Haus angekommen. Die Lichter waren alle aus und der Scheiß-Bentley stand nicht in der Einfahrt, nur sein BMW. Es würde einfacher werden, als wir gedacht hatten, wenn er nicht zu Hause war. Wir waren gerade beim Auto, da hat Hassan bemerkt, dass die Tür etwas offen stand. Das war doch die Gelegenheit! Der blöde Penner hatte seine Haustür offen gelassen, also bin ich reingeschlichen, und Hassan hat draußen Schmiere gestanden. Sie hatten dieses riesige Wohnzimmer mit allem möglichen Krempel. Keiner war da, also habe ich ein paar Sachen eingepackt. Die mussten doch was wert sein, hab ich mir überlegt. Ich habe ein paar Feenfiguren entdeckt und dachte, ich könnte sie für ein paar Pfund verticken, also habe ich sie eingesteckt, und dann habe ich so etwas wie einen erstickten Schrei gehört. Dann ein dumpfer Knall und Weinen und Rufen und dann ein echt schrecklicher Schrei. Ich war wie versteinert. Oben ging die Tür auf und Adam kam raus, also bin ich weggerannt. Ich bin aus dem Haus gerannt, habe Hassan gepackt, und dann sind wir einfach nur um unser Leben gerannt. Ich bin sicher, dass er mich gesehen hat, bevor ich abhauen konnte. Ich bin mir ganz sicher.

Als wir am nächsten Tag gehört haben, dass Charlotte tot ist, wussten wir, dass wir uns verstecken müssen. Hassan dachte, er wäre bei seiner Mum in Sicherheit, weil Adam ihn nicht gesehen hat, aber als Sie dann bei seiner Mum zu Hause aufgetaucht sind, hat er echt Schiss bekommen, ist geflüchtet und hat nach mir gesucht. Deswegen haben wir uns versteckt. Ich wusste, dass Lee die Garage hatte. Ich habe ihm manchmal geholfen – Kisten tragen und so. Ich habe einen Zweitschlüssel.«

Natalie interessierte sich vorerst nicht dafür, was er mit den gestohlenen Waren zu tun hatte. »Sie dachten, Adam war im Haus?«

»Er war es ganz bestimmt. Warum, glauben Sie, haben wir uns versteckt? Er würde uns beide umbringen, wenn er uns findet.«

»Haben Sie ihn an dem Abend denn gesehen?«

»Nein, aber ich habe Charlotte rufen gehört.«

»Was genau hat sie gerufen?«

»Adam! Nein!«

»Das waren ihre genauen Worte?«

Finn nickte.

»Wie hat sie es gerufen?«

»Ich weiß es doch nicht. Sie rief: ›Adam‹ und dann ›Nein‹.«

Natalie sah Murray an. »Würden Sie bitte Finns Aussage aufnehmen?«

»War das alles?« Finn schaute sie resigniert an.

»Nein, noch nicht. Sie müssen noch etwas hierbleiben. Es

wird Anklage gegen Sie erhoben. DS Anderson wird Ihnen das weitere Verfahren erklären.«

»Scheiße, verdammt. Ich habe Ihnen doch gesagt, was ich gesehen habe. Wir sind auch nie aus der Garage rausgegangen. Wie haben Daniels Alte nicht umgebracht. Kommen Sie schon. Lassen Sie mich gehen. Ich habe doch überhaupt nichts Schlimmes gemacht.«

Natalie stand auf, ignorierte seinen Protest und überließ ihn Murray.

SECHSUNDDREISSIG

DIENSTAG, 6. MÄRZ – SPÄTER NACHMITTAG

Die Leuchtstoffröhre über ihnen summte, und Adam hockte in demselben Vernehmungsraum, in dem zuvor Finn gesessen hatte. Mit gespreizten Ellbogen beugte er sich so weit wie möglich über den Tisch und starrte Natalie intensiv an.

»Das ist doch völliger Unsinn. Ich habe Charlotte *nicht* getötet. Ihr Zeuge lügt doch das Blaue vom Himmel.«

»Wir haben eine unterschriebene Aussage vorliegen. Die Person hat gehört, wie Charlotte Ihren Namen gerufen hat und: ›Nein!‹. Die Person ist sich sicher, dass sie diese Worte gehört hat.«

Er presste seine Worte zwischen aufeinandergebissenen Zähnen hindurch. »Ich weiß nicht, was passiert ist. Ich weiß nicht, wer was gerufen oder gesagt hat, was daran liegt, dass ich nicht dort war. Wenn sie meinen Namen gerufen hat, hat sie wohl um Hilfe gerufen. Haben Sie schon mal daran gedacht? Womöglich hat sie *nach* mir gerufen ...« Er brach ab und schluckte. »Haben Sie irgendeine Vorstellung davon, wie schwer das alles für mich ist?«

»Ich verstehe das, aber Sie müssen sich auch in unsere Lage hineinversetzen. Ein Zeuge ...«

»Ich scheiß auf diesen Zeugen«, rief er, schlug mit der Faust auf den Tisch und stemmte sich hoch. »Dieser Zeuge irrt sich.«

»Bleiben Sie ruhig, Mr Brannon. Es hilft doch niemandem, wenn Sie sich aufregen.«

»Ich rege mich nicht auf, ich bin frustriert. Sie tun nichts anderes, als mich zu verfolgen und immer wieder zu Verhören auf die Wache zu schleppen, dabei brauche ich Unterstützung. Ich sollte Hilfe bekommen, um das alles durchzustehen. Ich bin am Ende. Ich fühle mich schuldig, weil ich nicht da war, um sie zu beschützen. Ich kann meine Schwiegereltern weder besuchen noch mit ihnen reden und nicht einmal meinen kleinen Jungen sehen, weil ich so ein schlechtes Gewissen habe, dass ich an dem Abend nicht bei ihr war. Und Inge kann ich ganz bestimmt nicht gegenübertreten. Ich befinde mich im luftleeren Raum und warte darauf, dass Sie den Dreckskerl finden, der sie getötet hat. Erst dann, und nur dann, werde ich in der Lage sein, die Scherben zusammenzukehren und mein Leben und meine Arbeit wieder aufzunehmen. Ich habe Ihnen zum wiederholten Mal gesagt, dass ich Charlotte nicht umgebracht habe, und Sie wissen, wo ich war. Ich war nicht zu Hause, als sie überfallen wurde. Ich habe mir eine Million Mal gewünscht, ich könnte den Lauf der Dinge an jenem Abend ändern: dass ich nicht so genervt gewesen wäre, dass ich nicht mit Inge nach Hause gegangen wäre und später nicht zum Boxclub. Ich habe die Sache mit dem Alibi vermasselt, aber was Charlotte angeht, habe ich immer die Wahrheit gesagt. Ich habe sie nicht umgebracht.«

Natalie konnte seine Logik nicht vom Tisch wischen. Charlotte könnte nach ihm gerufen haben, darüber hatte sie auch schon nachgedacht, aber Adam jetzt nicht zu vernehmen, wäre fahrlässig gewesen. Finn und Hassan waren überzeugt, dass er im Haus gewesen war, und sie musste dieser Behauptung nachgehen. Außerdem hatte sie sonst niemanden auf dem Schirm. Es war eine schwere Entscheidung. Ohne konkrete Beweise konnte sie ihn hier nicht länger festhalten. Sie konnte ihm nichts anhängen, nur weil sie gern in der Lage gewesen wäre, Aileen Melody zu sagen, dass sie den Fall geknackt hatte. Adam hatte keinen Anwalt angefordert. Er war jedes Mal freiwillig aufs Revier gekommen. Er war nicht untergetaucht. Auch wenn er wegen des Alibis gelogen hatte, um Inge und später Lee zu schützen, hatte er darüber hinaus nichts getan, was den Verdacht gerechtfertigt hätte, dass er nicht um Kooperation bemüht war und seine Unschuld beweisen wollte. Und doch kam ihre Ermittlung immer wieder auf ihn zurück, auf diesen Mann mit Gefängnisvergangenheit und einer Vorgeschichte als Gewalttäter. Sie holte tief Luft. Sie musste sich entscheiden.

»Also gut, Mr Brannon. Ich verstehe Ihre Argumentation. Es ist unklar, warum Ihre Frau Ihren Namen gerufen hat. Sie können gehen.«

Er erhob sich langsam. »Danke.«

»Danken Sie mir nicht. Es ist noch nicht vorbei.«

Murray wartete, bis Adam aus dem Raum gebracht worden war. »Und jetzt?«

Natalie stand auf, bemerkte die Schmerzen in ihren Gliedern und strich sich über den Kopf. »Wenn ich das nur wüsste. Wahrscheinlich müssen wir die Pressekonferenz abwarten und hoffen, dass sich jemand aus der Öffentlichkeit mit Hinweisen meldet.«

Lucy legte eine zusammengerollte Zeitung auf Ians Schreibtisch. »Ich habe dir dazu auch eine Portion Fisch besorgt.«

»Super! Danke. Ich bin am Verhungern. Möchtest du auch?«

»Ich habe meine Portion schon im Auto verdrückt. Der Duft von Essig und heißen Pommes hat mich wahnsinnig gemacht. Da konnte ich einfach nicht warten.«

Er wickelte sein Essen aus, ließ eine warme Wolke entweichen, die nach Fish-and-Chips-Bude duftete, und schob sich ein paar dicke, gelbe Fritten in den Mund. »Mm. Himmlisch«, murmelte er.

»Hast du irgendwelche Kontakte von Fabia gefunden?«

Er nickte enthusiastisch. »Ich habe eine Liste, aber diese Frau hier scheint ihre beste Freundin zu sein.« Er wischte sich die Finger an der Hose ab und öffnete das Facebook-Profil einer gewissen Louise Roberts. »Sie waren auf derselben Uni. Louise ist auch Psychologin, arbeitet für den NHS und wohnt in Derby. Sie hat ein LinkedIn-Profil, und ihre Nummer steht auf der Seite.«

»Wunderbar«, sagte Lucy und notierte sie. »Genieß die Pommes. Du hast sie dir verdient.«

Im Gehen wählte sie die Nummer und ging hinaus auf die Dachterrasse, um Ian in Ruhe essen zu lassen. Es war kühl draußen, und als sie einatmete, füllte kalte Luft ihre Lunge. Der Anruf wurde schon nach kurzer Zeit angenommen, und eine leise Stimme meldete sich.

»Louise Roberts? Hier ist DS Lucy Carmichael von der Polizeizentrale in Samford. Ich rufe wegen Ihrer Freundin Fabia Hamilton an. Sie hat sich vorhin bei uns gemeldet, und ich würde gerne wissen, ob Sie eine Ahnung haben, wo sie sein könnte. Ich versuche, sie und ihren Sohn zu finden. Sie sind nicht zu Hause.«

»Wer sagten Sie noch einmal sind Sie?« Die Frau klang zögerlich.

»Lucy Carmichael. Detective Sergeant Carmichael.«

»Ich rufe Sie sofort zurück.«

»Nein. Legen Sie nicht auf.«

Zu spät. Die Leitung war tot. Sie versuchte es noch einmal unter derselben Nummer, bekam allerdings ein Besetztzeichen. Fluchend zog sie eine Zigarette aus der Tasche. »Tut mir leid, Knöllchen. Ich verspreche, mich mehr zu bemühen«, sagte sie, betrachtete die Zigarette eine Weile und zündete sie schließlich an. Sie inhalierte kräftig und ließ den Rauch tief in ihre Brust strömen. Sie sollte das Qualmen sein lassen. Knöllchen zuliebe. Sie starrte die Zigarette an, nahm noch einen schnellen Zug und drückte sie aus. Ihr Handy klingelte. Es war Louise.

»Es tut mir leid, dass ich aufgelegt habe. Ich wollte sichergehen, dass Sie sind, wer Sie sagen. Ich habe zunächst Fabia gefragt, ob sie Sie angerufen hat. Sie stand plötzlich mit Philippe hier vor der Tür und war ziemlich aufgelöst.«

»Können Sie das Telefon an sie weiterreichen, damit ich mit ihr sprechen kann?«

»Sekunde.« Lucy konnte einen gedämpften Wortwechsel hören. Sie legte den Kopf in den Nacken. Der Himmel war klar, und winzige Lichter durchbrachen wie Nadelstiche das Dunkel des Nachthimmels. Sie fröstelte, als ihr die kühle Luft um die Schultern wehte. Nun hörte Lucy eine andere Stimme, eine, die sie von dem vorangegangenen Gespräch wiedererkannte. Es war die Frau, die in der Dienststelle angerufen hatte.

»Sergeant, es tut mir leid, dass ich nicht wieder angerufen habe. Ich dachte, ich hätte draußen jemanden an der Hintertür gesehen, und habe Panik bekommen. Ich bin direkt zu Louise gefahren, dann habe ich mich beruhigt und gedacht, ich habe überreagiert und hätte damit nicht zur Polizei gehen sollen. Louise und ich haben darüber gesprochen, und vielleicht lese ich da zu viel hinein.«

»Sie sagten mir, Sie hätten Angst. Sie klangen auch verängstigt, und Sie müssen wirklich Anlass zur Sorge gehabt haben, wenn Sie direkt zu Ihrer Freundin gefahren sind.«

»Das erscheint mir jetzt albern. Ich habe übertrieben. Ich stand unter Schock.«

»Vorhin haben Sie mir von einem Patienten erzählt, von dem Sie glauben, dass er ein Mörder ist. Können Sie mir etwas über ihn erzählen?«

»Ich habe ihn über die vergangenen Monate in meiner

Praxis behandelt. Er hatte wiederkehrende Albträume, unter denen er litt. Zunächst haben wir über diese Träume gesprochen und herausgearbeitet, dass sie ihren Ursprung in problematischen Kindheitserinnerungen haben oder damit in Verbindung zu sehen sind. Er hat mit Verlustängsten zu tun. Seine Mutter hat die Familie verlassen, als er noch sehr klein war, und ihn in armseligen Verhältnissen in einer Wohnwagensiedlung und in der Obhut seines gewalttätigen und schwierigen Vaters zurückgelassen. Seine Träume hatten alle einen Bezug dazu, doch dann hat sich etwas verändert. Er hat von Einzelheiten und Szenarien gesprochen, und ich hatte bald das Gefühl, dass es sich dabei nicht mehr um Fantasien oder Träume handelte. Er behauptete, unter *Episoden* zu leiden, wie wir es bezeichnet haben, Zeiträumen, in denen er nicht bei Bewusstsein war und nicht in der Lage, sein Traum-Ich zu steuern. In diesen Episoden ermordete er Frauen auf schreckliche Weise, meistens im Beisein ihrer Kinder. Ich versuchte ihm zu helfen, die Aggression loszuwerden, die sich meiner Ansicht nach gegen seine Mutter richtet. Ich habe verschiedene Techniken angewandt, um ihn von den Episoden zu befreien, aber bei seinem letzten Termin war er anders. Das unbewusste Selbst wurde zu seinem bewussten Selbst, und ich hatte den Verdacht, die Träume wären nun keine Träume mehr: Sie waren real geworden.«

»Sie glauben also, dieser Mann hat Frauen getötet?«

»Ja. Zumindest dachte ich das zunächst.«

»Was hat Sie zu dieser Erkenntnis gebracht?«

»Die groteske Detailliertheit der Tötungsfantasien. Zunächst dachte ich, er hätte lediglich eine lebhafte Fantasie, aber dann begann er den Geruch von Blut zu beschreiben, wenn er auf die Frauen, die er tötete, einstach oder -schlug, und er beschrieb, wie er den Finger in das Blut tauchen wollte, um damit zu schreiben.«

Lucy fühlte einen eiskalten Schauer über ihren Rücken

laufen. Dieser Mann konnte nichts von den Botschaften an der Wand gewusst haben. Solche Details hatten sie nicht bekannt gegeben.

Fabia fuhr fort: »In den Träumen waren auch Kinder. Er hat sie nicht getötet. In seiner Vorstellung befreite er sie, so wie er sich als Kind gewünscht hätte, aus der häuslichen Gewalt- und Misshandlungssituation befreit worden zu sein. Er hatte die Frauen bestrafen wollen, weil sie ihn an seine Mutter erinnerten.«

»Hat er sie beschrieben?«

»Er hat nur gesagt, dass sie lange Haare und dunkle Augen hatten.«

Lucys Puls beschleunigte sich. »Sagen Ihnen die Fragen ›warum?‹ und ›wer?‹ für sich genommen etwas?«

Es folgte eine lange Pause, dann schließlich antwortete sie. »Er hat sie im ersten Absatz eines Briefs verwendet, den er in einer Sitzung an seine Mutter geschrieben hat. Er begann den Brief mit einer Liste von Fragen. Er konnte nicht verstehen, warum seine Mutter ihn zurückgelassen und ihr Leben ohne ihn fortgesetzt hatte. Ich erinnere mich, dass er begann mit: ›Warum? Wer? Wo? Was? Wie?‹. Er erläuterte jede der Fragen näher, indem er die Mutter zunächst fragte, warum sie ihn verlassen hatte, wer die Person war, für die sie es getan hatte, wohin sie gegangen war, was sie getan hatte, nachdem sie die Familie verlassen hatte, und wie sie sich mit dem Wissen gefühlt hatte, ihren Sohn zurückgelassen zu haben.

Er sollte den Brief zu Hause allein fortsetzen, alles aufschreiben, was er seiner Mutter sagen wollte, und ihn dann verbrennen. Das würde es ihm ermöglichen, allen Frust und die Aggression, die er hineingegeben hätte, in den Flammen aufzulösen. Der Vorgang sollte ihn befreien, und zu jenem Zeitpunkt glaubte ich, dass er so auch seine Träume loswerden könnte.« Ihre Stimme begann zu zittern. »Er ist ein Mörder, oder nicht?

Was er beschrieben hat, waren keine Träume. Er hat Details von Morden geschildert, die er begangen hatte.«

»Fabia, bleiben Sie, wo sie sind, bei Ihrer Freundin. Öffnen Sie niemandem die Tür. In Kürze werden Polizeikräfte bei Ihnen eintreffen.«

»Okay.«

»Und Fabia, ich weiß, dass es die Schweigepflicht verletzt, aber es geht hier um eine wirklich ernste Sache. Wie hieß dieser Patient?«

»Robert Cooke.«

Es war fast einundzwanzig Uhr, als Natalie das Licht ausmachte und Murray den Flur hinunterbegleitete. »Gehen Sie nach Hause und legen Sie etwas Eis auf das Auge.«

Er betastete den Bluterguss und zuckte zusammen.

Jemand rief von oben herunter. Es war Ian. »Natalie!«

Sie wandte sich um. »Ja?«

»Ich habe eine Verbindung zwischen den Mordopfern gefunden.«

Murray und sie liefen ins Büro. Jeder Gedanke daran, nach Hause zu fahren, war vergessen.

Ian schob die Fish-and-Chips-Zeitung aus dem Weg, in der sich noch ein paar kalte Pommes befanden, und drehte seinen Bildschirm so, dass Natalie ihn sehen konnte.

»Ich bin Ihrem Vorschlag gefolgt und habe vorne angefangen. Ich habe die Akte der Brannons durchgesehen und war dabei, die Details des Hauskaufs durchzugehen, weil es mir nicht in den Sinn geht, warum ihre Eltern ein Haus kaufen und Adam an der Entscheidung nicht teilhaben lassen, als es mir aufgefallen ist. Das Haus liegt in Eastborough, einer noblen Ecke in Samford, und es gibt nur eine Handvoll Makler in

Samford, die ein so teures Anwesen vermitteln. Scarlett und ich haben nach einem Haus gesucht, und ich habe in den vergangenen Monaten die Schaufenster einiger Makler angeschaut. Die meisten Maklerbüros betreuen eher günstigere Marktsegmente, keine Luxusobjekte, also habe ich auf Zoopla geschaut und herausgefunden, dass das Haus von Cartwright und Butler verkauft wurde.«

»Dasselbe Maklerbüro, das auch Samantha Kirkdale die Wohnung vermittelt hat«, sagte Murray. »Rob Cooke.«

Natalie machte ein konzentriertes Gesicht. »Er hat ein wasserdichtes Alibi, was seinen Aufenthaltsort angeht. Wir haben den Veranstalter angerufen, und die Dame dort bestätigte, sie habe ihn eingecheckt und ihm sein Namensschild gegeben. Wie hieß sie noch?«

»Serena Holloway. Ich wollte sichergehen, dass es wirklich Rob war, mit dem sie gesprochen hat, nicht jemand, der seinen Namen benutzte. Ich konnte die Karte nicht finden, die er uns gegeben hat, also habe ich im Fairfield Hotel angerufen, wo die Konferenz angeblich stattgefunden hat, um Serenas Nummer zu erfragen, und hatte einen Rezeptionsmitarbeiter namens Aarav am Apparat. Er hatte noch nie von Serena Holloway gehört oder davon, dass eine Tagung für Immobilienwirtschaft dort stattgefunden hätte. Er hat im Eventkalender des Hotels nachgesehen und nichts gefunden. Das hat bei mir die Alarmglocken schrillen lassen, also habe ich auch Robs zweite Behauptung überprüft, er sei bei einem Abteilungstreffen gewesen. Die einzigen Shelly Bradshaws, die ich in der zentralen Datenbank finden konnte, wohnen ganz woanders und sind keine Sekretärinnen, also habe ich Mr Cartwright von Cartwright und Butler, dem Maklerbüro, angerufen und erfahren, dass die Sekretärin des Unternehmens Kelly Fielding heißt. Er hat noch nie von einer Shelly Bradshaw gehört, und seines Wissens hat es nie ein Abteilungstreffen gegeben.«

Sie presste die Finger gegen die Stirn und stöhnte. »Dieser

hinterhältige Mistkerl! Er hat mir eine authentische Visitenkarte des Hotels überreicht und wir haben die Nummer darauf angerufen. Er hat es alles perfekt organisiert, sodass er uns vollkommen an der Nase herumgeführt hat.«

Murray fuhr fort. »Er hat entweder jemanden dazu gebracht, für ihn zu lügen, hat eine Komplizin oder hat eine Alibiagentur benutzt.«

Natalie wusste, dass es Agenturen gab, die angeblich ihren Klienten falsche Alibis für Seitensprünge oder einen freien Tag von der Arbeit verschafften. Die Polizei hatte versucht, gegen solche Online-Angebote vorzugehen, nachdem Ace Alibi für Schlagzeilen gesorgt hatte, aber sie kamen immer wieder hoch.

»Wir werden all diesen Spuren nachgehen, aber zunächst sollten wir uns auf Rob konzentrieren«, sagte Natalie und setzte sich in Bewegung. »Alles, was ihr über ihn kriegen könnt. Jetzt!«

Als Natalie sich auf ihren Stuhl fallen ließ, kam Lucy mit dem Telefon in der Hand ins Büro gestolpert. Sie wedelte damit in ihre Richtung. »Rob Cooke. Er ist unser Täter.«

»Mädchenname der Mutter Anne Oatridge, bevor sie Anne Cooke wurde. Vater: Donald Cooke«, berichtete Ian laut. »Geboren in Blackpool, 1984. Vater arbeitslos, Mutter Aushilfskraft in einer Kantine. Nichts mehr über die Mutter nach 1988. Sie ist verschwunden: keine Daten zum beruflichen Werdegang, kein Pass, kein Eintrag im Wählerregister. Ich schätze, wenn Rob sie nicht finden konnte, ist sie komplett unter dem Radar geblieben. Vielleicht hat sie ihren Namen geändert.«

Murray, der neben ihm saß und tippte, fragte: »Was ist mit dem Vater? Lebt er noch, oder ist er tot?«

Konzentriert arbeitete das Team zusammen. Die Atmosphäre war angespannt, jeder Satz knapp und funktional. Ians Finger flogen schneller über die Tastatur als die der anderen.

»Er ist in einem Altenheim in Blackpool: Sea View.«

»Lucy, was halten Sie von einem frühmorgendlichen

Ausflug ans Meer, um mit ihm zu sprechen?« Natalie sah von dem Telefongespräch auf, das sie führte.

»Ich hole meinen Eimer und die Schippe«, war die Antwort.

Natalie senkte den Kopf und sprach weiter mit den Polizeikräften, die zum Haus von Louise Roberts geschickt worden waren.

»Ich habe eine Adresse«, rief Murray.

Lucy meldete sich plötzlich zu Wort. »Hey, Murray, ich habe hier seine Erwerbsbiografie, und bevor er in der Filiale in Samford angefangen hat, war er in der Zweigstelle in Nottingham beschäftigt. Dort wurde Lucia Perez ermordet.«

Murray hob die Brauen, während er Lucys Worte verarbeitete. »Das ist allerdings ein mächtiger Zufall.«

»Er war zur Tatzeit mit Sicherheit in Nottingham. Ich wette, bei der Überprüfung kommt heraus, dass er Lucia kannte. Vielleicht gehörte die Familie Perez zu den Klienten des Maklerbüros.« Lucy zuckte mit den Schultern. »Dem sollten wir nachgehen.«

»Ich überprüfe das«, verkündete Murray.

Natalie wandte sich an alle im Raum. »Die Kollegen sind in Derby bei Louise Roberts vor Ort und werden dortbleiben, falls Rob auf die Idee kommt, Fabia aufzuspüren.«

»Er hatte während der Therapie zahlreiche Gelegenheiten, sie zu ermorden, wenn er mit ihr allein war. Glauben Sie, sie befindet sich wirklich in Gefahr?«, fragte Murray.

»Ich werde nichts riskieren. Die Kollegen beobachten das Haus und halten jeden auf, der sich nähert. Louise wurde angewiesen, Fenster und Türen geschlossen zu halten. Morgen befragen wir Fabia, und wenn wir Rob im Laufe der Nacht nicht finden, bringen wir sie zu einem unserer Safe Houses. Wer hat seine Adresse?«

»Hier, ich.« Murray hob einen Zettel hoch.

»Drücken Sie mir die Daumen, dass er schläft und keinen

Ärger macht. Los, schnappen wir ihn uns. Ich fordere Verstärkung an. Ich möchte nicht riskieren, dass er entkommt. Holen Sie Ihre Ausrüstung.«

Stapleton Avenue war eine von mehreren Straßen, die um ein kürzlich erbautes Neubauviertel herumführten. Es war eine wenig auffällige Straße mit modernen, charakterlosen Häusern auf ähnlich gesichtslosen Grundstücken, die Art Haus, in der Geschäftsleute wohnten, die neu in die Gegend gezogen waren, weil sie von dort aus einfach täglich nach Birmingham oder Manchester pendeln konnten und happige Hypotheken auf ihre Häuser abgeschlossen hatten, um im richtigen Einzugsgebiet zu wohnen, damit ihre Kinder dort auf eine Schule gehen konnten, die bei der Qualitätsanalyse durch Ofsted gut abgeschnitten hatte. Ein Haus sah exakt aus wie das nächste. Es war offensichtlich, warum Rob hier wohnte. Er zog hier keine Aufmerksamkeit auf sich, und niemand bemerkte sein Kommen und Gehen.

Die Polizeifahrzeuge bogen in die Straße ein. Leise verließen dunkle Gestalten die Fahrzeuge und eilten in koordinierter Abfolge zur Seite und zum Vordereingang von Haus Nummer 21. Natalie sah zu den verdunkelten Fenstern auf. Es war fast dreiundzwanzig Uhr, und niemand war zu sehen. Eine Katze kam angehuscht, lief schneller und schlüpfte an Murray vorbei, der eine kugelsichere Polizeiweste trug und bereit war, die Tür mit dem Rammbock aufzubrechen.

»Sei bloß da, du Dreckskerl«, murmelte Natalie und hob zum Zeichen die Hand.

Lucy und Ian befanden sich hinter dem Grundstück, und andere Polizeikräfte waren strategisch vorne und auf den Seiten positioniert, um eine eventuelle Flucht zu verhindern. Murray hob die Ramme, ein handgehaltenes Werkzeug aus schwerem Metall, und schlug es mit Wucht gegen die Tür. Im Handumdrehen gab sie nach. Holzsplitter platzten vom Türrahmen ab und blieben dort hängen wie verhärtete Baumwollfäden.

Die Teammitglieder schlüpften hindurch und stürmten im Treppenhaus teils nach oben und teils nach unten. Natalie führte das Team an, das ins Obergeschoss lief, und stieß die erste Tür auf, die zu einem Schlafzimmer führte. Es war leer. Sie lief zur zweiten, und dann ins Badezimmer, doch überall bot sich dasselbe Bild. Sie durchsuchten jedes einzelne Zimmer, sahen unter Betten, in Schränke, hinter den Duschvorhang. Sie überprüften die Fenster und den Dachboden, aber Rob war nicht zu Hause.

Nachdem sie überall gründlich gesucht hatten, trat Natalie mit dem Stiefel gegen die Schlafzimmertür und fluchte.

»Er muss gewusst haben, dass wir kommen«, sagte Lucy.

»Wie zum Teufel hat er erfahren, dass wir auf seiner Spur sind?«, fragte Murray.

Natalie schüttelte den Kopf. »Das kann er nicht gewusst haben. Entweder ist er abgehauen oder hat Glück gehabt und war zufällig gerade nicht zu Hause. Ich glaube nicht, dass er weiß, dass wir seine Identität kennen. Henrik hält ihn für intelligent und selbstsicher. Ich glaube, er ist zu arrogant, um etwas zu ahnen. Fabia hat Lucy erzählt, dass er den Brief an seine Mutter mit fünf Fragen begonnen hat. Er hat erst zwei davon an die Wände neben den Opfern geschrieben. Er hat sein Werk noch nicht vollendet. Er wird wieder auftauchen. Wir müssen sofort alle raus hier und die Tür wieder einsetzen. Das Team bleibt in Position, falls er zurückkommt. Fassen Sie nichts an. Murray und ich fahren nach Derby, um mit Fabia zu sprechen. Sie beiden gehen nach Hause. Lucy, melden Sie sich morgen, sobald Sie mit Robs Vater gesprochen haben.«

»Geht klar.«

Die Wirkung des Adrenalins, das es ihr erlaubt hatte, die letzten Stunden durchzuhalten, ließ unvermittelt nach, und ihre Glieder fühlten sich an wie Blei. Sie stieg in ihren Audi, wo sie auf Murray wartete und das Haus fixierte. Rob war entkommen, und ganz gleich, was sie ihrem Team im Haus gesagt hatte, sie konnte nicht wirklich sicher sein, dass er hierher zurückkehren würde. Sie wusste nur, dass sie ihn finden musste, bevor er eine weitere junge Frau tötete und ein weiteres Kind ohne Mutter zurückließ.

Louises freistehendes Haus lag an einer begrünten Straße ohne Durchgangsverkehr in Mickleover, einem Vorort von Derby. Ein orangefarbenes Licht brannte über der Veranda und beleuchtete die schlichte graue Tür.

Natalie nickte den Kollegen auf Spähposten im Auto vor Louises Haus mit der Nummer 15 zu und zeigte ihnen ihren Ausweis. Niemand hatte sich dem Grundstück genähert. Die anderen Häuser in der Nähe lagen im Dunkeln, die Vorhänge oder Rollos waren zugezogen, und es rührte sich nichts.

Murray und sie klopften an die Tür. Sie hatten auf dem Weg nach Derby angerufen, Louise rechnete also mit ihrem Besuch. Sie führte sie ins Wohnzimmer, wo sie sich in einen dicken Sitzsack fallenließ und eine Tasse an die Lippen hob.

Fabia war etwas größer als Natalie und stand beim Kamin. Sie hatte sich einen Schal um die Schultern geschlungen. Im dämmrigen Licht des Wohnzimmers glänzten ihre dunklen Augen wie Pechkohle. Mit der Grazie einer Tänzerin bewegte sie sich auf Natalie und Murray zu. »Danke, dass Sie hergekommen sind. Ich hoffe, ich verschwende nicht Ihre Zeit.« Sie setzte sich nicht. Stattdessen zog sie den Schal fester und sah zuerst Natalie und dann Murray an.

»Wir nehmen solche Angelegenheiten sehr ernst, und wir glauben, Sie könnten uns helfen«, sagte Natalie.

»Sie glauben, Rob *hat* Frauen ermordet?«

»Wir gehen Ihrem Verdacht auf jeden Fall nach. Wussten Sie, dass es kürzlich zwei Morde in Samford gegeben hat?«

»Es tut mir leid, das wusste ich nicht. Ich habe keine Zeitung, und ich sehe nur selten die Nachrichten. Wenn der Fernseher läuft, ist meistens ein Kinderprogramm eingeschaltet. Ich habe einen Sohn, Philippe«, fügte sie hinzu.

»Kennen Sie eine Charlotte Brannon oder Samantha Kirkdale?«

Sie schüttelte den Kopf. »Waren das die Opfer?«

»Ja. Hat Rob sie mal erwähnt?«

»Nein.«

»Was können Sie uns über Rob erzählen?«

»Ich würde gegen die Schweigepflicht verstoßen, wenn ich zu sehr ins Detail gehe. Wenn er unschuldig ist und ich Ihnen erzähle, worüber wir gesprochen haben, könnte ich große Schwierigkeiten bekommen.«

»Dann erklären Sie noch einmal, was Sie so in Panik versetzt hat, dass Sie bei der Polizei angerufen haben.« Natalies Tonfall verriet, dass sie sich über diese Reaktion ärgerte. Sie hatte sich mehr Kooperation erhofft. Nun, da sie ihr Leben nicht mehr unmittelbar bedroht sah, zog sich die Frau hinter die Maske der Professionalität zurück.

Ihre Frage hatte allerdings den gewünschten Effekt. Fabia zog den Schal noch fester und begann. »Er hatte Träume, in denen er Frauen tötete, und die Art, wie detailliert er sie beschrieb, hat mich beunruhigt. Es erschien mir vollkommen plausibel, dass er eine lebhafte Fantasie hat, und vielleicht hatte es ihn inspiriert, dass er über die Ermordung der beiden Frauen gelesen hat, die Sie erwähnten. In unserer letzten Sitzung hat er mir allerdings gedroht.«

»Inwiefern?«, fragte Murray.

Fabia wandte ihm den Blick zu. »Es war eine indirekte Drohung, eine Anspielung, was er tun könnte.«

»Können Sie das näher ausführen?«, fragte Natalie.

»Er erzählte so etwas wie: ›Die Frau öffnet die Tür in Erwartung ihres vierbeinigen Freundes, doch sie wird nicht von ihrem liebevollen, frechen Begleiter begrüßt, den sie so originell nach einer nordischen Gottheit benannt hat, sondern vom Teufel persönlich.‹ Ich wusste, dass er mich damit meint. Ich habe eine Katze namens Loki, benannt nach einem nordischen Gott. Und ich glaube, er nannte sich selbst den Teufel.«

Natalie ergriff wieder das Wort. »Hat er sonst noch etwas gesagt, was Sie beunruhigt hat?«

»Nur dass er wisse, warum er davon geträumt habe, seine Finger in das Blut toter Frauen zu stecken, und ob ich es noch nicht herausgefunden hätte. Ich umschreibe das ein wenig. Ich erinnere mich nicht mehr an den genauen Wortlaut. Er hat mir Angst gemacht. Das ist nicht viel, oder? Ich habe mir eingebildet, er wollte mich angreifen, und bin schnell geflüchtet, und jetzt komme ich mir wie eine Idiotin vor. Ich habe über all das noch einmal nachgedacht, und vielleicht habe ich zu viel hineingelesen. Er war wütend auf mich, weil ich ihm nicht helfen konnte, die tiefere Ursache für seine Träume zu ergründen. Ich habe es schon öfter erlebt, dass Patienten wütend werden. Ich weiß nicht, warum ich dieses Mal so überstürzt reagiert habe.«

Nun meldete sich Louise zu Wort. »Du hast das Richtige getan. Du hattest Angst. Und diese Angst war nicht unbegründet. Der Typ hätte dich in deiner Praxis angreifen können.«

Natalie hatte sich gefragt, warum Rob Fabia nicht bei einem seiner Termine überfallen hatte. Wenn er ihr etwas hätte antun wollen, hätte er es doch sicher schon getan. Sie hatte daraus geschlossen, dass er Fabias Hilfe benötigt hatte. Womöglich waren diese Träume eine Realität, mit der er zu kämpfen hatte. Seine Worte konnten als Drohung aufgefasst werden, und ebenso als Wut, die einer Frustration entsprang.

»Wurde er von jemandem an Sie überwiesen?«, fragte Natalie.

»Nein. Er kam als Selbstzahler. Er hat mich über die Online-Suche gefunden und wegen meiner Qualifikationen ausgewählt. Als er seinen ersten Termin ausmachte, sagte er, er hätte mich ausgewählt, weil er fest davon überzeugt wäre, ich könnte ihn wieder hinkriegen.«

»Hinkriegen?«

»Er hatte den Eindruck, kaputt zu sein. Er konnte wegen der Träume nicht richtig schlafen, und sie zerstörten sein Leben.«

Hier gab es für Natalie nicht viel mehr zu erfahren. Rob war entweder geflohen oder würde nach Hause zurückkehren. In beiden Fällen würden sie ihn schnappen. »Wir werden später noch einmal mit Ihnen sprechen, und Sie müssen eine Aussage zu Protokoll geben, aber für heute Abend bleiben Sie erst einmal hier. Der Wachposten vor der Tür wird bleiben, falls Rob auftaucht.«

»Glauben Sie, er könnte von Louise wissen? Ich habe sie ihm gegenüber nie erwähnt.«

»Nur wenn er wirklich versucht, Sie zu finden. Seine Drohung war zwar versteckt, aber wir nehmen sie ernst. Sie erwähnten DS Carmichael gegenüber, dass Sie dachten, jemand wäre draußen vor dem Haus, als Sie mit ihr gesprochen haben?«

»Ja, ich bin durchgedreht. Da war niemand. Ich war nur nervös. Es tut mir leid. Ich hätte in der Leitung bleiben und weiter mit ihr reden sollen.«

»Das wäre sicher besser gewesen.« Natalie sah zu Murray hinüber. Er hatte keine weiteren Fragen. »Ist Ihr Sohn hier?«

»Ja, er schläft oben.«

»Gut. Dann schließen Sie die Tür ab, und wir sprechen uns morgen wieder.«

»Geht's dir gut?«, fragte David.

»Nein. Ich hatte eine beschissene Nacht, und mein Verdächtiger ist entwischt.«

»Das habe ich mir gedacht«, sagte er.

Aus irgendeinem Grund ärgerte sie diese Annahme. »Wie konntest du dir das denken? Du hast doch mit der Ermittlung nicht zu tun. Du hattest keine Ahnung, was passiert ist.«

Er hob die Hände. »Wow! Ich meinte doch nur, dass ich dachte, der Fall läuft nicht rund. Natürlich kenne ich die Details nicht. Gedankenlesen gehört nicht zu meinen Superkräften«, fügte er hinzu, um die Situation aufzulockern und ein Lächeln zu ernten. Er bekam keins. »Vom Beginn der Ermittlungen an bist du ständig erst spät am Abend nach Hause gekommen, und du hast im Schlaf geredet.«

Sie gab den Widerstand auf und war wütend auf sich selbst, weil sie ihn so angefahren hatte. Der wahre Grund für ihre Feindseligkeit war das Thema, das im Raum stand, obwohl sie es beide nicht erwähnten. Sie war noch immer wütend, weil er darüber nachgedacht hatte, wieder zu spielen, auch wenn er es nicht wirklich getan hatte. »Was habe ich denn gesagt?«

»Ach, egal.«

»Nein, komm schon. Was war es?«, beharrte sie.

Er sah sie ernst an. »Frances. Du hast nach Frances gerufen.«

»Oh!«

»Deswegen dachte ich, dass die Ermittlungen nicht so gut laufen.«

»Ja, entschuldige. Das ist richtig.« Sie beugte sich über ihre Tasse Tee und starrte hinein.

»Möchtest du darüber reden?«

»Ist es schlimm, wenn ich das nicht möchte?«

»Ach, was. Du weißt, dass ich für dich da bin, wenn du mich brauchst.«

Sie trank die Tasse aus. »Danke«, sagte sie und schlurfte davon, um sich umzuziehen. Sie war zickig. Das war überhaupt nicht ihre Art. Sie musste ein Gleichgewicht zwischen ihren Rollen als Polizistin, Ehefrau und Mutter finden.

Lucy war um sechs Uhr morgens aufgestanden und hinuntergeschlichen, um Bethany nicht zu wecken. Nach Blackpool war es eine zweistündige Autofahrt, eine einfache Strecke nur über die Autobahn M6, und wenn sie noch vor dem Berufsverkehr wegkam, wäre sie um die Frühstückszeit dort.

Dass Rob ihnen durch die Lappen gegangen war, hatte sie frustriert. Sie waren so nah daran gewesen, ihn zu schnappen. Ihr einziger Trost war, dass sie zumindest wussten, wen sie suchen mussten. Er war ein Mann, der von seiner Mutter verlassen worden war. Sie hatte ihm der Obhut eines Mannes überlassen, der, wie sie nun wussten, eine Vergangenheit als Gewalttäter hatte, im Gefängnis gewesen und einen Job nie lange behalten hatte. Lucy fragte sich, ob das der Grund war, warum er Adams Frau angegriffen hatte. Auf dem Papier klang Adam, als wäre er ein ähnlicher Typ wie sein eigener Vater, doch wie sehr sich Rob geirrt hatte. Und Daniel. Es gab nichts, was darauf hingewiesen hätte, dass er kein liebevoller Vater für Oscar gewesen war. Sie schüttelte den Kopf. Sie hatte zu wenig geschlafen, und ihre Gedanken waren durcheinander. Rob hatte seinen eigenen Plan, und sie konnte die Verbindung zwischen seiner eigenen Kindheit und der Rache, die er an seinen Opfern nahm, nicht nachvollziehen. Eines war sicher: Adam war nicht wie Robs Vater. Er hätte Alfie nie wehgetan, einen Sohn, den er nicht gezeugt hatte, aber dennoch liebte.

Anders als der Name vermuten ließ, verfügte das Altenheim Sea View nicht über einen Meerblick. In Wahrheit lag es näher am Flughafen als am Wasser, aber da es nur fünf Minuten mit dem Auto bis zur Küste waren, fand Lucy, dass sie bei der Namensgebung nicht allzu sehr geflunkert hatten.

Der Bungalow war einst ein Privathaus gewesen, umfangreich erweitert und zu einem Pflegeheim umgebaut worden, in dem alle Zimmer Zugang zu einem eigenen Garten hatten. An diesem hellen Märzmorgen wirkte es mit den makellosen Gärten und einem Hauch von Frühling in der frischen Luft sehr beschaulich. Donald Cooke war in einer weit gediegeneren Umgebung gelandet als der, in der er Rob großgezogen hatte.

Die Oberschwester hatte Lucy gesagt, dass Donalds Sohn viele Jahren nicht mehr zu Besuch gekommen, vor einem Monat jedoch plötzlich aufgetaucht war, um seinen Vater zu sehen. Nach einem heftigen Streit war er gegangen und hatte den Mann völlig durcheinander zurückgelassen. Sie erlaubte ihr, sich mit Donald in der Orangerie zu treffen, wo alle Besucher mit ihren Verwandten in Ruhe sitzen konnten.

»Seien Sie nett zu ihm. Es hat ihn sehr aufgewühlt, Rob zu sehen«, sagte sie und ging, um ihren Schützling zu holen.

Ein Radio lief leise im Hintergrund, und auf einer der Sonnenliegen erwachte eine getigerte Katze, streckte sich, machte es sich wieder gemütlich und döste erneut ein. Lucy bezog an einem Tisch mit zerfledderten Zeitschriften Position und wartete auf Donald. Es dauerte nicht lange. Donald wurde in einem Rollstuhl durch die offenen Türen in den hellen Raum geschoben. Sein Kopf war zur Seite weggesackt.

»Da sind wir, Donald. Ich sagte Ihnen ja, Sie haben Besuch.« Die Pflegerin sprach in übertrieben fröhlichem Ton und stellte die Bremse fest.

Lucy betrachtete die eingefallenen grauen Wangen und die Maske, die Donalds Gesicht bedeckte, und die mit einem Schlauch an einem Sauerstoffgerät angeschlossen war. Sofort wusste sie, dass er nicht mehr ganz in dieser Welt weilte. Sie stellte sich vor und setzte sich auf einen Stuhl neben ihn. Er betrachtete sie mit gelblichen Augen.

»Vielen Dank, dass Sie mich empfangen, Mr Cooke. Ich wollte Ihnen ein paar Fragen zu Ihrem Sohn Rob stellen. Über seinen letzten Besuch. Erinnern Sie sich daran?«

Donald zog die Maske fort und sprach mit rauer Stimme. »Es war ... das erste Mal ... seit Jahren.« Er setzte die Maske wieder auf und atmete schnell.

»Worüber hat er gesprochen? Es muss doch einen Grund für seinen Besuch gegeben haben.«

Donald nickte. Mit zittriger Hand zog er die Maske noch einmal vom Gesicht. »Seine Mutter.«

»Was ist mit ihr?«

»Er hat sie gefunden.«

»Wollte er sie treffen?«

»Nein ... er war so wütend ... so unglaublich wütend. Sie lebt mit einem anderen Mann zusammen, einem italienischen Arzt, und hat auch eine neue Familie: zwei Töchter und zwei Enkelsöhne, je einen von jeder Tochter. Er war fuchsteufels- wild deswegen, besonders, weil sie den Nachnamen dieses Mannes angenommen hatte. Ich sagte ihm, es wäre doch egal, dass Sie nicht mehr Anne Cooke heißt. Was geschehen ist, ist geschehen. Er wollte nicht hören. Hat angefangen zu brüllen und gesagt, ich hätte es geschehen lassen, und sie solle dafür bezahlen, was sie uns angetan hat. Ich habe versucht ... aber er ist rausgestürmt. Er war schon immer schwierig.« Er setzte die Sauerstoffmaske wieder auf und wedelte mit der Hand, um anzuzeigen, dass ihn die Anstrengung geschwächt hatte.

Lucy dachte an Robs Mutter. Würde er versuchen, sie zu töten?

»Ich danke Ihnen sehr, dass Sie mir das erzählt haben. Kennen Sie den Namen des Mannes, mit dem sie zusammenlebt?«

Er hatte das Kinn gesenkt und schüttelte den Kopf, als ob er zu schwer wäre, um ihn zu bewegen. Erneut zog er die Maske weg, um seine Lippen zu befreien. »Nein, aber ich weiß, dass sie in Samford leben. Ich habe Rob erklärt, dass sie nichts Falsches getan hat, aber er ist nicht richtig im Kopf. Mein Fleisch und Blut, und er ist nicht normal. Sagte, sie hätte es verdient, bestraft zu werden.«

»Ihre Ex-Frau lebt noch immer in Samford?«

Er nickte. »Ich glaube schon.«

»Hat er noch über irgendetwas anderes gesprochen?«

Die Augen des Mannes wurden feucht. »Wie sehr er mich hasst. Es ist okay. Ich kann ihn auch nicht besonders gut leiden. Wir hatten auch gute Zeiten, und er war nicht besser als ich, aber das scheint er bequemerweise vergessen zu haben. Steckt er in Schwierigkeiten?«

»Ich fürchte, ja. Wir glauben, dass er für zwei Morde verantwortlich ist.«

»Wen hat er umgebracht? Ich habe ein Recht, es zu erfahren. Sagen Sie mir die Wahrheit.«

»Zwei junge Frauen: Charlotte Brannon und Samantha Kirkdale.«

»Er hatte schon immer etwas Bösartiges. Ich habe es sofort

bemerkt, als ich ihn hier in der Orangerie gesehen habe, es war schlimmer geworden. Sein Verhalten war so feindselig und beängstigend. Seine Art zu sprechen und wie er mich angesehen hat.« Er machte eine Pause, senkte wieder den Kopf und schien verdauen zu müssen, was er gehört hatte. Als er wieder sprach, klang er traurig. »Es tut mir leid. Es tut mir so leid für diese armen Frauen. Sie haben es nicht verdient zu sterben. Er ist wirklich nicht normal im Kopf. Ich hatte mit ihm so viele Probleme, als er klein war. Natürlich habe ich nie gedacht, er würde mal zum Mörder werden. Diese Schande! Wenn Sie etwas brauchen, fragen Sie nur. Ich helfe, wenn ich kann. Anne hat ihn verlassen, und ich musste ihn großziehen. Er war solch ein schwieriges Kind, und Anne ist nicht mit ihm fertiggeworden. Sie hat uns beide aufgegeben. Ich bin für ihn verantwortlich. Verstehen Sie?«

Lucy bejahte die Frage. Donald fühlte sich für die Taten seines Sohnes verantwortlich, das wurde nicht nur aus seinen Worten deutlich, sondern drückte sich auch in seiner Haltung aus: die zitternden Hände, die er unablässig in seinem Schoß knetete, die tief empfundene Traurigkeit in seinen trüben Augen und der intensive Blick, mit dem er sie ansah, als sie sich erhob. Sie bedankte sich, ließ ihn in der Orangerie und kehrte zur Oberschwester zurück. »Wer bezahlt für seine Unterbringung hier?«, fragte sie. »Unseres Wissens war er lange Zeit arbeitslos.«

»Nein. Er hat lange gearbeitet, beim Blackpool Pleasure Beach. Er war Mitarbeiter im Freizeitpark und zahlt seine Rechnungen selbst. Er hat auch eine Menge Geld von seiner Lebensgefährtin geerbt, die selbst eine wohlhabende Witwe war. Er sagte uns, er habe niemanden, dem er sein Geld hinterlassen wolle. Also verwendet er es, um seinen Lebensabend hier in Sea View angenehm zu gestalten.«

»Er hat nicht mehr lang, oder?«

»Lungenkrebs im vierten Stadium. Es ist eigentlich nur

noch eine Frage der Zeit. Wir versuchen, es ihm hier so angenehm zu machen wie möglich.«

Lucy stützte sich auf das Dach ihres Autos. Der Wind blies ihr
ins Gesicht und brannte auf den Wangen, als sie mit Natalie
telefonierte. »Rob hat seine Mutter gefunden. Sie lebt in
Samford, hat zwei Töchter und zwei Enkelsöhne und lebt mit
einem italienischen Arzt zusammen. Ich glaube nicht, dass sie
verheiratet sind, aber sie hat offenbar seinen Namen angenommen. Den Robs Vater nicht weiß, aber wir müssten den Mann
ausfindig machen können.«

»Wir kümmern uns darum. Kommen Sie so schnell Sie
können zurück.«

Natalie beendete das Gespräch und wandte sich an Murray
und Ian, die beide an ihren Schreibtischen saßen. »Anne
Cooke, Robs Mutter, wohnt in Samford, aber sie verwendet
offenbar weder den Namen Cooke noch ihren Mädchennamen
Oatridge. Sie lebt mit einem italienischen Arzt zusammen und
hat seinen Namen angenommen. Wir brauchen den
Nachnamen.«

Mithilfe der zentralen Datenbank, in der die Namen aller
Fachleute verzeichnet waren, durchsuchte Ian eine Liste von
Medizinern, die in den drei Ärztezentren in Samford prakti-
zierten.

»Haben Sie eine Ahnung, was für ein Arzt er ist? Chirurg?«

»Ich weiß nur, dass er Arzt ist.«

»Hier gibt es einige«, sagte Ian. »Wie möchten Sie vorgehen? Soll ich die Namen durchgehen und alle rausschreiben,
die halbwegs italienisch klingen?«

»Das wäre zumindest ein Anfang. Versuchen Sie Hinter-
grundinformationen über alle zu bekommen und die National-
ität festzustellen.« Natalie stellte sich hinter ihn und

durchforstete die Liste mit ihm. »Murray, übernehmen Sie die Einzelpraxen?«

Sie sah auf die Uhr. Es war fast neun Uhr. Rob war nicht nach Hause zurückgekehrt, und die Pressekonferenz war für später am heutigen Tag angesetzt. Aileen würde bereits in ihrem Büro sein. Sie musste ihre Vorgesetzte über den Fortgang der Ermittlung in Kenntnis setzen, bevor sie sich auf den Weg machte, um Fabia zu befragen. »Ich gehe kurz zu Aileen. Bin gleich wieder da.«

Sie nahm die Treppe ins oberste Stockwerk und trottete über den mit Teppich ausgelegten Flur zu Aileens Büro, wo sie an die Tür klopfte und sich rasch im Geiste noch zurechtlegte, was sie sagen sollte.

»Setzen Sie sich«, sagte Aileen.

Natalie zog einen der ergonomisch geformten Konferenzstühle vom Tisch zurück und nahm Platz. »Wir haben einen Verdächtigen namens Rob Cooke. Wir sind sicher, dass er Charlotte und Samantha getötet hat. Er hat gefälschte Alibis für die jeweiligen Tatzeiten verwendet. Wir haben außerdem Informationen von einer Psychologin erhalten, die ihn wegen wiederkehrender Albträume behandelte. Sie hat sich an die Polizei gewandt, weil sie Angst vor ihm hatte und sich bedroht fühlte. Die genauen Details der Gespräche in den Therapiesitzungen hat sie uns nicht verraten, aber sie brachte ihre Sorge zum Ausdruck, dass die Träume, die er beschrieb und in denen er Frauen tötete, nicht wirklich Träume waren. Sie versteckt sich vorerst bei einer Freundin, und wir haben einen Wachposten vor dem Haus positioniert. Derzeit fahnden wir nach Rob Cooke. Sein Handy sendet kein Signal, also nehmen wir an, dass er es entsorgt hat. Ich habe alle Einheiten benachrichtigt, nach ihm Ausschau zu halten, und das Technik-Team wertet Überwachungskameras aus und sucht nach Sichtungen von ihm oder seinem Fahrzeug.«

»Haben Sie eine Ahnung, wohin er unterwegs sein könnte?«

»Er hat vor Kurzem seine Mutter ausfindig gemacht, die ihn als Kind verlassen hat, und wir haben den Verdacht, er könnte sie als Opfer ins Auge gefasst haben. Das Team ist an der Sache dran. Sobald wir sie finden, können wir Polizeikräfte hinschicken und sie unter Schutz stellen. Wir wissen nicht genau, was er vorhat. Wenn er bei seinem üblichen Modus Operandi bleibt, ist er auf der Suche nach mindestens zwei weiteren Opfern.«

»Warum glauben Sie das?«

»Die Fragen, die er mit Blut geschrieben hat. Wir glauben, er hat fünf Fragen, die mit fünf Fragen übereinstimmen, die er in einem Brief an seine Mutter gestellt hat, und bisher haben wir nur zwei Opfer und zwei Botschaften. Also könnte es drei weitere Opfer geben. Vielleicht soll seine Mutter Anne das letzte Opfer werden, allerdings ziehen wir die Möglichkeit in Betracht, dass er 2016 in Nottingham bereits eine weitere Frau getötet hat, Lucia Perez. Sie könnte sein erstes Opfer gewesen sein.«

»Und Adam Brannon? Welche Rolle spielt er bei all dem?«

»Er scheint nichts damit zu tun zu haben.«

»Die Pressekonferenz wurde für sechzehn Uhr angesetzt.« Aileens Gesichtsausdruck sagte mehr als ihre Worte. Sie wollte, dass Rob gefunden und dingfest gemacht wurde, bevor sie vor die Presse trat.

Natalie nickte, erhob sich und schob den Stuhl wieder an den Tisch. »Ich halte Sie auf dem Laufenden.«

Ian und Murray arbeiteten wie eine Einheit. »Wir haben diese Liste durch«, sagte Ian und wechselte von dem Fenster mit den Kassenärzten zu dem mit den privaten Praxen. Er stöhnte. »Da sind so viele Namen, die ausländisch klingen.«

»Einen nach dem anderen«, beschwichtigte Natalie. »Lassen Sie sich davon nicht abschrecken. Ich helfe Ihnen.«

»Askari, ist das italienisch?« Er klickte auf den Namen und seufzte.

»Sie nehmen die Namen von A bis I. Murray, Sie nehmen J bis R, und ich nehme den Rest.«

Es war erstaunlich, wie viele allgemeinmedizinische und fachärztliche Praxen es in Samford gab. Als ihr Blick über die Namen wanderte und sie jeden einzelnen überprüfte, fragte sie sich kurz, ob es darunter jemanden gab, der sich mit Spielsucht auskannte.

Die Zeit verstrich, und sie arbeiteten schweigend. »Ich bin fertig«, verkündete Ian, verschränkte die Finger ineinander und streckte sie nach hinten, bevor er sie auf dem Kopf ablegte. Er sah zu Murray hinüber. »Bei welchem Buchstaben bist du gerade?«

»Bei P.«

»Dann nehme ich R, so geht es schneller.«

»Danke. Da war eine Menge Namen mit M.«

Eine Weile hörte man nichts außer dem Klappern der Tastatur, dann schließlich ein Ausruf. »Rossini!«, sagte Ian. »Gianni Rossini. Ich habe ihn gefunden. Er ist mit einer Anne verheiratet. Moment ...« Er tippte noch eine Weile, dann fuhr Ian fort. »Er hat zwei Töchter. Eine heißt Chiara und ist Apothekerin, die andere ist Psychologin und heißt Fabia.«

»Ach du Scheiße! Das muss Fabia Hamilton sein. Ihr Mädchenname ist Rossini.«

Ian war über die Tastatur gebeugt, und nach einem Augenblick sagte er: »Sie haben recht.« Natalie massierte mit Daumen und Zeigefinger ihren Nasenrücken, um den Druck loszuwerden, der sich dort plötzlich aufbaute. »Also ist sie Annes und Giannis Tochter, und ihr Sohn Philippe ist einer der Enkelsöhne, die Lucy erwähnt hat. Rob hat sie bewusst ausgewählt. Er brauchte keine Psychologin. Er hat weder unter Albträumen noch Episoden gelitten. Er hat von Anfang an Katz und Maus mit ihr gespielt. Er will nicht nur Anne wehtun, er ist hinter ihren Töchtern her. Sie sind Robs Halbschwestern. Er will sie umbringen.«

»Chiara Rossini lebt zurzeit in Florenz«, sagte Murray, der sich auch daran gemacht hatte, Informationen über sie einzuholen.

Ungläubig schüttelte Natalie den Kopf. In ihrer Vorstellung fügte sich ein Bild von Robs Absichten zusammen. »Fünf Fragen und fünf Opfer: Charlotte, Samantha, Fabia, Chiara und vielleicht auch Anne selbst.«

»Aber warum hat er dann Charlotte und Samantha getötet? Das ergibt doch wenig Sinn. Sie haben keinen Bezug zu ihm«, sagte Ian.

»Er hat Fabia ihre Ermordung im Detail geschildert. Vielleicht war das von Anfang an Teil seines Plans. Er wollte, dass sie herausfindet, dass er ein Mörder ist«, mutmaßte Murray.

Natalie stimmte zu. »Das halte ich für eine plausible Schlussfolgerung. Es hat ihm vermutlich einen Kick gegeben, Fabia von den Morden zu erzählen und abzuwarten, ob sie irgendwann verstehen würde, dass sie eines seiner Opfer werden sollte. Alarmieren Sie die Kollegen vor dem Haus ihrer Freundin. Wir müssen die beiden da rausholen. Und schicken Sie jemanden zu Gianni und Anne Rossini.«

Sie stand auf und durchquerte den Raum. Ihre Gedanken kreisten darum, wie sie Rob schnappen konnten. Draußen rauschte der morgendliche Verkehr vorbei, und keiner der Vorbeifahrenden ahnte etwas von dem Aufruhr in ihrem Kopf. Sie musste Rob finden, bevor er erneut zuschlagen konnte. War Fabia sein nächstes Ziel oder Anne? Waren sie überhaupt auf der richtigen Fährte, oder würde er sich Zufallsopfer suchen, Frauen mit kleinen Söhnen?

Murray rief leise ihren Namen. »Natalie. Schlechte Neuigkeiten. Sie ist weg. Die Kollegen sind reingegangen, um sie zu holen, aber sie und der Junge sind verschwunden. Die Freundin ist unverletzt und weiß nicht, was passiert ist.«

»Wie konnte Rob an dem Beobachtungsposten vorbeikommen? Sie sollten doch jede verdächtige Bewegung im Auge behalten!«

»Sie versuchen, es herauszufinden.«

»So eine verd...« Natalie biss sich auf die Zunge. Sie würde vor ihren Mitarbeitern nicht die Fassung verlieren. Henrik hatte gesagt, dass sie es mit einem intelligenten Täter zu tun hatten, und der hatte sie wieder einmal überlistet. Rob hatte all das minutiös geplant. Er war ihnen immer einen Schritt voraus gewesen. »Scheiße! Nein. Das darf nicht passieren. Er wird sie *nicht* töten.«

Natalie ging zum Fenster. *Denk nach, Natalie. Denk nach.* Das Problem war, dass sie nicht wusste, was sie als Nächstes tun sollte.

Lucy kam ins Büro und blieb stehen. »Okay, irgendwas ist passiert. Das merke ich doch«, sagte sie und sah Murray an. »Ih, kannst du überhaupt etwas sehen?«

Murrays Augen waren beide über Nacht dank des Schlags auf die Nase zugeschwollen.

»Gerade so eben. Rob hat Fabia und Philippe entführt. Fabia ist seine Halbschwester.«

»O Gott, nein. Wo ist Natalie?«

»Bei Aileen.«

»Wie ist Rob an sie rangekommen?«

»Der ausgekochte Mistkerl hatte sich, als Natalie und ich dort waren, die ganze Zeit im Haus nebenan versteckt. Die Besitzer sind im Urlaub, und er ist eingebrochen und hat dort gewartet. Als wir hingefahren sind, um mit Fabia zu sprechen, lag er bereits auf der Lauer. Vielleicht hat er sich zurückgelehnt und die Show genossen. Bestimmt hat er sich kaputtgelacht und zugesehen, wie wir gekommen und wieder gegangen sind. In den frühen Morgenstunden ist er dann heimlich über den Zaun zwischen den Grundstücken geklettert und durch die Hintertür in Louises Haus eingebrochen. Die Kollegen dort vermuten, er hat ein Profiwerkzeug benutzt, denn er hat es sogar geschafft, die Riegel zu öffnen, und es gab keine sichtbaren Einbruchspuren. Das erklärt vielleicht auch, wie er bei Charlotte eingebrochen ist. Es gab auch keine Anzeichen für einen Kampf, also nehmen wir an, dass Fabia mitgegangen ist, weil er Philippe mit einer Waffe bedroht hat.«

»Verdammt noch mal! Er ist ein cleveres Arschloch. Haben Sie eine Ahnung, wo er sie hingebracht haben könnte?«

»Natalie hat diesen Profiler, Henrik, gebeten, darüber nachzudenken. Wenn man vom Teufel spricht! Da kommen sie gerade.«

Lucy drehte sich um und sah die beiden näher kommen. Henrik überragte Natalie, die es trotz des Schlafmangels und der Rückschläge fertigbrachte, professionell zu wirken. Ihr Gang wirkte dynamisch, und sie gestikulierte beim Reden.

Die Tür öffnete sich. »Henrik hat eine Theorie«, verkündete Natalie. »Und die sollten wir verfolgen.«

Henrik stand im Zentrum der Aufmerksamkeit. »Anscheinend geht es hier um Robs Verhältnis zu seiner Mutter. Er schleppt eine Menge Hass auf sie mit sich herum und hat nie überwunden, dass sie ihn verlassen hat, als er klein war. Die Fragen, die er mit Blut geschrieben hat, stammen aus einem Brief, den er ihr geschrieben hat und in dem er seine wahren Gefühle ausdrückt. Ich nehme an, dass er sie emotional verletzen möchte, vermutlich genau so, wie er sich von ihr verletzt gefühlt hat, und das möchte er erreichen, indem er ihr die Töchter und ihre Enkel nimmt. Alle Frauen, die er bisher getötet hat, haben eine ähnliche Statur, langes, kastanienbraunes Haar und braune Augen, wie seine Mutter Anne. Die Kinder hat er nicht getötet und am Tatort zurückgelassen. Vermutlich sieht er sich selbst in ihnen. Deswegen tötet er sie nicht.

Sein Verlangen nach Rache und die Steigerung bis zur Entführung von Fabia und ihrem Sohn haben ihren Ursprung in seiner Kindheit. Er hat eindeutig schmerzhafte Erinnerungen und das Gefühl, abgelehnt zu werden, was auf die Zeit zurückgeht, als seine Mutter ihn verlassen hat. Er hat Fabia diese traumartigen Szenen geschildert und sich offensichtlich schon lange auf diese Entführung vorbereitet, also habe ich den Verdacht, dass er sie und ihren Sohn zum Ursprung seiner Leidensgeschichte zurückbringen möchte.«

Murray meldete sich zu Wort. »Sie meinen, wenn wir herausfinden, wo er gewohnt hat, als seine Mutter ihn verlassen hat, finden wir ihn dort irgendwo?«

»Ja, er könnte versuchen, zu jenem Ort zurückzukehren.«

Natalie gab Anweisungen. »Finden Sie heraus, wo er und sein Vater gelebt haben, als Anne die Familie verlassen hat. Vielleicht finden wir sie dort.«

»Er ist in einer Wohnwagensiedlung groß geworden«, sagte Lucy. »Ich spreche mit der Oberschwester in dem Altenheim und frage, ob uns Donald dabei helfen kann.« Sie ging, um den Anruf zu tätigen.

Ian ergriff das Wort. »Seine Mutter muss sie etwa 1988 verlassen haben. Für die Jahre danach konnte ich nichts über sie finden.«

»Wie viele dauerhafte Wohnwagensiedlungen gibt es in Blackpool?«

Ian tippte etwas in die Suchmaschine und wartete auf die Ergebnisse. »Heute noch drei. In den Achtzigerjahren könnten es mehr gewesen sein.«

Lucy hatte ihr Gespräch beendet. »Sie fragt Donald. Wir werden uns gedulden müssen.«

»Wenn Sie mich nicht mehr brauchen ...« Henrik ging zur Tür. »Ich mache mich auf den Weg. Ich muss heute Abend in Edinburgh sein.«

Natalie hob den Finger. »Moment, ich habe noch eine letzte Frage an Sie. Was, wenn Rob auch Lucia Perez ermordet hat? Sollen wir sie dann zu den fünf Opfern zählen?«

»Wenn Rob sie umgebracht hat, hat er jedoch keine Botschaft hinterlassen, und das ist ein wichtiger Teil seines Vorgehens. Aus dieser Tatsache würde ich schließen, dass sie nicht Teil seines großen Plans war. Allerdings besteht die Möglichkeit, dass er sie und vielleicht noch andere zur Vorbereitung getötet hat. Er hat all das schon lange geplant.«

Mit dieser Antwort hatte sie gerechnet. »Vielen Dank für Ihre Hilfe.« Natalie streckte ihre Hand aus, und er ergriff sie.

»Viel Glück«, sagte er.

Natalie drehte sich wieder zu ihrem Team um. »Wir dürfen keine Zeit verschwenden. Ich stimme Henrik zu und glaube nicht, dass Rob noch in dieser Gegend ist. Ich setze auf die Annahme, dass er an den Ort zurückgekehrt ist, an dem er als Kind verlassen wurde. Deswegen fahren wir nach Blackpool. Wenn wir keine genaue Adresse für den Caravan-Park bekommen, klappern wir alle Wohnwagensiedlungen dort ab. Wir behalten dieselbe Aufteilung von gestern Abend bei, was die Autos angeht: Lucy fährt mit mir, Murray mit Ian, und wir halten Funkkontakt. Okay. Los, schnappen wir uns den Dreckskerl.«

Sie hatten schon eine ziemlich lange Strecke auf der M6 hinter sich gebracht, als das Handy klingelte. Sie befanden sich nur noch fünfzehn Minuten von Blackpool entfernt. Lucy nahm den Anruf über die Freisprechanlage entgegen.

»Sergeant Carmichael?« Es war die Oberschwester aus dem Altenheim.

»Ja.«

»Es tut mir leid, dass es so lange gedauert hat. Donald hat sich sehr aufgeregt, und es hat mich viel Mühe gekostet, um ihn zum Reden zu bringen.«

»Hat er sich daran erinnert, wo sie damals gewohnt haben?«

»Im Sunshine Caravan Park in Great Marton. Das war

früher ein heruntergekommenes Wohngebiet, aber es hat eine Renaissance erlebt und ist jetzt ein Dauercampingplatz für Urlauber.«

»Noch einmal vielen Dank für Ihre Hilfe.«

Natalie rief sofort die Polizeizentrale in Blackpool an und forderte Verstärkung an. Lucy verständigte Murray über Funk, wohin sie fahren mussten.

Ein Schild begrüßte sie im Sunshine Caravan Park und informierte sie darüber, dass sich die Rezeption in hundert Metern Entfernung auf der linken Seite befand. Grüne Gitter mit den goldenen Buchstaben »SCP« bestätigten, dass sie am richtigen Ort waren. Eine Seite des Tors war geschlossen, die andere war eine Höhenbegrenzungsschranke, unter der beide Autos durchfahren konnten.

Sie kamen auf einen Hof, in dessen Mitte sich eine kleine Verkehrsinsel mit Frühlingsblumen befand. Links war ein Büro und gegenüber der Parkplatz. Lucy gab die Kennzeichen der parkenden Fahrzeuge durch.

Sie deutete auf einen silbernen Nissan Quashqai mit einem Aufkleber im hinteren Fenster. »Mietwagen. Könnte seiner sein. Ich hole Informationen von der Vermietung ein.«

Natalie gab Ian und Murray ein Zeichen, dass sie im Auto bleiben sollten, ließ Lucy zurück, die sich um den Mietwagen kümmerte, und ging zur Rezeption. Der Schalter war nicht besetzt, also rief sie.

Eine Frau mit freundlichem Gesicht kam herein und wischte sich die Hände an einem Geschirrtuch ab. »Entschuldigung, ich war hinten.«

Natalie stellte sich vor, schob der Frau ein Foto von Rob über den Tresen und fragte, ob sie ihn gesehen hatte.

»Er hat nicht bei mir eingecheckt, und ich habe ihn auch

nicht gesehen. Vielleicht mein Mann. Er hat sich diese Woche um die Anreisenden gekümmert.«

»Ist er hier?«

»Tut mir leid. Sie haben ihn verpasst. Er wird heute Abend zurück sein.«

»Haben Sie eine Telefonnummer, unter der ich ihn erreiche?«

Sie lächelte entschuldigend. »Er hat sein Handy ausgeschaltet. Er ist zum Angeln gefahren. Da schaltet er es immer aus.«

In diesem Moment kam Lucy hereingestürmt und unterbrach das Gespräch. »Es ist seines. Die Autovermietung hat bestätigt, dass er es auf seinen eigenen Namen gemietet hat.«

Natalie wandte sich wieder an die Frau. »Wie viele der Caravans sind aktuell vermietet?«

»So aus dem Kopf würde ich sagen, etwa zehn. Um diese Zeit ist es ruhig. Es geht erst nach Ostern richtig los. Wir haben die Details hinten im Büro. Kommen Sie durch.«

Die Frau führte sie in das angrenzende Zimmer, das mit Ablageboxen und einem Tisch vollgestellt war, auf dem sich Papierkram stapelte. Sie fuhr den Computer hoch.

»Wie viele Caravans haben Sie insgesamt?«, fragte Natalie.

»Nur dreißig. Wir sind der kleinste Campingplatz in der Gegend und nicht so gut ausgestattet wie manche andere, aber wir haben ausgezeichnete Unterbringung, und es ist schön ruhig.« Der Computer fuhr langsam hoch, und sie klickte ein Dokument an. »Ja, es wurde gestern aktualisiert. Das hier sind die aktuellen Mieter, und das sind die Caravans, die sie bewohnen.« Sie deutete auf eine Namensliste auf dem Bildschirm. Natalie erkannte keinen der Namen. Wenn Rob ein Wohnmobil gemietet hatte, benutzte er ein Pseudonym. Plötzlich fiel ihr etwas ein.

»Welche der belegten Wohnmobile sind am abgelegensten?«

»Der Apfel und die Erdbeere. Wir haben alle Caravans nach Obst benannt«, erklärte die Frau, als sie Lucys Stirnrunzeln bemerkte. »Der Apfel ist einer unserer luxuriöseren Caravans. Dort haben zwei bis sechs Personen Platz, und es gibt Zentralheizung und eine Veranda, er kann also das ganze Jahr über gemietet werden. Wenn ich mich recht entsinne, sind dort aktuell zwei Paare untergebracht. Die Erdbeere ist etwas schlichter, ein Standard-Caravan, bequem mit zwei Schlafzimmern und einem Wohnraum, aber ohne Extras oder weitere Annehmlichkeiten.«

Natalie dachte darüber nach. Vermutlich hatte Rob nach einem Caravan gefragt, der ein wenig abseits in einer ruhigeren Ecke lag. Er würde vermeiden wollen, dass jemand etwas Verdächtiges bemerkte oder Fabia schreien hörte. Er musste in der Erdbeere sein. Es war ein Glücksspiel, aber sie hatte keine Zeit zu verlieren. Sie konnten nicht alle Caravans umstellen, die Aufmerksamkeit auf sich ziehen und Fabias Leben dadurch in Gefahr bringen. »Bitte schließen Sie die Rezeption und verriegeln Sie die Tür. In Kürze wird Polizei hier eintreffen, und wir werden das Gelände sichern. Es besteht also kein Grund zur Beunruhigung. Der Mann, hinter dem wir her sind, hat Geiseln genommen, und wir müssen sie befreien. Ich halte es für am wahrscheinlichsten, dass er sie in diesem Caravan, der Erdbeere, festhält. Wir brauchen eine Karte des Geländes.«

Im Büro des Wohnwagenparks diskutierten Murray, Lucy und Natalie über ihre eingeschränkten Möglichkeiten.

»Sobald wir die Erdbeere sehen, müssen wir feststellen, ob Fabia und ihr Sohn dort und noch am Leben sind. Wir könnten einen ausgebildeten Verhandlungsführer hinzuziehen und bewaffnete Einheiten.«

Murrays Vorschlag war nicht unvernünftig, aber Natalie glaubte nicht, dass Rob zu Verhandlungen bereit wäre. Natalie war fest davon überzeugt, dass er lieber sterben würde, als Fabia und Philippe aufzugeben.

Sie schüttelte den Kopf. »So viel Zeit haben wir nicht. Er könnte Fabia jederzeit töten. Zeigen Sie mir den Grundriss des Caravans.«

Lucy rief das Bild des Innenraums auf ihrem Computer auf.

Natalie betrachtete das Bild und ergriff abermals das Wort. »Es gibt nur einen Eingang bei der Vordertreppe. Im Wohnzimmer, auf der linken Seite des Caravans, ist ein großes Fenster. Da befindet sich ein Schlafzimmerfenster auf derselben Seite wie der Eingang, rechts von der Tür und ein weiteres Fenster in dem Schlafzimmer nach hinten raus. Wenn wir uns aus einer dieser Richtungen nähern, wird er uns sehen. Uns bleibt also nur der tote Winkel, die rechte Seite des Caravans, die zum Wald zeigt, wo das Gelände mit einem hohen Zaun abgesperrt ist. Wenn wir durch oder über den Zaun gelangen könnten, wäre es möglich, unter den Caravan zu krabbeln. Da passt eine Person gut drunter. Zwei von uns könnten darunter kriechen, und das würde uns die Möglichkeit geben festzustellen, ob Fabia und Philippe im Caravan und am Leben sind. Vielleicht ließe sich sogar herausfinden, wo. Dann müssen wir Rob irgendwie ablenken, ihn von Fabia trennen und den Caravan stürmen. Es ist riskant, aber wir können es schaffen, und wir haben einen Vorteil: Rob weiß vermutlich nicht, dass wir hier im Wohnmobilpark sind.«

»Ich habe eine Idee, wie wir ihn ablenken könnten«, sagte Lucy. Sie erklärte es Natalie, die den Plan für gut befand.

Während Lucy an ihrer Idee tüftelte, Rob abzulenken, fragte Murray Natalie: »Wie können wir sicher sein, dass sie nicht schon tot sind?«

»Sein Auto steht noch hier. Er wäre sicher gefahren, wenn er sie schon getötet hätte. Ian und die anderen Kollegen sind in Zivilfahrzeugen und bereit, ihn aufzuhalten, sollte er zum Auto zurückkehren, und niemand hat bisher Alarm geschlagen. Er ist bestimmt noch hier. Er möchte sich Zeit lassen und diesen Moment genießen. Darauf hat er sich lange vorbereitet, also wird er nichts überstürzen. Henrik nimmt an, Rob möchte, dass Fabia leidet, also wird er ihre Qualen zweifellos in die Länge ziehen, um sein eigenes Vergnügen zu steigern. Die Alternative wäre, auf einen Verhandlungsführer zu warten, aber dann könnte es längst zu spät sein.«

Lucy schob ihr Handy in die hintere Hosentasche. »Alles klar. Legen wir los. In der begrenzten Zeit bleiben uns meiner Meinung nach keine anderen Möglichkeiten. Ich hoffe, ich war nicht zu optimistisch, als ich sagte, dass er sie noch nicht getötet hat.«

»Sind Sie beide einverstanden mit meiner Entscheidung?«, fragte Natalie.

Sie nickten. Als sie das Büro verließen, kämpfte Natalie gegen die aufsteigende Übelkeit an. Sie entsprang einer Mischung aus Selbstzweifeln und Nervosität, aber sie hatte keine Zeit, sich damit zu beschäftigen. Sie musste Fabia und Philippe retten.

Sie hatten das Gelände untersucht und festgestellt, dass es möglich war, den Caravan zu erreichen, ohne von Rob entdeckt zu werden. Während sie sich durch das Unterholz auf der anderen Seite des Zauns kämpften, konnten sie den Caravan namens Erdbeere beobachten, der weit abgelegen von den anderen Stellplätzen stand. Er war cremeweiß und hatte ein Satteldach sowie eine Treppe, die zur Eingangstür hinaufführte und von einem Vordach geschützt war. Kurz gesagt, handelte es sich um ein Haus auf einer erhöhten Plattform, und eben jene Plattform hatte das Team ins Auge gefasst.

Murray hatte im Innern eine Bewegung bemerkt und war sicher, dass er Fabia gesehen hatte. Er ging ihren Plan noch einmal durch.

»Lucy und ich rennen hin, kriechen unter den Caravan und versuchen herauszufinden, wo sie sich alle befinden«, sagte Murray. »Wenn das Ablenkungsmanöver losgeht, gibt uns das Zeit, sie zu trennen und entsprechend einzugreifen.«

Ian warf ihm einen Blick zu. »Bei allem Respekt, Junge, du kannst durch deine Glubscher kaum etwas sehen. Du hattest auf der Fahrt hierher schon Probleme. Dein peripheres Sichtfeld ist eingeschränkt. Du könntest eine Bewegung dort übersehen und in Gefahr geraten. Ich werde an deiner Stelle gehen.«

»Versuchst du dich wieder beliebt zu machen?«, fragte Murray gereizt.

Ian schüttelte mit ernstem Ausdruck den Kopf. »Nein. Ich versuche nur, dich davor zu bewahren, dass du verletzt wirst oder Schlimmeres passiert.«

Murray musterte ihn mit seinen zugeschwollenen Lidern von oben bis unten und nickte ihm dankbar zu. »Okay. Du bist auch so ein dürrer Hering, du passt vermutlich sowieso besser unter den Caravan. Natalie?«

Natalie stimmte zu. »Sie können beim Ablenkungsmanöver helfen, Murray. So ist es sinnvoller.«

Lucys Handy vibrierte in der Tasche. Sie nahm den Anruf an. »Zehn Minuten«, sagte sie zu den anderen.

Natalie machte ein ernstes Gesicht. »Okay … los!«

Lucy schoss am Zaun hoch wie eine professionelle Kletterin. Ihre Finger und Zehen fanden mit Leichtigkeit Halt in den Zwischenräumen des Drahtgeflechts. Mühelos landete sie auf der anderen Seite, lief zum Caravan und warf sich darunter. Sie kroch auf die andere Seite, wo sich ihres Wissens das Wohnzimmer befand, und drehte sich auf den Rücken. Ihre Brust hob und senkte sich in rascher Folge, während sie angestrengt lauschte, ob sich über ihr etwas tat. Ian folgte ihr weniger elegant, aber ebenso schnell, warf sich auf den Boden, drehte sich drei Mal und erreichte das andere Ende des Caravans, wo er mit dem Kopf in Lucys Richtung wie gelähmt liegen blieb.

»Und?«, formte sie mit den Lippen.

Er deutete mit dem Daumen nach unten.

Über ihr waren Schritte zu hören und eine Stimme, die Stimme eines Mannes. Es war Rob, und er war überraschend gut zu verstehen.

»Ich habe ihn nicht verbrannt, weil ich wollte, dass Sie ihn ganz hören, die Empfängerin all dessen sind, das ich so lange im Innern verborgen habe, während Sie Ihre glückliche Kindheit und Ihr Familienleben genossen haben. Damit habe ich leben müssen. Sie wollten ja wissen, was in dem Brief stand, also sollen Sie es erfahren. Ich hoffe, Sie sitzen bequem. Bitte unterbrechen Sie mich nicht und versuchen Sie nicht, mich zu analysieren. Das wäre ein fataler Fehler.«

Ian zischte leise Lucys Namen und deutete über sich auf das Schlafzimmer. »Philippe ... weint.«

Lucy flüsterte in ihr Funkgerät: »Kind, Schlafraum eins. Opfer und Täter, Wohnzimmer.«

»Verstanden.«

Im Wohnzimmer war Rob mit seinem Monolog beschäftigt. »Warum hast du mich verlassen, Mutter? Warum konntest du mich nicht genug lieben, um mich mitzunehmen? Hast du irgendeine Ahnung, wie ich mich gefühlt habe, wie es mich täglich zerrissen hat, weil du das getan hast? Warum?

Wer hat dir eingeredet, dass du mich im Stich lassen sollst? Wer hat dir eingeflüstert, dass es richtig wäre, deinen Sohn zurückzulassen? Wer, Mutter, wer?

Wo bist du jetzt? Ist es da besser als zu Hause? Natürlich. Du hast diesen klaustrophobischen Albtraum ebenso gehasst wie ich, aber du hast zugelassen, dass ich weiter leide, und einen weit angenehmeren Ort für dich selbst gefunden. Wo hast du dich versteckt, Mutter?

Was habe ich so Falsches getan, dass du mich zurücklassen musstest? War ich so schrecklich, dass du mich bei einem Mann lassen musstest, dem es gleichgültig war, ob ich lebe oder sterbe, der mich entweder ignoriert oder verprügelt hat, dem schon mein Anblick zuwider war, weil er ihn jedes Mal daran erinnert hat, dass du uns beide im Stich gelassen hast? Was habe ich falsch gemacht, Mutter?

Ich liebe dich. Ich hasse dich. Liebe dich. Hasse dich. Dieses ständige Hin und Her der Gefühle, es ist so ermüdend.

Mal sehne ich mich danach, dich zu sehen. Und dann wünschte ich mir wieder, deine Leiche würde irgendwo vergammeln. Schlampe!

Ich habe nie gelebt. Mein Leben war nichts als Sehnsucht, dich zu finden, um dir diese Fragen zu stellen. Es war ein Leben voller Unverständnis, Verzweiflung, Hoffnung und Schmerz, und es war bedeutungslos. Ich konnte keine Beziehungen zu anderen aufbauen, wem sollte ich auch trauen? Wenn mein eigenes Fleisch und Blut mich im Stich gelassen hat, was würde dann jemand Fremdes tun? Außerdem habe ich nichts mehr zu geben. Jedes bisschen Liebe war für dich reserviert.

Als ich klein war, habe ich geträumt, du würdest zurückkommen, mich in den Armen halten und mitnehmen. Als Teenager habe ich dich verachtet, und dieser Zorn hat sich nach innen gerichtet und meine Entwicklung gestört und mich verkrüppelt. Wie hätte ich wachsen und reifen können, wenn mich das Verlangen nach dir zurückhielt? Als Erwachsener habe ich die Lösung gefunden: dich zu suchen. Zu finden. Mir zurückzuholen, was ich verloren hatte.

Was mich zu diesem Brief bringt. Ich habe dich gefunden, Mutter. Nach jahrelanger, fruchtloser Suche habe ich einen ausgezeichneten Privatermittler angeheuert, der dich gefunden und mir die schreckliche Wahrheit mitgeteilt hat. Du hast meinen Vater und mich für einen anderen Mann verlassen, hast uns beiden den Rücken zugekehrt und bist ohne ein Wort oder eine Erklärung gegangen, damit du einen Neuanfang wagen kannst, eine neue Familie, eine prächtige, glückliche neue Familie.

Waren sie besser als ich, Mutter? War es einfacher, zwei Mädchen großzuziehen als deinen kleinen Jungen, den du nicht anfassen oder im Arm halten mochtest? Hat es dir unendlich viel Spaß gemacht, mit ihnen zu spielen und sie an der Hand zu nehmen, wenn du mit ihnen von der Schule nach Hause gegangen bist? Hast du sie mit all deiner Liebe überschüttet, sie geformt, für sie gebetet und Hoffnungen für sie gehabt?

Du kannst die Vergangenheit nicht abschütteln, Mutter. Sie wird zurückkommen und dich heimsuchen. Mein Hass ist über die Jahre gewachsen, und die Albträume, die mich quälten, haben mich auf die Idee gebracht, nicht nur dich zu töten, sondern auch diejenigen, die du liebst. Es brauchte vorsichtige Planung und viel Zeit, meine Fähigkeiten zu trainieren, an unglücklichen Frauen, die mich an dich erinnert haben: das gleiche Haar, die gleichen Augen und der gleiche wunderschöne Ausdruck, wenn sie ihre Kinder ansehen – sie mussten zur Vorbereitung auf meine Aufgabe geopfert werden.

Nun bin ich bereit. Wenn du von diesem Brief und seinem Inhalt erfährst, wirst du wissen, wie es sich anfühlt, einen Teil von dir zu verlieren, einen Teil deines eigenen Selbst, deine Essenz, die dich erst menschlich macht. Deine Kinder werden Staub sein, und du wirst ebenso verzweifelt das ewige Vergessen erleben wollen.

Also, Mutter, ich tue dies aus Liebe zu dir und weil ich dich hasse.

Dein Sohn, den du im Stich gelassen hast.

Rob.«

Lucy zuckte zusammen. Der Mann war gestört. Ihr Funkgerät knackte leise, und sie hörte den geflüsterten Befehl: »Lockvogel. Vorbereiten.« Lucy sah zu Ian hinüber, nickte und beobachtete die Räder des Rollstuhls, der in Richtung des Wohnwagens geschoben wurde. Sie erkannte die Stiefel des angeblichen Pflegers, der ihn schob. Angestrengt lauschte sie, um zu hören, was oben geschah. Das Timing war jetzt alles.

Rob sprach nun wieder. »Was sagen Sie, Doktor? Glauben Sie, sie wird ebenso viele Tränen vergießen wie ich in all den Jahren? Natürlich wird sie den Brief nicht lesen können, beziehungsweise hören, wie Sie, bevor ich Sie und Ihre Schwester losgeworden bin. Es wird eine Zeit dauern, bis ich das Finale erreiche, aber ich habe Geduld. Wenn ich ihn schließlich noch einmal laut vorlese, dann werde ich ihr meine Aufmerksamkeit bereits gewidmet haben, und sie wird sich den Tod herbeiwünschen. Was zum Teufel? Was macht *der* denn hier?«

Lucy hörte laute Schritte über sich und drehte sich auf den Bauch, bereit, sich in Bewegung zu setzen. Ian tat es ihr gleich. Die Eingangstür wurde geöffnet und Rob trat hinaus. Er blieb auf der obersten Stufe stehen. »Was zum Geier tust du hier? Bist du noch nicht tot?«

Er ging hinunter. Seine Gucci-Slipper und weißen Socken kamen nun in ihr Sichtfeld. Einen Schritt weiter, und sie könnte handeln. Er kam noch eine Stufe hinunter und dann schnell noch eine, während er seinem Vater Beleidigungen entgegenschleuderte. Lucy streckte die Hände aus, packte seine Knöchel und zog, so fest sie konnte, sodass er stürzte. Ian sprang aus der Deckung und warf sich auf Rob. Murray stürzte aus seiner Position hinter dem Rollstuhl hervor, und ein Handgemenge entstand. Lucy hielt ihn fest umklammert. Alles passierte rasend schnell: das Aufblitzen von Stahl, ein Schrei, Murrays Stiefel in Robs Gesicht, wieder ein Blinken, als die Klinge nach links und rechts auf Murray zu sauste. Ian warf sich vor Murray, ein Schmerzensschrei, wieder ein Stiefel, und Murray, der auf Rob hockte und die Arme des Mannes nach hinten riss und ihm mit einer raschen Bewegung Handschellen anlegte. Rob bewegte sich nicht. Seine Füße wurden schlaff. Ian sank zu Boden. Blut färbte das Gras rot.

»Ach, du Scheiße! Alles okay, Kumpel?« Murrays Stimme klang ernsthaft besorgt.

Lucy beeilte sich, unter dem Caravan hervorzukriechen, und stürzte an Ians Seite.

Natalie kam in Begleitung einer Reihe Polizeikräfte auf sie zu gerannt. Lucy untersuchte die Wunde und übte mit der Handfläche Druck darauf aus. »Rettungswagen!«, rief sie.

Natalie bellte Anweisungen für die Polizeikräfte, blieb am Fuß der Treppe stehen und betrachtete die Szene.

»Ich habe das im Griff«, sagte Lucy und presste ihre Hand fest gegen Ians Schulter, um den Blutfluss zu stoppen. »Gehen Sie und sehen Sie nach ihnen.«

Natalie nickte kurz, dann eilte sie die Stufen hoch in den Caravan. Fabia war mit Panzertape an einen Stuhl gefesselt. Ihr Gesicht war starr vor Schock. Natalie riss das Klebeband von ihrem Mund.

»Sind Sie in Ordnung?«, fragte sie.

»Ja. Philippe?«

Die Angstschreie des Jungen waren laut zu hören.

Natalie folgte ihnen und rüttelte an der Schlafzimmertür. Sie war verschlossen, aber der Schlüssel steckte, und sie drehte ihn. Der kleine Junge stand direkt hinter der Tür. Tränen liefen über sein Gesicht.

»Sch, ruhig. Jetzt ist alles gut. Deine Mummy ist hier. Komm, wir gehen zu ihr.« Natalie nahm ihn auf den Arm und trug ihn nach vorne. Dabei sprach sie die ganze Zeit leise mit ihm. »Stell dich hier neben deine Mummy. Wir müssen sie erst von dem Stuhl losbinden. Kümmer dich um sie, ja?« Der Junge legte seinen Kopf in den Schoß seiner Mutter und steckte den Daumen in den Mund. Seine Schultern bebten, als er leise schluchzte, während Natalie nach einer Schere suchte, und Fabia von ihren Fesseln befreite.

Sobald die Handgelenke freigeschnitten waren, beugte sich Fabia über ihren Sohn und streichelte seinen Kopf. »Er ist verrückt. Er wollte uns beide umbringen.«

»Es ist vorbei. Sie sind jetzt in Sicherheit. Sie sind in Sicherheit«, wiederholte Natalie. Sie warf einen Blick durch die Tür auf die chaotische Szene draußen. Rob hielt resigniert den Kopf gesenkt. Seine Hände steckten in Handschellen, und zwei Polizeikräfte führten ihn ab, während Murray ihm seine Rechte vorlas. Im Gras lag ein geöffneter Notfallkoffer. Sanitäter bemühten sich um Ian, schlossen einen Plasmabeutel an und kümmerten sich um die Stichverletzung.

»Ich muss nach draußen. Es wird sich gleich jemand um Sie kümmern. Bleiben Sie hier.«

»Ich gehe bestimmt nirgendwo hin«, sagte Fabia.

Natalie lief die Treppe hinunter. Sie erschrak, als sie Ian sah. Er hatte eine Menge Blut verloren, und es ging ihm rapide schlechter. Seine Augenlider flatterten.

»Wie schlimm ist es?«

Der ältere der beiden Sanitäter sprach, während sie rasch arbeiteten, um die Blutung zu stoppen. »Schlecht. Wir versuchen, ihn zu stabilisieren, und dann muss er sofort in ein Krankenhaus.«

Sie legte Ian eine Hand auf den unverletzten Arm und lächelte ihn an. Seine Lider flatterten, und er öffnete sie für einen Moment. »Sie haben das großartig gemacht. Ich werde Sie auf jeden Fall lobend erwähnen«, sagte sie. Er lächelte kurz, dann verlor er das Bewusstsein.

Lucy sah zu, wie sie Ian auf eine Trage hoben, und wartete, bis sie außer Sichtweite waren. Dann ging sie zu Donald, der von einer Pflegerin versorgt wurde.

»Ich danke Ihnen sehr für Ihre Mithilfe. Das war sicherlich nicht leicht für Sie.«

Er zog die Maske vom Gesicht und sagte: »Einfacher, als ich dachte. Bestrafen Sie ihn mit der vollen Härte des Gesetzes. Er ist von Grund auf verdorben.«

»Ist es in Ordnung, wenn wir jetzt ins Heim zurückfahren?«, fragte die Pflegerin.

Lucy nickte. »Vielen Dank noch einmal.« Sie legte dem alten Mann die Hand auf den Arm und erhielt ein Nicken als Antwort.

Der Mann, dem sie gegenübersaß, unterschied sich erheblich von dem Mann, der sich als Charlottes Geliebter ausgegeben hatte. Rob war nicht mehr gepflegt und sanft. Er starrte Natalie mit offener Feindseligkeit im Blick an.

»Rob Cooke, Sie werden des Mordes an Charlotte Brannon und Samantha Kirkdale beschuldigt. Wir haben den Brief, den Sie an Ihre Mutter Anne Rossini verfasst haben, und die Aussage Ihrer Halbschwester Fabia Hamilton. Von Ihrem Rechtsbeistand habe ich erfahren, dass Sie bereit sind, ein umfassendes Geständnis abzulegen.« Sie nickte dem Mann neben ihm zu.

»Hat schließlich keinen Zweck, es zu leugnen, oder? Wie Sie sagen, Sie haben Beweise. Mein Anwalt findet, es ist besser, wenn ich reinen Tisch mache.«

»Bei unserem ersten Gespräch haben Sie behauptet, eine Liebesbeziehung zu Charlotte Brannon gehabt zu haben. Entsprach das der Wahrheit?«

»Er schnaubte wenig gentlemanhaft. »Nein. Ich habe das nur gesagt, um mir die Ermittler vom Hals zu halten. Ich war mir nicht sicher, ob Ihr Forensik-Team irgendetwas gefunden hatte, was mich hätte belasten können, also habe ich lieber geblufft.«

»Was ist mit dem Anruf auf ihrem Handy am Donnerstagmorgen um zehn? Sie sagten, Sie hätten sie angerufen und ihr einen schönen Abend mit ihren Eltern gewünscht.«

»O ja, das gehörte alles zu meinem Plan. Ich wollte von Anfang an ›Teil der Ermittlungen‹ sein. Ich dachte, ich spiele den trauernden Freund, damit Sie das Interesse an mir verlieren. Und das haben Sie schließlich auch für eine Weile. Ich habe Charlotte tatsächlich in einem Café kennengelernt. Das erste Mal war vor ungefähr drei Wochen. Ich saß hinter ihr und habe bewusst und gut hörbar ein vorgetäuschtes Telefonat mit dem Herausgeber eines Modemagazins geführt. Sie konnte es nicht überhören. Als ich das angebliche Gespräch beendet hatte, fragte sie, was ich beruflich mache, und ich sagte, ich sei Fotograf für ein Modemagazin. Es dauerte nicht lang und sie sprach von ihrer Liebe zur Mode und zeigte mir ihre Instagram-Fotos. Ich deutete an, sie könnte zu einem Fotoshooting des Magazins kommen und vielleicht sogar fotografiert werden. Natürlich war sie Feuer und Flamme, und wir haben Kontaktdaten ausgetauscht. Ich habe mit ihr telefoniert, damit Sie mich finden. Ich habe sie auch am Donnerstag angerufen, aber die Unterhaltung lief vollkommen anders als, was ich Ihnen erzählt habe. Ich erzählte ihr zunächst, ich hätte aufregende Neuigkeiten, aber sie solle sie zunächst für sich behalten, und fragte, ob sie allein sei, woraufhin sie ›Nein‹ sagte. Dann bat ich sie, über das, was ich ihr erzählen würde, Stillschweigen zu bewahren, und zuletzt sagte ich ihr, dass ich mich am kommenden Tag bei ihr melden und sie zu einem wichtigen Modeshooting für die Vogue einladen würde. Es war ganz gleich, wie sie reagierte, ich hätte mir schon etwas einfallen lassen, was ihre Reaktionen erklärte. Das Ziel war, dass Sie mich aufspüren.«

»Woher wussten Sie, dass sie am Freitagabend mit ihren Eltern zum Essen verabredet war?«

»Oh, das hat sie mir bei unserem zweiten Treffen im Café erzählt. Sie war shoppen gewesen und hatte ein verpacktes Geschenk bei sich. Ich fragte danach, und sie erwähnte den Hochzeitstag und dass sie später mit ihren Eltern Essen gehen würde. Erst dachte ich, das würde meine Pläne vereiteln, aber als sie mir erzählte, sie würden nur kurz bleiben, weil sie das Baby nicht so lange allein lassen konnte, wusste ich, dass es noch immer funktionieren würde, und ich sie töten konnte.«

»Was ist mit ihrem Mann Adam? Wie konnten Sie sich so sicher sein, dass er anschließend nicht zu Hause war?«

»Weil ich ihr Haus eine ganze Weile beobachtet habe und Adam freitagsabends *immer* ausgeht.« Er verschränkte die Arme vor der Brust und lehnte sich mit einem überheblichen Lächeln zurück.

»Sie haben nach Charlottes Ermordung auch angegeben, dass Sie bei einer Tagung auf der Isle of Wight gewesen wären. Wie sich herausstellte, war das nicht der Fall, und das Alibi entpuppte sich als falsch.«

Er grinste hämisch. »Das war schlau, nicht? Ich habe Sie an der Nase herumgeführt, geben Sie es zu. Ich habe Sie zum Narren gehalten.«

Die Vernehmung wurde aufgezeichnet, und hinter dem Einwegspiegel waren alle Augen auf sie gerichtet, also würde sie sich nicht provozieren lassen, auch wenn sie ihm am liebsten sein selbstgerechtes Grinsen aus der Visage poliert hätte. Murray, der an ihrer Seite saß, schwieg ebenfalls und fixierte Rob weiterhin durch zugeschwollene Lider.

Sie fuhr fort, ohne auf seine Provokationen einzugehen. »Wir haben herausgefunden, dass es gelogen war, und Sie kein Alibi für jenen Tag hatten.«

»Wollen Sie mich nicht fragen, wie ich das angestellt habe?« Wie viele andere Mörder, denen sie begegnet war, schien Rob den Drang zu verspüren zu prahlen. Jetzt, da er geschnappt worden war, wollte er nur zu gern erzählen, wie genau er seinen Plan in die Tat umgesetzt hatte.

»Wenn Sie möchten ...« Natalie lehnte sich zurück und verschränkte die Arme vor der Brust, um ihn zu ermutigen zu reden, was er auch tat.

»Ich habe den Service von Reasonable Explanation in Anspruch genommen. Das ist eine Website, die einem falsche Alibis für Seitensprünge verschafft. Wie der Name sagt, versorgen sie einen mit plausiblen Erklärungen, warum man nicht auf der Arbeit war oder zu Hause, und sie decken einen, wenn man einen Tag blaumacht oder seine bessere Hälfte betrügen möchte. Ich habe sie kontaktiert und gesagt, ich hätte eine Affäre und bräuchte jemanden, der bezeugt, dass ich an bestimmten Tagen anderswo war, und dass die betroffene Person bei der Polizei arbeitet. Sehen Sie, ich habe das bedacht. Ich habe sie im Unklaren gelassen, ob die betrogene Person ein Mann oder eine Frau ist, also habe ich für alle Eventualitäten vorgesorgt. Sollte also jemand von der Polizei anrufen, würden sie annehmen, es handle sich um meine Partnerin oder meinen Partner, nicht um eine offizielle Ermittlung.« Er sah Natalie mit einem selbstzufriedenen Ausdruck an und erhoffte sich anscheinend Anerkennung. Sie machte eine vage Geste, was ihn dazu veranlasste, weiterzusprechen.

»Gegen eine Gebühr bekommt man bei Reasonable Explanation gefälschte Visitenkarten mit einer Telefonnummer. Darunter erreicht man ein Callcenter. Wenn jemand dort anruft und zum Beispiel nach mir fragt, sucht der Mitarbeiter meinen Namen in der Datenbank und bestätigt dann, dass ich am angegebenen Ort war.«

»Genial«, sagte Natalie. Sie war zu dem Schluss gekommen, dass er umso bereitwilliger erzählen würde, je mehr sie ihm schmeichelte.

Er leckte sich über die Lippen und sah sie mit starren Augen an. »Sie machen sich doch nicht lustig über mich, oder?«

»Nein. Sie haben uns ganz schön an der Nase herumgeführt.«

»Ha! Ich wusste es.« Der Gedanke gefiel ihm offensichtlich. Natalie nutzte den Moment, um weitere Fragen zu stellen. Sein Anwalt machte Notizen und unterbrach sie nicht, obwohl er ihr hin und wieder skeptische Blicke zuwarf.

»Warum haben Sie Charlotte Brannon und Samantha Kirkdale getötet?«

»Ist das nicht offensichtlich?«

»Nicht für mich.«

»Na los, raten Sie mal.«

Wenn sie Antworten wollte, musste sie seinen Launen nachgeben. »Sie sahen Ihrer Mutter ähnlich und hatten beide Kinder, aber keine von ihnen hätte es in Betracht gezogen, ihre Söhne zu verlassen. Das hat mich verwirrt.«

»Verwirrt? Gut. Das gefällt mir. Sie haben recht, was ihr Aussehen angeht. Das hat mich auf sie aufmerksam gemacht. Und wie Sie richtig sagen, erinnerten sie mich an meine eigene Mutter: lange, braune Haare, braune Augen und ungefähr dieselbe Größe. Das hat den Genuss erheblich gesteigert. Sie hätten ihre Kinder nicht verlassen, aber es ist nicht so einfach, Frauen zu finden, die vorhaben, ihren Ehemann und ihr Kind im Stich zu lassen. Ich war einer von wenigen Glücklichen, was? Meine Mutter hat es durchgezogen.« Er presste die Lippen zu einem dünnen Strich zusammen. Einen Augenblick dachte Natalie, er würde aufhören zu sprechen, doch er berappelte sich rasch. »Ich wollte lernen, wie man richtig tötet. Ich wollte nicht wütend auf meine Mutter und Halbschwestern einstechen und es zu schnell beenden. Sie sollten leiden, wirklich leiden, so wie ich gelitten habe. Mit meinen ersten Opfern habe ich experimentiert. Ich habe die effektivste Methode gesucht, sie zu töten. Zunächst hatte ich an Erdrosseln gedacht, doch dabei hätte ich ihnen nicht in die Augen sehen können, wenn sie sterben, und es wäre ein schneller Tod. Also habe ich beschlossen, sie zu erstechen. Allerdings war Charlotte vorbereitet und versuchte, mich mit dem Baseballschläger anzugreifen, den ich ihr weggenommen und als Waffe benutzt habe. Charlotte hat auf jeden Fall lange gebraucht, um zu sterben. Ich musste einige Male zuschlagen, bevor sie tot war. Dennoch war das Messer die richtige Wahl. Bei Samantha hat es noch länger gedauert. Fast eine Stunde hat sie noch gelebt.«

Natalie schluckte die Galle hinunter, die ihr in den Mund gestiegen war. »Wollten Sie auch Fabia mit dem Messer töten?«

»Ja. Ich hatte Fabia vor einiger Zeit ausfindig gemacht und viel Zeit auf meinen Plan verwendet. Es war perfekt, dass sie Psychologin ist. Dadurch konnte ich mich als Patient ausgeben, als jemand mit Albträumen, in denen er Frauen tötet. Zunächst wollte ich mit ihr spielen, sie verwirren, bevor ich sie töte. Und dann, wen ich bereit wäre, würde ich sie so lange leiden lassen wie möglich.« Der Anwalt riet ihm, nichts mehr zu sagen, aber Rob hob die Hand mit der Handfläche nach vorn, um ihn zu unterbrechen. »Nein, sie will es wissen, und ich will es ihr erzählen.«

»Was waren Ihre Pläne für Chiaras Ermordung? Sie lebt in Florenz. Es wäre schwerer gewesen, sie zu finden und zu töten«, sagte Natalie, um ihn zum Weitersprechen zu animieren.

»Sie wäre zu Fabias Beerdigung nach Großbritannien zurückgekommen. Ich weiß, wo Anne wohnt. Ich kenne alle Straßen in der Nähe ihres Hauses und bin sicher, ich hätte mich als trauernder Patient ausgeben können, jemand, der Fabia sehr mochte. Ich hätte Chiara sicherlich lange genug isolieren können, um sie und ihren Sohn zu schnappen. Und wenn nicht, wäre die Zeit auf meiner Seite gewesen. Ich war darauf vorbereitet, nach Florenz zu reisen und die Apotheke aufzusuchen, in der sie arbeitet. Das ist doch das Schöne daran: Ich hatte Zeit. Niemand hätte herausgefunden, was geschieht, bis es zu spät gewesen wäre. Und für Anne hatte ich solch großartige Pläne: ein Schnitt hier, ein Schnitt da, bis sie so schwach wäre, dass sie um Gnade winselt.«

»Das reicht jetzt«, sagte der Anwalt. »Mein Mandant möchte sich nicht weiter äußern.«

»Doch, das will ich. Ich will ihnen von der anderen Frau erzählen, der allerersten: Lucia Perez ...«

———

Superintendent Aileen Melody lobte die Tapferkeit und die harte Arbeit des Teams. »Ohne ihren Einsatz und ihre Entschlossenheit wäre die Sache ganz anders ausgegangen. Ich würde gerne DI Natalie Ward und ihren Kolleginnen und Kollegen meinen Dank für ihre Arbeit in dieser Ermittlung aussprechen.«

»Superintendent Melody, haben Sie einen Namen für uns?« Die Journalistin, die ihr diese Frage gestellt hatte, sah sie ernst an.

Sie schüttelte den Kopf. »Sie wissen, dass ich Ihnen das noch nicht sagen kann. Es muss vorerst genügen, wenn ich sage, dass wir einen Mann in Verbindung mit den Morden an Charlotte Brannon und Samantha Kirkdale verhaftet haben. Wir werden zur gegebenen Zeit weitere Einzelheiten veröffentlichen. Das ist alles, meine Damen und Herren. Vielen Dank.«

Aileen verließ das Podium, das für die Pressekonferenz aufgestellt worden war, und traf vor der Tür auf Natalie. Gemeinsam gingen sie zu ihrem Büro. »Wie geht es Ian?«

»Die aktuelle Prognose ist positiv, obwohl es eine Weile im wahrsten Sinne des Wortes auf Messers Schneide stand. Wenn er ein paar Zentimeter weiter links zugestochen hätte, sähe die Sache anders aus.«

»Gott sei Dank, dass es nicht dazu gekommen ist.«

In Aileens Büro angekommen schloss diese hinter ihnen die

Tür. »Die Polizei Nottinghamshire lässt ihren Dank für Ihre Mithilfe im Fall Lucia Perez ausrichten.«

»Dafür haben wir Murray Anderson zu danken. Er hat die Tatsache aufgedeckt, dass die Familie ihr Haus über das Maklerbüro gemietet hatte, in dem Rob zu der Zeit arbeitete. Ein Anruf dort hat seinen Verdacht bestätigt. Rob hat Lucia und ihrem Mann das Grundstück gezeigt und den Mietvertrag mit ihnen aufgesetzt. Wie ich gehört habe, wurde DNA gefunden, die mit seiner identisch ist, was beweist, dass er am Tatort war. Lucia war sein erstes Opfer. Ihre Ermordung hatte er nicht geplant, doch sie war der Trigger für die weiteren Morde. Rob hatte schon lange das Verlangen nach Rache gehegt, doch noch keinen konkreten Plan gefasst. Dann hörte er eines Tages in einem Café zufällig, wie Lucia einer Freundin erzählte, sie würde ihren Sohn und den gewalttätigen Ehemann verlassen, sobald sie den Mut dafür zusammengenommen hätte. Dieses Geständnis erinnerte ihn an seine eigene Mutter, und er erkannte Lucia als eine seiner Klientinnen. Daraufhin wartete er, bis sie allein im Haus war, und überfiel sie. Der Mord an ihr hat ihn auf seinen Rachepfad gebracht. Zufällig sah Lucia seiner Mutter ein wenig ähnlich, also suchte er sich seine Opfer zum ›Üben‹ nach demselben Muster aus.«

»Hat er die anderen Morde gestanden?«

»Umfassend. Es hatte keinen Zweck zu schweigen. Wir hatten den Brief, den er geschrieben hatte. Er hat ihn beim Kampf fallen lassen, und als wir ihn damit konfrontierten, hat er alle Morde gestanden. Auch auf seinem Computer haben wir Beweise gefunden: Internetsuchen nach Fabia, Traumpsychologie-Websites und Käufe, die er getätigt hatte, wie zum Beispiel ein zwanzig Zentimeter langes Kochmesser, das mit der Beschreibung der Tatwaffe im Fall Samantha Kirkdale übereinstimmt.«

»Und was ist mit der Website, die diese falschen Alibis anbietet? Ich dachte, damit hätten wir aufgeräumt.«

»Ein oder zwei tauchen immer mal wieder auf. Die fragliche Website, Reasonable Explanation, hat bekanntermaßen Alibis für Leute geliefert, die einen Seitensprung geplant haben oder ihre Vorgesetzten belügen wollten. Die Techniker befassen sich damit, und ich nehme an, die Seite wird nicht nur zur Rechenschaft gezogen, sondern auch gleich ganz geschlossen werden.«

»Dann bleibt mir nur eines zu sagen: Vielen Dank. Sie haben alle Herausragendes geleistet.«

Natalie senkte den Kopf. Sie konnte nichts sagen. Es war kein einfacher Fall gewesen, und wie immer bei ihren Ermittlungen hatte sie das Gefühl, sie hätte Leute enttäuscht. Adam zum Beispiel hätte es verdient gehabt, besser behandelt zu werden. Sie konnte ihm nur den Trost bieten, dass seine Frau nicht vorgehabt hatte, ihn für einen Anderen zu verlassen.

Auch im Büro herrschte keine Feierstimmung. Murray spielte mit ein paar Büroklammern. »Es ist meine Schuld. Ich hätte ihn nicht an meiner Stelle gehen lassen dürfen.«

Lucy sah Murray finster an. »Zum Kuckuck noch mal! Hörst du jetzt endlich auf, dich deswegen fertigzumachen? Du warst in keinem Zustand für diese Aufgabe, und er hatte recht. Mit deiner eingeschränkten Sicht hättest du die Bewegung nicht gesehen, als Rob das Messer zog. Wenn du an Ians Stelle gewesen wärst, hätte er dich direkt ins Herz getroffen. Er hat dir wahrscheinlich das Leben gerettet.«

»Ja, der Vollhorst. Jetzt muss ich nett zu ihm sein, wenn er zurückkommt.« Er grinste verlegen.

»Ich kann es kaum abwarten.«

Natalie kam herein und strich sich eine Haarsträhne aus dem Gesicht. »Aileen ist sehr stolz auf Sie alle, und ich auch. Danke, dass Sie die Zähne zusammengebissen und die Sache zu einem guten Ende gebracht haben. Nur zur Information: Fabia und Philippe bleiben eine Weile bei ihren Eltern. Auch sie sprechen Ihnen ihren Dank aus. So, ich könnte was zu trinken vertragen, etwas mit möglichst vielen Umdrehungen. Wer kommt mit?«

Murray warf die Büroklammern auf den Tisch. »Auf jeden. Ich werde mich vollkommen abschießen.«

Natalie zögerte. Das Haus lag im Dunkeln, und sie sollte gleich nach oben ins Bett gehen und den Tag, die Ermittlung und alles, was sie bedrückte, hinter sich lassen. Doch sie hatte zu viel Alkohol getrunken, und das hatte ihr die Hemmungen genommen. Dieses Glücksspielthema nagte noch immer an ihr. Etwas an Davids übertrieben selbstgerechtem Auftreten störte sie. Das war nicht sein normales Verhalten, und wenn sie sich richtig erinnerte, hatte er sich zuletzt ähnlich verhalten, als sie entdeckt hatte, dass er fast ihre gesamten Ersparnisse verzockt hatte. Wenn er sich ganz normal verhalten hätte, wäre sie nicht misstrauisch geworden, aber so sagte ihr Instinkt ihr, dass David etwas vor ihr verheimlichte. War er wieder auf diesen Glücksspielseiten gewesen oder hatte er ein anderes Ventil für seinen Frust gefunden?

Sie schlich in Davids Büro, drückte die Tür hinter sich zu und schaltete die Schreibtischlampe ein. Sie traute sich nicht, den Rechner hochzufahren. Stattdessen tastete sie auf dem Schreibtisch herum, hob die juristischen Fachtexte hoch, die David gerade übersetzte, und legte sie wieder an Ort und Stelle. Nichts bestätigte ihren Verdacht. Als er das letzte Mal gespielt hatte, hatte er ihr gemeinsames Konto leergeräumt. Und im Pub hatte sie noch einmal nachgesehen: Es war noch immer unberührt. Dennoch war sie überzeugt, dass er wieder zu spielen angefangen hatte. Wenn ja, dann brauchte er Geld. Wo hätte er das herbekommen können? Sie hatten nur Natalies

Einkommen und das, was er dazuverdiente. Beides ging direkt auf das gemeinsame Konto.

Sie zögerte. Die Müdigkeit übermannte sie, und doch musste sie es wissen. Sie ließ sich auf seinen Stuhl fallen, ein breiter Ledersessel, den sie gekauft hatten, als er verkündet hatte, dass er als freiberuflicher Übersetzer arbeiten würde. Ein bequemer Stuhl für die vielen Stunden, die er am Schreibtisch würde sitzen müssen.

Sie drehte sich damit und betrachtete den Raum. Er hatte Familienfotos an die Wände gehängt. Jedes davon war ein glücklicher Augenblick, der für immer festgehalten worden war: Leigh, als sie den Turnwettbewerb in der Schule gewonnen hatte, Josh mit zehn, wie er mit ernstem Blick eine Schwimmurkunde in die Kamera hielt. Sie erinnerte sich noch daran, wie glücklich er darüber gewesen war – ihr kleiner Josh, der seine Angst vor dem Wasser überwunden hatte. Daneben hing ein Bild von David und ihr in einer Gondel in Venedig. Sie trug ein weiß-blaues Kleid, und er eine hellbeige Hose und ein schwarzes Hemd. Unter ihren ineinander verschränkten Fingern sah man die Wölbung ihres Bauchs, die verriet, dass sie ihr erstes Kind erwartete. Sie konnte all das nicht wegwerfen. Es wäre das Beste, dieses blöde, kribbelige Gefühl, dass sie störte, zu ignorieren und einfach ihr Eheleben weiterzuführen. Manchmal war es besser, nicht zu schnüffeln und nichts zu wissen.

Sie drehte sich ein wenig zu schnell und stieß dabei mit dem Ellbogen ein paar Papiere zu Boden. Sie kniete sich hin, um sie aufzuheben, und ihr Blick fiel auf einen Brief. Er war von einem Kreditunternehmen. David hatte einen Kredit über fünftausend Pfund aufgenommen.

Sie ließ sich auf die Fersen sinken und starrte die Worte auf dem Blatt an, während wütende Tränen über ihre Wangen liefen.

EIN BRIEF VON CAROL

Hallo, liebe Leser:innen,

zunächst vielen Dank, dass ihr meinen Roman *Das letzte Wiegenlied* gekauft und gelesen habt. Wieder hoffe ich, dass euch die Zeit mit DI Natalie Ward und ihrem Team gefallen hat.

Wenn ihr über meine Neuerscheinungen informiert werden möchtet, könnt ihr euch über den unten stehenden Link für meinen Newsletter anmelden. Eure E-Mail-Adresse wird nicht weitergegeben, und ihr könnt euch jederzeit wieder abmelden.

www.bookouture.com/bookouture-deutschland-sign-up

Zum ersten Mal in meiner Autorenlaufbahn habe ich mich eingeigelt, um weit weg ohne Unterbrechungen in Ruhe zu schreiben. Ich habe mich in eine ausgesprochen friedliche Gegend in Frankreich zurückgezogen. Dort habe ich, dem unablässigen Regen sei Dank, die gesamte Zeit mit Schreiben verbracht, ohne abgelenkt oder gestört zu werden, und meine Charaktere wirklich gut kennengelernt. Es ist daher eines meiner liebsten Bücher, und ich habe den Schreibprozess sehr genossen.

Menschen haben mich schon immer fasziniert, besonders jene, die ihre wahren Gefühle und Empfindungen hinter einer Maske verbergen. Menschen sind manchmal nicht, wer sie zu sein scheinen, und so mancher lebt eine Lüge. Darauf baut dieser Roman auf, und ich habe viel Inspiration aus dem wahren Leben ziehen können.

Wenn euch *Das letzte Wiegenlied* gefallen hat, könntet ihr euch bitte ein paar Minuten Zeit nehmen, um eine Rezension zu schreiben, und sei sie noch so kurz? Dafür wäre ich euch sehr dankbar. Leserempfehlungen sind überaus wichtig.

Ich hoffe, ihr seid auch beim nächsten Fall aus der Reihe um DI Natalie Ward wieder dabei.

Herzlichen Dank

Carol

www.carolwyer.co.uk

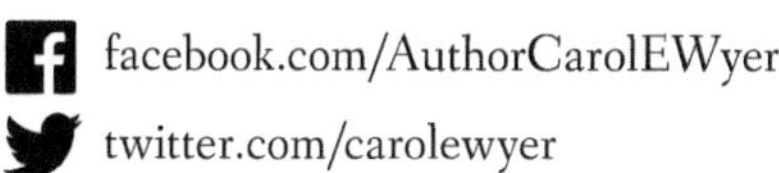

facebook.com/AuthorCarolEWyer

twitter.com/carolewyer

DANKSAGUNG

Auf dem Cover dieses Romans mag mein Name stehen, aber ohne die Unterstützung vieler anderer Menschen, die eine Erwähnung verdienen, hätte es nicht erscheinen können.

Wie immer bin ich meiner wahrhaft wundervollen Lektorin Lydia Vassar-Smith zu großem Dank verpflichtet, die mich wieder einmal mit hilfreichen Vorschlägen und jeder Menge Ermunterung durch dieses Romanprojekt begleitet hat.

Dank gilt auch dem gesamten Team hinter der Veröffentlichung von *Das letzte Wiegenlied*, und es sind viele Menschen, die geholfen haben, dieses Buch für meine Leser aufzubereiten.

Mein besonderer Dank gilt Serge Chaloupy. Nicht nur durfte ich dieses Buch in seinem pittoresken *Taubenschlag* in Südwestfrankreich schreiben, darüber hinaus hat er auch dafür gesorgt, dass ich nicht verhungert bin, wenn ich zwischendurch von meiner Schreib-Odyssee auftauchte, indem er mir schüsselweise Salat und Erdbeeren vor die Tür stellte.

Einen Riesendank auch an meine Mitautor:innen bei Bookouture, die mich bei meinem Kampf angefeuert haben, den ersten Entwurf des Manuskripts im Rekordtempo zu schreiben. Sie sind nicht nur alle außergewöhnlich talentierte Kolleg:innen, sondern auch wirklich witzig, und ich habe sie unglaublich lieb.

Zuletzt möchte ich auch meinem einmaligen Marketing-Team von Bookouture danken: Kim Nash und Noelle Holton. Diesen Ladys kann ich nicht genug für die unermüdliche

Unterstützung danken. Ich bin überzeugt, dass sie beide niemals schlafen!

www.ingramcontent.com/pod-product-compliance
Lightning Source LLC
Chambersburg PA
CBHW050855210726
48290CB00004B/1246